«PANDORA»

*Della stessa autrice*

ANNA DAGLI OCCHI VERDI
IL BARONE
SAULINA (IL VENTO DEL PASSATO)
COME STELLE CADENTI
DISPERATAMENTE GIULIA
DONNA D'ONORE
E INFINE UNA PIOGGIA DI DIAMANTI
LO SPLENDORE DELLA VITA
IL CIGNO NERO
COME VENTO SELVAGGIO
IL CORSARO E LA ROSA
CATERINA A MODO SUO
LEZIONE DI TANGO
VANIGLIA E CIOCCOLATO
VICOLO DELLA DUCHESCA
6 APRILE '96
QUALCOSA DI BUONO
ROSSO CORALLO
ROSSO CORALLO
(Edizione illustrata)
SINGOLARE FEMMINILE

SVEVA CASATI MODIGNANI

# IL GIOCO DELLE VERITÀ

Sperling & Kupfer

IL GIOCO DELLE VERITÀ



ISBN 978-88-200-4706-1
86-I-09

*Alla mitica avvocatessa*
*Giovanna Cau,*
*antesignana del femminismo*

# Ringraziamenti

CAPITA che, con alcune amiche, ci si confronti sulle reciproche esperienze e sul ruolo dell'«altra metà del nostro cielo».

*Il gioco delle verità* è nato da queste discussioni con Anna Rocco, medico, Annamaria Andreini, femminista, Donatella Barbieri, che da sempre cura l'editing dei miei romanzi, Nicoletta Grill, che mi ha fatto partecipe dei suoi ricordi d'infanzia, Stefania Maroni, spumeggiante esperta di fascino femminile. Le ringrazio di cuore. Ringrazio anche l'avvocato Gianfranco Candela che mi ha illustrato le procedure per l'annullamento del matrimonio, l'amico Attilio Rossi, che mi ha raccontato le storie dei suoi avi in Africa e, infine, le «ragazze» della Sperling, che mi sopportano.

# *Roberta*

# 1

Era una domenica d'aprile. Roberta si svegliò presto, centellinò il caffè seduta al tavolo della cucina, si concesse un bagno rilassante, invece della solita doccia frettolosa, e uscì di casa mentre i figli e il marito dormivano ancora.

Non appena girò l'angolo della strada, fu investita da una folata d'aria gelida che le fece lacrimare gli occhi. Da qualche giorno su Milano soffiava un vento di tramontana che aveva abbassato bruscamente la temperatura primaverile. Lei annodò la sciarpa di seta intorno al collo e si avviò verso la chiesa. Per Roberta, andare a Messa la domenica era un'abitudine che la faceva stare bene. Suo marito, invece, riteneva che la religione fosse una forma di oppressione spirituale e i loro figli, non sapendo da che parte schierarsi, andavano a Messa con la mamma quando il padre era fuori città per lavoro.

Durante la funzione, seguì meccanicamente la liturgia, perché i pensieri volavano altrove e, mentre il prete commentava il Vangelo, elaborò il menu di mezzogiorno: minestrone di verdure, vitello lessato con salsa verde e patate al vapore.

Tornando, si fermò al bar-pasticceria di fronte a casa e comperò i bomboloni caldi, farciti con la crema pasticciera, per la colazione di Oscar e dei ragazzi.

Entrò in casa e sentì subito le loro voci. Francesca, la figlia tredicenne, e Matteo, che aveva nove anni, ridevano facendo salti e capriole sul divano del soggiorno. Dalla stanza da bagno veniva la voce di Oscar che cantava il ritornello di una vecchia canzone d'amore e lacrime di Patty Pravo.

Lei andò in cucina, scaldò il latte, preparò il caffè, apparecchiò la tavola, dispose i bomboloni su un piatto e annunciò a gran voce: «La colazione è pronta».

I figli l'abbracciarono e poi si avventarono sui dolci. Oscar, un bell'uomo alto e biondo, il volto illuminato da un largo sorriso, comparve stringendosi addosso l'accappatoio di spugna e le sfiorò la guancia con un bacio, sussurrandole: «Grazie, amore mio. Tu sai come farci felici».

Quella domenica era incominciata proprio bene. Mentre marito e figli facevano colazione, lei diede aria alle camere e rassettò i letti.

Più tardi, Oscar e i ragazzi andarono in piazza del Duomo a vedere uno spettacolo di sbandieratori e lei si mise ai fornelli.

A un certo punto spalancò la finestra per far uscire il vapore, ma la richiuse subito, perché il vento gelido la fece rabbrividire.

Data l'eccezionalità di quell'ondata di freddo, in alcuni palazzi era stato riattivato il riscaldamento, ma nel vecchio stabile di via Spartaco, in cui Roberta viveva con la sua famiglia, la quasi totalità dei condomini aveva deciso di sopportare il gelo, piuttosto che far lievitare le spese condominiali.

Questo fatto aveva consentito a Oscar di tornare ancora una volta sull'argomento della casa. «Se ti decidessi a riaprire la villetta di via Turroni, potremmo gestire il riscaldamento come ci pare e risparmieremmo i soldi dell'affitto», aveva mugugnato la sera prima, con il tono imbronciato di un bambino.

Oscar non si era mai preoccupato di pianificare le spese della famiglia e caldeggiava il trasloco in via Turroni per offrire un appannaggio più generoso alla ex moglie. Roberta l'aveva capito da tempo e non era affatto d'accordo, perché la ex moglie, a diciott'anni dal divorzio, continuava a farsi mantenere come se fosse ancora la signora Trinchese.

Disapprovava la prodigalità di Oscar per una donna ancora giovane, sana e senza figli che si rifiutava di lavorare. Sia pure con molte cautele, aveva tentato più volte di sollevare la questione, ma Oscar, che si sentiva in colpa, riusciva sempre a eludere il discorso e lei, per ripicca, osteggiava la riapertura della casa di famiglia. Era una situazione anomala che le creava un disagio fastidioso ma, pur di non litigare con suo marito, preferiva prendere tempo illudendosi che, prima o poi, tutto si sarebbe risolto.

Sentì l'ascensore fermarsi al piano e, istintivamente, si specchiò nel vetro della finestra. Si tolse il grembiule e ravviò i capelli scuri che scendevano sulle spalle in morbide ciocche ondulate. Suo marito, nonostante i molti difetti, sapeva regalarle momenti di tenerezza sublime, i figli erano belli e sani e il suo mestiere di libraia la appagava. Corse ad aprire la porta e annunciò, allegra: «La pappa è servita. Svelti a lavarvi le mani».

Francesca entrò in cucina per prima, saltellando sulle lunghe gambe da fenicottero, e sedette al tavolo.

Roberta travasò il minestrone nella zuppiera e la stanza si riempì del profumo delle verdure insaporite con il basilico fresco.

«Uuuh, il minestrone! Che buono, con questo freddo», esclamò la ragazzina, abbracciandosi le spalle con un fare da vecchietta.

Matteo, che era riuscito a farsi comperare dal padre la milionesima automobilina, arrivò mostrandola a sua madre come un trofeo, mentre mimava il rombo di un motore. Oscar era alle spalle del bambino e sorrideva mentre si strofinava le mani per il freddo. Subito annusò l'aria, il sorriso si spense e arricciò il naso.

«Non ti sarà venuto in mente di fare il minestrone», deplorò, pur vedendo la zuppiera fumante al centro della tavola.

«Mi è sembrata una buona idea, con questo freddo», si giustificò Roberta.

«Cristo santo! Questo lo chiami mangiare? Lo sai che odio il minestrone», affermò lui, le mani appoggiate sulla spalliera della sedia, senza decidersi a sedere a tavola.

Roberta capì che suo marito cercava un pretesto per defilarsi, ritenendo di avere ampiamente assolto ai suoi doveri di padre dopo aver portato a spasso i figli. Lo conosceva bene e sapeva che Oscar stava pensando di fare qualcosa di meglio che non continuare a occuparsi della famiglia. Per esempio, andare al bar-trattoria *Da Gino*, dove avrebbe incontrato qualche collega con cui chiacchierare e scherzare.

Roberta tentò un salvataggio.

«Ti faccio due spaghetti», propose, conoscendo già la risposta.

«Lascia perdere. Mi sono ricordato solo adesso che devo passare in redazione per vedere alcuni file che mi hanno inviato da Roma.» Finì la frase bugiarda quando era già in anticamera.

«Il papà, al solito, ha levato le tende», commentò Francesca.

Roberta sedette a tavola e incominciò a scodellare il minestrone nei piatti dei figli, pensando che quella domenica non si stava rivelando così bella come aveva creduto.

«Lo sai che il fotografo di un giornale non ha orari», replicò, cercando di salvare il comportamento del marito.

Francesca tacque e cominciò a mangiare.

A pranzo finito, Matteo scese al terzo piano dal suo amico Brunello che festeggiava il compleanno. Francesca aiutò la mamma a sparecchiare la tavola e a riempire la lavastoviglie, poi disse: «Tu non ti arrabbi mai con papà».

Roberta rimase colpita dalla constatazione di sua figlia e, non sapendo come replicare, domandò: «Di che cosa stai parlando?»

«Non far finta di non capire», l'ammonì la figlia, mentre si sciacquava le mani nel lavello.

Ancora una volta Roberta tentò un salvataggio.

«Papà ha i suoi impegni», affermò.

«Non raccontiamoci bugie. Lui trova qualunque pretesto pur di andarsene per i fatti suoi», dichiarò Francesca, tracciando un profilo spietato del padre.

In quel momento, la porta della cucina si spalancò e comparve Oscar con un sorriso raggiante e un gran fascio di lillà che tese alla moglie.

Lei non mosse un dito per prenderli e lui li posò sul tavolo, poi le andò vicino, le accarezzò il viso con tenerezza e la baciò, sussurrando: «Fiori profumati per la mia dolce sposa».

Roberta avrebbe voluto mandarlo al diavolo, invece tacque. Gli girò le spalle e finse di trafficare intorno al lavello.

Oscar, abbracciandola da dietro, supplicò: «Non mettermi il muso. Non ho fatto niente di male».

Era questo il guaio: non faceva mai niente di male, ma era perennemente in fuga dalla famiglia.

Suonò il citofono. Francesca, che li aveva osservati

in silenzio, corse in anticamera a rispondere, ammonendo la mamma: «Guai a te se gliela dai vinta».

«Ce l'ha con me?» si stupì Oscar, riferendosi alle parole della figlia.

«Con chi, se no?»

Lui rafforzò la presa intorno alle spalle della moglie, le posò un bacio nell'incavo tra il collo e la spalla e replicò: «Valli a capire i ragazzi d'oggi».

Francesca si profilò sulla porta della cucina, mentre si infilava il giubbotto di jeans.

«Karin mi sta aspettando sul portone. Sua madre ci accompagna al Palazzo del Ghiaccio.»

Oscar tese una mano verso la ragazzina che la schivò e, sul punto di uscire, gli disse con un sorriso: «Corvo biondo, non avrai il mio scalpo».

Quella dichiarazione, solo apparentemente scherzosa, irritò Oscar.

«Tu non dici niente?» domandò alla moglie, seccato.

Una forza nuova impedì a Roberta di assecondarlo.

«Dico che dovresti guardare in faccia la realtà e riflettere sulla reazione di Francesca», affermò.

Subito dopo uscì anche lei dalla cucina, afferrò al volo il soprabito e la borsetta che erano in anticamera e si fiondò giù per le scale, senza aspettare l'ascensore. Ormai era inutile continuare a illudersi che Oscar cambiasse. Anche per lei era arrivato il momento di guardare in faccia la realtà e constatare che non era una moglie serena e appagata.

# 2

Aveva bisogno di smaltire la tensione, così camminò per un bel pezzo e, senza rendersene conto, si trovò in via Turroni, la strada della sua infanzia. Guardò l'infilata di villette anonime costruite intorno agli anni Venti. Una recinzione bassa, in muratura, sovrastata da una seconda in ferro battuto, delimitava i giardinetti prospicienti le abitazioni monofamigliari. Roberta si fermò davanti alla sua casa. Erano trascorsi alcuni anni da quando era stata lì per l'ultima volta. Sul cancello, una targa in ottone brunito portava inciso il suo cognome: MANDELLI. Attraverso le inferriate osservò le erbacce che infestavano il terreno fino ai pochi gradini che conducevano alla porta d'ingresso.

Ricordò un pomeriggio d'ottobre, illuminato da un sole tiepido. Era venuta a chiudere definitivamente la casa, dopo la morte di suo padre. Aveva disattivato il contatore dell'elettricità e chiuso i rubinetti dell'acqua e del gas. Si era soffermata ad ascoltare il silenzio delle stanze, un tempo animate dal tramestio e dai cicalecci delle donne di casa. Nella veranda che si affacciava sul giardino posteriore, il sole cercava varchi tra i vetri che adesso erano polverosi, ma un tempo avevano riscaldato le piante grasse tanto care a suo padre. Le aveva regalate ai vicini. Poi si era chiusa la porta alle spalle e si era detta: Un giorno, la venderò. Non l'aveva mai fatto, e non era più ritornata. Aveva sempre con sé le chiavi della villetta e le trovò in una tasca della borsa che portava a tracolla. Aprì il piccolo cancello di ferro arabescato, salì i gradini invasi dal muschio e dalle foglie e si fermò davanti al portoncino di legno massiccio. Levò lo sguardo sulla facciata. Tutte le tapparelle erano abbassate e l'intonaco incominciava a scrostarsi in diversi punti. Infilò la chiave nella serratura e la girò quattro volte. Il meccanismo della blindatura scattò come se fosse stato appena oliato. Girò la maniglia di ottone e aprì la porta. La luce pomeridiana rischiarò l'ingresso nel quale le sembrò di vedere una bambina che le veniva incontro sorridendo e le diceva: «Finalmente! È un pezzo che ti stavo aspettando».

Osservò stordita quella piccola figura immaginaria e riconobbe se stessa nel visino triangolare ravvivato da grandi occhi scuri, con i capelli neri lunghi, trattenuti da un cerchietto di metallo, che sfioravano il collo alto di un maglioncino giallo, aderente, infilato in una gonna di lana blu ricamata con un fascio di spighe gialle e papaveri rossi.

La visione della bambina scomparve e lei mosse

qualche passo inoltrandosi nel vestibolo deserto, sedette sulla cassapanca coperta da uno strato denso di polvere, nascose il viso tra le mani e si mise a piangere.

Pensò che, da quando si era sposata, si era dedicata interamente a Oscar, ai figli, alla casa, al lavoro, come se il matrimonio avesse segnato una chiusura totale con il passato. Dov'erano finiti gli anni dell'infanzia, dell'adolescenza, e i suoi sogni di ragazza? Perché li aveva dimenticati?

Si asciugò le lacrime e rimase lì, immersa nei ricordi fino a quando si rese conto che il vestibolo era piombato nell'oscurità.

Allora si alzò e le sembrò che le gambe fossero diventate di pezza. Raggiunse la soglia barcollando, scese i gradini appoggiandosi al corrimano di ferro e uscì dal cancello. La luce dei lampioni colorava il cielo di un arancione malato. Si avviò verso casa, muovendo un passo dopo l'altro con fatica. Si sentiva malissimo.

Come aprì la porta del suo appartamento, si trovò di fronte il marito che l'aggredì, spaventato: «Adesso ti presenti! I ragazzi non hanno ancora cenato e tu… tu… non rispondevi al cellulare. Dove sei stata?»

Oscar era furente e non si accorse che sua moglie stava tremando.

«Non vedi che la mamma sta male?» intervenne Francesca.

Allora Oscar si spaventò ancora di più. Posò una mano sulla fronte della moglie e sussurrò: «È vero, hai la febbre, povero amore mio».

L'accompagnò in camera, l'aiutò a spogliarsi e la mise a letto.

Le misurò la febbre. Era altissima. Telefonò subito al dottor Galli, il medico di famiglia, che conosceva Roberta fin da quando era bambina. Abitava nello stesso quartiere e arrivò nel giro di mezz'ora. Dopo averla visitata, diagnosticò: «È il solito attacco febbrile. Il peggio è passato e la temperatura sta già scendendo».

Roberta, da sempre, era soggetta a improvvisi e violenti episodi febbrili che superava con l'aiuto di qualche aspirina. Quando suo padre insisteva per conoscere la causa di questo disturbo, il dottor Galli ripeteva: «È una febbre criptogenetica», mentre era convinto che quel malessere dipendesse dal disagio esistenziale di una bambina che aveva genitori separati, due zie discutibili e una nonna burbera.

Adesso il medico pensò che anche la vita attuale di Roberta dovesse essere faticosa e difficile, con marito e figli totalmente dipendenti da lei. Ma, com'era nel suo carattere discreto, non fece commenti.

Salutò Roberta, le raccomandò di non stancarsi e di prendersi qualche giorno di riposo.

Oscar lo accompagnò alla porta e gli disse: «Lei non immagina il mio spavento, dottore. È stata fuori tutto il pomeriggio, non sapevo dove cercarla e poi è tornata a casa e stava malissimo. Non le prescrive qualche medicina?»

«Estratto di valigia», rispose il medico scandendo la prescrizione.

«Non capisco», balbettò Oscar.

«Roberta ha bisogno di fare la valigia e prendersi una vacanza», tagliò corto il dottor Galli e, mentre entrava nell'ascensore, insistette: «La mandi via, mi raccomando».

Poco dopo, padre e figli improvvisarono una cena con quel che trovarono nel frigorifero. Francesca e Matteo tacevano, seduti a tavola, e il loro mutismo era più pesante del chiasso cui si abbandonavano di solito.

«Allora, che cosa c'è che non va?» li interrogò Oscar, che si sentiva a disagio perché intuiva che i figli attribuivano a lui il malessere di Roberta. Infatti, Francesca e Matteo si guardarono di sottecchi e non risposero.

«La mamma sta bene, non ha niente. Ha solo bisogno di riposare», precisò.

Ma poiché i figli continuavano a tenere gli occhi fissi nei loro piatti, decise di affrontarli apertamente.

Si rivolse a Francesca e disse: «Tu ce l'hai con me. Me ne sono accorto fin dal pomeriggio. Non è colpa mia se la mamma sta male».

Lei non rispose e Oscar non insistette perché affioravano in lui alcuni interrogativi inquietanti. Dov'era stata Roberta per tutto il pomeriggio? Perché era tornata in quelle condizioni? Che avesse un amante? Era un'ipotesi così spaventosa che Oscar impallidì. Che cosa ne sarebbe stato della sua vita se lei lo avesse lasciato? Forse i ragazzi sapevano qualcosa che lui ignorava. Ecco perché avevano quello strano atteggiamento.

«Vi risulta che la mamma sia scontenta?» domandò, preoccupato.

Matteo tacque, Francesca replicò: «Chiedilo a lei».

«Lo sto chiedendo a voi», insistette.

«Tanto contenta non lo è», sussurrò il maschietto.

«Tu come lo sai?»

Matteo fece spallucce.

«Be', tutti quanti abbiamo i nostri problemi», dichiarò Oscar per cercare di tranquillizzarsi, ma tremava al pensiero che Roberta avesse una storia con un altro uomo.

Si alzò da tavola, uscì dalla cucina e, in punta di piedi, entrò nella camera da letto. Sua moglie dormiva.

Allora tornò dai ragazzi.

Francesca e Matteo stavano sparecchiando.

«Io vado in salotto. Questa notte dormirò sul divano. Se vi serve qualcosa chiedetelo a me. Non voglio che disturbiate la mamma», disse.

Roberta si svegliò a notte fonda. La crisi febbrile era passata e si sentiva bene. Oscar non era sdraiato accanto a lei.

Scese dal letto, uscì dalla camera e andò a controllare i suoi figli che dormivano profondamente nelle loro stanze. Vide che la luce del salotto era accesa. Forse Oscar dormiva sul divano o forse era sveglio. Non aveva voglia di accertarsene.

Entrò in cucina, aprì la portafinestra e si affacciò al balcone che dava sul cortile. Il vento gelido era migrato altrove, la temperatura si era addolcita e lei respirò l'aria della primavera che era tornata con un sontuoso corteo di stelle.

Si preparò un caffè che bevve in piedi, davanti ai fornelli, e non si meravigliò di sentire una mano che si posò dolcemente sulla sua spalla. Oscar era lì, in pigiama, i capelli biondi arruffati, gli occhi gonfi di sonno.

«Come stai, amore mio?» le chiese con tenerezza, e aggiunse: «C'è un caffè anche per me?»

«C'è, se te lo fai», rispose.

Dopo anni di sudditanza, per la prima volta non si sentì in dovere di servirlo.

# 3

Roberta depose nel lavello la tazzina vuota, sedette al tavolo e si prese il volto tra le mani, quasi a soffocare lo stupore d'essere riuscita a ridefinire il suo ruolo. Era decisa a non aiutare il marito. Oscar, non meno stupito di lei, lavò la caffettiera usata da sua moglie, la riempì con il caffè macinato e la mise sul fornello, saggiando tutti i rubinetti del gas prima di individuare quello giusto. Roberta guardò impassibile la polvere di caffè disseminata ovunque, le antine dei pensili spalancate nell'affannosa ricerca di una tazzina. Si domandò se il marito recitasse per lei il ruolo dell'uomo maldestro per dimostrare che aveva assolutamente bisogno del suo aiuto.

«Che cos'è questo puzzo?» domandò poi, guardandosi intorno.

«È la caffettiera: il manico sta bruciando, perché non hai regolato la fiamma, e tra un momento esploderà perché non hai messo l'acqua», spiegò Roberta, con aria serafica. Per un attimo sperò davvero che esplodesse l'intera cucina con tutti i mobili che, da anni, cadevano a pezzi.

Quando si erano sposati, lei e il marito avevano optato per una cucina prodotta in serie proponendosi, non appena possibile, di farne fare una su misura da un mobiliere. Erano passati diciotto anni e non erano ancora riusciti ad accantonare una somma sufficiente per realizzare questo progetto. I figli crescevano di pari passo con le spese famigliari. Roberta guadagnava bene con la sua libreria, ma le spese erano molto alte e assottigliavano i ricavi. Il lavoro di Oscar, che era fotografo free lance, procedeva tra alti e bassi. Quando piazzava uno scoop, guadagnava molti soldi che, se fosse dipeso da lui, avrebbe speso per intero. Ma Roberta, che sapeva quando il marito li incassava, prelevava dal suo conto corrente una cifra sufficiente per mantenere la famiglia fino al servizio successivo. Oscar non si accorgeva di questi prelievi, o forse sì, ma taceva. Era questo il loro guaio: non affrontavano mai un problema apertamente e fino in fondo. Così la loro vita di coppia procedeva tra mezze bugie e mezze verità, fingendo che tutto andasse bene.

«Dammi una mano», sbottò Oscar che si era ustionato le dita per togliere la caffettiera dal fuoco.

Roberta prese una bacinella, la riempì d'acqua e ghiaccio e gli fece immergere la mano, mentre diceva: «Da solo, non sai farti nemmeno un caffè. Hai quarantacinque anni e sei più maldestro di Matteo. Non diventerai mai adulto». Per la prima volta lo guardò come se fosse un estraneo e, all'improvviso, si chiese: È questo l'uomo per il quale ho fatto tante follie?

«Posso finalmente sapere dove e con chi sei stata, ieri pomeriggio?» domandò lui.

«Vuoi che ti dica la verità o preferisci una bugia?»

Oscar si irritò, ritrasse la mano dalla bacinella e la fronteggiò: «Che cosa stai dicendo?»

«Mi hai fatto una domanda e io ti ho dato la possibilità di scegliere la risposta. Se almeno la tua curiosità fosse dettata dalla gelosia, sarebbe un passo in avanti. Ma tu hai solamente paura di perdere una moglie che accudisce te, i figli, la casa. La tua esistenza è tutta incentrata su di te e sulla tua personale tranquillità», dichiarò, seccata.

Uscì dalla cucina e andò in camera da letto.

Si sdraiò al buio e tentò di riaddormentarsi, ma i suoi pensieri ruotavano attorno alla piccola Roberta vestita di giallo e di blu che aveva ritrovato nella villetta di via Turroni.

La zia Cristina le aveva cucito la gonna che la nonna aveva ricamato, mentre la zia Aurora aveva fatto il golfino. Cristina e Aurora erano le sorelle maggiori di papà e vivevano tutti insieme. Invece Malvina, sua madre, appariva e scompariva con la leggerezza di una farfalla.

Roberta non sapeva mai come rapportarsi con quella mamma che c'era e non c'era, che era un pianeta sconosciuto e misterioso. Una domenica di febbraio, con un gelo che intirizziva le gemme della magnolia in giardino, Malvina era venuta a prenderla per portarla a casa sua.

Accogliendola sulla soglia, mentre l'abbracciava, Roberta le aveva sussurrato: «Mamma, dimmi che sono bella».

Malvina l'aveva scostata da sé e, dopo averla osservata attentamente, aveva replicato: «Per me lo sei, ma ricorda che non è importante come si appare, ma come si sta con se stessi. Fai solamente quello che ti fa stare bene con te stessa».

Solo ora, nel ricordare le parole della mamma, Roberta si rese conto che da tanto tempo stava malissimo con se stessa.

Oscar interruppe il corso dei suoi pensieri, profilandosi sulla soglia della camera. «Posso sdraiarmi vicino a te?» domandò con l'aria del cane bastonato. Sentiva che sua moglie si stava allontanando da lui ed era una sensazione maledettamente sgradevole.

# 4

L'INSEGNA della libreria di Roberta era un gufo occhialuto che posava le zampe ungulate sulle pagine di un libro aperto. Sua madre Malvina possedeva la libreria dal Sessantotto e l'aveva poi regalata alla figlia quando si era sposata con Oscar, dicendole: «Non credo che tuo marito possa mantenere una famiglia con quella palla al piede della ex moglie. Questa attività ti garantirà un reddito».

Roberta, che non accettava critiche a Oscar, aveva replicato: «Lui, almeno, mi ama». Aveva sottolineato quell'«almeno», carico di significati che Malvina aveva colto al volo. Sapeva di essere stata una madre discutibile e, tuttavia, non avrebbe cambiato una sola virgola della sua vita passata.

«Lui ha bisogno di te perché è un tipico esemplare di maschio insicuro», aveva ribattuto Malvina.

Roberta era convinta che sua madre criticasse Oscar solo perché non lo conosceva bene. Inoltre sapeva che Malvina, da accesa femminista qual era, guardava con sospetto quella che per lei era l'«altra metà del cielo» e, dunque, anche il genero. Ma le era grata per quel dono, anche perché amava i libri che proprio Malvina le aveva insegnato ad apprezzare.

Quand'era bambina, ogni volta che si vedevano, la mamma le regalava un libro. Le leggeva le prime pagine e poi le diceva: «Se vuoi sapere come continua la storia, vai avanti per conto tuo».

*Il Gufo* era una libreria di quartiere che funzionava bene anche grazie all'esperienza di Chiara Tizzoni, un'amica di Malvina, che lavorava lì da quarant'anni.

Ora Roberta la vide in vetrina mentre riordinava i libri esposti. Quella donna dalla mole imponente e il piglio energico, ma burrosa e dolce come una chioccia, le trasmetteva sicurezza. Parcheggiò la sua utilitaria ed entrò in negozio. Angelica, l'altra commessa, spolverava i libri e, intanto, li spostava per creare sui banchi lo spazio destinato alle novità che sarebbero arrivate nel pomeriggio.

Roberta si infilò nel retrobottega e vide Messalina, la gatta del palazzo, appallottolata sul davanzale della finestra. Faceva le fusa godendosi una lama di sole che illuminava il cortile e il piccolo ufficio.

Aprì la finestra e Messalina, con un balzo, atterrò sulla scrivania. Era di nuovo incinta. Roberta aprì una scatoletta di cibo per gatti e la posò sul davanzale. Messalina seguì i suoi movimenti, ma non abbandonò la postazione e quando lei sedette alla scrivania salì sulle sue ginocchia. Aveva voglia di farsi coccolare e Roberta l'accarezzò mentre controllava l'estratto conto della banca.

Quando Messalina fu sazia di carezze, saltò sul davanzale e, con eleganza e un dignitoso distacco, iniziò a sbocconcellare il cibo.

Roberta si abbandonò contro lo schienale della sedia imbottita e si immerse nei suoi pensieri arruffati.

Fu così che Chiara la colse, entrando in ufficio.

«Ti sei alzata con il piede sinistro?» le domandò, sedendo di fronte a lei.

«Forse...» rispose Roberta e aggiunse: «Che cosa vuoi, tu, dalla vita?»

«Trenta chili in meno, uno stipendio da manager e un giovanotto da sballo che mi dica che sono bellissima e mi offra un fascio di fiori», scherzò Chiara.

Roberta le sorrise.

«E tu, che cosa vuoi?» le chiese l'amica.

«Io ce l'ho già un giovanotto da sballo che ieri mi ha offerto un mazzo di lillà», tergiversò Roberta.

«Magari dopo averti piantato in asso, con la scusa che aveva altro da fare. Dimmi se sbaglio.»

«Sono io il problema, non è Oscar», sospirò.

«Hai scoperto l'acqua calda.»

«Infatti. Solo che adesso ci ho messo la mano e mi sono scottata.»

«Brucia, vero?»

«Non immagini quanto. Da ragazza volevo una vita che fosse l'opposto di quella di mia madre. Desideravo un marito, dei figli, una famiglia normale e mi sembrava di aver realizzato i miei sogni. Se adesso potessi riscrivere la mia storia ti garantisco che Oscar non sarebbe né un protagonista, né un comprimario.» Chissà come, con Chiara perdeva la sua riservatezza. A quel punto si alzò di scatto dalla scrivania, ricordando che la sera prima non aveva richiuso la porta e nemmeno il cancello della casa di via Turroni. «Devo uscire di corsa», annunciò.

«Guarda che stamattina arrivano i venditori per le prenotazioni della cedola estiva», l'ammonì Chiara.

«Occupatene tu, per favore.» Afferrò la borsa e uscì dal negozio. Salì in macchina e, seguendo un percorso che conosceva a memoria, tornò nella strada della sua infanzia.

La via era tranquilla, come sempre. Fuori delle villette e dei palazzi che le fronteggiavano, erano allineati i cassonetti della spazzatura.

Parcheggiò l'utilitaria di fronte a casa Mandelli. Scese e vide che il cancello e la porta d'ingresso della villetta erano accostati. Stava per entrare quando sentì una voce allarmata che gridava: «Ehi, lei, che cosa sta facendo?»

Si voltò e riconobbe la vecchia signora Renzi, che abitava nella villetta accanto alla sua. Anche la donna la riconobbe.

«Oh, caro Gesù, la piccola Berta è tornata!» esclamò sorpresa.

Roberta ridiscese gli scalini e le andò incontro. La signora Renzi aveva i capelli grigi, raccolti sulla nuca in una crocchia, e portava vistosi orecchini di piccole pietre dai colori vivacissimi che erano sempre stati la sua passione.

La «piccola Berta», così l'aveva chiamata. Roberta detestava quel diminutivo.

Da bambina, quando trascorreva le estati in Tirolo, i valligiani la chiamavano Berta. «Come il famoso cannone tedesco della prima guerra mondiale», ripetevano ogni volta. E le bambine, che abitavano nei palazzi, di fronte alle villette di via Turroni, la canzonavano: «Roberta, Berta, Bertuccia uh uh uh!» e si grattavano il petto come fanno le scimmie.

Ricacciò una punta di fastidio per quell'appellativo e sorrise all'anziana vicina. La signora Renzi non era mai stata bella, eppure aveva avuto tre mariti che l'avevano molto amata e, morendo, ognuno di loro le aveva lasciato una buona eredità. Ora le domandò con voce affettuosa: «Come sta, signora Renzi?»

«Come tutti i vecchi, piena di acciacchi. Ma non è questo il punto. Io ti pensavo, lo sai?» rivelò, abbracciandola.

«Come mai mi pensava?» s'incuriosì Roberta.

«Ti racconto tutto. Dunque, ieri pomeriggio sonnecchiavo, come d'abitudine, sulla mia poltrona, in salotto. A un certo punto ho sentito aprire la porta della tua casa e mi sono detta: Oh bella! Ma se è chiusa da anni! Che ci siano gli zingari? Allora mi sono preoccupata. Mi sono affacciata alla finestra, ma non ho visto nessuno. Così ho pensato d'aver sognato», raccontò tutto d'un fiato.

«Ieri pomeriggio sono venuta a dare un'occhiata alla casa», spiegò Roberta.

«Hai deciso di riaprirla? Sarei tanto contenta. Da qui, piano piano, se ne stanno andando tutti. La vita non è più allegra come una volta, con voi bambini che facevate una gran confusione. Dimmi che torni a vivere qui con la tua famiglia», la sollecitò.

Roberta si domandò quanti anni avesse la signora Renzi. Era già anziana quando lei era una ragazzina. Almeno così la ricordava. Anche allora era alta, magra e con il viso segnato dalle rughe.

«Non so, non credo», rispose Roberta, evasiva.

«Allora vendi? Non fare questo errore. Te lo dico perché mi ricordo ancora la grande crisi del Ventinove. Che brutti momenti. Il mio povero papà che aveva investito tutto il suo denaro in titoli, nel giro di poco tempo lo aveva perso e la mia mamma gli rinfacciava di non averla ascoltata quando gli consigliava di investire nel mattone.» Si asciugò una lacrima, poi ritrovò il sorriso malizioso di sempre e proseguì: «Tu hai in mente di tornare qui, ma non vuoi dirmelo, perché pensi che io vada a raccontarlo in giro. Dovresti sapere che io sono una tomba!» garantì, con solennità.

La buona signora Renzi rispondeva sempre così alle mamme che le chiedevano quali segreti celassero le loro figlie che l'avevano eletta a confidente. Ora Roberta se ne ricordò e sorrise. La signora Renzi conosceva la vita amorosa di quasi tutte le ragazze di via Turroni che andavano da lei a farsi leggere i tarocchi. Forse sapeva interpretare le carte, o forse no, ma con domande abili riusciva a strappare confidenze che teneva per sé, gelosa delle sue cucciole palpitanti d'ingenue passioni.

Anche Roberta, in un'occasione, si era rivolta a lei che, consultando le carte, aveva sentenziato: «Sei innamorata di un fante bello che ti ama ma che ti farà soffrire, perché è un superficiale. E poi è legato a un'altra. Cambia strada finché sei in tempo».

Per Oscar, Roberta era pronta anche a negare l'evidenza. Quindi aveva ignorato le parole della signora Renzi.

Ora le confidò: «Mi creda, per il momento non intendo vendere né tornare qui. Se mai dovessi prendere una decisione, lei sarà la prima a saperlo. È stato un piacere incontrarla».

«Vai di fretta, ho capito. Beata te che corri sempre. Io non vado più da nessuna parte, anche perché le gambe non mi reggono», disse e la salutò.

Roberta entrò in casa e spalancò le finestre del piano terreno.

L'ingresso, con la cassapanca polverosa su cui era rimasta la sua impronta, confluiva in un lungo corridoio. A sinistra si aprivano le porte che davano su un ripostiglio adibito a guardaroba, sul bagno per gli ospiti, sulla sala da pranzo e sulla cucina. A destra, c'erano un salotto in cui aveva dormito la nonna negli ultimi anni della sua vita perché non riusciva più a salire le scale, lo studio di suo padre, tappezzato di libri, e un'apertura ad arco da cui si entrava nella veranda. In fondo al corridoio, c'era la scala che conduceva al primo piano dov'erano le camere da letto e i bagni. Roberta si aggirò tra le stanze al piano terreno. Poi andò nella veranda e, aprendo una delle vetrate, fece cadere un oggetto. Si chinò per raccoglierlo e sorrise: era un cubo di Rubik.

Quel piccolo gioco di abilità era stato il suo tormentone quand'era bambina e doveva confrontarsi con le amiche molto più abili di lei nel riordinare i pezzi che lo componevano. Persino suo padre le aveva mostrato più volte quanto fosse semplice ricomporlo. Ma lei non riusciva e diceva, mortificata: «Non sono capace. Sono negata, non vedi. Non so fare nemmeno gli origami, né tutto il resto».

«Non è vero. Deve esserci qualcosa che sai fare bene.»

«I cerchi nell'acqua», gli aveva risposto un giorno, Roberta.

Suo padre l'aveva abbracciata e poi aveva sussurrato: «Ci vuole una certa abilità e molta fantasia per fare i cerchi nell'acqua».

Ora ricordò quanto erano belli, perfetti, evanescenti e delicati i cerchi che nascevano sul pelo dell'acqua della fontana in fondo al giardino. Alzò lo sguardo. La fontana era laggiù, addossata al muro di cinta, coperta di muschio e terriccio. Trent'anni prima, vi galleggiavano le ninfee e nell'acqua guizzavano piccoli pesci rossi.

# 5

ROBERTA sedeva sul bordo di cemento della fontana sovrastata da un putto grassottello che teneva un grosso pesce tra le mani. Dalla bocca spalancata del pesce sgorgava un sottile getto d'acqua che si riversava nella vasca a semicerchio dove i pesci rossi nuotavano nascondendosi, a tratti, sotto le foglie delle ninfee. Di tanto in tanto, lanciava nella fontana un sassolino che, cadendo nell'acqua, formava dei cerchi che si moltiplicavano, dilatandosi, fino a raggiungere i bordi della vasca. Si annoiava e le sembrava che il tempo non passasse mai.

A ogni minuto, alzava il viso in direzione della veranda e gridava per farsi sentire dalla nonna che stava dentro a ricamare: «Che ore sono?»

«È presto», rispondeva la nonna.

Era sempre così, la domenica dopo pranzo, quando aspettava che la mamma venisse a prenderla per portarla con sé. Roberta aveva capito da un pezzo che le donne di casa non avevano un atteggiamento benevolo nei confronti di sua madre. Era un fatto, però, che con la mamma lei non si annoiava mai e quando mancava a un appuntamento si sentiva molto sola.

«Nonna, che ore sono?» domandò di nuovo.

«È l'ora di ieri a quest'ora. Fai qualcosa invece di riempire la vasca con i sassi», si spazientì la nonna.

Roberta smise di disegnare cerchi nell'acqua e prese ad aggirarsi tra le aiuole del giardino dove erano ormai fioriti i crochi blu, i giacinti rosa e i narcisi gialli intorno ai quali svolazzava timida una farfallina. La nonna era la vestale del giardino e si arrabbiava moltissimo se Roberta, giocando a palla, calpestava le aiuole. Quando lo faceva, inveiva contro «questa gioventù» che non rispettava la natura. «Non lo sai che una pianta è come un bambino? Per crescere bella e sana ha bisogno di cure. E tu, che cosa fai? La distruggi!» Poi la recriminazione si dilatava verso orizzonti sempre più catastrofici fino alla reiterata conclusione: «Per fortuna, quando verrà la fine del mondo, io non ci sarò più. Ma voi, voi che avrete distrutto la natura, con quale faccia vi presenterete al cospetto di Dio?» Quel «voi» includeva Roberta, ma anche i suoi figli e la nuora. Quanto a Dio, quello era il suo punto di riferimento costante. A chi le domandava: «Come sta, signora Mandelli?» invariabilmente rispondeva: «Bene, ringraziando Dio, in attesa di morire».

Queste e altre frasi della nonna erano parte del lessico famigliare, Roberta le sapeva a memoria e, qualche volta, si divertiva a farle il verso, anticipando le parole che la nonna avrebbe pronunciato.

Dalla veranda, dove stava ricamando il bordo di una salvietta, la nonna teneva d'occhio la nipote, temendo che calpestasse i suoi fiori. Ora, vedendo la bambina china su un narciso, si insospettì e urlò: «Berta, cosa stai facendo?»

Quel diminutivo che la indispettiva indusse Roberta a non rispondere e a nascondersi tra le ortensie per costringere la nonna a venirla a cercare. Un piccolo stratagemma per spezzare l'ansia dell'attesa e riempire quelle ore che non passavano mai. Una volta aveva confessato a sua madre quanto si annoiasse mentre l'aspettava e Malvina aveva replicato: «Ma è fantastico! Poveretti i bambini ai quali non viene concesso il tempo di annoiarsi».

La mamma aveva una laurea in medicina e una specializzazione in psicoterapia della coppia.

Le zie, Cristina e Aurora, ridendo, sussurravano: «Vende fumo. Come fa a curare le coppie che litigano quando non è stata nemmeno capace di vivere insieme al padre di sua figlia?» Perché era un fatto che, dopo qualche anno di convivenza, Malvina aveva dato il benservito a Walter Mandelli a cui aveva affidato anche la loro bambina che era cresciuta sentendo la nonna recriminare: «Povero il mio Walter, sedotto e abbandonato». Quando era piccola, Roberta capiva «seduto abbandonato» e si domandava che cosa ci fosse di così commiserevole nell'adagiarsi in poltrona.

Una mano nodosa le ghermì una spalla.

«Ti ho scovato, brutta lavativa», sibilò la nonna, cogliendola di sorpresa tra le ortensie e usando una delle sue espressioni ricorrenti che, da tempo, non turbavano più Roberta. Tuttavia, in quel momento, scoppiò in lacrime.

La nonna si intenerì. Strinse a sé la nipotina sussurrando: «Non volevo spaventarti».

La prese per mano e la guidò verso la veranda riscaldata dal sole primaverile. Dalla cucina, arrivava il profumo di una torta al cioccolato che la zia Cristina aveva preparato per l'ora del tè. Aspettava la visita del ragionier Fugazza, cassiere del Banco di Roma, auspicabile futuro marito. La zia aveva quarantacinque anni e si disperava all'idea di morire zitella. Quella mattina, quando sua figlia non era presente, la nonna aveva commentato con l'abituale sarcasmo: «Sono sicura che neanche questo sarà quello buono. Fugazza! Un nome, un destino! Prenderà la fuga più velocemente degli altri».

In effetti, la zia Cristina, che era molto bella, aveva collezionato un numero considerevole di corteggiatori, i quali, tuttavia, si dileguavano presto nel nulla. Walter Mandelli sosteneva che la sorella maggiore era tanto bella quanto infantile. Roberta stava volentieri con lei perché era una compagna di giochi ideale. Con la zia si accapigliava e faceva pace come fosse una delle sue amichette. Il medico di famiglia aveva definito Cristina «una personalità immatura».

«Me l'hanno tirata fuori con il forcipe», spiegava la

nonna e le perdonava le bizze e i comportamenti eccentrici.

Ogni volta che un fidanzato si allontanava, Cristina si chiudeva nella sua camera, si nascondeva sotto le lenzuola e, per una settimana, non c'era verso di stanarla. Rifiutava anche il cibo e beveva solamente la cioccolata calda o qualche brodino sostanzioso preparato da sua madre. Accettava solo la compagnia di Roberta che si divertiva moltissimo ad ascoltare i lamenti e le recriminazioni della zia contro il «vile» di turno.

«Per fortuna», diceva asciugandosi le lacrime, «si è preso soltanto il mio cuore, non il mio corpo.»

Quand'era più piccola, Roberta non capiva il significato di quelle parole che, tuttavia, le piacevano tantissimo.

«La soddisfazione di avermi la darò soltanto all'uomo che mi porterà all'altare.»

Quel linguaggio d'impronta ottocentesca, che Cristina prendeva a prestito dai fotoromanzi, affascinava la nipotina.

Dopo una settimana di clausura, il lutto era stato elaborato, superato e lei tornava nel mondo dei vivi, avendo totalmente rimosso la figura del «vile» che l'aveva abbandonata. Si ripresentava in famiglia e nello studio del vecchio notaio, presso il quale lavorava da sempre, e ricominciava a sfarfalleggiare in attesa di un nuovo pretendente.

Ora c'era il ragionier Fugazza, un vedovo sessantenne, senza figli, miope come una talpa, che parlava a denti stretti ed era un patito del ciclismo e della montagna. Sport che la zia aveva sempre ignorato, ma che in quel momento erano diventati i suoi preferiti.

Roberta lasciò la mano della nonna e si fiondò in cucina. «Voglio una fetta di torta», disse alla zia che stava allestendo il carrello per servire il tè.

«Se rimarrai a casa avrai la torta e conoscerai il ragionier Fugazza, se uscirai con tua madre conserverò una fetta di torta per quando ritornerai», replicò la zia accarezzandosi lo jabot della camicetta di seta, tutta pizzi e volant.

La zia Aurora, che aveva un anno meno di Cristina, stava montando la panna con la frusta elettrica. Roberta infilò un ditino nella ciotola e disse: «La mamma verrà di sicuro. Che ore sono?»

A differenza di Cristina, Aurora non badava al suo aspetto. Vestiva come un maschio, aveva i capelli cortissimi e non si truccava mai. Non aveva nemmeno fidanzati e sosteneva che «tutti gli uomini sono repellenti». Era ferrista di sala operatoria al Policlinico. Guadagnava bene, anche perché seguiva spesso i chirurghi quando operavano nelle cliniche private. Spendeva molto del suo denaro per agghindare la nipotina che considerava come la figlia che non avrebbe mai avuto.

«Ho sentito una macchina fermarsi davanti al cancello. Forse è arrivata Malvina», annunciò Aurora.

In quel momento suonò il campanello.

«È arrivata la mamma», trillò Roberta, fiondandosi verso l'ingresso. Spalancò la porta di casa e le si gettò nelle braccia. Malvina la strinse a sé e poi la allontanò per osservare com'era vestita.

«Vieni con me o vai a una festa di nozze?» le domandò.

Roberta indossava un tailleur in tela jeans color rosacenere con la gonna a tubino e la giacchetta attillata da cui uscivano pizzi e volant della camicetta bianca. Portava collant candidi e ballerine di pelle rosa. «Vengo con te. Non ti piace il mio vestito?» chiese Roberta che era molto fiera di quel completo da signorina.

«Se tu avessi anche i guanti e un cappellino, potresti tuffarti dentro una tela di Degas», disse Malvina, sorridendo.

«Cos'è una tela di 'degà'?»

«Un capolavoro, come te», rispose la mamma con fare sbrigativo, perché non avrebbe mai vestito la figlia con una ricercatezza che rasentava il ridicolo e le dispiaceva ancora di più che la bambina si pavoneggiasse tanto.

«Ho capito, non ti piaccio», s'adombrò Roberta che aveva lunghe antenne e captava anche i più piccoli segnali.

«Tu mi piaceresti anche se fossi vestita di stracci», affermò la mamma che non voleva mentirle, ma neppure offendere la sua sensibilità. La prese per mano e si inoltrò nel corridoio. La nonna si affacciò dalla veranda.

«Quando me la riporti?» domandò alla donna, dopo averla salutata. Un muro di diffidenza separava Malvina dalle donne della famiglia Mandelli che la consideravano una pessima madre.

«Quando?» domandò Malvina a Roberta, perché voleva che fosse lei a decidere.

«Mi fermo a dormire dalla mamma», rispose la bambina e sperò che lei acconsentisse.

Malvina aveva già notato su una sedia dell'ingresso lo zaino gonfio dei libri e dei quaderni di scuola. Lo afferrò al volo e se lo mise sulle spalle mentre uscivano.

«A domani, Berta», la salutò la nonna, aspettandosi un bacio dalla nipotina che, invece, schizzò fuori di casa, irritata da quel nomignolo. Salirono sulla macchina di Malvina che le chiese subito: «Papà non è in casa?»

«È andato in Ungheria a intervistare una donna che ha inventato qualcosa per far ricrescere i capelli a quelli che non ce li hanno più», raccontò Roberta.

«Molto interessante», commentò sua madre con una nota sarcastica che, fortunatamente, la bambina non colse.

Walter Mandelli era inviato speciale di un periodico che si occupava di medicina divulgativa. Questa scelta professionale era uno dei motivi del dissidio tra lei e il padre di Roberta.

«Facciamo musica?» propose la bambina e, senza aspettare una risposta, infilò una cassetta nel mangianastri.

Subito si sentì la voce di Francesco De Gregori che cantava «Buona notte fiorellino». Madre e figlia unirono le loro voci a quella del cantautore. Viaggiando in macchina con la mamma, Roberta aveva imparato ad amare tante canzoni.

Conosceva a memoria parole e musica delle canzoni di De André, Celentano, Paoli, Gaber, i Bee Gees. De Gregori, però, era il preferito e, del suo repertorio, prediligeva «Alice», perché Alice era il nome che avrebbe voluto per sé, anche se non lo aveva mai confessato a nessuno. Decise di farlo ora, prendendo l'argomento alla lontana.

«Perché mi hai chiamata Roberta?» domandò a sua madre mentre dal mangianastri scaturivano le note di un'altra canzone.

«È stata una scelta di tuo padre. A lui piaceva Peppino di Capri e la canzone dedicata a Roberta. «Credo che gli piacesse anche quella Roberta che stava con il cantante e che lui aveva intervistato», aggiunse.

«Vorrei chiamarmi Alice, perché il mio nome non mi piace», confessò sua figlia.

«Pensi che a me piacesse il mio?»

«Non lo so. Non ci ho mai pensato.»

«Allora pensaci. Sono sempre gli altri che scelgono il nome che dovremo portare per tutta la vita. E se ti avessimo chiamata Genoveffa o Ermenegilda?» scherzò Malvina.

«Puah!» inorridì la bambina.

«Fai pace con il tuo nome, indossalo come se fosse una bella collana e ti sentirai meglio», le suggerì.

Roberta non sapeva come far pace con un nome che non le piaceva, ma non lo disse.

# 6

MALVINA fermò la macchina sullo spiazzo davanti a un vecchio fienile edificato al centro di un vasto terreno cintato e disseminato di prati, alberi e cespugli. C'erano altre automobili parcheggiate e qualche motorino addossato ai muri del fienile costruito con mattoni a vista. Roberta, un po' contrariata, pensò che in casa dovevano esserci molte persone. Le solite che andavano e venivano a piacimento, senza preavviso. Era così che viveva sua madre ed era un'altra ragione del dissidio con Walter Mandelli. Malvina imponeva a chi varcava la soglia della sua casa poche regole precise: si entrava a piedi scalzi, il contenuto del grande frigorifero era a disposizione degli ospiti che, però, dovevano andarsene quando lei decideva di voler restare sola. A Roberta piaceva quell'antica costruzione rurale con le enormi vetrate ad arco che si aprivano sull'esterno, i tappeti e i cuscini dai colori sgargianti che coprivano il pavimento in cotto. L'interno del fienile era un unico ambiente senza muri divisori, disseminato di paraventi che servivano a delimitare gli spazi.

Madre e figlia entrarono in casa e trovarono una decina di donne che le accolsero in silenzio. Roberta conosceva alcune di loro. Tutte vestivano più o meno come la mamma: uno spreco di scialli, zoccoli, gonne fluttuanti, monili appariscenti e un miscuglio di profumi penetranti.

Alcune stavano acciambellate sui divani, altre sdraiate a terra sui cuscini.

«Questa bambolina viene da una sfilata di Pitti bimbo?» domandò una di loro, magra come un chiodo, i capelli grigi cortissimi, una selva di collane su un collo raggrinzito e due occhi d'acciaio che scrutavano Roberta con freddezza.

La bambina avvampò, colpita da quella critica impietosa al suo abbigliamento. Subito, la mano protettiva della mamma si posò sulla sua spalla e Malvina disse: «Lo sai che adesso fanno anche le sfilate di moda 'Nonne-bimbi'? Credo che la mia Roberta salirebbe volentieri con te, in passerella».

C'era abbastanza veleno in quella replica da indurre al sorriso tutte le amiche e la piccola si sentì rassicurata.

A quel punto, Malvina si rivolse a sua figlia: «Tu non conosci Esmeralda. Qualche volta, l'incalzare del tempo fa di lei una gallina petulante, ma ti garantisco che è una donna di grande coraggio e valore e noi tutte le dobbiamo molto».

Così va meglio, pensò la bambina, e si dileguò verso

il fondo dello stanzone dove un paravento delimitava la camera da letto, sua e della mamma, augurandosi che quelle donne se ne andassero alla svelta.

Alzò il coperchio di un grande cesto di vimini in cui Malvina riponeva abiti, calzature, monili che non indossava più e che lei aveva il permesso di usare come voleva.

A Roberta piaceva molto giocare con quei ricchi vestiti. Ora pescò un abito a fiori, se lo adattò stringendolo in vita con una cintura di vernice rossa, calzò un paio di sandali dello stesso colore con un tacco vertiginoso, poi sedette davanti allo specchio della toilette e cominciò a truccarsi con i rossetti e le matite della mamma. Intanto ascoltava distrattamente la discussione che si svolgeva al di là del paravento.

«Perché cancellare il nostro patrimonio di seduzione? Abbiamo davvero tanta paura di diventare un oggetto del desiderio sessuale del maschio?» domandò Esmeralda.

Un'altra voce replicò: «Noi vogliamo essere apprezzate in quanto persone, non in quanto femmine. Quindi dobbiamo negarci la seduttività».

«Giusto. Esaltare seni e fondoschiena è un esercizio avvilente per qualunque donna», convenne Chiara, che Roberta considerava la più simpatica fra le amiche della mamma.

«Io non mortificherò mai la mia femminilità, né la mia intelligenza», affermò Malvina.

«Attenta, Malvina! Il sistema maschilista che ci punisce da secoli è sempre lì in agguato, pronto a soggiogarci», intervenne un'altra compagna.

«Silvana ha ragione. Voler essere femminili significa farsi strumentalizzare», ragionò Esmeralda.

«Sei proprio tu a metterci in guardia? Tu che hai perso la testa per un ragazzetto cinico che ti sta usando da mesi?» reagì Malvina, e subito seguì un silenzio raggelante.

Roberta si avvicinò al paravento per sentire meglio il seguito del dibattito che aveva creato una certa tensione nel gruppo definito da Malvina «il mio collettivo».

Ora la bambina pensò che forse quelle donne si detestavano.

Fu Esmeralda a rompere il silenzio con una risata e poi disse: «Sapeste quanto mi diverto a farmi usare dal mio ragazzetto e quanto compiango alcune di voi abbarbicate ai vostri noiosi mariti. È proprio questo, amiche mie, il concetto: dobbiamo usare il nostro fascino per sedurre, non per essere sedotte e diventare succubi dei maschi».

Ci fu un applauso. Roberta perse ogni interesse alla discussione e ritornò a impiastricciarsi il viso davanti allo specchio. Fu lì che la raggiunse Malvina, dopo aver liquidato velocemente le sue compagne.

«Hai capito di che cosa stavamo parlando?» le domandò.

«Di sesso», spiattellò la figlia, usando una parola che non avrebbe mai pronunciato in casa della nonna.

«Di dignità», la corresse sua madre.

«La tua amica non ha rispettato la mia dignità quando ha criticato il mio bellissimo tailleur», sottolineò la bambina, che non aveva ancora digerito le parole di Esmeralda.

La mamma l'abbracciò e ammise: «Hai ragione. Invece di riempirci la bocca con concetti astratti dovremmo riflettere più spesso sul loro significato e metterli in pratica. Sei una ragazzina intelligente».

«Mamma, tu mi vuoi bene come papà, di più o di meno?» le domandò all'improvviso Roberta, esternando un interrogativo che si poneva ormai da qualche tempo.

# 7

A OTTO anni, Roberta aveva smesso di affermare che, da grande, avrebbe sposato il suo papà, ma era molto gelosa di lui e la turbava la fotografia dei suoi genitori abbracciati che campeggiava sulla scrivania, nello studio di Walter in via Turroni. Era un'immagine solare del giornalista e della psicologa, in costume da bagno, ritratti su uno sfondo marino.

«Se non vivete più insieme, perché tieni davanti a te questa fotografia?» gli aveva domandato Roberta, un giorno.

«C'è stato un tempo in cui ci siamo voluti molto bene e, anche se dopo le nostre strade si sono divise, non si può cancellare quello che è stato. Sarebbe come cancellare te, che sei la prova più evidente del fatto che la mamma e io ci siamo amati», le aveva spiegato il padre.

Nella sua voce, Roberta aveva avvertito un'incrinatura, come se quell'affermazione celasse una verità che le veniva taciuta. Le parole di Walter avevano suscitato in lei una sensazione sgradevole che si ripresentava, a tratti, rendendola insicura e che lei annullava buttandosi d'impeto tra le braccia della mamma o del papà.

L'abbraccio di suo padre, soprattutto, era molto rassicurante e lei nascondeva il viso nel suo petto che profumava di colonia e di tabacco. Quando era piccola, Walter la sollevava per le ascelle e la metteva a cavalcioni sulle spalle, portandola in giro così, per la strada. Roberta guardava il mondo dall'alto e sentiva un brivido meraviglioso di onnipotenza. Da qualche anno, suo padre aveva smesso quella abitudine che le piaceva tanto sostenendo che, ormai, era diventata grande.

Ora, venendo da scuola, appena varcata la porta di casa avvertì il «profumo di papà».

«È tornato», sussurrò con il cuore in gola. Non lo vedeva da una settimana. Non si liberò neppure dello zaino che le pesava addosso e si catapultò nello studio.

Walter Mandelli, avvolto in una nuvola di fumo, sedeva alla scrivania e batteva i tasti della sua macchina per scrivere portatile. La vide, le sorrise e spalancò le braccia per stringerla al petto.

«Quando sei tornato?» gli domandò Roberta, felice.

«Poco prima di te. Se non togli lo zaino, non posso stritolarti come vorrei», rispose, scherzando.

«E lavori già?» lo interrogò, lasciando scivolare lo zaino sul pavimento.

Allora vide un oggetto bellissimo sul tavolino accanto alla scrivania. Era una piccola giostra di porcellana, decorata con fiori e farfalle dai colori vivaci.

«Per me?» domandò subito.

«È un carillon. Se ruoti la cupola della giostra, i cavallini girano in tondo e sentirai una musica zigana.»

Il papà le portava un regalo da ogni viaggio, ma quel carillon era il dono più incantevole che avesse mai ricevuto. Subito ruotò la cupola e ascoltò rapita le note che scaturivano dal piccolo congegno meccanico. Quando la nonna li chiamò per il pranzo, Roberta portò con sé il carillon e lo piazzò sulla tavola, davanti al suo piatto. Padre e figlia, seduti l'uno di fronte all'altra, osservarono di sottecchi la nonna che era molto imbronciata.

«C'è aria di temporale», le sussurrò il papà, mentre la nonna entrava nella stanza con una zuppiera colma di spaghetti fumanti.

Roberta strinse il collo nelle spalle e allargò le braccia con l'aria di dire: «Non ne so niente».

La nonna aveva sempre una ragione per i suoi malumori. Roberta e il padre non se ne curavano più di tanto. D'abitudine, a mezzogiorno, c'erano soltanto loro tre a tavola, perché le zie pranzavano fuori.

Walter prese a raccontare del viaggio in Ungheria, alla ricerca di una strana dottoressa che aveva inventato un farmaco per arrestare la caduta dei capelli o favorirne la ricrescita. Roberta perse presto interesse al suo racconto. Continuava a ricaricare il suo carillon per ascoltare la musica. Intanto ripensava all'umiliazione inflittale da una compagna di classe che abitava in un palazzo di via Turroni, di fronte a casa Mandelli. La strada era divisa in due da un filo invisibile: su un lato si susseguivano le villette abitate dai signori, sull'altro si ergevano grandi edifici con appartamenti nei quali vivevano famiglie di negozianti, operai, artigiani. Le bambine che abitavano nei palazzi erano molto più libere e indipendenti di quelle delle villette. Reagivano alle provocazioni dei maschietti e sapevano difendersi anche venendo alle mani. Picchiare i compagni era il loro gioco preferito. Ma sapevano anche fare squadra quando si trattava di aggredire «quelle riccone delle villette», che portavano abiti acquistati in una boutique di moda infantile famosa nel quartiere, mentre loro vestivano pantaloni e scarpe da ginnastica comperati al mercato.

Quel mattino, quando la mamma l'aveva accompagnata a scuola, Roberta indossava ancora il tailleur rosa della domenica e, mentre passava tra i banchi per raggiungere il suo posto, Michela aveva annunciato a gran voce: «È arrivata la *stimuscetta*».

I compagni e le compagne si erano messi a ridere e Roberta era arrossita per la rabbia e la vergogna. Pensò che, il giorno prima, anche un'amica della mamma l'aveva apostrofata con ironia. Che avessero ragione loro? Decise che ci avrebbe pensato dopo. Ora replicò: «Tu sei una scema e un'ignorante».

«E tu sei la figlia di una che non è neanche sposata con tuo padre.»

Lo strano rapporto che c'era fra i suoi genitori non l'aveva mai turbata particolarmente, ma in quel momento la fece scoppiare in lacrime, mentre tutta la classe rideva. A quel punto entrò in aula l'insegnante e, vedendo

Roberta che singhiozzava, pretese una spiegazione. I ragazzini delle prime file raccontarono l'accaduto e la maestra obbligò Michela a chiedere scusa a Roberta che ci mise un po' di tempo prima di calmarsi.

In quel momento interruppe il racconto di suo padre per domandargli: «Perché tu e la mamma non siete sposati?»

«Che cosa c'entra adesso questa domanda?» intervenne la nonna, sempre pronta a parare i colpi diretti al figlio.

«È una storia complicata che la mamma e io ti racconteremo quando sarai più grande. Per ora accontentati di sapere che i tuoi genitori ti vogliono molto bene, anche se non sono sposati», rispose Walter Mandelli.

Era questo il punto: se le volevano tanto bene, perché il loro amore non la salvava da un'accusa che suonava come una nota infamante?

«Che cosa ti manca?» intervenne la nonna, come se volesse accusarla della sua scontentezza. E proseguì, fornendo finalmente la spiegazione della sua aria corrucciata: «La vita, cara mia, non è mai fatta di rose e baci. Te ne accorgerai. Io sono stanca di dannarmi i giorni per colpa vostra. Lo so io quello che ho passato ieri, quando il ragionier Fugazza non si è presentato e Cristina ha avuto una delle sue solite crisi. Ho dovuto darle un calmante e metterla a letto. Ringraziando Dio, in attesa di morire, sto ancora bene. Ma se non potessi occuparmi di questa famiglia di matti, che cosa succederebbe?»

«Il ragionier Fugazza non è venuto?» si meravigliò

Roberta. La notizia l'aveva distratta dai suoi pensieri e subito aggiunse: «Allora c'è ancora la torta al cioccolato».

«Siamo alle solite! Anche il Fugazza si è dileguato», osservò Walter.

«Non rispondeva nemmeno al telefono. Chissà, forse ha avuto un incidente ed è finito in ospedale», ipotizzò la nonna.

In quel momento, preceduta da un effluvio di Eau de parfum di Nina Ricci, zia Cristina comparve in sala da pranzo. Gli occhi arrossati, il mascara che colava sulle guance, i volant della camicetta imbrattati di fondotinta, sedette al tavolo, nascose il viso tra le mani e singhiozzò: «È finita! Il vile aveva chiesto da tempo il trasferimento nella filiale di Ancona. È partito venerdì scorso, dopo avermi promesso che ieri sarebbe venuto a conoscere la famiglia».

«La storia si è ripetuta anche stavolta», sussurrò la nonna.

«Sono sfortunata. Il destino si accanisce contro di me che non chiedo altro che un compagno da amare e servire per tutta la vita», continuò a lamentarsi Cristina. Poi si alzò e uscì dalla stanza.

«Lei è sfortunata ma io sono stanca di sopportarla», sbottò la nonna.

Walter strizzò l'occhio alla figlia e disse: «Vado di là a lavorare. Dopo, portami una fetta di torta».

«Non posso. Devo raggiungere la zia», rispose Roberta, uscendo di corsa dalla sala da pranzo. Era eccitata dalla ripetizione di un dramma che conosceva a memoria e che l'affascinava sempre. Pregustò gli sfoghi verbali della zia, intervallati da tazzine di brodo ristretto e cioccolata calda, mentre lei, sdraiata sul letto gemello, ascoltava e, a tratti, riusciva a farsi raccontare le storie della famiglia, quelle più singolari che nessuno le avrebbe mai rivelato.

# 8

ROBERTA salì nella camera della zia, portando con sé il carillon ungherese e il mangiadischi per far ascoltare all'innamorata delusa le canzoni che le piacevano.

Zia Cristina, in veste da camera, si stava struccando il viso davanti allo specchio con del cotone idrofilo intriso di latte detergente e lacrime.

Roberta si sedette sul letto, azionò il carillon e lo posò sul comodino.

«Papà dice che è una musica zigana. Che cosa significa zigana?»

Sperava di distrarla, anche perché le sembrava che le delusioni sentimentali della zia fossero parte integrante della sua esistenza e non erano mai totalmente strazianti. Tra le lacrime, infatti, si aprivano squarci di risate su vecchie storie di famiglia che Cristina le raccontava con il talento consumato di un'attrice teatrale. La bambina ascoltava avidamente le sue parole e rideva con lei, perché spesso le storie dei Mandelli, rivisitate dalla zia, erano esilaranti.

«Allora, che cosa vuole dire zigano?» insistette Roberta.

Cristina riprese a singhiozzare e non le rispose. La nipotina non si perse d'animo. Infilò un 45 giri nel mangiadischi e nella camera esplose la voce di Celentano che cantava di un pomeriggio troppo azzurro per la sua solitudine. Forse prendendo un treno per raggiungere il suo amore...

Cristina si infilò nel suo letto alzando fino al mento la coperta di cretonne.

Quando la canzone finì, si commiserò: «Magari potessi anch'io prendere un treno per raggiungere il mio amore».

«Perché vuoi un marito? Non stai bene qui, con me? Se ti sposi, chi mi racconterà più le storie che mi piacciono tanto?»

La zia rispose con un nuovo torrente di singhiozzi. Allora Roberta tacque e stette lì ad aspettare che esaurisse le lacrime, passando in rassegna i mobili e gli oggetti della stanza: i puf foderati di raso celeste, guarniti con sottili bordure di pizzo, il tavolino bianco della toilette sovraccarico di flaconi di profumi e vasetti di creme, il vecchio cassettone con il piano in marmo bianco che ospitava una collezione di fotografie racchiuse dentro cornici di madreperla, di legno, d'argento. Tra queste spiccava il ritratto dei nonni, in bianco e nero, nel giorno delle nozze. Il nonno sedeva su una poltroncina imbottita, le gambe accavallate, l'abito scuro, il viso severo di un uomo maturo rischiarato da uno sguardo scintillante. In piedi, alle sue spalle, la nonna, molto più giovane di lui, indossava un tailleur chiaro e una camicetta immacolata chiusa fino al mento. In testa calzava un cappellino a tamburello, con una mezza veletta che adombrava lo sguardo. Le labbra, lunghe e sottili, appena dischiuse in un sorriso discreto. A suo parere, il nonno era più bello della nonna. Roberta sapeva, perché glielo aveva raccontato la zia Cristina, che il nonno Guido aveva amato moltissimo la giovane sposa che era la sua seconda moglie. La prima era morta amorevolmente assistita dalla nonna che, all'epoca, era stata assunta proprio con il compito di occuparsi della moglie del professore, ammalata da sempre e morta di un «dramma pancreatico». Che cosa fosse questo male, Roberta non lo sapeva, ma era una definizione che l'affascinava come «malattia criptogenetica» e «neurastenia acuta»: tutte malattie di cui aveva sofferto la prima moglie di Guido Mandelli, il professore. Perché così lo aveva sempre chiamato la nonna, che proveniva da una famiglia poverissima di contadini della Bassa mantovana. Il nonno, che era stato docente di filosofia teoretica all'Università Statale di Milano, aveva ereditato dalla prima moglie una villetta nel Mantovano dove insieme trascorrevano le vacanze estive. Quella giovane sposa, di «salute precaria», si chiamava Ortensia ed era una biondina fragile e delicata come il fiore di cui portava il nome. Era stata Ortensia a individuare in Ersilia, allora tredicenne, la ragazzina giusta da prendersi in casa perché le facesse compagnia e assolvesse a tante piccole incombenze di cui le domestiche non potevano occuparsi.

Ersilia l'aveva accudita per dieci anni con uno spiccato senso del dovere, ricevendo in cambio una discreta educazione, anche se non era mai riuscita a perdere la scontrosità del carattere contadino e il timore reverenziale nei confronti del severo professore. Per tutta la vita, anche dopo averlo sposato, gli aveva dato del lei, chiamandolo con il suo titolo accademico.

Quando i figli volevano qualcosa, lei diceva: «Chiedetelo al professore». Aveva servito il marito come se fosse stato un principe. I figli ricordavano quando la mamma diceva: «Professore, con tutto il rispetto, ho tre figli da crescere e non ho il tempo per studiare la grammatica, come lei vorrebbe».

Guido Mandelli era stato un padre dolce, ma severo, e un marito affettuoso. Vedendolo così diverso dalla moglie, i figli si erano sempre posti un interrogativo che non avrebbero mai osato formulare, e cioè: «Papà, che cosa ti ha spinto a sposare la mamma?» Quella scelta era rimasta un mistero anche per la nonna, che lui aveva amato forse perché lei lo aveva sempre considerato come un bene irraggiungibile.

«La contadina, rozza e illetterata, aveva esercitato un fascino misterioso sull'uomo di pensiero», aveva spiegato la zia a Roberta, raccontandole di quella volta che, per festeggiare i dieci anni di matrimonio, Guido Mandelli aveva regalato alla moglie un filo di perle.

Lei, che aveva a disposizione i gioielli di Ortensia e li teneva chiusi in un cassetto adornandosi di un unico oggetto d'oro, la fede nuziale, aveva osservato attentamente la bella collana e poi l'aveva riposta nell'astuccio dicendo: «Professore, io la ringrazio molto, ma questo gioiello è troppo raffinato per me. Lo terrò da parte per una delle sue figlie».

I figli, infatti, due femmine e un maschio, non erano mai definiti da Ersilia «i nostri figli», ma «i figli del professore» a indicare la distanza mai superata tra lei e il marito.

Morendo, quell'uomo discreto e dolce aveva lasciato un grande vuoto nella famiglia.

Quando le parlava del professore, delle sue piccole manie, della sua capacità di ascoltare, la zia Cristina si commuoveva e piangeva.

Ora, tra i singhiozzi, disse: «Se ci fosse ancora il mio papà, lui saprebbe come consolarmi».

«Raccontami ancora del nonno», la spronò Roberta.

«Non è la giornata buona, tesoro», rispose la zia.

«Allora dimmi di tutti i fidanzati che ti hanno lasciato.»

«La parola 'fidanzato' mi è diventata odiosa, perché è sinonimo di tradimento. So bene di non essere un'aquila, di non avere l'intelligenza di Aurora o di tuo padre. Ma sono stanca di veder calpestati i miei sentimenti. Queste offese, accumulate negli anni, mi hanno tolto la voglia di vivere. Vai a giocare con le tue amiche, piccolina. Adesso mi sento molto stanca. Ho bisogno di riposare.»

Roberta scivolò giù dal letto, prese il suo carillon, il mangiadischi e stava per uscire dalla camera quando ebbe un ripensamento. Si accostò alla zia e le propose: «Ti lascio la mia giostrina che fa una bella musica zigana?»

«Lasciami solo il mangiadischi. Voglio ascoltare ancora Celentano», rispose lei.

Roberta andò a cercare la sua amica Ines, la figlia di Corbetti, ingegnere del Genio Civile. La gatta di Ines aveva avuto i gattini e Roberta li stava corteggiando nella speranza di portarsene uno a casa.

Era nella veranda dei Corbetti a scegliere il nome più adatto per ogni cucciolo quando si sentì il suono straziante della sirena di un'ambulanza.

Le due bambine si precipitarono sulla porta. L'ambulanza della Croce Rossa si era fermata davanti a casa Mandelli.

«Qualcuno della tua famiglia si è sentito male», ipotizzò Ines.

«La zia Cristina», sussurrò subito Roberta, impallidendo.

Corse verso casa in tempo per vedere due infermieri che portavano su una barella un corpo coperto da un lenzuolo.

La nonna, il viso pietrificato dal dolore, le passò accanto e, prima di salire sull'ambulanza, le disse: «Le avevo preparato la cioccolata calda. Bussavo, bussavo e non apriva la porta perché il suo cuore si era fermato, all'improvviso».

# 9

«Ti porto a vedere un bel cartone animato», propose Malvina che si era precipitata dai Mandelli per occuparsi di sua figlia in un momento tanto drammatico. Andarono al cinema e Roberta guardò il film senza vederlo, perché non si rassegnava alla perdita della zia amatissima e pensava solamente a lei.

Dopo i funerali, Walter confabulò con Malvina e insieme le annunciarono: «Andiamo tutti e tre al mare. La stagione è bellissima e potremo fare i bagni».

Roberta capì che la mamma e il papà cercavano di farla sentire meno sola, ma non c'era niente che potesse alleviare il suo dolore.

La mamma le diceva: «Prenditi tutto il tempo necessario, perché un lutto non si elabora in un giorno».

A tratti riusciva a distrarsi e ritornava a sorridere. Poi, bastava il profumo di una saponetta o un pizzo in una vetrina, perché l'assenza di zia Cristina ritornasse a pesarle sul cuore.

La sera, nella suite del *Grand Hotel* di Santa Margherita dove era andata con i genitori per alcuni giorni, lei chiudeva gli occhi aspettando il sonno e subito risentiva la voce di Cristina che le raccontava le storie della famiglia.

Una sera, la ricordò distesa nel letto, ornata di pizzi, in un effluvio di Nina Ricci, mentre le diceva: «Devi sapere che, tutti i sabati, c'era il colloquio con papà. Finito il pranzo, ci alzavamo da tavola e la mamma ci spediva in bagno a lavarci i denti e a ravviarci i capelli. Quando era sicura che fossimo tutti e tre presentabili, sedevamo impettiti sulla cassapanca in anticamera e aspettavamo che papà ci chiamasse, l'uno dopo l'altro, nel suo studio. Lui sedeva alla scrivania, la stessa su cui adesso lavora il tuo papà. Puliva gli occhiali cerchiati d'oro con la pelle di daino, prelevava dal taschino del gilet l'orologio d'oro e lo posava davanti a sé. Alle due in punto, non un minuto prima né uno dopo, tuonava: 'Avanti il primo'. Toccava a tuo padre, il più piccolo di noi tre. Entrava correndo nello studio, deponeva i suoi quaderni sulla scrivania e sedeva compunto davanti al professore. Aurora e io origliavamo dietro la porta socchiusa. Papà lo sapeva, sorrideva, sfogliava i quaderni, commentava i voti e annuiva. 'Vedo che la scrittura è migliorata e andiamo bene anche con l'aritmetica. La tua maestra è soddisfatta e lo sono anch'io. C'è qualcosa di cui vorresti parlarmi?'

«Una volta Walter, aveva solo otto anni, gli disse: 'Sì papà. Vorrei parlarti della mia fidanzata'. 'Mi sembra un argomento molto interessante, ti ascolto', lo sollecitò il padre, coprendosi la bocca con una mano perché il bambino non vedesse il suo sorriso. E lui raccontò: 'È una compagna di classe. Si chiama Maruzza, di cognome fa Roccazzella. È arrivata da poco da Napoli. Suo papà fa l'ortolano. Vive nel palazzo in fondo alla nostra strada. È un po' somara e la maestra ha minacciato di metterle in testa le orecchie d'asino se non studia. Tutta la classe ha riso. Io, invece, ero furioso e, non sapendo come difenderla, ho deciso di farne la mia fidanzata'.

«Aurora, che stava vicino a me, disse: 'Che scemo! Gli uomini sono scemi fin da bambini'. Io, invece, avrei tanto voluto avere un compagno di classe come mio fratello. Quella volta, il professore gli mise in mano alcune lire e gli disse: 'Bravo figliolo! Oggi puoi andare a cercare la tua Maruzza e offrirle un cono gelato'. 'Grazie, papà. Posso anche invitarla da noi per fare i compiti insieme?' chiese Walter. 'Per questo devi rivolgerti a tua madre', decise papà. Il colloquio era finito e lui tuonò di nuovo: 'Avanti la seconda'.

«Anche Aurora consegnava a papà i suoi quaderni e la pantomima si ripeteva. Un sabato, quando papà le chiese se le premeva parlargli di qualcosa, lei disse: 'La mamma mi costringe a indossare le gonne, mentre io voglio i pantaloni'. Aurora aveva tredici anni, detestava la compagnia dei maschi, eppure si comportava come loro e voleva assomigliare a loro. Papà si fece serio, la scrutò a lungo negli occhi e poi concluse: 'Voglio che tu sia serena. Questa richiesta mi sembra legittima e pertanto ne parlerò con tua madre'.»

«Il nonno lo sapeva che zia Aurora è un po' maschio, vero?» era intervenuta Roberta.

«Non devi parlare mai di questo con la nonna. Mi raccomando», aveva risposto Cristina, portandosi il dito indice alle labbra.

«La nonna non deve saperlo?»

«Lei non accetta le cose difficili.»

«È difficile essere un po' maschio?»

«Immagino di sì. Ma non è facile nemmeno essere donna e io sono qui a dimostrarlo. Vivo in una valle di lacrime e non trovo un uomo che me le asciughi.»

«Te le asciugo io, zia.»

«Sei tanto cara, piccina mia, ma per questo io voglio un innamorato.»

«Perché i tuoi fidanzati scappano sempre?»

«Sarà perché ho i miei princìpi, mentre gli uomini sono tutti dei materialisti. Vogliono solo una certa cosa e, quando l'hanno avuta, denigrano la donna, accusandola di essere leggera.»

«Qual è quella certa cosa?»

«Sei troppo piccola per capire.»

Roberta capiva solo che i fidanzati della zia al primo momento erano affascinati dalla sua bellezza, ma subito dopo si rendevano conto di quanto fosse infantile. Loro cercavano una compagna, non una bambina.

«Andiamo avanti, zia. Che cosa ti diceva il nonno, quando arrivava il tuo turno?»

«Io ero la sua preferita. I miei quaderni non erano esaltanti, ma io infilavo tra le pagine un dono segreto solo per lui: un fazzolettino a cui avevo ricamato l'orlo, un cartoncino su cui avevo incollato un fiore, una piccola poesia. Papà sorrideva, mi dava una carezza e poi domandava anche a me di che cosa gli volessi parlare. Io rispondevo: 'Solo dirti che ti voglio bene'. E lui, a me: 'Te ne voglio anch'io'.»

«E dopo?» la sollecitò Roberta.

«Dopo veniva il turno della nonna, che gli presentava i conti di casa. Se papà faceva un'osservazione che non le piaceva, dichiarava: 'Professore, vuole prendere lei le redini della casa?' Allora lui si affrettava a rispondere: 'Ci mancherebbe. Quello che fai tu è sacrosanto'. E lei replicava: 'La ringrazio per la stima'. Ecco come andavano i colloqui del sabato. La nostra era una famiglia serena.»

«E il nonno era un buon padre, vero?»

«Qualche volta sapeva essere dispettoso.»

La zia riprese il racconto.

«Devi sapere che da ragazzi eravamo costretti ad andare in vacanza per tutta l'estate in quella orribile casona di campagna nel Mantovano, mentre avremmo tanto desiderato andare al mare. Papà amava quel posto, noi lo odiavamo, ma lui se ne infischiava. Una volta, finalmente, riuscimmo a convincerlo. Scrisse una lettera a una pensione di Chiavari e prenotò due camere, una per sé e Walter e l'altra per noi donne. Andai io a imbucare la lettera. Eravamo elettrizzati per averla spuntata. Ormai era cosa fatta: saremmo andati al mare. Ma pochi giorni dopo trovammo sulla scrivania di papà una seconda lettera pronta per essere spedita alla stessa pensione. La leggemmo. Papà annullava la prenotazione perché i figli erano stati bocciati e, di conseguenza, la famiglia Mandelli avrebbe trascorso l'estate in città. Fu terribile.»

«Il professor Guido Mandelli fece questo?» aveva deplorato la piccola Roberta.

«Non voleva proprio saperne di portarci al mare. E fin qui potevamo capirlo. Ma farci passare per somari... Fu terribile», ripeté la zia.

«E lui, come si giustificò?»

«Non seppe mai che avevamo letto la lettera. Un giorno ci disse che non si andava a Chiavari perché la pensione era al completo.»

«Io lo avrei odiato.»

«Ma no, piccolina. Il fatto è che quella vacanza sarebbe costata un bel po' di soldi e papà aveva solamente il suo stipendio di professore e tre figli da far studiare. Capisci?»

I ricordi di queste storie passavano e ripassavano nella mente di Roberta.

Poi erano trascorsi i giorni, le settimane e lentamente Roberta aveva superato il dolore per la morte della zia. Mamma e papà smisero di fingere di essere una coppia perfetta e lei riprese la solita vita nella villetta di via Turroni dove niente era cambiato, tranne che la zia Cristina non c'era più.

# 10

«CARA, dolce, zia Cristina», sussurrò ora a fior di labbra.

C'erano voluti anni per capire che la povera zitella, così disponibile a giocare con lei, così pronta al pianto come al sorriso e all'allegria, era soltanto una bambina che aveva un estremo bisogno di essere amata. Richiuse il finestrone della veranda, posò sul davanzale il cubo di Rubik, fu sul punto di salire le scale per fare il giro delle camere, poi cambiò idea. Sarà per la prossima volta, pensò, e uscì.

Questa volta si preoccupò di chiudere accuratamente a chiave la porta di casa e il cancello. Poi ritornò in libreria.

I clienti, soprattutto donne, si aggiravano tra i banchi, prendevano in mano i libri, ne leggevano il risvolto, consideravano il prezzo, valutavano se acquistarli oppure no.

Roberta vide Angelica che stava consigliando a una

signora anziana un volume per la nipotina. Mentre il professor Vinciguerra, nel settore della poesia americana, cercava affannosamente qualche poeta di nicchia. Chiara stava discutendo con un venditore che voleva affibbiarle alcuni titoli, mentre lei si ostinava a rifiutarli. «Lo so che ne ha parlato anche il critico del *Corriere*, ma da noi questo autore non funziona», gli disse infine. Poi raggiunse Roberta e le sussurrò: «Tuo marito telefona a intervalli regolari. Mio Dio, è peggio di un martello pneumatico. Vuole sapere dove sei, perché non rispondi al cellulare che hai dimenticato in libreria».

Roberta entrò nell'ufficio. Adesso, il sole illuminava per intero il cortile e la stanza. S'infilò nella toilette per lavarsi le mani. Sopra un asciugamano di spugna, che era caduto sul pavimento, Roberta scoprì Messalina tutta concentrata sul parto imminente. Si chinò per accarezzarla, richiuse la porta e la lasciò tranquilla.

Sedette alla scrivania e fissò lo sguardo, pensosa, sulla parete di fronte dove erano appese le vecchie locandine di alcuni romanzi che avevano fatto piangere, sorridere, riflettere Malvina e Chiara: *Love story*, *Il padrino*, *Il mondo secondo Garp*, *La diceria dell'untore*, *L'insostenibile leggerezza dell'essere*, *Caro Michele*. Ricordò che, quando Malvina era immersa nella lettura di un libro che la catturava, non c'era modo di distoglierla e, una volta che l'aveva terminato, lo chiudeva con uno schiocco e diceva: «Ah, questo romanzo mi ha dato una botta in testa». E lo passava subito a Chiara raccomandandole: «Di questo dobbiamo vendere almeno cento copie».

Chiara sosteneva che Malvina aveva l'infatuazione facile e capitava che le due si azzuffassero per un romanzo che a una era piaciuto e all'altra era sembrato insulso.

Accadeva che la zia Cristina si unisse a loro, poiché anche lei era una forte lettrice, e osava intervenire nella disputa. La zia si infilava nella libreria quasi di soppiatto, verso sera, quando usciva dallo studio del notaio. Era sempre a caccia di novità. Chiara o Malvina sapevano quale libro suggerirle. Qualche volta le davano un romanzo troppo audace per lei che, scandalizzata, dichiarava: «I personaggi di questa storia sono altamente immorali».

Ricordò la sera in cui, tra i banconi della libreria, Cristina si abbandonò a una confidenza su una lontana storia tra suo padre e sua madre. Lei, Roberta, era accucciata sul pavimento e stava divorando le avventure del *Barone rampante* di Calvino. Malvina, Chiara e Cristina parlavano sommessamente senonché, a un certo punto, alzarono il tono della voce. Roberta abbandonò la lettura e drizzò le orecchie, captando il racconto della zia: «Papà amava tantissimo la mamma, ma qualche volta si prendeva piccoli svaghi che a un uomo è lecito concedersi. Non so se mi spiego».

Malvina e l'amica non commentarono ma si scambiarono uno sguardo di disapprovazione: loro non erano affatto d'accordo con la zia poiché ritenevano che gli uomini e le donne avessero gli stessi diritti e doveri.

Cristina proseguì: «La mamma era gelosa di papà,

anche se non lo dava a vedere, e telefonava spesso in facoltà, inventando un pretesto, per controllare i suoi movimenti. La mattina lo aiutava a vestirsi e, la sera, a spogliarsi. Una sera gli sbottonò la camicia e si accorse che lui era senza la maglia che lei stessa gli aveva infilato al mattino».

«Hai capito, il professor Mandelli?» commentò divertita Malvina.

«Ascolta, perché il bello deve ancora venire», proseguì Cristina.

«La mamma domandò: 'E la maglia dov'è finita?' Lui si passò le mani sul petto nudo e, con un'espressione incredula, quasi scandalizzata, e un'improntitudine che non ha uguali, esclamò: 'È vero, non ho più la maglia! Devono avermela rubata sul tram'.»

Le tre donne scoppiarono a ridere. «Rise anche mia madre. Almeno, così mi disse quando mi raccontò il fatto», concluse la zia.

Roberta allora aveva otto anni e non riuscì a capire perché quell'episodio fosse così divertente. Nel ricordarlo adesso, le sfuggì un sorriso.

«Cara, dolce zia Cristina», sussurrò di nuovo, lo sguardo fisso sulle vecchie locandine appese. Pensò che i Mandelli erano una bella famiglia e per lei avevano rappresentato un modello di riferimento. Nel suo immaginario, questo nonno mai conosciuto era diventato una figura mitica e aveva sperato che Oscar gli assomigliasse almeno un po'. Risentì ancora la voce della zia amatissima che, dal suo «letto di lacrime», le diceva: «In fondo, che cosa chiedo a Dio? Una piccola cosa, un niente: un amore che mi tenga sveglia di notte, che mi faccia palpitare, che occupi tutti i miei pensieri. Perché vedi, piccolina, un cuore senza amore è come un ruscello senza acqua».

Suonò il telefono e lei, meccanicamente, sollevò il ricevitore aspettandosi di sentire la voce di suo marito, invece era quella di una sconosciuta.

«La signora Trinchese?» domandò la voce.

«Sono io. Chi parla?»

Era la direttrice della scuola elementare di Matteo.

«Dovrebbe venire subito a prendere il bambino.»

«Oddio! Che cosa gli è successo?» domandò spaventata.

«A lui niente. Ma ho bisogno di parlarle.»

# 11

MATTEO era raggomitolato su una poltrona, un cuscino stretto tra le braccia come uno scudo a difesa dai genitori che lo guardavano e lo condannavano.

Oscar, che non riusciva a contenere l'amarezza per il comportamento del figlio, girava in tondo nel salotto.

«E si dice che i figli sono una benedizione!» esclamò furibondo.

«È l'argomento peggiore che tu possa tirare in ballo in questo momento», lo aggredì Roberta, esasperata dal ripetersi del solito copione. Oscar, infatti, era un padre tenero e affettuoso, ma di fronte alle difficoltà, invece di affrontarle, cercava sempre di svicolare.

«Trovane tu uno migliore», replicò il marito, furente.

«Ho fame. Posso andare a mangiare le lasagne, prima che si raffreddino?» intervenne Francesca che aveva già detto la sua sul fratello, definendolo «un deficiente», per quello che aveva combinato a scuola.

Era accaduto che Matteo aveva chiesto il permesso di

uscire dall'aula. Nel rientrare, era passato davanti all'armadio aperto del materiale didattico e aveva visto una bomboletta di vernice a spruzzo. L'aveva presa e, forse per provare se funzionava, o forse per il piacere di trasgredire, aveva imbrattato il giubbotto di pelle di un compagno di classe appeso agli attaccapanni nel corridoio. La bidella lo aveva sorpreso e lo aveva accompagnato dalla direttrice a cui aveva raccontato il fatto.

Di fronte alle due donne che lo accusavano, Matteo era scoppiato in lacrime senza riuscire a spiegarsi.

«Deve esserci una ragione se hai imbrattato il giubbotto di Paolo. Il tuo compagno ti ha fatto un dispetto? Avevate litigato? Aveva danneggiato qualcosa di tuo?»

Non c'era stato verso di indurlo a parlare, ma quando vide sua madre si rifugiò tra le sue braccia e disse: «Paolo non mi ha fatto niente di male e io non volevo sporcare il suo giubbotto».

La direttrice si rivolse a Roberta: «Forse Matteo ha qualche problema e, in attesa di un chiarimento, dovrei sospenderlo dalle lezioni».

Matteo sentì ed esclamò, disperato: «Non voglio essere sospeso! Giuro che non lo farò più».

La direttrice era una signora gentile, comprensiva, aperta al dialogo e capì che Matteo stava soffrendo.

«Ne sono sicura», affermò, per calmare il bambino. Rivolta a Roberta, proseguì: «Porti a casa suo figlio e tenti di capire qual è il problema. Per questa volta non lo sospendo».

Oscar era rincasato dopo aver prelevato Francesca all'uscita della scuola e Roberta lo aveva informato dell'accaduto. Come sempre, messo di fronte a una situazione difficile, scelse la via della sfuriata.

«Posso andare a mangiare?» insistette Francesca.

«Dovremmo essere tutti quanti a tavola, se tuo fratello non avesse combinato un guaio», urlò il padre.

Matteo mollò il cuscino e si tappò le orecchie con le mani. A quel punto Oscar gli mollò un ceffone.

Roberta si alzò di scatto dalla poltrona e fronteggiò il marito: «Non è con gli schiaffi che si risolvono i problemi».

Matteo corse fuori dalla stanza e andò nella sua camera.

«Allora pensaci tu, che sei così brava», sibilò Oscar a sua moglie, e uscì dal salotto con Francesca.

Come sempre, toccava a Roberta affrontare la situazione. L'atto di vandalismo compiuto dal suo bambino la spiazzava. Aveva una sola certezza: doveva parlare con lui e farsi dare delle spiegazioni.

Cercò di entrare nella camera di Matteo, ma la porta era chiusa a chiave. Bussò dicendo: «Tesoro, apri».

«Non voglio vedere nessuno», rispose il bambino.

Allora Roberta prese un cuscino dal salotto, lo mise per terra, davanti alla camera del figlio, e vi si accovacciò.

In quel momento ripescò dai suoi ricordi di bambina un episodio che aveva dimenticato. Si rivide, più o meno all'età di Matteo, battere più volte con un pezzo di corda un'aiuola di tulipani fioriti, nel giardino di casa. Era molto scontenta di sé e aveva sfogato la sua infelicità colpendo con forza quei bellissimi fiori. Soltanto dopo si era resa conto di aver commesso una cattiva azione. Per sua fortuna, era scoppiato un violento temporale accompagnato da una provvidenziale grandinata che aveva rovinato i fiori e gli alberi del giardino, evitandole una giusta punizione da parte della nonna.

Ma i sensi di colpa l'avevano tormentata per molti giorni e bastava un niente perché scoppiasse a piangere. Adesso Roberta ripensò alla sottile inquietudine che aveva caratterizzato la sua infanzia. Tutti le volevano bene, si preoccupavano di lei, la colmavano di attenzioni, ma divideva la sua vita tra la casa dei nonni e quella della mamma, senza capire perché non potesse avere, come tutti i suoi coetanei, una famiglia normale. Ricordò quando la zia Aurora l'aveva accompagnata in un negozio per comperarle un paio di pattini. Il commesso le aveva raccomandato: «Devi ricordarti di tenere sempre il peso del corpo bilanciato in avanti. Per le prime volte dovrai farti sostenere dalla mamma e dal papà».

«Da tutti e due non è possibile, perché la mia mamma e il mio papà non vivono insieme», aveva replicato.

«Non è necessario che racconti gli affari di famiglia», le aveva sussurrato Aurora, fulminandola con un'occhiataccia.

Roberta avrebbe voluto che la zia le spiegasse perché non avrebbe dovuto dirlo. Ma non era in grado di formulare quella domanda troppo complicata per i suoi pochi anni.

Adesso Roberta si chiese se anche suo figlio, pur vivendo in una famiglia normale, soffrisse di insicurezza a causa del comportamento dei suoi genitori.

Forse Matteo non respirava un'aria rassicurante in famiglia e questo gli creava dei problemi.

Francesca e Oscar avevano finito di pranzare. Uscirono dalla cucina e la videro seduta per terra. Francesca la ignorò e andò in salotto ad accendere il televisore. Oscar le domandò: «Che cosa ci fai, lì?»

«Aspetto di parlare a mio figlio», rispose e aggiunse: «Dal momento che suo padre non intende occuparsi di lui».

«Tu ce l'hai con me e mi nascondi qualcosa, perché anche stamattina non eri in libreria e non rispondevi al cellulare», l'accusò il marito, spostando come sempre l'attenzione su di sé. Poi controllò l'orologio e proseguì: «Comunque di questo parleremo al mio ritorno. Adesso devo andare a Bologna. Quanto a Matteo, vedrai che si rimetterà in riga».

Si chinò su di lei e le sfiorò la guancia con un bacio.

«Non tenermi il broncio», soggiunse sorridendole, prima di andarsene.

Roberta non sprecò il fiato per dirgli che il comportamento di Matteo meritava più attenzione da parte sua, tanto Oscar non l'avrebbe ascoltata. Ci vollero tutta la sua pazienza, il suo amore e i morsi della fame per stanare il bambino dalla sua camera.

Quando si decise ad aprire la porta, non si aspettava di trovare la mamma accucciata per terra.

Lei spalancò le braccia e il figlio vi si rifugiò in lacrime.

«Lo sai, piccolino, che sto morendo di fame?» disse Roberta, asciugandogli il viso.

«Anch'io», singhiozzò lui.

«Adesso scaldiamo velocemente le lasagne nel microonde», annunciò, dirigendosi con lui verso la cucina.

«Mamma, possiamo ripagare il giubbotto del mio compagno?» domandò Matteo, sul punto di mangiare la pasta.

«Dobbiamo», rispose Roberta.

«Però mi vergogno di fargli sapere che sono stato io», ammise.

«Ti voglio bene, piccolino», disse Roberta.

Mangiarono in silenzio. Poi il bambino confessò: «Non so davvero perché ho fatto quella brutta cosa. Volevo solo provare se la bomboletta funzionava».

«Qualche brutta cosa l'ho fatta anch'io, quand'ero piccola come te. E neppure io sapevo perché. Non preoccuparti. Troveremo il modo di venirne fuori», concluse.

Quel giorno Roberta telefonò a sua madre.

«Ho bisogno di parlarti», le disse. E spiegò: «Sono nei guai e solo tu puoi aiutarmi».

# 12

Roberta aveva bisogno di confrontarsi con Malvina che, se non era stata la migliore delle madri, si era sempre mostrata disponibile ad ascoltare i suoi problemi.

Quando aveva sposato Oscar, immaginava il suo futuro di moglie e di madre a colori pastello, perché i suoi figli avrebbero avuto due genitori uniti, invece che separati, com'era accaduto a lei, e sarebbero cresciuti nella serenità. I fatti la stavano smentendo. Ora, a bordo della sua utilitaria, percorreva lentamente la strada che si snodava lungo i morbidi pendii delle colline, tra boschi fitti d'alberi che il sole d'aprile al tramonto penetrava a fatica.

Aveva abbassato i finestrini e l'avvolse il profumo della vegetazione in pieno rigoglio. Superata una curva, vide stagliarsi nel cielo venato di rosa il campanile della chiesetta, poi il muro di cinta del camposanto e, infine, le due torri della villa di Tavernolo. All'orizzonte si ergevano maestose le montagne innevate. Roberta fermò la macchina sul ciglio della strada per rispondere al cellulare che aveva preso a trillare.

Era la zia Aurora che voleva sapere dove poteva trovare la maizena per il budino alla vaniglia.

«In un vecchio barattolo di caffè», rispose Roberta.

«E il caffè, dove l'hai messo?»

«L'ho versato in un vaso di vetro, perché preferisco comprare i pacchetti invece dei barattoli.»

«E poi ti lamenti perché i tuoi figli sono disordinati. Avverti quando sei arrivata.»

«Ci sono già. Sto entrando in paese», la rassicurò.

La zia Aurora, che andava per i settantaquattro anni, era quanto le restava della famiglia Mandelli. Era sempre stata una persona positiva, molto vitale, e ancora adesso Roberta poteva far conto sul suo aiuto. La compagna di Aurora era morta da diversi anni e lei era rimasta sola, perciò non chiedeva di meglio che occuparsi dei nipoti.

Quando Roberta la chiamava, lei si presentava in via Spartaco con una valigia, un gran fascio di fiori freschi e un vassoio di pasticcini. Preparava il suo letto nella camera di Francesca, agguantava le redini della casa con il piglio di un comandante e, chissà come, tutto filava nel migliore dei modi. Persino Oscar diventava un agnellino ubbidiente e premuroso.

Quel pomeriggio, Roberta le aveva chiesto di occuparsi della sua famiglia per un paio di giorni, mentre lei andava da Malvina. «Chiudo casa e arrivo», l'aveva rassicurata sbrigativamente.

La zia viveva da molti anni in un appartamento in corso Monforte che era stato della sua compagna, la dottoressa Melandri, la quale glielo aveva lasciato in eredità. Era una casa molto bella, con i soffitti affrescati e la zia l'aveva già destinata a Roberta. Lei sperava che la zia campasse a lungo, perché le voleva molto bene ed era una persona preziosa.

Ora chiuse la comunicazione e riavviò l'automobile. Tra i profumi della vegetazione le sembrò di sentire anche il profumo di sua madre.

La casa di Tavernolo le era familiare, le ricordava la sua infanzia e lì trascorreva tutte le feste comandate con i bambini e il marito.

Arrivò poco dopo sul poggio dove sorgeva l'antica villa costituita da una struttura centrale con due corpi laterali che cingevano il cortile sul quale si apriva un arioso porticato a tre archi. Superò il cancello di ferro battuto, ai cui lati si ergevano due pilastri sormontati da vasi di pietra, e si fermò davanti all'ingresso principale.

Carlin, il domestico che con la moglie si occupava della casa e del giardino, stava innaffiando il prato inglese.

«Il vento e il freddo dei giorni passati hanno asciugato il terreno e guarda un po' come hanno ridotto questa bella erbetta», annunciò non appena lei scese dalla macchina. Poi soggiunse: «Il sindaco è nel salotto verde con un paio di assessori. L'avverto del tuo arrivo».

«Non serve. Mi ha già vista», rispose Roberta che,

di là da una portafinestra, aveva notato un gesto di saluto della madre.

Entrò in casa e andò in cucina. Damasco e Toledo, i due lupi alsaziani, la seguirono. Venere, la moglie di Carlin, stava preparando un pasticcio di vitello in crosta. Vedendola comparire, si affrettò a pulire le mani nel grembiule e le andò incontro per abbracciarla. A dispetto del suo nome, non era mai stata bella nemmeno da giovane, ma era la persona più dolce e attiva che Roberta avesse mai conosciuto. Era entrata in quella casa con il marito quando erano una giovane coppia al servizio dei nonni di Malvina. Abitavano un piccolo edificio adiacente la grande casa della quale continuavano a occuparsi anche se, da qualche tempo, Malvina aveva affidato i lavori più pesanti a un uomo che abitava in paese. Roberta le sfiorò la guancia con un bacio, mentre Venere le diceva: «È proprio una bella sorpresa vederti. La tua mamma mi ha detto che ti fermi un paio di giorni e ho già preparato la torta di nocciole che ti piace tanto».

«Tu sai come farmi felice», replicò Roberta. Si rese conto d'essersi espressa con le stesse parole che Oscar le aveva rivolto la mattina del giorno prima e si irritò.

«Perché non hai portato i bambini e il tuo Oscar?» domandò Venere, che stravedeva per quel bugiardo che aveva l'impudenza di dirle che era una bellissima signora, e lei fingeva di credergli.

«Non sarebbe una vacanza. Io ho bisogno di un po' di riposo», rispose.

«Così mi ha detto il sindaco. Non stai bene?» si

preoccupò, mentre infilava nel forno il pasticcio di vitello.

«Sto lavorando un po' troppo», rispose lei. E, per evitare altre domande, soggiunse: «Vado a portare la borsa nella mia camera».

«Fai con calma, perché tua madre ne avrà ancora per un pezzo con quei due piantagrane», l'avvertì l'anziana domestica.

Roberta salì lo scalone e s'inoltrò lungo il corridoio su cui si aprivano le camere da letto.

Per Roberta, quella era una specie di seconda casa che frequentava da quando sua madre aveva dato l'addio al collettivo femminista, dopo le prime avvisaglie del terrorismo, e venduto il fienile. Con l'attivismo che la caratterizzava, dopo un paio d'anni Malvina era diventata sindaco di Tavernolo e, pur con gli intervalli di legge, teneva le redini del paese da molti anni.

Roberta sistemò i suoi indumenti nell'armadio e poi scese al piano terreno. Sua madre l'aspettava nel soggiorno dove il Carlin aveva acceso il fuoco nel caminetto.

«Sono contenta di rivederti», l'accolse Malvina, abbracciandola.

A sessant'anni era ancora più bella di quand'era ragazza. I capelli bruni con riflessi ramati lasciavano trapelare vaghe striature d'argento che aumentavano il suo fascino. Il taglio cortissimo faceva risaltare l'ovale del viso. I grandi occhi scuri erano ravvivati da un trucco lieve. Aveva smesso da molto tempo di indossare scialli e lunghe gonne fluttuanti. Ora vestiva quasi sempre di grigio, vivacizzando quella tinta spenta con sciarpe e collane dai colori vivaci.

«Hai dei problemi con i tuoi assessori?» le domandò Roberta.

«Ogni giorno, ma fa parte del mio lavoro», le rispose la madre.

Tavernolo, un paesino di duemila abitanti, non aveva mai avuto un amministratore più efficiente. Lei minimizzava attribuendo il merito ai suoi collaboratori, ma era un fatto che i paesani l'adoravano.

Tutte le domeniche, dopo la Messa di mezzogiorno, Malvina sedeva sulla panca di pietra che correva lungo la facciata della chiesa e dava ascolto a tutti coloro che non era riuscita a ricevere nel suo ufficio. Ormai, dopo tanti anni, le udienze del sindaco sul sagrato della chiesa erano diventate una consuetudine e la gente si rivolgeva a lei per i bisogni più disparati: lamentarsi di un vicino, sollecitare lo sveltimento di una pratica che giaceva nel cassetto di un assessore, chiedere lumi su uno specialista di medicina, invitarla a un battesimo, farsi tradurre un articolo da una rivista americana in cui si esaltava il successo di un figlio emigrato, farsi aiutare a scegliere, dal campionario, il tessuto più adatto al rivestimento di un divano.

La piccola comunità brianzola funzionava con la precisione di un orologio e Malvina si vantava di conoscere, uno per uno, tutti gli abitanti di Tavernolo che la consideravano una di loro, poiché lei aveva trascorso in quel luogo gran parte della sua vita.

Ora disse alla figlia, invitandola a sedere sul divano, davanti a sé: «Che cosa succede?»

«Ho avuto un febbrone come quelli che mi venivano quand'ero bambina e il dottor Galli mi ha ordinato qualche giorno di riposo», spiegò Roberta.

«E poi?» la incalzò sua madre.

«Come ti ho già detto, sono in un guaio e non so come uscirne», concluse.

Un airone cinerino attraversò il cielo oltre la portafinestra che dava sul prato. Il ticchettio di una pendola antica scandiva il tempo della bella sera d'aprile.

«Il problema è questo, mamma: non so più che cosa sia giusto fare», proseguì.

Sua figlia era in crisi e Malvina immaginò che Oscar avesse la sua parte di responsabilità in tutto questo, ma si guardò bene dal dirlo.

Roberta decise che, prima di affrontare la questione del piccolo Matteo, doveva accennare alla sua visita nella casa di via Turroni. E lo fece.

«Hai sfidato i fantasmi del passato?» si stupì Malvina.

«Proprio così, mamma. All'improvviso ho sentito il bisogno di ritrovare la mia infanzia. E non basta. Sto cercando di capire da dove mi è venuta la necessità di autopunirmi legandomi a Oscar. Non ho mai avuto lo spirito della crocerossina, eppure l'ho blandito, curato, vezzeggiato, continuando a sentirmi in colpa per qualcosa che non so, o forse per non ammettere di avere sbagliato nello scegliere quel compagno di vita pur di avere una famiglia normale. E siccome la risposta che sto per darmi è che sono una deficiente, ho sentito il bisogno di parlarne prima con te», disse e si rese conto che era proprio questa la ragione che l'aveva condotta a Tavernolo.

Suonò il telefono e Malvina lo ignorò dicendo: «Risponderà Venere».

Quello era un momento troppo importante per spezzare il filo dei ragionamenti di Roberta. Così la spronò: «Vai avanti».

«Comincerò col dirti che devo riprendere in mano la mia vita e vorrei anche sapere qualcosa di più su di te e sul povero papà. Tu e lui, quand'ero bambina, mi offrivate un pane dalla crosta fragrante, ma non ho mai potuto assaggiare la mollica, così non so se era morbida o collosa, ben lievitata o cruda, sciapa o salata», disse.

Malvina incassò il colpo e non reagì.

Venere bussò alla porta e la socchiuse, annunciando: «È tutto pronto. Metto in tavola?»

Malvina rivolse uno sguardo interrogativo alla figlia, che annuì. Arrivata a quel punto, un piccolo intervallo avrebbe giovato a tutte e due.

L'arredamento della sala da pranzo, vecchio di due secoli, era stato lasciato dai vecchi proprietari al nonno di Malvina quando aveva comprato la villa. Le due credenze contrapposte, con il fronte mosso, mostravano al centro lo stemma nobiliare della famiglia per la quale erano state eseguite. La tavola rettangolare, con il piano lievemente sagomato, riprendeva i motivi delle credenze. E così la grande pendola a muro e gli schienali delle sedie imbottite. Alle pareti, Malvina aveva appeso alcune vivaci acqueforti di autori moderni. Anche in sala da pranzo era stato acceso il camino per contrastare l'aria frizzante della sera.

Con il vitello in crosta, Venere servì un'insalatina tenera, aromatizzata con l'aceto di mele.

«Ha telefonato il dottore», disse la donna a Malvina, mentre versava nei bicchieri un vinello leggero.

Si riferiva a Sergio Orombelli, medico a Lecco, figlio del dottor Orombelli che era stato ottimo amico del nonno di Malvina. Lei e Sergio si conoscevano da sempre. I due stavano insieme da quando lei si era stabilita a Tavernolo in via definitiva. Sergio curava i pazienti a Lecco, Caglio e Tavernolo, amava quei luoghi e conosceva vita, morte e miracoli degli abitanti. Si era laureato in medicina e continuava a esercitare la professione per rispettare la tradizione di famiglia. In realtà, la sua passione più autentica era la scrittura a cui si dedicava nel tempo libero elaborando storie di paese così godibili da garantirgli un notevole seguito di lettori. Aveva perfino vinto alcuni premi letterari. Pubblicava un libro ogni due anni e Malvina, la prima lettrice delle sue storie deliziose, era molto fiera di lui. Tuttavia, considerando troppo impegnativa la vita di coppia, aveva deciso per le case separate. Così Sergio continuava a vivere a Lecco e lei a Tavernolo. Questa scelta si era rivelata eccellente per il consolidarsi della loro unione.

«Gli hai detto che Roberta è qui?» domandò ora a Venere.

Venere annuì.

«Se dovete vedervi, io posso andare a letto. Ho davvero bisogno di riposare», disse Roberta.

«Tranquilla. Sergio non scappa e per una sera sopravvive anche senza di me», la rassicurò sua madre, con voce lieve.

Osservava sua figlia, così smarrita e così bisognosa di sostegno. Pensò che le assomigliava, più di quanto Roberta fosse disposta ad ammettere. Sua figlia si era confidata con lei molto raramente e, quando lo aveva fatto, si era subito ritratta. Adesso, invece, sembrava decisa ad aprirsi senza reticenze. Finirono la cena e bevvero una tisana preparata da Venere.

«Sono proprio stanca, mamma. Credo che andrò subito a letto», annunciò Roberta.

Accostò il viso a quello della mamma e la baciò su una guancia, poi l'abbracciò e le sussurrò: «Ti voglio bene».

«Io di più», disse Malvina.

«Possiamo dormire insieme, nel tuo lettone, questa notte?»

«Come quando abitavo nel fienile e tu avevi il tuo letto, ma ti infilavi sempre nel mio?» le domandò, sorridendo.

«Come trent'anni fa», affermò sua figlia.

La notte, in Brianza, era più fredda che in città e Venere aveva acceso il camino nella stanza poiché Malvina, da oculata amministratrice delle sue magre rendite, aveva spento da un pezzo il riscaldamento. Molti pensavano che lei fosse ricca perché abitava in quella bellissima villa, ma non era così. L'antica dimora nobiliare era una fonte inesauribile di spese, gli emolumenti di sindaco erano risibili e Malvina continuava ad avere dei pazienti non solo perché amava quel lavoro, ma anche perché era una ulteriore fonte di guadagno di cui aveva bisogno. Madre e figlia si infilarono sotto il piumino, avendo prima indossato caldi pigiami di flanella.

«Ti va di parlare?» domandò Malvina, che si era coperta fino al mento.

«Vorrei che fossi tu a farlo. Ci sono cose di te e di papà che so a spizzichi e bocconi. Perché non mi hai mai parlato del vostro rapporto?»

«Sai come si dice: la sarta che veste gli altri non sa fare un abito per sé», rispose Malvina, pensosa.

Poi, circondò le spalle di sua figlia con un braccio e la strinse a sé.

«È arrivato il momento di raccontarti una lunga storia che comincia quando io avevo pochi anni più di Francesca», esordì con un sorriso.

Si rivide diciassettenne, all'uscita dal liceo, il cuore in tumulto perché Gianni Franzini, il migliore allievo della scuola, le aveva proposto: «Hai voglia di venire al cinema con me, oggi pomeriggio? Ho i biglietti gratis per *La contessa di Hong-Kong*».

# *Malvina*

# 1

«PERCHÉ questo strano nome?» le domandò Gianni, mentre versava nelle tazze il tè caldo, al bar *Alemagna* di via Manzoni.

Gianni frequentava l'ultimo anno del liceo classico e aveva già deciso che, dopo la maturità, si sarebbe iscritto a filosofia. Frequentava un gruppo cattolico di giovani liceali guidato da un prete di straordinaria apertura mentale e con una profonda capacità di ascolto e di accoglienza.

Il ragazzo portava occhiali da miope, con la montatura pesante, e i suoi occhi azzurri come l'acqua del mare osservavano con interesse Malvina, seduta davanti a lui.

«Mia madre si chiamava così», rispose la ragazza.

«Si chiamava?» indagò il ragazzo.

«È morta mentre io nascevo. Se non avesse avuto una figlia, oggi sarebbe ancora viva», sospirò Malvina.

«È tutto da vedere. I disegni di Dio sono imperscrutabili. Comunque ti hanno dato un nome ossianico, bellissimo. Hai mai letto i canti gaelici di MacPherson?» le domandò e allungò una mano a ricomporle una ciocca di capelli che le ricadevano sulla fronte. Quel gesto tenero la emozionò.

«Ne conosco interi brani a memoria. Li ho trovati tra i libri di mia madre e, fino a qualche anno fa, mi sono nutrita della malinconia di quei poemi tenebrosi, delle atmosfere irreali dell'Irlanda del III secolo. Forse cercavo un contatto con la donna che mi ha generato e che non ho mai conosciuto. Poi, per fortuna, sono passata oltre», raccontò.

«Non riesco a immaginare come sia la vita di un figlio senza un genitore. In casa nostra siamo in metà di mille. Oltre a papà e mamma con i loro otto figli, vivono con noi anche i nonni paterni», disse lui, allegramente.

«Da bambina, sono stata una specie di pacco postale: passavo dalla casa dei nonni materni a quella di papà che, a un certo punto, si è risposato e mi ha preso con sé definitivamente. La mia matrigna è americana. È una brava donna ma, chissà come, non abbiamo mai molto da dirci. Così, leggo tanti libri», spiegò lei.

«Che cosa leggi?»

«Di tutto. Romanzetti, romanzoni, romanzacci. Mi identifico con i personaggi, partecipo ai loro drammi, elaboro le loro riflessioni. Comunque, da queste letture disordinate ho imparato che un bel romanzo mi rimane impresso, mentre dimentico subito una storia insignificante.»

«È un ottimo metro di valutazione. Considera, però,

che a diciassette anni la capacità di giudizio è ancora acerba.»

Malvina lo osservò perplessa, sorrise e poi disse: «Ma come parli? Sembra che tu stia scrivendo un tema».

Gianni rise di gusto.

«Ho il brutto vizio di parlare come un libro stampato, lo so. Ma non posso farne a meno. Per altro, è così che mi sono conquistato la fama di piccolo genio e me la tengo stretta. Anche perché mi piace che gli altri riconoscano che sono il migliore», confessò candidamente.

«Che cosa stai pensando in questo momento?» lo spronò lei.

«Che mi piaci, ma se te lo dicessi mi sentirei banale, superficiale e scontato, perché qualsiasi ragazzo potrebbe dirtelo usando le stesse parole. Dunque, devo cercare un'espressione diversa. Ci sono. Sto leggendo Karl Kraus il quale scrive che i tedeschi si definiscono il popolo di Schopenhauer, mentre lui era così modesto da non considerarsi il pensatore dei tedeschi. Allo stesso modo io sono affascinato da Malvina, mentre Malvina è così modesta che non se ne rende conto. Ti ho colpito?»

«Nemmeno un po'. Penso che tu abbia una buona memoria, ma quello che hai detto non mi trasmette nessuna emozione», lo rimise in riga.

«Accidenti! Ma sei sicura di avere soltanto diciassette anni?»

«Se proprio vuoi saperlo, potrei tenerti una lezione sulla letteratura americana contemporanea o su quella russa tra l'Ottocento e il Novecento», dichiarò, orgogliosa.

La sala del bar *Alemagna* era affollata da persone, sedute ai tavoli, che chiacchieravano e ridevano, ma i due giovani si sentivano avvolti da una nuvola impenetrabile, che escludeva il resto del mondo.

A un certo punto, Gianni si alzò.

«Ti accompagno a casa», disse e l'aiutò a infilarsi il cappotto a grossi quadri scozzesi panna e beige.

Malvina abitava in fondo a via Turati, non lontano dall'ospedale in cui lavorava suo padre. Mentre camminavano, lei domandò a Gianni: «Perché oggi hai proposto proprio a me di andare al cinema?»

«Sapevo che avresti accettato», rispose sicuro.

«Tutte le ragazze del Berchet avrebbero accettato il tuo invito.»

«Non tutte. Comunque ti avevo notato fin dall'anno scorso, perché non vieni mai alle feste, non fai parte di nessun gruppo e sei carina da morire», confessò Gianni.

«Che cosa ti faceva credere che avrei accettato il tuo invito?» lo incalzò lei.

«Mi tieni d'occhio da un anno. La primavera scorsa ti ho vista più di una volta, alla finestra della tua aula, che mi guardavi durante l'ora di ginnastica nel cortile», spiegò.

«Mio Dio, siete in trenta. Come puoi pensare che guardassi te?»

«Prova a negarlo», la sfidò lui.

«Guardavo te», ammise.

«Allora, fine della discussione», concluse lui.

Quando arrivarono davanti al portone di casa, Malvina disse: «Sono stata molto bene oggi», e precisò: «Voglio dire che è stato bello parlare con te e ascoltarti».

Stettero lì, l'uno di fronte all'altra, a sorridersi un po' impacciati.

«Sto affannosamente cercando una cosa non banale da dirti e non mi viene in mente niente. Nebbia assoluta», confessò infine lui.

«Perché sforzarsi di cercare una frase a effetto?» osservò lei. E soggiunse: «Non potresti semplicemente chiedermi: 'Ci vediamo domani?' Avrei qualcosa di carino a cui pensare questa notte, prima di addormentarmi».

«Ho paura di complicarmi la vita», replicò lui, sottovoce.

«Allora vai al diavolo», lo sferzò, aprendo il portone.

A quel punto, Gianni l'agguantò, la strinse a sé, la baciò sulle labbra e, tenendola fra le braccia, le sussurrò: «Ti amo, non sai quanto».

Lei fu sul punto di rispondergli: «Anch'io». Invece, si sciolse dal suo abbraccio, gli sorrise amabilmente e, nel varcare il portone, gli disse: «Io non so se ti amo. Sai, a diciassette anni, la capacità di giudizio è ancora acerba».

# 2

MALVINA aveva finalmente un ragazzo, il migliore, che l'amava e le dedicava tutte le sue attenzioni.

Rilesse alcune grandi storie d'amore cogliendo tutte le sfumature dei sentimenti di Anna Karenina per il conte Alekseij Vronskij, del grande Gatsby per la bellissima Daisy, della dolce Jane Eyre per il signor Rochester, di Catherine Barkley, l'infermiera inglese, per l'americano Frederick Henry. Imparava a memoria interi brani e li ripeteva, la sera, prima di addormentarsi. Le dispiaceva solamente constatare che le grandi passioni si alimentano di drammi, di lacrime, mentre lei non aveva nessun motivo per piangere e disperarsi.

Avrebbe voluto raccontare a tutti la sua storia d'amore che, invece, non confidava nemmeno alle compagne di scuola che tuttavia sapevano, avendo notato le sue manovre e quelle di Gianni Franzini.

Il sentimento che stava sbocciando tra i due liceali non sfuggì agli insegnanti, anche se fingevano di non accorgersene, e neppure a Susan, la sua matrigna, che una sera ne parlò con il marito.

Il dottor Leoni era rincasato dall'ospedale particolarmente stanco. Dopo cena, Malvina si era chiusa nella sua stanza, forse per studiare, certamente per sognare. Subito dopo, lui e la moglie si erano ritirati in camera da letto.

«Credo che tua figlia sia innamorata», esordì lei.

«Era tempo. A diciassette anni, le figlie dei miei colleghi hanno già il fidanzatino», dichiarò il padre.

«Se è per quello, le ragazze americane hanno il loro primo boy-friend a tredici anni. Resta da capire perché lei ne faccia un mistero», osservò la moglie che sedeva davanti allo specchio della toilette e si massaggiava il viso con la crema da notte.

Susan Kellerman era nata a Filadelfia da una famiglia di origine tedesca. Alta, longilinea, bionda, bella ed elegante, assomigliava a Grace Kelly. Il padre era un ricco imprenditore edile che elargiva generosamente denaro ai figli.

Si era laureata in medicina e aveva conosciuto il padre di Malvina a Monaco, a un convegno sulle malattie di origine alimentare. Il dottor Leoni era vedovo da otto anni e un nuovo matrimonio non rientrava nei suoi progetti per il futuro. Susan aveva da poco superato il trauma di un divorzio e, dopo averlo conosciuto, aveva deciso che quello sarebbe stato il nuovo compagno della sua vita. Aveva fatto tutto lei e l'uomo si era ritrovato con una fede al dito e una moglie bella e ricca.

L'appartamento di via Turati era stato il dono di nozze di papà Kellerman. Susan, a Milano, era entrata in uno studio di medici associati e godeva della stima dei pazienti per la sua professionalità, ma anche perché era americana, e gli americani andavano di moda.

Aveva improntato la vita milanese sul modello statunitense: una bella casa per accogliere gli amici, un guardaroba raffinato, l'iscrizione a un golf club ben frequentato, l'abbonamento al Teatro alla Scala, l'adesione a un paio di enti benefici e, con un dinamismo sorprendente, riusciva a conciliare gli impegni domestici con quelli lavorativi e mondani, senza tralasciare di seguire con discrezione la crescita di Malvina, dalla quale era riuscita a farsi accettare.

«Resta da capire chi sia il ragazzo in questione», insistette Susan che era passata dalla crema viso notte alla crema corpo notte con cui aveva preso a massaggiare le braccia soffermandosi sui gomiti.

«È importante saperlo?» domandò lui che era a letto e stava cercando inutilmente di concentrarsi nella lettura di un romanzo molto divertente di Jorge Amado, *Donna Flor e i suoi due mariti*.

«Ma certo, caro. Presumo sia un liceale come lei, ma dobbiamo sapere del suo rendimento scolastico e della sua famiglia e, soprattutto, dobbiamo essere sicuri che sia un bravo ragazzo», spiegò con voce soave.

«Vuoi occupartene tu, per favore?» disse lui, chiudendo il libro.

«Farò quello che posso», acconsentì Susan, mentre stava per andare in bagno a togliersi l'accappatoio di spugna e indossare la preziosa camicia da notte di seta lucida.

Quando tornò in camera, suo marito si era già addormentato. Si stese accanto a lui, spense la lampada sul comodino e passò in rassegna una serie di frasi d'approccio all'argomento che avrebbe trattato con la figliastra.

Decise che la tattica migliore era quella di prenderla alla lontana, magari parlando di sé, dei suoi diciassette anni e del compagno di college di cui si era innamorata.

«Si chiamava Charles, ma lo chiamavamo Charly. Era un campione di nuoto. Mio Dio, che spalle aveva! Pensavo di amarlo, perché tutte le ragazze del college spasimavano per lui, mentre Charly aveva scelto me. Naturalmente i miei conoscevano la sua famiglia e, purtroppo, sapevano anche che lui era un pessimo studente. Ingoiava vitamine, si massacrava negli allenamenti, ma quando prendeva in mano la penna per scrivere sembrava che impugnasse una vanga. Ricordo ancora il suo biglietto di San Valentino. Mi dichiarò il suo amore eterno con un florilegio di strafalcioni che gli avrebbero precluso l'accesso a qualsiasi università. Andò poi alla UCLA, perché il padre fece una grossa donazione. Lo rividi sui teleschermi in occasione delle Olimpiadi in cui vinse l'oro per il nuoto. Se fosse stato tanto intelligente quanto era muscoloso sarebbe stato perfetto.»

Susan raccontò tutto questo a colazione, mentre imburrava una fetta biscottata.

Malvina capì che la matrigna cercava di indurla a confidarsi.

«Perché mi racconti questa bella storia?» chiese, con fare malizioso.

«Che diamine, oggi è il quattordici febbraio, il giorno di San Valentino», esclamò Susan.

«In Italia non è una festa importante.»

«Peccato. È bello, alla tua età, avere un innamorato che ti scrive un biglietto.»

«Magari ce l'ho», rispose lei, facendo cadere un rivolo di miele sul pane imburrato.

«E non ne parli?» domandò con aria delusa.

«Forse tengo in serbo questa storia per raccontarla a mia figlia quando avrà la mia età, tanto per sapere i fatti suoi», dichiarò.

«E così mi sono presa della ficcanaso», sorrise la donna. «È vero. Ho la sensazione che tu stia vivendo un momento bello e importante e non voglio guastarlo. Però mi piacerebbe se invitassi il ragazzo a pranzo o a cena.»

Malvina la guardò dubbiosa.

«Credi che dovrei farlo?»

Susan annuì.

«Ci penserò», disse Malvina sul punto di uscire per andare a scuola.

«Mi piacerebbe tanto», affermò Susan, aiutandola a infilarsi il cappotto.

Gianni l'aspettava all'angolo di via Turati con piazza Cavour. Avrebbero preso il tram insieme.

Le bastò vederlo per sentirsi felice. La stessa felicità brillava nello sguardo del ragazzo che le sorrideva. Nel raggiungerlo, Malvina si chiese perché rischiare di guastare tutto invitandolo a casa, dove Susan, ne era certa, lo avrebbe radiografato e, petulante com'era, avrebbe finito per trovargli qualche terribile difetto. Gianni, per lei, era perfetto così com'era e non le serviva il consenso di nessuno.

«Sei insolitamente silenziosa», osservò lui che la cingeva per la vita, impedendole di vacillare ogni volta che il tram frenava.

«Stavo elaborando una definizione della felicità», disse lei.

«Dimmi la tua, poi ti dico la mia», la spronò il ragazzo.

«La felicità è avere qualcuno che ti sostiene su un tram affollato, alle otto del mattino», affermò. E soggiunse: «Adesso dimmi la tua».

«Dio è la mia felicità, perché mi ha fatto incontrare te che sei l'immagine stupefacente della sua bellezza», dichiarò il ragazzo, sussurrando al suo orecchio.

Le sue labbra le comunicarono un guizzo di piacere seguito da un attimo di smarrimento: Gianni le aveva appena detto che se non avesse creduto in Dio, non l'avrebbe amata. Ma lui le sfiorò la fronte con un bacio e lo smarrimento svanì subito.

# 3

La lunga tavola rettangolare poteva ospitare non soltanto i dodici componenti della famiglia Franzini, ma anche gli eventuali ospiti. A un capo stava il padre di Gianni, all'altro la madre. Gli anziani genitori del capofamiglia sedevano l'uno di fronte all'altra a metà del tavolo, mentre gli otto figli, una nuora e un genero erano allineati in ordine di età. Malvina era stata messa tra Gianni e Perla, la sorella quindicenne.

L'appartamento dei Franzini, che occupava l'intero primo piano di un palazzo di via Durini, si affacciava su un cortile ed era contornato da un lungo terrazzo su cui crescevano oleandri e limoni in vaso.

Due domestiche silenziose, una anziana, che aveva l'aria di essere invecchiata in quella famiglia, e una più giovane, posarono agli estremi del tavolo due enormi piatti di portata che contenevano risotto giallo con piselli e ossibuchi. Poi si ritirarono.

Il professor Franzini, stimato antiquario milanese, e

la moglie cominciarono a riempire i piatti che passavano di mano in mano. Poi il capofamiglia congiunse le mani, chinò lo sguardo sul piatto e, imitato da tutti, disse: «Signore, ti ringraziamo per il cibo che ci offri e per aver ricondotto a noi il nostro Alessandro».

Tutti conclusero la preghiera con un «Amen» e presero a mangiare.

Quel rito ricordò a Malvina che, nella casa dei nonni materni, a Tavernolo, a fine pasto la nonna diceva: «Anche questa volta, con il santo aiuto di Dio, abbiamo mangiato». E il nonno aggiungeva: «E un po' anche con il mio».

Malvina, proiettata in quella famiglia tanto numerosa, si sentiva un po' confusa, ma i Franzini fecero di tutto per metterla a suo agio. Era una domenica di luglio, lei aveva appena superato la maturità classica e Gianni aveva dato tutti gli esami del primo anno di filosofia.

Malvina si vergognò un po' pensando ai pranzi e alle cene frettolose servite a Gianni in casa sua, qualche volta al tavolo della cucina, quasi sempre soli, tranne la prima volta, quando Susan, avendo saputo che il giovane era figlio del re degli antiquari milanesi, aveva voluto strafare apparecchiando una tavola da set cinematografico che aveva messo in imbarazzo i due innamorati e il dottor Leoni.

Quel primo invito a pranzo dai Franzini era nato per caso. I due ragazzi erano stati, dopo la Messa, a una riunione del gruppo cattolico che Gianni frequentava.

Era stata una mattinata molto stimolante. Gianni irradiava felicità e, sul punto di riaccompagnarla a casa, aveva detto d'impulso: «Non ti lascio. Vieni a pranzo dai miei. Non ti vedrò per due mesi e oggi ti voglio tutta per me».

L'indomani, infatti, Malvina sarebbe partita con suo padre e Susan per Filadelfia e sarebbe rientrata soltanto a settembre.

Ora, seduta a tavola accanto a lui, gli domandò sottovoce: «È sempre così, a casa tua?» Gianni la guardò perplesso.

«Spiegati», disse.

«È come essere alla corte di Re Artù: una famiglia sterminata, Dio che riconduce Alessandro all'ovile... Dov'era finito Alessandro, prima di tornare all'ovile?» sussurrò.

«Adesso non posso, ma dopo ti spiego», tagliò corto lui.

Dalla cucina, dove erano stati relegati i bambini più piccoli, venivano le loro risate e gli strilli. Di loro si occupava una nurse. Erano i figli di un fratello e di una sorella di Gianni. Quest'ultima, sull'esempio dei genitori, aveva avuto tre figli in quattro anni di matrimonio.

A un certo punto, Perla, la sorella minore di Gianni, le domandò: «È vero che la tua mamma è americana?»

«Si chiama Susan ed è la mia seconda mamma. La prima è morta quando sono nata», spiegò Malvina.

«È vero che ti hanno chiamata come la tua prima mamma?» insistette la ragazzina.

Era evidente che Gianni aveva parlato di lei, in famiglia.

«Perla, smettila di fare domande», intervenne la signora Franzini che non si perdeva una mossa di Malvina.

«Perché? Da qualche parte bisogna pur cominciare per fare amicizia», replicò lei, per niente intimidita dallo sguardo severo della mamma. E subito dopo proseguì: «Tu la chiami mamma o Susan? Con lei parli in italiano o in inglese?»

«La chiamo Susan e parliamo in tutte e due le lingue. Lei, però, sostiene che il mio inglese è pessimo ed è per questo che vado in America», rispose Malvina.

«Beata te! Io non so cosa darei per andare laggiù. Lascerei casa e famiglia», confessò la ragazzina.

«Perla!» la rimproverò la nonna. Poi si rivolse alla nuora: «Hai sentito tua figlia?»

«Lasciamola sognare un po'», sorrise benevolmente la signora Franzini.

Malvina, nonostante l'accoglienza affettuosa di quella numerosa famiglia, si sentiva confusa. Quando il pranzo finì, supplicò il suo ragazzo di riaccompagnarla a casa.

«Guarda che nessuno ti mangia. Siamo soltanto una grande tribù e con il tempo ti abituerai a loro e loro a te», la rassicurò Gianni. E soggiunse: «Adesso devo sbrigare una cosa. Vai sul terrazzo a chiacchierare con Alessandro. È la pecora tornata all'ovile. Ti raggiungo subito».

Malvina obbedì. Il terrazzo era coperto da un pergolato di glicine odoroso e disseminato di divanetti e di tavolini.

«Così, tu sei la ragazza di Gianni», la accolse Alessandro, sprofondato su un divano, con in mano un bicchiere di whisky e ghiaccio.

«Da un anno e mezzo», precisò lei, andando a sedersi di fronte a lui.

Malvina notò che Alessandro assomigliava molto a Gianni.

«Non farti incastrare dai Franzini», le raccomandò lui.

«Che cosa intendi dire?» domandò Malvina, incuriosita.

«Questa famiglia è come un lungo, grosso serpente. Ti avvolge nelle sue spire e ti strangola, ti stritola e ti inghiotte. Guardati da tutti noi, perché siamo troppo amorevoli, troppo onesti, troppo cattolici e non ammettiamo le sfumature.»

Aveva gli occhi lucidi, come se avesse pianto.

«Hai sentito mio padre? Ha ringraziato Dio per avermi ricondotto a casa. Che altro avrei potuto fare, con i sensi di colpa che mi sovrastano? Ti ricattano con l'amore e non si rendono conto di impedirti di vivere la tua vita. Uno impara a difendersi dalla cattiveria, ma come ci si difende dalla bontà? Io volevo un'altra vita lontano da loro e ho provato a viverla. Non ce l'ho fatta e sono tornato. Sono infelice, eppure li amo. Tu, che sei ancora in tempo, scappa lontano da noi. Il tuo Gianni, poi, è più Franzini di papà e del nonno, è un integralista cattolico senza via di scampo», dichiarò.

Malvina non capì il senso di quelle parole, ma percepì la sofferenza di quel giovane e bellissimo uomo.

«Anch'io sono cattolica», sussurrò.

«Come tutti. L'Italia è un Paese cattolico, è cattolica la nostra formazione e la cultura. Poi ci sono gli integralisti, quelli che non mettono niente in discussione, che dicono: 'Si fa così'. Punto. Si considerano depositari della verità.»

In quel momento arrivò Gianni che sentì le parole del fratello. Sorrise e disse: «Alessandro ti sta mettendo in guardia dalle nostre virtù, vero?»

«Più o meno», rispose Malvina, totalmente frastornata.

«È straziato dal dolore per aver lasciato la sua fidanzata», le spiegò. Poi diede una pacca affettuosa sulla spalla di Alessandro e soggiunse: «La donna della tua vita arriverà quando meno te l'aspetti e sarà con la benedizione di Dio».

# 4

A QUEL punto, Alessandro si alzò dal divanetto, si avvicinò a Malvina, si chinò su di lei, depose sulla sua fronte un bacio e annunciò, con aria solenne: «Vado a smaltire la sbornia nel mio letto. Quanto a te, bella Malvina, verrà il giorno in cui ricorderai che ti avevo avvertita».

Alessandro se ne andò e Gianni le disse: «Vieni, ti accompagno a casa».

Quando uscirono dal portone, Gianni la prese sottobraccio e raccontò: «Vedi, Alessandro lavora in uno studio legale e si è innamorato di una collega che è sposata e madre di due figli. Pare che anche lei si sia invaghita di lui e ha messo alla porta il marito, un povero diavolo con qualche problema di salute, per prendersi in casa Alessandro. Chiaramente la giovane, avvenente avvocatessa è una donna che segue i suoi impulsi. Non credi che una persona così potrebbe, un giorno, mettere alla porta anche Alessandro?»

«Non lo so, ma sono fatti loro, non vostri», ragionò Malvina.

«Infatti, noi abbiamo detto ad Alessandro che avrebbe fatto bene a lasciarla. La decisione è stata sua e oggi siamo felici di riaverlo tra noi.»

«Voi siete felici, ma lui è disperato e credo che dovreste essere molto preoccupati. Non hai visto quanto beve?»

«Prima di innamorarsi di una donna sposata non beveva.»

«Alessandro dice che la famiglia Franzini è come un serpente che stritola tutti.»

«Ti sembro uno che è stato stritolato?»

Camminavano lentamente lungo via Montenapoleone, diretti verso via Manzoni. L'asfalto riverberava un calore denso d'umidità.

«Tuo fratello mi fa pena», disse Malvina.

«Anche a me. Sta pagando per il suo peccato d'orgoglio, avendo creduto di poter gestire la sua vita al di fuori della legge del Signore», dichiarò Gianni, con una freddezza allarmante.

«E la legge del cuore?» domandò Malvina.

«Coincide con quella di Dio, se si osservano con umiltà i suoi comandamenti.»

Erano arrivati in via Manzoni e il bar *Alemagna*, sull'angolo con via Crocerossa, era un miraggio di freschezza nell'afa di quel pomeriggio di luglio.

«Ce lo facciamo un tè freddo?» propose Gianni.

Non erano i soli a cercare un po' di refrigerio nella

penombra del locale condizionato dove i tavoli erano tutti occupati.

«Al banco?» domandò Gianni.

«D'accordo», si rassegnò Malvina.

«Non mi dici più nulla?» si preoccupò lui, mentre sorseggiavano il tè.

«Sono un po' frastornata», confessò lei. E soggiunse: «Tutto questo parlare di orgoglio e di umiltà e di leggi del Signore... perché non parliamo di noi due, del fatto che non ci vedremo per due lunghissimi mesi? Sembriamo una coppia di vecchi bigotti».

«Ma non lo siamo. I bigotti spesso compiono azioni efferate di giorno e dormono tranquilli la notte. Niente turba il loro sonno. Noi, invece, ci nutriamo di dubbi, arriviamo perfino a mettere in discussione l'esistenza di Dio. Pensa alla bella discussione di questa mattina quando, a un certo punto, si è detto che se Dio avesse voluto che non peccassimo, ci avrebbe fatti diversi da come siamo. Dio vuole che l'uomo sia libero di scegliere, che sia arbitro della propria vita», affermò, con calore.

«Gianni, per carità, basta così. Stare con te è come scalare l'Everest», sbottò la ragazza.

Lui rise, la guidò fuori dal bar, prendendola sottobraccio e disse: «In realtà volevo solo parlarti d'amore, dirti che sto impazzendo di gelosia, perché temo che in America tu possa trovare qualcuno che ti piaccia più di me. Non so come potrò sopravvivere senza di te per tante settimane. Ecco, finalmente te l'ho detto».

«Anche tu andrai al mare dove potresti incontrare qualche donnina che, bello come sei, sarebbe felice di farti compagnia», replicò Malvina.

«Siamo un po' scemi, vero?» ammise lui.

«Siamo soltanto molto innamorati, tesoro.»

Erano in via Turati, davanti al palazzo dove abitava Malvina.

«Perché non sali con me? Abbiamo un rumoroso ed efficientissimo impianto di raffreddamento, in casa. Potresti chiacchierare con Susan e papà mentre mi faccio una doccia, e fermarti con noi fino all'ora di cena», propose lei.

In casa Leoni trovarono solamente un biglietto di Susan, in bella mostra sul tavolo ovale dell'ingresso. Diceva: «Cara Malvina, papà deve lavorare in ospedale e io sto portando Cunegonda dai nonni. Ci vediamo dopo».

I bagagli per la lunga vacanza erano impilati accanto alla porta.

«È strano che Susan abbia portato Cunegonda in campagna, dopo essersi accordata con Piero», ragionò la ragazza. Cunegonda era la gatta di casa e Piero il portiere dello stabile.

«È un interrogativo così importante? Io riesco solo a pensare che tra poco dovremo salutarci», disse Gianni e l'abbracciò.

«Abbiamo solo qualche ora», precisò lei, tristemente. Il ragazzo posò le labbra sulla bocca di Malvina e si baciarono a lungo, con passione, stretti l'uno all'altra.

Poi Gianni le chiese, sorridendo: «Non volevi farti una doccia?»

Malvina guardò gli occhi del suo innamorato che brillavano di desiderio. Lo prese per mano e disse: «Vieni con me».

# 5

TUTTO accadde sotto lo scroscio carezzevole dell'acqua tiepida nella cabina della doccia con le pareti di cristallo. L'evento più importante della loro vita si consumò tra la gioia, lo stupore, la tenerezza e l'esplosione di pulsioni a lungo contenute. Restarono abbracciati mentre l'acqua continuava a piovere sui loro corpi giovani, perfetti.

«Ti amo tanto Malvina», sussurrò Gianni.

«Anch'io», replicò lei.

Le sensazioni che li avevano travolti svanirono lentamente, lasciandoli storditi, commossi, felici. Malvina uscì dalla cabina della doccia e indossò un accappatoio. Gianni la seguì e si avvolse un asciugamano intorno ai fianchi.

Fu in quel momento che il dottor Leoni spinse la porta semiaperta ed entrò nella stanza da bagno di sua figlia. Se ne andò immediatamente pronunciando un imbarazzatissimo: «Scusate».

Ci fu un lungo istante di smarrimento.

«Vorrei non essere mai nato», affermò Gianni e scoppiò in singhiozzi. «È tutta colpa mia. Dovevo controllarmi e invece ti ho fatto una cosa terribile», disse tra le lacrime.

«Va tutto bene, caro», gli sussurrò lei, abbracciandolo. E proseguì: «Io ti amo e sono felice di quello che è successo fra noi». Lo strinse a sé accarezzandogli i capelli bagnati fino a quando lui si calmò.

«Adesso ci rivestiamo e raggiungiamo papà», decise.

Il dottor Leoni non c'era più. Sul tavolo del vestibolo, accanto al messaggio di Susan, trovarono un biglietto sul quale il padre di Malvina aveva scritto: «Torno più tardi. Ti voglio bene. Papà».

«Ecco, vedi? Lui non ne ha fatto un dramma», affermò la ragazza. Si avviò con Gianni verso la cucina, mise sul tavolo due bicchieri e li riempì di Coca-Cola.

«Amore mio, non mi perdonerò mai per non essere stato abbastanza forte da resistere alla tentazione di averti. Domani parti e continuerò a chiedermi perché non ti ho amato abbastanza per rispettarti, come avrei dovuto», confessò il ragazzo, desolato.

«Che cosa c'entra il rispetto? Stai guastando un momento bellissimo della nostra storia», reagì Malvina.

«Ti ho fatto del male», puntualizzò lui.

«Non hai fatto niente che io non desiderassi», sottolineò lei.

«Non deve accadere mai più», lui decise e proseguì: «Aspetterò tuo padre, perché non voglio lasciarti sola ad affrontarlo. Deve sapere che la responsabilità è solo mia».

«Calmati, tesoro», sussurrò lei, abbracciandolo. E soggiunse: «Per tutto il tempo che saremo lontani, io cullerò il ricordo di questa giornata e conterò le ore e i giorni che mi separano dal momento in cui mi ritufferò tra le tue braccia. Non è necessario che tu parli con papà. Quello che è successo riguarda solo te e me, e nessun altro».

Allora Gianni le accarezzò il viso teneramente e rivelò: «Non so se ce la farò a starti lontano per tante settimane».

Più tardi, quando il dottor Leoni rincasò, Malvina era seduta sul divano, in salotto, e lo aspettava.

Il padre si chinò su di lei, le diede un bacio su una guancia e disse: «Mi dispiace per poco fa».

«Lo so, papà», sorrise lei, imbarazzata.

L'uomo le sedette accanto.

«Se tu non fossi andato in ospedale e Susan non avesse portato Cunegonda a Tavernolo, non sarebbe successo niente. È stata la nostra prima volta», confessò Malvina, abbassando lo sguardo.

Il dottor Leoni allungò un braccio, circondò le spalle di sua figlia e l'attirò a sé.

Allora Malvina raccontò a suo padre della riunione con il gruppo cattolico di Gianni, della colazione dai Franzini, di come lei e il suo ragazzo si fossero ritrovati a fare l'amore quasi senza rendersene conto, della reazione di Gianni e dei suoi sensi di colpa.

«Insomma, papà, oggi è stata una giornata pazzesca», concluse.

Il dottor Leoni ricordò il visino di sua figlia quando era piccola. Aveva affidato la sua bambina ai nonni, sconvolto com'era dal dolore per la perdita della sua amatissima moglie. Si era gettato nel lavoro e l'aveva lasciata sola per tanti anni. Eppure Malvina non si era mai lamentata, non gli aveva mai chiesto niente. Adesso aveva bisogno del suo aiuto e lui non l'avrebbe delusa.

Strinse a sé sua figlia e disse: «L'amore è un'esperienza sconvolgente, e non solo quando lo si scopre per la prima volta. Ma non devi averne paura, perché nella nostra vita solo l'amore riesce a farci sentire meno soli».

# 6

MALVINA era già stata nella grande casa di campagna dei Kellerman, sulle rive del Delaware, in Pennsylvania, per le nozze di suo padre con Susan.

Allora c'era tanta neve e centinaia di lampadine colorate ornavano la facciata della casa, perché si era in prossimità del Natale. Le luci e le decorazioni si sprecavano anche all'interno. La tavola era sempre decorata con rami di vischio, nastri e candele. Ricordava il candore della neve e il freddo che tagliava la faccia, le fiamme scoppiettanti nei camini, il buon sapore del plum cake, le scatole di latta piene di polvere di cacao e l'aroma del caffè di primo mattino.

Adesso era estate piena, il caldo mozzava il respiro e l'acqua gelida del Delaware, che scorreva vicino alla grande villa, non riusciva a rinfrescare l'aria.

Il primo approccio con la casa furono le caraffe di tè ghiacciato, le coppe di gelato, la banda dei cugini americani che parlavano con lo stesso accento strascicato di Susan.

I Kellerman occupavano per intero la grande villa e lei fu costretta a dividere la camera con una cugina che aveva due anni più di lei. Scoprì che la recente esperienza d'amore con Gianni era considerata dai cugini americani una pratica corrente a partire dai quindici anni, che la famosa «prima volta» era soltanto un tributo da pagare per diventare adulti e veniva presto dimenticata.

Malvina riteneva che l'amore tra due giovani fosse troppo importante per essere così svilito e ne parlò con la cugina.

«Voi europei siete vecchi e tendete a drammatizzare le piccole cose», aveva commentato la ragazza, giudicando chiuso l'argomento.

Malvina era cresciuta senza porsi troppe domande, l'educazione che aveva ricevuto prevedeva un tempo per nutrirsi, per riposare, per studiare, per divertirsi e regole da rispettare, poche per la verità, che qualche volta potevano essere ignorate.

Quando era bambina, queste certezze l'avevano aiutata a trasformare la rabbia che la divorava, perché non aveva una mamma che la tenesse tra le braccia, che asciugasse le sue lacrime e ridesse con lei, in una forma di iperattivismo.

Tutto era andato bene fino a quando aveva incontrato Gianni. Lui l'aveva coinvolta nel suo gruppo di giovani cattolici che, alla concretezza del quotidiano, anteponevano l'esperienza spirituale. Così, le domande a lungo ignorate sul bene e sul male, sul senso della vita, sulla capacità di darsi agli altri, sull'amore, sulla ricerca della fede si erano affacciate di prepotenza alla sua mente e al suo cuore.

Adesso era spiazzata dalla naturalezza con cui la cugina affrontava i rapporti con l'altro sesso e si chiedeva chi, tra loro due, vivesse più intensamente. Era più giusto assecondare le pulsioni del desiderio con naturalezza, come sosteneva la giovane americana, o bisognava combatterle, come si ostinava a ripetere Gianni?

Aveva lasciato Milano e il suo ragazzo in un turbinio di emozioni. In casa Kellerman, a contatto con i cugini e i loro amici, Malvina si confrontò con una mentalità profondamente diversa da quella acquisita in famiglia e da quella percepita frequentando Gianni e i suoi amici. Tra i ragazzi che l'attorniavano, prevaleva l'aspirazione al guadagno e al successo. Le questioni affettive, spirituali, religiose erano considerate orpelli ingombranti.

Malvina osservava i cugini e si chiedeva se fossero più felici di lei.

Esprimeva le proprie perplessità nelle lunghe lettere che scriveva a Gianni, rispondendo alle sue che arrivavano ogni giorno. La consolava questa partita a tennis, tra loro due, con la pallina che volava da una parte all'altra dell'oceano. Lo informò anche dell'insistenza con cui Susan le suggeriva di iscriversi a un'università americana. «Sarebbe un'esperienza straordinaria. Dopo la laurea, se vorrai, potrai sempre tornare in Italia», le ripeteva la matrigna.

Anche suo padre caldeggiava questa soluzione che Malvina non si decideva ad accettare perché l'avrebbe obbligata a stare lontana da Gianni. Tanto più che, nelle sue lettere, lui non tralasciava mai di sottolineare quanto fosse disperato lontano da lei. Se si fosse fermata negli Stati Uniti si sarebbe sentita in colpa nei confronti del suo ragazzo.

«Ti lamenti del caldo della Pennsylvania, perché non hai idea di quanto sia inospitale la Versilia senza di te. Il sole brilla per tutti, ma non per me.»

Era mattina. Malvina sedeva sul dondolo sotto il porticato della casa e leggeva queste parole che il suo innamorato aveva scritto nella lettera appena arrivata. Tanto amore la lusingava, ma si chiese se Gianni non lo utilizzasse per influenzare le sue decisioni.

Fugò subito il dubbio, pensando che anche lei si sentiva molto sola da quando lo aveva lasciato.

Gianni era l'uomo della sua vita, lei lo amava e aveva bisogno di lui come dell'aria.

Ripiegò la lettera, alzò gli occhi e guardò verso il giardino. Vide Gianni davanti al cancello di ferro battuto, mentre scendeva da un taxi. Era bellissimo e le sorrideva.

Malvina gli corse incontro e si abbracciarono.

«Come vedi, sono un debole. Non resisto lontano da te», le sussurrò, commosso.

«Sarò forte io, per tutti e due», lo rassicurò Malvina, stringendolo fra le braccia.

# 7

Era di nuovo estate. Malvina si era ripromessa di dare un altro esame entro la fine di luglio e ora stava seduta sotto un leccio, le spalle appoggiate al tronco dell'albero, il grosso tomo di anatomia sul grembo, e studiava i nomi degli ossicini che compongono la mano. Leggeva, ripeteva, ma presto la mente navigò altrove. Rigirava tra il pollice e l'indice la fede che, dopo quasi un anno di matrimonio, aveva perduto la brillantezza originale. Pensò che suo marito fosse l'uomo migliore che la sorte potesse riservarle, mentre lei non si sentiva degna di lui. Lui voleva un figlio e lei non voleva darglielo, perché l'idea del parto la terrorizzava.

Quand'era piccola parlava con naturalezza del fatto che la mamma era morta dandola alla luce. Alle elementari, però, quando la maestra le chiese di parlare dei suoi genitori, rispose: «Il papà è medico, la mamma è morta di polmonite».

L'insegnante lo riferì ai nonni che informarono il genero e, insieme, affrontarono la questione con lei.

«Mi sembra brutto dire che è morta di parto», si giustificò Malvina.

«Che cosa c'è di brutto nella verità?» le domandò il padre.

«Che se io non fossi nata, lei non sarebbe morta.»

Finalmente era riuscita a verbalizzare il suo senso di colpa. Il dottor Leoni, allora, spiegò a Malvina che sua madre si era rifiutata di interrompere la gravidanza al sesto mese quando, dagli esami del sangue e delle urine, era emerso il rischio di una eclampsia.

«La tua mamma ti ha voluta con tutta se stessa, a costo della sua vita. Se menti sulla sua morte, è come se negassi il coraggio della sua scelta», concluse dandole una carezza.

Le parole del padre l'avevano rassicurata solo in parte. Crescendo, aveva preso a consultare di nascosto i testi di medicina di papà, relativi alla gravidanza e al parto. Si era fatta una cultura in materia e, da questa conoscenza approfondita, aveva tratto una certezza: lei non avrebbe mai avuto figli.

A livello cosciente, questo proposito l'aveva tranquillizzata, ma nelle pieghe del suo inconscio persisteva l'orrore della sua nascita che si manifestava, a volte, in incubi notturni.

Dopo le nozze, che i Leoni e i Franzini non avevano caldeggiato ma solamente accettato con titubanza, la paura di restare incinta aveva indotto Malvina ad assumere gli anticoncezionali di nascosto dal marito, il quale sosteneva che l'amore tra i coniugi è finalizzato alla procreazione.

La schiena appoggiata al tronco del leccio, lo sguardo perduto nel vuoto, Malvina ricordò la prima notte di nozze nella villa di Tavernolo.

Era la fine di ottobre. Si erano sposati al mattino, con una semplice cerimonia, alla presenza dei parenti più stretti, rifiutando il viaggio di nozze e i regali, poiché erano entrambi convinti che il matrimonio fosse un fatto intimo e la luna di miele un'invenzione del consumismo. Avevano persino rifiutato una casa tutta per loro, poiché stavano ancora studiando e non avevano un reddito.

I nonni materni di Malvina acconsentirono ad accoglierli nella grande villa di Tavernolo.

«Spero che avremo un bambino», le aveva detto Gianni, la prima notte di nozze, dopo che avevano fatto l'amore.

«Non ti sembra un po' presto per parlare di figli? Io sono solo al primo anno d'università, tu al secondo», aveva obiettato lei, un po' stupita, perché era la prima volta che Gianni le parlava di bambini.

«I Franzini, quando si sposano, vogliono sempre dei figli», aveva puntualizzato il neomarito.

«Come i regnanti, hanno bisogno di assicurarsi la successione?» aveva tentato di scherzare lei. E aveva soggiunto: «Sono ancora troppo giovane per diventare mamma».

Gianni l'aveva abbracciata con tenerezza e, sorridendo, le aveva detto: «Dio ha fatto le cose in modo che la procreazione nasca da una pulsione sessuale tanto irrefrenabile quanto sublime. Lo sai perché i nostri corpi si attraggono? Perché il fine ultimo di questa attrazione è creare una nuova vita. Senza questa finalità, non ci sarebbe l'amore. Adesso a te sembra che non siamo pronti per diventare genitori, ma quando avremo concepito il nostro bambino, giorno dopo giorno impareremo a essere un padre e una madre». Anche se pronunciate con tenerezza, queste parole furono percepite da Malvina come una violenza sul suo corpo e sulla sua volontà.

Aveva guardato Gianni e le era sembrato che in lui si celasse un mostro egoista e sanguinario.

«Forse sarà così», si era limitata a commentare.

Il giorno dopo era andata in ospedale a trovare suo padre.

«Sono disperata», gli aveva detto.

«Hai litigato con Gianni?»

«Magari! Dopo un litigio si fa la pace. Il fatto è che lui vuole assolutamente un figlio e io non lo voglio», spiegò.

«Sei tu la diretta interessata e sta a te decidere. Qual è il problema?»

«Come faccio a dirglielo? È così buono, così innamorato... riesce a farmi sentire colpevole... Papà, è così terribile non volere figli?»

«Assolutamente no. Usa la pillola e prendi tempo fino a quando non ti sentirai pronta per affrontare con lui il problema. Santo cielo, siete così giovani e dovete ancora laurearvi. Vuoi che gli parli io?» aveva proposto il medico.

«No, devo vedermela da sola. Grazie, papà», aveva detto, sorridendogli.

Dopo quasi un anno di matrimonio, Gianni non si rassegnava al grembo sterile della moglie.

Recentemente aveva proposto: «Sarà il caso di farci visitare da uno specialista».

Lei, che non aveva ancora trovato il coraggio di affrontare l'argomento, il solo lato oscuro della loro unione, si era arrabbiata: «Sarà il caso che tu e la tua famiglia la smettiate di assillarmi». Infatti, quando pranzavano in via Durini, la suocera prima l'abbracciava con tenerezza e subito dopo buttava là con noncuranza la solita domanda: «Niente cucciolo in vista?»

Il solo Franzini con cui Malvina si sentiva a suo agio era Alessandro, che l'aveva eletta a sua confidente. Quand'erano soli, il giovane avvocato spalancava le porte della sua anima alla giovane cognata.

«Sai che cosa faceva mia madre quando eravamo bambini e avevamo sete? Riempiva il bicchiere d'acqua, ce lo metteva davanti e poi diceva: 'Aspetta a bere, resisti più che puoi. Il bicchiere è tuo e nessuno te lo porterà via, ma devi imparare a dominare il desiderio'. Io le domandavo: 'Fino a quando?' Rispondeva: 'Fino a quando vorrai, perché dipende solo dalla tua volontà'. Una volta bevvi immediatamente e lei mi guardò con una tale pena che mi sentii il più indegno degli esseri viventi. I miei genitori non ci hanno mai dato uno schiaffo, ma quanto meglio sarebbe stato se lo avessero fatto, perché il loro metodo educativo era di gran lunga più violento.»

Un giorno, Malvina gli aveva confidato il suo cruccio: «Gianni non mi dà tregua con la richiesta di un figlio. Quanto a tua madre e alle tue sorelle, mi guardano con sospetto».

«La mia cattolicissima famiglia concepisce il matrimonio solo in funzione dei figli, per cui ti conviene sbrigarti a farne uno.»

«Ma io non voglio!»

«E allora, cognatina mia, saranno cavoli amari», aveva pronosticato.

Ora Malvina vide il marito che risaliva il viale del giardino con un canestro pieno di rose recise. Aveva sulla testa un vecchio cappellaccio di paglia per proteggersi dal sole. Guardandolo mentre si avvicinava, pensò che lo avrebbe amato ancora di più se non avesse avuto la fissazione di concepire un figlio.

Chiuse il libro e gli sorrise, mentre lui si avvicinava. Si fermò davanti a lei, rovesciò sul suo grembo i fiori contenuti nel cesto e disse: «Inondo di rose la regina del mio cuore».

Malvina pensò che, non appena la nonna avesse scoperto quella razzia, si sarebbe arrabbiata.

Non gli disse nulla, limitandosi a sorridergli, commossa da un gesto tanto romantico. Era un marito innamorato che continuava a corteggiarla come se l'avesse appena incontrata.

Gianni incrociò le gambe, si accoccolò sull'erba di fronte a lei e le sfiorò la spalla con una carezza.

«Come sei bella, mia dolcissima sposa», le sussurrò.

«Anche tu sei un gran bel fustacchione», rispose lei, con allegria.

«I nostri figli saranno tutti bellissimi, come noi.»

Il sorriso di Malvina si spense e pensò che il suo amatissimo marito aveva la capacità di guastare i loro istanti migliori.

# 8

In quegli anni, esplose la contestazione studentesca. Manifestazioni, cortei, occupazioni delle scuole, atti di vandalismo e di violenza sconvolsero la vita nelle città suscitando interrogativi inquietanti. Erano soprattutto gli anziani a non capire che cosa stesse succedendo.

Il nonno di Malvina, che era il medico del paese e si definiva «un po' medico un po' stregone», ne parlava con la nipote, suo marito e i giovani che venivano spesso a trovarli a Tavernolo.

Affrontava sempre l'argomento affermando: «I figli dei miei contadini non amano più la terra dei padri, abbattono i cascinali per costruire ville orribili, eliminano i mobili di legno per comperare quelli di formica. Formica, un nome che, solo a dirlo, mi fa venire la pelle d'oca».

A quel punto interveniva la nonna, che veleggiava verso i settant'anni.

«Ragazzi, non state ad ascoltare questo vecchio sciamano che si abbandona a discorsi da osteria.»

Lo disse anche la sera in cui, tornando da Venezia dove aveva discusso una causa in tribunale, Alessandro Franzini si era fermato a Tavernolo per la notte.

«All'osteria si dicono cose che i nostri politici farebbero bene ad ascoltare», riferì Alessandro che conosceva bene le osterie.

«Siamo in un clima di follia collettiva e non mi riferisco solo agli scioperi degli operai, ma soprattutto alle rivolte contro i docenti che vengono accusati di autoritarismo, mentre dovrebbero essere rispettati per le nozioni e i valori che ci trasmettono», intervenne Gianni.

«Per carità! Non farmi il controcanto di Peyton Place», aveva brontolato Malvina, che seguiva con attenzione le nuove idee.

«Invece tuo marito ha ragione», l'aveva contraddetta il nonno. «Le occupazioni delle università in America come in Europa, da Trento fino al Giappone, sono fatte dai figli di papà che non si sono mai guadagnati da vivere.»

Malvina si era arrabbiata.

«Nonno, non ti rendi conto che il potere, in Italia come nel resto del mondo, è nelle mani di vecchi personaggi che vivono di connivenze e interessi personali, che gli operai continuano a essere sottopagati, che le donne contano meno di niente? Hai mai visto una donna primario d'ospedale? Sono ancora in molti a ritenere che le donne dovrebbero pensare soltanto a sposarsi e fare figli.»

Era evidente che le ultime parole non erano dirette al nonno ma al marito. I nonni lo capirono e decisero di defilarsi.

«Direi che è arrivato il momento di far riposare le mie vecchie ossa», annunciò la nonna, alzandosi da tavola per andare a letto.

«E io ti seguo. Sono già le dieci e devo rimuginare sui dubbi che ha sollevato la mia deliziosa nipotina», aggiunse il nonno.

Scese il silenzio tra Malvina, il marito e il cognato. Venere, la giovane domestica che il nonno definiva «brutta come il peccato, ma tanto onesta e solerte», sparecchiò la tavola e domandò: «Lo volete il caffè?»

Declinarono l'offerta e Gianni disse: «Sono stanco. Vado a dormire anch'io».

Malvina e Alessandro rimasero soli e andarono in giardino.

Venere, che conosceva i gusti degli ospiti, portò ad Alessandro un bicchiere e la bottiglia del whisky.

«Ho come l'impressione che ci sia maretta fra te e tuo marito», rilevò lui, con aria lieve.

Invece di replicare, Malvina gli domandò: «Come stai?»

«Come lo schiavo dell'amore avvolgente di una famiglia che ti spinge a prendere decisioni opposte a quelle che vorresti.»

Bastava guardarlo per rendersi conto che quel giovane, bellissimo uomo era profondamente infelice.

Aveva cambiato studio legale per allontanarsi dalla donna che amava. Aveva una nuova fidanzata che piaceva molto ai Franzini. Lui, però, non l'amava e tuttavia l'avrebbe sposata perché così doveva essere.

«Hai mai pensato di mollare tutto e migrare altrove? A Filadelfia, per esempio, Susan conosce mezzo mondo. Potrebbe presentarti a diverse persone influenti e ti rifaresti una vita lontano dai Franzini», suggerì Malvina.

«Senti, senti! Hai mai pensato di fare la stessa cosa? Non mi sembra che tu sia così felice con mio fratello», replicò il cognato.

Malvina reagì come se fosse stata colpita da una frustata.

«Che cosa ti viene in mente? Tu hai lasciato la tua donna per compiacere la famiglia. Gianni e io stiamo insieme per compiacere noi stessi.»

«Ma intanto lui vuole dei figli, tu non glieli dai e non perdi occasione per lanciargli frecciate», osservò lui.

«Ma perché non ti fai gli affaracci tuoi?» sbottò Malvina, rincantucciandosi nella poltrona di vimini.

«Agli ordini, caporale», scherzò Alessandro e si versò un bicchiere di whisky. Poi chiese: «Ne gradisci un goccio, cognatina?»

«Vada per il goccio», disse lei e afferrò il bicchiere che Alessandro le porgeva. Se lo portò alle labbra e ingollò una robusta sorsata. Poi soggiunse: «Buono. È proprio quello che ci vuole in una bella notte come questa».

Nel cielo di cobalto la luna piena riluceva con il suo codazzo scintillante di stelle. Un bicchiere dopo l'altro, i due cognati si stavano allegramente ubriacando accompagnati dal canto dei grilli. Una piccola ombra furtiva smosse i rami dei cespugli. «Chi c'è laggiù?» domandò Alessandro.

«Oh, la solita faina in cerca di cibo», spiegò Malvina e subito prese a cantare una canzone di Patty Pravo: «Se perdo te».

Il cognato si unì a lei e, dopo un paio di strofe sommesse, alzarono la voce e cantarono a squarciagola.

Non passò molto tempo prima che Gianni, in pigiama e a piedi nudi, comparisse davanti a loro.

«Siete matti?» domandò.

«Solo un po' alticci», rispose Malvina.

Gianni sorrise e sedette con loro, dicendo: «Che bella nottata».

«Caro fratellino, chi non beve in compagnia, o è un ladro o è una spia», affermò Alessandro, tendendogli la bottiglia.

«Beati gli ultimi, se i primi sono stati onesti», osservò il giovane constatando che era rimasto pochissimo liquore. Vuotò la bottiglia con due sorsi.

«Ti immagini se mamma e papà fossero qui?» disse poi, con una risata.

«Farebbero finta di niente. Li conosci quanto me», replicò Alessandro.

«Vi rendete conto che, al posto del super-io, voi avete mamma e papà?» sbottò Malvina.

«Sai quante asinate avremmo fatto senza quei due poliziotti?» scherzò Gianni.

«Adesso capisco perché ho sempre l'impressione che quei due stiano a controllarci», replicò Malvina.

«Il dialogo si sta facendo un po' scabroso per i miei gusti. Vi lascio e vado a dormire», annunciò Alessandro, avviandosi dentro casa con passo incerto.

«Hai parlato sul serio?» domandò Gianni alla moglie.

«Come faccio a saperlo? Sono ubriaca.»

«*In vino veritas*», sentenziò lui.

«Ma questo è whisky. Pardon, era whisky, dunque non conta, amore mio», rise lei.

«Ti amo», sussurrò Gianni. Si alzò, prese la moglie tra le braccia, la sollevò e la portò in casa, dicendo: «Accidenti, quanto pesa il whisky che hai bevuto!»

Malvina nascose il viso contro il petto del marito e si sentì pienamente felice.

# 9

UNA mattina di luglio, mentre Malvina dava l'esame di anatomia, guadagnandosi un trenta e lode, Gianni otteneva lo stesso voto in un esame di filosofia teoretica. Dall'Università Cattolica, andò alla Statale per raggiungere la moglie e la trovò nel cortile, in mezzo a un capannello di amiche.

Le giovani stavano discutendo su Martin Luther King e Bob Kennedy. Malvina citava uno scritto di Lawrence Ferlinghetti, che Gianni non conosceva, a proposito dei problemi della loro generazione e lui si domandò dove e quando Malvina trovasse il tempo per questo tipo di letture.

La ascoltò attonito perché stava tenendo quasi un comizio alle compagne che la seguivano con attenzione.

«Ora io credo che dobbiamo imparare a pensare con la nostra testa. Dobbiamo ascoltare quello che ci viene dal cuore e dalla storia, più che dalle prediche dei vari Ginsberg, Kerouac e Gregory Corso. Certo, vanno letti, perché in quel che dicono ci sono elementi condivisibili, ma non vanno presi alla lettera, perché non dobbiamo lasciarci indottrinare. Personalmente rivendico il diritto di sbagliare per conto mio, piuttosto che per conto dei suggerimenti altrui», diceva, parlando con enfasi.

Una delle compagne dichiarò: «La Chiesa cattolica, per prima, ha fatto di noi un gregge di pecore indottrinate. Ha soffocato le donne con i sensi di colpa e, guarda caso, tutte colpe legate al sesso. Siamo una generazione di donne frustrate, frigide, figlie di madri frigide e scontente».

«Parla per te. Io non sono né frigida né scontenta. Ho un marito...» Non finì la frase, perché, alzando lo sguardo, vide Gianni che la scrutava corrucciato. Abbandonò il gruppo e lo affrontò.

«Mi stavi spiando?» esordì.

«Ti stavo ascoltando. Mi fa piacere che tu non sia frigida e scontenta, ma quanto al resto sono abbastanza sconvolto. La Chiesa ha il dovere di indottrinare i fedeli e non oso pensare che cosa ne sarebbe di noi se non osservassimo le sue regole», disse avviandosi verso l'uscita. Malvina lo seguì camminando in punta di piedi sull'acciottolato per non rovinare i suoi sandaletti dal tacco stratosferico.

«Le dottrine mi fanno paura, che vengano dalla Chiesa, dai partiti o dai filosofi. Tu dovresti sapere quanto sia importante l'individualità del pensiero», protestò lei.

Raggiunsero la loro utilitaria. Gianni sedette al posto

di guida e subito abbassò i finestrini per arieggiare l'abitacolo rovente.

«Hai voglia di litigare?» domandò lui, seccato.

«Mi pareva che stessimo discutendo», precisò lei.

Gianni era geloso delle letture e delle idee che Malvina non spartiva con lui. D'altra parte, doveva ammettere che lui non l'incoraggiava in questo senso. Anche perché la moglie, spesso, aveva idee opposte a quelle del marito e non era disposta a cambiarle per amor suo. Questa constatazione lo fece sentire impotente e si domandò che cosa ne sarebbe stato di loro tra qualche anno. O cambierà lei, o cambierò io, pensò.

«Vogliamo chiudere la discussione?» chiese, mettendo in moto l'auto.

«Non ho nessuna voglia di polemizzare, anche perché sto morendo dal caldo, ma non posso lasciar cadere certi argomenti che mi stanno a cuore, perché c'è di mezzo anche il nostro rapporto», rispose lei.

Attraversarono la città dirigendosi verso l'imbocco dell'autostrada.

«Il fatto è che tu non hai avuto una madre», osservò lui, rendendosi conto troppo tardi della banalità di questo rilievo.

«Credevo che mio marito fosse lo studente brillante e il filosofo di talento che avevo accettato di sposare. Evidentemente mi sono sbagliata. Ha ragione Alessandro quando dice che i Franzini a parole sono aperti alla discussione, ma nei fatti si attengono alle regole inossidabili del loro credo. Dici che non ho avuto una madre, come se mi portassi addosso una colpa, una tara ereditaria. Io ho avuto una famiglia meravigliosa e tanto amore quanto tu non ne avrai mai e la prima regola dell'amore è quella di lasciarci liberi di pensare e agire. L'amore di cui vi nutrite voi Franzini è un gas asfissiante. Ci sono i comandamenti di Dio e quelli dei Franzini. Tra questi, il più devastante impone: se vuoi essere felice devi soffrire, devi patire la fame, la sete, la fatica, andare contro le tue inclinazioni, contro te stesso in vista di un traguardo più alto e più degno. Più alto di chi? Più degno di chi, di che cosa? Da dove vi viene questa spaventosa presunzione che ha la forza di una furia devastante? Hai mai pensato di decidere con la tua testa, invece che con quella dei tuoi genitori?»

Malvina aveva alzato la voce e le parole le erano uscite di bocca come un fiume in piena.

Tuttavia, mentre le pronunciava, si rendeva conto di essere irritata non tanto a causa dell'ottusità del marito, quanto perché l'aveva sorpresa nel cortile dell'università a esprimere giudizi che non voleva dividere con lui, perché erano parte della sua sfera più intima.

Gianni, come sempre quando veniva messo con le spalle al muro, si chiuse in un mutismo ostinato.

Malvina si rese conto di avere esagerato a scagliarsi contro i Franzini, che erano persone adorabili, e contro il marito che l'amava profondamente.

«Ho fatto la sputasentenze. Ti chiedo scusa umilmente», disse con voce carezzevole.

«C'è del vero in quello che dici», ammise Gianni. E

soggiunse: «Il fatto è che troppe domande non semplificano la vita, soprattutto se formulate frettolosamente, sotto la spinta di nuove idee che non si sa come evolveranno. Ho scelto filosofia perché è una scienza che implica lunghe riflessioni. Forse mi pongo più interrogativi di quanto tu possa immaginare, ma devo girarli e rigirarli nella mente prima di esporli».

Malvina gli accarezzò la nuca e sorrise. «Lo so, amore mio», sussurrò.

«Stamattina ho preso trenta», annunciò lui.

«Anch'io», disse lei.

«E lode», precisò Gianni.

Lei tacque la sua lode ed esclamò: «Sei un drago, ragazzo!»

«Stiamo facendo bene il nostro lavoro», si compiacque Gianni.

«E soprattutto, ci amiamo», precisò Malvina.

Lasciarono l'autostrada e cominciarono a salire sulle colline dove l'aria era più fresca.

Quando si fermarono davanti alla villa, si meravigliarono di trovare altre automobili posteggiate.

«C'è un ricevimento in corso?» domandò Gianni.

I cani di casa, sdraiati sulla ghiaia all'ombra della siepe di mortella, si limitarono ad alzare il muso verso di loro, muovendo appena la coda.

«Non ne so assolutamente nulla», rispose lei, avviandosi verso casa.

In quel momento si aprì la porta d'ingresso e uscì un giovane uomo.

«Sergio!» esclamò Malvina, andandogli incontro.

Era il figlio del dottor Antonio Orombelli, un amico intimo del nonno. Sergio, che aveva quattro anni più di Malvina, era stato un caro amico quando lei era ancora adolescente e lui quasi uomo. Qualche volta, quando scalpitava perché voleva andare a ballare in qualche sagra di paese, la nonna la affidava a lui che le faceva da cavaliere. L'ultimo incontro risaliva a un paio d'anni prima, quando Malvina gli aveva raccontato del suo ragazzo e lui era sul punto di laurearsi in medicina. Il padre di Sergio esercitava la professione nella stessa zona del nonno e i due si consultavano, per antica abitudine, sui casi complessi dei reciproci pazienti. Il nonno le aveva detto che Sergio stava via via sostituendosi al padre.

«Mia piccola Mavì», la salutò lui, usando il diminutivo che le aveva assegnato quando era bambina.

Gianni li raggiunse e sua moglie gli disse: «Ti presento Sergio Orombelli, un amico prezioso che vedo troppo raramente». Poi si rivolse a Sergio e soggiunse: «Lui è Gianni, mio marito. Come mai sei qui?»

«Tuo nonno... ha avuto un infarto e...»

«Continua, Sergio», sussurrò lei.

«È morto. La casa è piena di gente e tua nonna voleva che tu lo sapessi prima di entrare», spiegò il giovane medico.

# 10

QUELLA mattina, il nonno era uscito con la sua vecchia Lancia per il solito giro di visite a domicilio. Ma, prima di iniziare il lavoro, era sceso al lago e si era incontrato al caffè con Aureliano Rinaldi, l'amico farmacista.

«Ci eravamo seduti a un tavolino a guardare il lago dove cominciava ad alzarsi un po' di foschia, intanto ci godevamo il fresco e chiacchieravamo, bevendo un cappuccino», raccontava ora il farmacista, ripercorrendo le ultime ore di vita del nonno. «Erano chiacchiere di due vecchi amici che si conoscono da sempre e si sono detti tutto, o quasi, nell'arco di una vita. Come due comari, criticavamo i primi turisti che preparavano le barche per prendere il largo. Sul punto di lasciarci, lui mi disse: 'Vado alla cascina dei Bruschi. Il vecchio ha un'anca disastrata e non vuole farsi operare. Assume analgesici da mesi e si sta rovinando il fegato. Stamattina, a costo di prenderlo a male parole, devo convincerlo a farsi ricoverare'. Ci siamo salutati e se ne è andato», concluse il farmacista.

Il vecchio Bruschi aveva poi raccontato che era sull'aia quando aveva visto la Lancia del dottore fermarsi sul ciglio della strada sterrata che portava alla cascina. La portiera dell'auto si era aperta, ma il medico rimaneva al posto di guida. Il Bruschi, allora, era andato a vedere perché mai il dottore non uscisse dall'auto e lo aveva trovato privo di vita, il capo riverso sul volante. Aveva telefonato al pronto soccorso per avere un'ambulanza. In ospedale, i medici avevano diagnosticato un infarto fulminante. Evidentemente l'anziano medico aveva capito quello che stava per succedergli, tant'è che si era fermato. Ma non aveva avuto neppure il tempo di scendere per chiamare qualcuno in aiuto.

«Ha fatto la morte del giusto», disse l'amico Antonio Orombelli che ricordò i loro anni giovani, quando entrambi studiavano a Pavia ed erano ospiti del Collegio Ghislieri. Allora, avevano un cameriere personale, stipendiato dalla famiglia, che provvedeva a lavare la biancheria, lucidare le scarpe, rassettare le camere e preparare pasti caldi. Li teneva d'occhio e riferiva ai genitori le marachelle dei due scapestrati.

Malvina sedeva su un divano del salotto, teneva tra le sue una mano della nonna che ascoltava tutti senza commentare, lo sguardo perso nel vuoto.

I due giovani domestici, Venere e Carlin, andavano avanti e indietro dalla cucina, servendo caffè, bevande fresche e avevano gli occhi rossi di pianto.

Gli amici di famiglia continuavano a raccontare episodi della vita di quell'uomo onesto e schietto. Mentre Malvina ripensava a quando era bambina e il nonno la portava in macchina nei borghi disseminati sulle colline a visitare i suoi pazienti. Con lui aveva varcato le soglie di ville opulente e di cascine dissestate dove l'arrivo del dottore era accolto come una benedizione. Il nonno era una figura carismatica e trattava ricchi e poveri con identica, burbera benevolenza.

Malvina aveva assistito ai suoi sfoghi verso il cielo che aveva privato una madre di un figlio e ascoltato le male parole che rivolgeva ai parenti quando trascuravano un malato.

Mentre andavano o tornavano dalle visite, il nonno faceva i suoi commenti: «Questi contadini, il più delle volte, si ammalano perché non sanno che cosa sia l'igiene. Quante malattie eviterebbero se imparassero a tenere puliti se stessi e la casa». E ancora: «Adesso andiamo dalla contessa Malinverni. Non è malata, ma crede di esserlo e quindi è come se lo fosse. La curo con acqua zuccherata che le prepara il mio amico Aureliano e lei mi dice: 'Dottore, ottima la medicina che mi ha prescritto'. E siccome non oso farmi pagare, in autunno mi manda a casa i fagiani della sua tenuta uccisi nelle battute di caccia».

Il nonno, più del padre, le aveva trasmesso l'amore per la medicina. Per un attimo Malvina pensò che le sarebbe piaciuto prendere il posto del nonno e fare il medico di paese, come stava facendo Sergio Orombelli che continuava il lavoro di suo padre. Attraverso le portefinestre spalancate, entrava nel salotto il canto insistente delle cicale che faceva da sottofondo ai discorsi che si intrecciavano fra gli ospiti.

«Nonna, perché non ci defiliamo?» le sussurrò Malvina, frastornata da tante parole.

«La morte ha i suoi riti. Gli amici stanno cercando di confortarci e dobbiamo ascoltarli», rispose la nonna, sottovoce e le sorrise.

Malvina la baciò su una guancia che profumava di mughetto e poi scivolò fuori dalla stanza. Si rifugiò sotto il bersò di gelsomino e vide Gianni e Sergio che parlottavano seduti a un tavolo, davanti a due bicchieri di birra, come fossero vecchi amici.

Suo marito si alzò, le andò incontro, l'abbracciò e le disse: «Mi dispiace tanto, tesoro».

«Lo so. Perché non vai a dire due parole alla nonna?» lo sollecitò lei.

«Non ora, con tutta quella gente. Avremo tempo per starle vicino. Intanto ho avvertito Susan e tuo padre. L'ho detto anche ai miei e con Sergio stavamo pensando ai necrologi da dettare al *Corriere della Sera*.»

Malvina sedette davanti ai due giovani e osservò: «Sarà meglio consultare la nonna, anche perché credo che lei non li ami e non dobbiamo fare niente che lei non voglia».

«Non posso impedire ai miei di fare il loro», obiettò Gianni.

«Puoi semplicemente pregarli di non farlo. Del resto,

quando gli amici se ne saranno andati, ne parleremo con la nonna», tagliò corto.

«Sergio vuole scrivere un articolo sul nonno per il giornale locale», la informò Gianni.

«È proprio necessario?» gli domandò Malvina.

«È doveroso. Era un personaggio noto, da queste parti, e preferisco farlo io, piuttosto che lasciarlo scrivere a qualche mieloso cronista. La prosa verbosa e ridondante non si addice a tuo nonno», spiegò il giovane medico che da anni redigeva per la *Gazzetta della Brianza* una rubrica sui fatti di cronaca e di costume.

«Me lo fai leggere prima di pubblicarlo?» domandò Malvina.

«Non ci penso proprio. Lo leggerai quando uscirà sul giornale», affermò Sergio. Poi la guardò negli occhi e le domandò: «Come stai, piccola Mavì?»

Quel diminutivo, pronunciato con tanta dolcezza, la intenerì e Malvina scoppiò in lacrime.

«Ragazzo, stai vicino a questa preziosa creatura», raccomandò Sergio a Gianni. E proseguì: «Io l'ho vista crescere. Dopo il funerale di sua madre, i miei genitori mi portarono in visita in questa casa, come si usa nei paesi. Allora avevo solo quattro anni ma chiesi di vedere la sfortunata bambina senza mamma. Il padre di Malvina mi portò nella sua stanza. Lei dormiva nel lettino con il ciuccio in bocca e lui me la mise in braccio. Poi ci fece una fotografia che conservo ancora. Da quel giorno mi sono considerato il suo cavaliere. E quando ero già un ragazzetto e corteggiavo le mie coetanee a volte mollavo tutto per vestire i panni del fratello maggiore e spupazzarmi la piccolina».

A quel punto, Malvina smise di piangere e sorrise.

«Eri iperprotettivo e qualche volta non ti sopportavo», disse.

«Come io non sopportavo te, perché non sei mai stata un tipo facile.»

«Questo lascialo giudicare a mio marito», reagì lei.

«Confermo», intervenne Gianni. E soggiunse: «Ma è così adorabile che le si perdona tutto».

# 11

La cappella di famiglia, nel piccolo cimitero di Tavernolo, accolse la bara del nonno che fu posta accanto a quella della figlia, morta vent'anni prima.

La nonna aveva chiesto inutilmente un funerale intimo. Dai borghi sulle colline e dalla città era confluita molta gente di ogni età ed estrazione sociale per salutare un'ultima volta un uomo tanto amato e rispettato.

Poi, com'era nella tradizione, nel giardino della villa venne allestito il pranzo per gli amici e i parenti più stretti. Venere aveva chiesto aiuto ad alcune donne del paese che erano accorse per rendersi utili.

La nonna, da perfetta padrona di casa, non versò una lacrima, accolse tutti con un sorriso, e fece servire agli ospiti pesce freddo in gelatina, verdure croccanti e fritti misti.

Malvina, seduta accanto alla nonna, di tanto in tanto le accarezzava la mano, e lei le rivolgeva uno sguardo di complicità.

Mentre il sindaco proponeva un busto marmoreo da collocare nell'atrio del municipio di Tavernolo, a futura memoria di un uomo che tanto lustro aveva dato al loro paese, e il parroco proponeva una targa da apporre sotto il portico della chiesa, la nonna ricordava i giorni trascorsi con il compagno della sua vita, con cui aveva condiviso il dolore per la morte della loro unica figlia e l'amore per la deliziosa nipotina, che temevano però non fosse pienamente felice con quel bravo ragazzo che aveva sposato.

Malvina, invece, ricordò che, quando era bambina, un giorno il nonno le aveva detto: «Non devi avere paura della morte perché è un capitolo della vita. Tutti ne sono terrorizzati perché non sanno quanto sia misericordiosa. Soltanto i malati gravi non la temono perché la morte mette fine alle loro sofferenze. Ho visto persino qualcuno sorridere, nel momento in cui se ne andava da questo mondo».

«Perché stanno vedendo il paradiso?» gli aveva domandato lei.

«Ma quale paradiso e quale inferno! I morti tornano semplicemente nel posto in cui sono stati prima di nascere.»

«Com'è questo posto, nonno?»

«È bellissimo, ma purtroppo noi lo dimentichiamo quando veniamo al mondo. Se lo ricordassimo, nessuno vorrebbe vivere su questa Terra neppure per un giorno.»

Adesso Malvina pensò che il nonno fosse tornato là da dove era venuto e si augurò che un giorno, quando sarebbe toccato a lei, il suo posto non fosse troppo lontano da lui.

Gli ospiti, seduti intorno alla tavola, parlavano senza sosta.

«Avete letto l'articolo di mio figlio sulla *Gazzetta*?» domandò la signora Orombelli.

«Lo abbiamo letto e apprezzato», rispose la padrona di casa.

«Lo ha raccontato com'era, come l'abbiamo conosciuto tutti noi e con lo stile di Sergio, secco e ironico», sentenziò il parroco.

«A proposito, dopo il funerale vostro figlio è scomparso», constatò la moglie di Aureliano Rinaldi.

«Aveva un impegno galante», spiegò la signora Orombelli.

Malvina drizzò le orecchie, mentre il dottor Orombelli, il padre di Sergio, borbottava: «Quello, tante ne prende e tante ne lascia. Farà la fine di suo zio Ermete: zitello a vita».

«Invece io dico che questa è la volta buona e mette la testa a partito», sentenziò la moglie.

Malvina si chiese perché il fatto che Sergio avesse una fidanzata le suscitasse un sottile disappunto.

# 12

SULLA tavola comparvero ciotole colme di macedonia di frutta mentre gli ospiti parlavano di Neil Armstrong, il cosmonauta americano che si preparava a sbarcare sulla Luna, dell'abbattimento di duecento piante d'alloro che si erano ammalate, delle ferie imminenti che avrebbero posto fine, per qualche settimana, agli scioperi.

Malvina teneva d'occhio la nonna che sembrava stremata.

«Io non ne posso più e tu neanche. Andiamo di sopra», le sussurrò.

Con un gesto, l'anziana sollecitò la domestica a far servire il caffè. Poi disse alla nipote: «Tra un attimo andiamo a riposare».

Nonna e nipote erano sul punto di congedarsi quando la madre di Gianni dichiarò: «Il dottore vi ha lasciate, ma la sua stirpe continua. Dopo una morte, fiorisce sempre una vita. Non mi stupirei di sentire presto la bella notizia di un bambino che verrà a rallegrare questa grande casa».

Pronunciò queste parole con un sorriso diretto alla nuora. A quel punto, il padre di Malvina intervenne con fare seccato: «E se li lasciassimo in pace questi due ragazzi? A me sembrerebbe una buona idea. Devono ancora laurearsi e rendersi autonomi».

«Il traguardo professionale e autonomo non c'entra niente con il concepimento di un figlio», osservò, altrettanto seccamente, il padre di Gianni.

Scese il silenzio tra i presenti.

Malvina rivolse al marito uno sguardo implorante e Gianni andò subito in suo aiuto.

«I figli verranno se e quando Dio lo vorrà», affermò, anche perché aveva la certezza che una donna forte e sana come sua moglie gli avrebbe dato uno stuolo di bambini.

«Dio lo vuole quasi sempre, sono piuttosto i giovani che considerano i figli un impiccio e ricorrono all'aiuto di medici compiacenti per evitare le gravidanze», martellò spietata la signora Franzini.

Aureliano Rinaldi, il farmacista, era il solo a non aver capito lo scambio di battute fra i consuoceri, infatti commentò: «Per fortuna! Con la pillola, oggi si evita il dramma dell'aborto. Io le faccio venire dalla Svizzera per le mie clienti».

La nonna si alzò di slancio dalla tavola e ordinò a sua nipote: «Accompagnami di sopra». Poi si rivolse ai parenti e agli amici: «Vi ringrazio. Mi siete stati di grande conforto. Ma adesso vi prego di scusarmi, perché sono un po' stanca».

Era molto seccata per l'invadenza dei suoceri di sua nipote e lo dimostrò con quell'uscita di scena repentina.

«Ti ringrazio per il salvataggio in extremis», le sussurrò Malvina, mentre entravano in casa.

«Quei Franzini sono due impiccioni e io non li ho mai potuti sopportare. Spero tanto di non rivederli più», replicò lei, mentre saliva lo scalone. La difesa della sua nipotina aveva rimosso per qualche istante il dolore per la perdita del marito.

Malvina l'aiutò a liberarsi del tailleur di seta blu a pois bianchi, dei sandaletti con un filo di tacco e le porse la vestaglia bianca di piquet. La donna si distese sul letto e trasse un lungo respiro di sollievo. Poi diede due colpi sul letto per invitare Malvina a stendersi accanto a lei.

Malvina fece aderire il suo corpo alla schiena della nonna che si era girata su un fianco, e le disse: «Ti voglio tanto bene».

«Lo so, ma non mi basta. Non immagini quanto mi manchi tuo nonno.»

«Di' piuttosto che ti mancheranno i battibecchi con lui», tentò di sdrammatizzare la ragazza.

«Be', detto tra noi, non è che fosse un tipo facile mio marito. E, del resto, i battibecchi sono il sale di un matrimonio. Mi pare che anche tu e Gianni non scherziate», osservò.

«Già, a volte è insopportabile, però mi piace tanto. Non è un tipo banale e mi dà del filo da torcere. Spero che con il tempo si liberi di quella franzinitudine che mi esaspera.»

«Secondo me, quei Franzini sono dei monomaniaci. Hai visto oggi, quando ci siamo seduti a tavola? Tuo suocero era sul punto di recitare la preghiera. Si è fermato in tempo, ma sono sicura che ci considera dei pagani.»

«È proprio questo che intendo. Bisogna che Gianni si svecchi un po'.»

La nonna non era così convinta che fosse un'impresa facile, ma tenne per sé le sue considerazioni. Invece disse: «Bello l'articolo di Sergio Orombelli. Se il nonno l'avesse letto, si sarebbe divertito».

«Mi sento un po' in colpa con Sergio che mi è sempre stato molto vicino quand'ero una ragazzina. Non l'ho più cercato, da un certo punto in avanti, e adesso mi dispiace, perché è una persona notevole.»

«Dormi», le ordinò la nonna.

Malvina chiuse gli occhi e, vinta dalla stanchezza e dalle emozioni, poco dopo piombò in un sonno pesante.

Sognò di trovarsi in giardino, sotto il leccio, a consumare un pic-nic attorniata dai nonni e dai suoi genitori. Erano tutti seduti su una coperta di velluto nero. La sua mamma distribuiva panini su piatti di carta. Il nonno azionava un grammofono a manovella e da un vecchio disco scaturiva la voce di un cantante che, sulle note di un valzer veloce, intonava: «Ne farò un Girardengo, Girardengo non mi va ben, ora va ora vien, Girardengo non mi va ben».

A quel punto spuntava dal viale un vecchio velocipede, con la grande ruota davanti, e Sergio Orombelli sul sellino. Allora la mamma esclamava: «Eccolo qui il nostro Girardengo!» Sergio era un ragazzino e indossava i pantaloni corti e una camicia a righe aperta sul petto. Scendeva dal velocipede e la nonna lo invitava: «Vieni, caro. Ti do un po' di pane e Nutella». «Sono venuto a chiedere, per ricordo, la cintura di Malvina», diceva lui, rivolgendosi al dottor Leoni. E Malvina gli sorrideva mentre sfilava la cintura dai passanti della gonna.

Aprì gli occhi e vide una figura massiccia che incombeva su di lei. Stentò a riconoscere il marito, perché la stanza era immersa nell'oscurità.

Allungò una mano per tastare il letto. La nonna non c'era.

«Alzati!» ordinò Gianni.

«Ma quanto ho dormito?» domandò confusa, riaffiorando faticosamente alla realtà.

«Alzati ed esci da questa camera», le ingiunse il giovane con voce minacciosa.

Lei scese dal letto. Indossava ancora l'abito del funerale.

«Vuoi dirmi che cosa succede?» domandò sempre più confusa.

Il marito l'afferrò saldamente per un braccio, la trascinò nel corridoio e sibilò: «In camera dei tuoi nonni non potevo dirtelo. Te lo dico adesso: sei una puttana!»

## 13

MALVINA non capiva che cosa stesse succedendo. Il bel volto di Gianni, deformato da una collera di cui non conosceva la ragione, era irriconoscibile.

«Ma sei matto!» urlò.

Nella casa c'era un silenzio irreale.

Un moscone iridescente, imprigionato nell'ampolla di vetro di un antico lume a petrolio, ronzava impazzito.

«Chi non diventerebbe matto di fronte a questo?» l'aggredì suo marito, sventolandole sul viso il dischetto di cartone che conteneva le pillole contraccettive.

Allora Malvina si coprì il viso con le mani e sussurrò: «Oddio!»

Subito dopo fece uno scarto, per schivare l'uomo che le stava addosso, e scese lo scalone. Uscì nel giardino, lo attraversò di corsa, superò il cancelletto di ferro battuto e fu nel bosco di castagni. Allora si fermò a riprendere fiato. Sulla strada asfaltata, che costeggiava il bosco, passò un'auto che aveva la radiolina accesa a tutto volume e Malvina sentì la bella voce di Sergio Endrigo che cantava: «Io che amo solo te».

Quante volte l'avevano intonata, lei e Gianni, nei loro viaggi quotidiani tra casa e università. Cantavano anche «Ciao ciao bambina», e Gianni era formidabile nell'imitare la voce di Modugno.

Pensò che suo marito era straordinario in tutto. Suonava il pianoforte e quando eseguiva un pezzo, incespicando qua e là, lei pensava: è solo questione di esercizio, altrimenti avrebbe poco da invidiare a Rubinstein. Amava suo marito ed era orgogliosa di lui. Ma Gianni l'aveva insultata e umiliata con una volgarità senza eguali. Non le aveva detto: sei una stupida, una pasticciona, o una irresponsabile. L'aveva volutamente offesa. All'improvviso sentì che dentro di sé si era spezzato qualcosa.

Vide Gianni che stava per raggiungerla.

Malvina fece aderire la schiena al tronco di un castagno e chiuse gli occhi.

«Non sono venuto fin qui per chiederti scusa», esordì lui, fermandosi davanti a lei che riaprì gli occhi e, allungando un braccio, gli puntò contro un dito accusatore.

«Stai zitto», gli ordinò e subito soggiunse: «Adesso parlo io». Il tono della sua voce non ammetteva repliche: «Tu mi hai turlupinato dal giorno in cui, per la prima volta, mi hai invitata a uscire con te. Da quel giorno io ho perso ogni potere decisionale e hai fatto tutto tu: mi hai corteggiata, sedotta, chiesta in moglie raggiungendomi all'altro capo del mondo, sposata. Ti sei reso irresistibile, colmandomi di attenzioni. Io ho detto sempre sì perché ti amavo. Al mio fianco non ho mai desiderato un altro uomo che non fossi tu. Ho accettato te e la tua famiglia, sebbene non abbia mai condiviso l'integralismo dei Franzini. Basta pensare a come avete schiavizzato Alessandro, che sta morendo d'infelicità, o a tua sorella Maria Giulia, che porta avanti stoicamente la sua quarta gravidanza nonostante i medici le avessero sconsigliato di avere altri figli. Basta pensare a te che, avendo trovato i miei contraccettivi, hai perso il lume della ragione, quasi mi avessi sorpresa con un amante». Riprese fiato per un attimo e proseguì: «Sì, prendo la pillola! E sai perché? Perché sono terrorizzata dal pensiero di restare incinta. Mia madre è morta per darmi alla luce. Tua sorella rischia di morire a causa della nuova gravidanza. Hai presente che cosa significa? No, naturalmente. Vai al diavolo! Tu non mi ami, non mi hai mai amata. Tu ami soltanto i figli che io dovrei darti. Mi consideri alla stregua di una fattrice da mettere all'ingrasso in vista della prole che produrrà. Hai sbagliato moglie! Io ti ho amato per quello che sei e non perché vedevo in te il padre dei miei figli. E, a proposito di figli, non so se ne vorrò, ma so che non li avrò da uno che mi considera una puttana. E adesso, per favore, esci di corsa dalla mia vita».

Gianni se ne andò, furente, lasciandola sola. Malvina gli aveva rovesciato addosso tutta la sua rabbia e la sua delusione. A poco a poco lei si calmò e riprese il controllo di sé. Rimase con la schiena appoggiata al grande albero e ripensò al primo, felice anno del loro matrimonio.

Ricordò le bellissime notti di quel lungo inverno nel grande letto con le cortine di damasco, stretti l'uno all'altra avvolti dal loro calore, a elaborare sogni e progetti per la vita da trascorrere insieme, i diversi punti di vista sulla loro casa del futuro che Gianni voleva in piazza Sant'Ambrogio, di fronte all'università in cui avrebbe insegnato, e Malvina in via Sforza, accanto all'ospedale in cui avrebbe lavorato.

«Vuoi mettere la meraviglia di abitare in Sant'Ambrogio, che è il cuore più antico della città? Via Sforza è sempre trafficata e, di notte, le sirene delle ambulanze non ti fanno dormire», sosteneva lui.

«Ma io sono la donna, reclamo il privilegio di avere vicino casa e bottega, così potrei dormire qualche minuto in più la mattina», decretava lei.

«Mi stai dicendo che mi lasceresti uscire da solo, senza prepararmi la colazione né darmi il bacio del buon giorno?»

«Sarebbe tanto grave?»

«Significherebbe che ami il sonno più di tuo marito.»

«È una viltà metterla su questo piano. Considera, invece, che se fossi generoso con me, potrei amarti di più.»

«Mi stai ricattando e io ti farò morire facendoti il solletico ai piedi.» A quel punto Gianni incominciava a solleticarle la pianta dei piedi.

«Il ricattatore sei tu», esclamava lei, ridendo e strillando.

Poi era venuta la primavera. Nel giardino erano ricomparse le prime lucertoline, i passeri banchettavano con i semi che cadevano sul terreno e sguazzavano nelle pozze d'acqua per lavarsi le penne, mentre nel cielo aironi cinerini e avocette intrecciavano danze d'amore.

Da Milano venivano spesso a trovarli gli amici.

«Facciamo finta di avere già la nostra casa e di essere soli, tu e io, a preparare la cena», proponeva Malvina.

Allontanavano Venere dalla cucina e, con il libro delle ricette a portata di mano, si mettevano d'impegno a montare la maionese, a pulire i pesci di lago, a mescolare intingoli. Il più delle volte facevano disastri dei quali ridevano ripromettendosi di migliorare con l'esperienza.

Capitava che Gianni dicesse: «Quando avremo la nostra casa, non potremo permetterci una domestica, almeno all'inizio. Quindi, dobbiamo assolutamente imparare a cucinare, anche per i nostri figli».

Malvina allontanava quelle ultime parole con un gesto della mano, come se scacciasse una mosca fastidiosa, e benediceva l'affettuosa ospitalità dei nonni che sapevano essere partecipi senza essere mai indiscreti.

In maggio avevano preso l'abitudine di studiare sul divanetto a dondolo, in giardino, lei con in mano un testo di medicina, lui con uno di filosofia. Muniti di matita, sottolineavano e prendevano appunti.

«Lo sai quanto misura il nostro intestino?» domandava lei.

«Lo sai cosa dice sant'Agostino a proposito di Dio?» domandava lui.

«Che cosa dice?»

«Che lo si conosce meglio se si è ignoranti.»

«Questo significa che i teologi, che sono molto eruditi, non lo conoscono affatto.»

«Smettila con il tuo sarcasmo. Io ti parlo dei difficili processi della mente e tu mi contesti solo per contraddirmi.»

«Io ho la testa che fuma dopo tre ore filate di studio e ti detesto per la capacità di estraniarti completamente dalla realtà. A volte è come se tu fossi su un altro pianeta. Mi sento molto Sibilla Aleramo quando scriveva a Dino Campana: 'Dove sei, che mi sento così strappata a me stessa? Mi chiami o mi hai dimenticata?'»

Gli lanciava questa o un'altra citazione, abbandonando il libro per andare a fare un giro in giardino. A quel punto, Gianni la inseguiva, l'abbracciava e le sussurrava: «Andiamo a rotolarci un po' nel letto?»

Questo ricordò Malvina, come fosse un sogno perduto per sempre.

# 14

ALESSANDRO Franzini si presentò a Tavernolo offrendole un canestro colmo di frutta così bella da sembrare finta.

«Hai saccheggiato un frutteto del paradiso?» gli chiese Malvina.

«L'hai detto. Ho contratto un mutuo con Abbascià, il quale mi ha garantito che ogni pesca, susina, albicocca, ciliegia ha il potere taumaturgico di sconfiggere le pene d'amore», spiegò il cognato, con piglio scherzoso.

Carlin si impadronì del cesto e lo portò in cucina, mentre Malvina guidava l'ospite verso il salotto. Venere arrivò reggendo una caraffa di tè ghiacciato e dei bicchieri.

Era luglio e l'afa si faceva sentire anche in collina. Durante il giorno, Malvina e la nonna evitavano il giardino, preferendo rifugiarsi nella fresca penombra delle stanze.

«È riduttivo parlare di pene d'amore», confessò Malvina, mentre porgeva ad Alessandro un bicchiere di tè.

«Lo so», annuì il giovane avvocato, regalandole un sorriso. E soggiunse: «Come stai?»

Lei fece spallucce e domandò: «Lui come sta?»

«È andato da qualche parte, in ritiro spirituale.»

Malvina nascose il viso tra le mani e sussurrò: «Inaudito! Il nostro matrimonio è andato in pezzi e lui va a fare gli esercizi spirituali? È matto!»

«Tutti i Franzini lo sono. A questo punto dovresti saperlo», replicò il cognato. Cercò le sigarette nella tasca della giacca che aveva appoggiato sul bracciolo della poltrona. Malvina gli tese un accendino.

Lui aspirò una boccata di fumo e proseguì: «Come tu m'insegni, capita che la santità si accompagni alla follia».

«Io lo amo ancora», affermò lei, mentre si chiedeva se il cognato fosse arrivato fin lì per confortarla o per incarico della famiglia che voleva capire quali fossero le sue intenzioni. Quasi avesse intuito l'interrogativo, il giovane avvocato Franzini disse: «Te la ricordi la storia del bicchiere d'acqua e della delusione di mia madre nel constatare la mia incapacità di resistere a un desiderio?»

La ragazza annuì. Ricordava molto bene quell'episodio rivelatore di un modello di vita intransigente, al limite del fanatismo.

«Quella storia ha un seguito terrificante, ma sfiderò il tuo orrore e te la racconterò. Dopo aver bevuto avidamente, e aver letto la pietà nello sguardo di mia madre, le domandai ancora dell'acqua e lei tornò a riempire il bicchiere. Allora sedetti al tavolo, con il bicchiere davanti a me e presi a fissarlo senza muovere un muscolo.

Venne la sera e io ero ancora lì, davanti al bicchiere pieno d'acqua. Mi chiamarono per andare a cena e non mi mossi. Era notte quando mia madre mi prese in braccio e mi mise a letto. Volli il bicchiere sul comodino. Ero tormentato dai crampi della fame e avevo sete, ma non bevvi. Dormii pochissimo. Al mattino un po' d'acqua era evaporata, ma io non avevo bevuto. Tutta la famiglia sfilò al mio capezzale e papà asserì: 'Alessandro sta misurando la sua capacità di controllare gli impulsi'. La mamma mi diede una carezza e constatò che scottavo. Allora disse con dolcezza: 'Sei stato molto forte, bambino mio. Adesso puoi bere'. Non mi mossi. 'Devi bere', ordinò a quel punto. Mi costrinsero a forza a mandar giù, cucchiaino dopo cucchiaino, dell'acqua zuccherata. Poi la mamma mi abbracciò e dichiarò: 'Sono molto fiera di te'. E quella volta, nel suo sguardo pieno d'amore c'era un'ammirazione sconfinata. Noi Franzini siamo disposti a morire per non deludere chi ci ama. Ora sembra che tu abbia deluso il mio fratellino e se ancora lo ami, come dici, sai che cosa devi fare per riaverlo», concluse.

Sì, Alessandro era venuto in missione su incarico della famiglia. «Perché io? E se fosse lui a dover fare qualcosa per riavere me?» si ribellò Malvina.

«L'amore, ragazzina, è un sentimento feroce che non conosce le mezze misure. L'amore spinge il pellicano ad aprirsi il petto perché il suo piccolo possa nutrirsi delle sue viscere e infonde tanto coraggio al principe innamorato da indurlo a vincere il terribile drago che si frappone tra lui e la sua principessa», disse Alessandro.

«Voi Franzini siete assolutamente pazzi», ribadì la ragazza.

Venere entrò nel salotto portando due ciotole colme di macedonia e domandò ad Alessandro: «Si ferma per cena, avvocato?»

Malvina sperò che il cognato declinasse l'invito, perché mai come dal giorno in cui suo marito se ne era andato apprezzava il piacere di stare sola. La nonna, che aveva le antenne lunghe, aveva colto a pretesto l'afa eccezionale di quel periodo per anticipare la sua vacanza in montagna ed era partita alcuni giorni prima, con una anziana cugina, dicendole: «Se hai bisogno di me, sai dove trovarmi. Approfitta di questa solitudine per ritrovare te stessa». Del resto, anche la nonna, dopo la scomparsa improvvisa del marito, aveva bisogno di stare un po' lontana da Tavernolo.

«Devo tornare a Milano di corsa», rispose Alessandro, per fortuna. Poi, sul punto di congedarsi, rivelò: «So per certo che mio fratello vuole rivederti. Ti vuole parlare. Ascoltalo e poi decidi quello che vuoi fare». E l'abbracciò. Lei nascose il viso contro il suo petto ed esplose in un pianto dirotto.

Alessandro le accarezzò il capo con dolcezza.

«Coraggio, ragazzina», le sussurrò. «C'è di peggio nella vita. Tu hai appena vent'anni e tutto il tempo per superare qualunque dispiacere.»

Non erano queste le parole che voleva sentirsi dire

dal cognato. «Quando ho conosciuto tuo fratello, ho pensato: Ecco l'uomo della mia vita. Lui sapeva farmi felice, capisci? Poi, all'improvviso, tutto si è volto in tragedia. Io ho ancora voglia di essere felice, ma non so se potrò più esserlo con Gianni. Lo amo, ma non voglio rivederlo», singhiozzò.

Alessandro le tese il suo fazzoletto, perché lei si asciugasse le lacrime.

«Addio, Malvina», sussurrò lui. E soggiunse: «Io, finalmente, ho deciso da che parte stare. Pensa che ho persino smesso di bere. Vado in Sudafrica, a Cape Town. Lì ho alcuni amici che mi aspettano. Sei stata tu a suggerirmi di andare lontano, ricordi? A proposito, la mia compagna e i suoi figli verranno con me. Ero venuto a trovarti anche per dirti questo».

«Mi mancherai», gli disse Malvina, mentre lo scortava verso la sua auto.

«Anche tu.»

Guardò l'auto allontanarsi lungo il viale, superare il cancello e sparire. Quando tornò in casa squillava il telefono.

Era suo padre che la chiamava da Stoccolma. Era partito con Susan e un gruppo di amici: una carovana di quattro automobili che, mentre i turisti scendevano dal Nord verso l'Italia e la Spagna, si muoveva seguendo il percorso inverso. Volevano andare per fiordi e lasciarsi alle spalle le fatiche del lavoro. Il dottor Leoni e la moglie avevano insistito per avere Malvina con loro, ma lei non si era lasciata convincere.

«Potremmo rinunciare al viaggio e passare le vacanze a Tavernolo con te», le aveva proposto Susan che era preoccupata per Malvina quanto e forse più del marito.

La ragazza aveva spiegato che avrebbe portato con sé i suoi problemi e non sarebbe stata una bella vacanza.

Il padre le telefonava ogni sera per scambiare due parole e darle le coordinate degli spostamenti.

«Casomai decidessi di volerci raggiungere», le diceva.

Così, anche quella sera, Malvina prese nota dell'albergo in cui erano scesi e tacque la visita del cognato.

Dopo, uscì in giardino e raggiunse Carlin. L'uomo stava spruzzando un antiparassitario sulle rose che, a causa del caldo, erano state aggredite dai pidocchi.

Carlin e la moglie erano una coppia semplice e spontanea che, senza averne l'aria, la stava aiutando a sentirsi meno infelice.

Ora Malvina domandò a Carlin: «Posso fare qualcosa?»

«Venere vuole i pomodori e il basilico. Raccoglili tu, mentre finisco di spruzzare», rispose lui.

La ragazza stava portando in cucina la verdura appena raccolta, quando vide Sergio Orombelli che le veniva incontro.

«Qui in Brianza gira la voce di una giovane e avvenente castellana che se ne sta tutta sola a innaffiare il giardino con le sue lacrime», esordì il giovane medico, scherzoso.

«Mai che la gente si faccia i fatti suoi», commentò

Malvina, abbracciandolo. Era contenta di stare un po' con lui.

«Per fortuna, altrimenti non avrei saputo che avevi bisogno di me», ribatté lui.

Entrarono in casa e si diressero verso la cucina dove Malvina consegnò le verdure alla domestica.

«Ti porto fuori a cena», propose Sergio, con fare deciso.

«Non se ne parla nemmeno!» tuonò Venere. «È tutto il pomeriggio che traffico intorno ai fornelli per mettere insieme qualcosa di appetitoso da dare a questa ragazzina che non vuole mangiare», spiegò e aggiunse: «Perché non si ferma a cena, dottore?»

Malvina allargò le braccia, fingendo rassegnazione.

Era ormai buio e l'aria si era rinfrescata. Sergio e Malvina cenarono sotto i gelsomini.

«Mio marito è riuscito a farmi sentire una mezza donna, perché una che non vuole figli è incompleta. Io non ci dormo la notte. Dubito della mia femminilità, mi sento un mostro di perversione, mi dibatto nello sconforto e vorrei fare chiarezza nel groviglio dei miei sentimenti… ma non so da che parte incominciare. A volte penso che Gianni abbia ragione…» confessò la ragazza e prese a singhiozzare.

«Mavì, tu hai bisogno d'essere aiutata», disse Sergio, guardandola con tenerezza. E proseguì: «Ti ho vista crescere e, nei tuoi silenzi come nella tua allegria, ho sempre percepito una nota di smarrimento. Non hai mai avuto una famiglia regolare e credo che questo abbia il suo peso. Te la senti di parlare con qualcuno che si intende di queste cose?»

«Qualcuno, chi?»

«Uno psicanalista.»

«Mi stai dicendo che dovrei andare in analisi?»

«Ti sto solo proponendo un colloquio con uno specialista. Conosco un medico molto serio e preparato, il professor Bianchi. Se vuoi, ti fisso un appuntamento.»

Malvina seguì il consiglio del vecchio amico.

Andò dal professor Bianchi, gli parlò dei suoi problemi e insieme decisero che lei gli avrebbe fatto sapere se intendeva sottoporsi all'analisi.

# 15

La mattina dopo il colloquio con il professor Bianchi, Malvina si era svegliata più serena, tanto che aveva deciso di rituffarsi nel mondo, dopo i molti giorni di isolamento.

Si era infilata i pantaloncini corti, aveva calzato le scarpe da ginnastica e, approfittando delle poche ore di frescura che la notte regalava al giorno, aveva preso la scorciatoia del bosco per scendere in paese a comperare i giornali.

Venere e Carlin l'avevano guardata con un senso di sollievo mentre si allontanava con i cani che le facevano da scorta.

«Povera ragazza! A me, quel suo marito non è mai piaciuto», affermò Venere.

«Il giovane Orombelli sarebbe stato un marito migliore», osservò Carlin.

«L'hai detto. Lui è dei nostri, non come quei Franzini che si danno un sacco d'arie», disse la donna.

«Peccato che siano soltanto amici», si rammaricò lui.

«Diamo tempo al tempo. Comunque, basta chiacchiere. C'è il prato da bagnare prima che faccia caldo», replicò bruscamente la donna.

Malvina attraversò il bosco. L'aria era ancora satura dei profumi della notte e lei camminava di buon passo sul sentiero, mentre i cani correvano avanti e indietro, annusavano il terreno, marcando il loro passaggio, inventavano caroselli intorno alle sue gambe.

Quando arrivò in paese, la ragazza comperò i giornali nel bar-tabacchi che vendeva un po' di tutto, dagli alimentari ai giocattoli. Bevve un cappuccino e mangiò una brioche che divise con i cani. Rispose ai saluti della gente che la conosceva fin da bambina, si inoltrò nella piazza e sedette su una panchina, all'ombra dei tigli, a sfogliare i quotidiani. Il legno scheggiato le graffiò una gamba. Allora richiuse i giornali, si alzò e constatò lo stato deplorevole della panchina.

A quel punto riattraversò la piazza, si infilò nell'androne del palazzo comunale e chiese di parlare con il sindaco. Il primo cittadino, le dissero, era andato a pescare sul lago. C'era tuttavia il segretario che la ricevette con l'ossequio dovuto alla nipote del dottor Leoni.

«Le panchine della piazza fanno schifo», esordì Malvina. E mostrò il graffio sulla gamba. «Dubito che il Comune non abbia fondi per sostituirle. Comunque, dica al sindaco che sono disposta ad acquistarne una nuova, a condizione che porti il nome di mio nonno.»

Quella era la panchina su cui il medico sedeva con

lei, quand'era bambina, e con lei commentava i fatti di cronaca riportati dai giornali.

«Sarà fatto. Voglio dire che trasmetterò al sindaco la sua proposta, non appena arriverà in ufficio», rispose il segretario.

Malvina uscì dal paese, riprese la strada del bosco e tornò alla villa. Le piaceva l'idea di regalare al Comune una panchina che ricordasse a tutti il suo amatissimo nonno.

Stava ormai per varcare il cancello di casa quando vide l'utilitaria di suo marito sbucare dalla curva. Si fermò con il cuore in gola per l'emozione. Anche lui la vide e inchiodò l'auto a pochi metri da lei. Aprì la portiera, scese dalla macchina e stette immobile a guardarla con intensità.

I cani gli andarono incontro uggiolando. Malvina pensò che suo marito era in assoluto il ragazzo più bello e desiderabile che avesse mai conosciuto e la commozione fu così forte che per un attimo dimenticò tutto. Se lui avesse mosso un passo verso di lei, Malvina gli sarebbe caduta tra le braccia. Ma lui non si spostò.

«Ciao», disse semplicemente.

«Ciao», gli fece eco lei.

«Mi disprezzo per averti offesa», confessò lui.

Malvina annuì, incapace di replicare.

«Posso entrare?» domandò Gianni, indicando il cancello.

«Entra», rispose Malvina.

Gianni risalì in macchina, mise in moto e percorse il viale d'accesso alla villa.

La ragazza e i cani lo raggiunsero davanti all'edificio. Erano le dieci del mattino e il sole cominciava a riscaldare l'aria. Carlin, che spazzava la ghiaia davanti al porticato, vide i due giovani che si incamminavano affiancati verso il giardino. Corse in casa e informò la moglie, che commentò: «Se è venuto per riscaldare la minestra, sarà un piatto indigesto».

Gianni e Malvina andarono a sedersi sul dondolo.

«Ti chiedo perdono», sussurrò il giovane e proseguì: «Non avevo idea che, pur amandomi, tu non volessi avere figli. Ora lo so e, poiché anch'io ti amo, rispetto la tua volontà», affermò il marito.

In quel momento, Malvina misurò la generosità di Gianni e il proprio egoismo e rimpianse di non avere mai affrontato apertamente con lui il problema.

«Tu non sai le mie paure e i sensi di colpa nei tuoi confronti, quando prendevo la pillola», confessò.

«È tutto finito, tesoro», disse lui e le accarezzò il viso.

«Vuoi dire che dovremmo riprovare a vivere insieme?» domandò lei con voce esitante.

«Dobbiamo. Il matrimonio è un sacramento e, come tale, va rispettato», rispose Gianni e, senza smettere di accarezzarle il viso, proseguì: «Continueremo a vivere insieme, amandoci in castità». Era commosso e nei suoi occhi brillò una lacrima.

Malvina pensò di non avere capito le parole di suo marito.

«In castità?» ripeté, incredula.

Gianni sorrise.

«Non siamo i soli, amore mio. Tanti ragazzi come noi, decidendo di non avere figli, vivono in castità il loro matrimonio», dichiarò.

La ragazza impiegò qualche secondo per assimilare quella dichiarazione. Poi, guardò il marito con lo stupore con cui avrebbe guardato un marziano. Le sembrò quasi di non riconoscere, nei tratti bellissimi del giovane, l'uomo che aveva amato e sposato. Tacque esterrefatta.

«Dio apprezzerà la nostra forza di volontà nel vivere secondo la sua legge», garantì lui e, sopraffatto dall'emozione, l'abbracciò di slancio.

Se avesse seguito il suo istinto, Malvina lo avrebbe preso a schiaffi. Considerava il proposito di Gianni come un'oscenità dettata dalla follia e sapeva di non avere armi per combatterla. Chiamò a raccolta tutta la sua capacità di autocontrollo. Lo allontanò dolcemente da sé e disse: «Capisco. Il fatto è che nostro Signore non mi ha ancora illuminata in questo senso. Pregherò intensamente perché lo faccia».

«Sapevo che avresti capito. Tesoro mio, devi prenderti tutto il tempo necessario, perché sarà durissimo resistere al desiderio che ci sovrasta, ma non c'è altro modo per non infrangere il sacramento del matrimonio», garantì lui, con voce ispirata. E poiché lei taceva, proseguì: «Il Signore ci ricompenserà per questa decisione tanto coraggiosa».

«Lo farà di sicuro», convenne Malvina. Quindi lo guidò verso la sua auto, dicendogli: «Ho bisogno di restare sola e riflettere».

«Aspetterò con impazienza», rispose lui, sfiorandole la fronte con un bacio.

Non appena Gianni avviò l'auto, Malvina si precipitò in casa, cercò il numero telefonico dell'albergo in cui si trovavano suo padre e Susan, sperando di raggiungerli prima che si rimettessero in viaggio per una nuova meta.

Quando sentì la voce di suo padre disse: «Ricordo che il marito di una tua paziente è un avvocato rotale. Devo rintracciarlo per affidargli l'annullamento del mio matrimonio».

Il dottor Leoni declinò il nome e poi domandò: «Non sarebbe più semplice chiedere la separazione legale?»

«Papà, dimentichi che in Italia non abbiamo il divorzio. Io ho chiuso con mio marito e con i Franzini.»

Venere aveva origliato e, quando Malvina terminò la conversazione, rivolse al Signore due parole di ringraziamento.

Più tardi, raggiunse Carlin nell'orto e gli annunciò: «La ragazza ha mandato all'inferno quel marito insopportabile. Spero tanto che leghi con il dottor Sergio, perché quello è l'uomo giusto per lei».

# 16

La contestazione studentesca occupava ormai grandi spazi su tutti i mezzi d'informazione e anche le donne reclamavano a gran voce i diritti a lungo negati.

Dopo la disastrosa esperienza coniugale, Malvina stava cercando di rimettere insieme i cocci della sua vita e frequentava un collettivo femminista.

Studiava, dava esami e aveva deciso di sottoporsi ad analisi con il professor Bianchi.

Fu in quel periodo che Walter Mandelli si profilò all'orizzonte. Walter era stato assunto come praticante da una testata giornalistica. Faceva con passione il suo lavoro di cronista e il direttore era convinto che sarebbe diventato un eccellente professionista. Un giorno, il direttore gli disse: «Devi andare a intervistare un gruppetto di femministe dell'Università Statale che si riuniscono in un fienile appena fuori Lambrate, in prossimità del Parco Lambro. Una di queste ha scritto un articolo molto tagliente che *Il Giorno* ha pubblicato a tutta pagina. Vedi di capirci qualcosa».

«Un fienile vicino a Lambrate è un indirizzo un po' vago», aveva osservato Walter.

«Non so essere più preciso. L'informazione mi viene da mia figlia che fa parte di un altro collettivo.»

«Direttore, non potrei mettere il naso nel gruppo di sua figlia senza cercare altrove? A proposito, che cos'è un collettivo?» domandò il giovane praticante.

«Mandelli, vuoi essere cacciato?» replicò burbero il direttore, che non brillava per il suo senso dello humor.

Un collega fotoreporter, fidanzato con una studentessa della Statale, gli fornì le coordinate per raggiungere il fienile di Lambrate e il gruppo che faceva capo a Malvina Leoni, autrice del famoso articolo.

«La mia ragazza mi dice che una sua amica, una certa Chiara Tizzoni, fa parte del collettivo in questione. È una balenottera grintosa. Dille che sei amico di Daniela e ti presenterà la Leoni», lo indottrinò il collega.

«E chi è Daniela?»

«La mia ragazza, che diamine!»

«Fammela conoscere», propose Walter, con un sorriso.

«Fossi scemo! Bello come sei, sarebbe capace di fare un pensierino su di te.»

Walter bussò alla porta, per altro aperta, del fienile che sorgeva al limite di un complesso rurale. Una decina di ragazze, alcune acciambellate per terra, altre su un divano sgangherato, smisero di parlare e lo guardarono con freddezza. Indossavano gonne o pantaloni colorati che, quasi sicuramente, non erano mai stati lavati dal momento dell'acquisto. Una sola, tra loro, splendeva per la bellezza e per l'abbigliamento soltanto apparentemente trasandato. Nel gruppo individuò subito Chiara per la sua stazza. Era l'unica che gli sorrideva.

«Tu sei Chiara», esordì Walter, rivolgendosi a lei. E soggiunse: «Un collega del giornale per il quale lavoro mi ha detto di riferirti che sono amico di Daniela, la sua ragazza. Mi occupo di cronaca e stamattina mi hanno dato l'incarico di scrivere su di voi e sul vostro gruppo».

«Allora fallo! Perché ce lo vieni a dire?» chiese Chiara con tono scherzoso.

«Dovrei farvi delle domande», si giustificò lui.

«Io sono Malvina. Che cosa vuoi sapere esattamente?» domandò la giovane bella e raffinata.

«Vorrei capire qualcosa del vostro movimento.»

«Dai, facciamolo parlare», disse una ragazza che stava togliendo da un fornelletto elettrico una moka piena di caffè.

«Ne vuoi?» gli domandò, mentre riempiva alcuni bicchieri di carta.

Walter ringraziò ma respinse l'offerta.

«Forse dovresti rivolgerti al gruppo di via Dogana», osservò Malvina.

«La *Libreria delle donne*?» domandò il giornalista.

«Bravo! È lì che avvengono gli incontri più stimolanti. Noi, qui, perdiamo tempo in frivolezze», gli rispose la ragazza che lo guardava con interesse. Walter, infatti, era un bellissimo uomo e aveva un sorriso luminoso.

«Il fatto è che mi è stato dato l'incarico di raccontare qualcosa su di voi», insistette Walter, guardandosi intorno. Stava sulle spine e non aveva nessuna voglia di affrontare quel gruppetto di ragazze che lo facevano sentire a disagio.

«È la prima volta che il tuo giornale si occupa di noi», osservò Malvina. Allungò un piede per spostare uno sgabello, invitò il giovane a sedersi e disse: «Scrivi per un giornale asservito al potere e hai l'aria di uno che, se si imbatte in una manifestazione, gira l'angolo».

«Non leggo *Re Nudo*, non mi interessano le vostre rivendicazioni, detesto le occupazioni delle università e la gente che si lava poco. Detto questo, scegliete voi: posso raccontare quello che mi direte, oppure scrivo quello che mi pare», reagì Walter, deciso.

Malvina apprezzò la sua franchezza: «D'accordo. Incomincia con le domande».

«Vorrei sapere chi siete, senza tirare in ballo il rapporto uomo-donna, l'aborto, il divorzio, l'omosessualità, la droga e l'esproprio proletario. Perché siete così arrabbiate? C'è chi sostiene che le vostre sono aggregazioni momentanee e che contestate i professori nella speranza di ottenere una laurea senza studiare. Che cosa rispondete a queste accuse?» sparò il giornalista.

«Bravo, hai usato la parola giusta: accuse», rispose Malvina.

«È la seconda volta che mi dici bravo e questo consenso mi insospettisce», replicò lui.

«Affari tuoi. Comunque, quando sei entrato, tanto

per dirne una, parlavamo di un illuminista francese che nell'Ottocento aveva redatto un progetto di legge per vietare alle donne di imparare a leggere, perché solo la donna che non sa né leggere né scrivere può essere una buona figlia, sposa e madre. Una pacchia per gli uomini, vero? Una donna deve saper contare le uova nel pollaio e non le stelle del firmamento. Era questa la mentalità corrente e continua a esserlo. Anche oggi. Non dovremmo arrabbiarci? La storia dei soprusi sulle donne arriva da lontano. Già Euripide sosteneva che la donna è il peggiore dei mali. Non ti viene il sospetto che gli uomini ci denigrino perché hanno paura di noi, di quello che potremmo esprimere in fatto di intelligenza, di fantasia, di creatività? Gli uomini temono che, nelle nostre mani, la Terra diventi migliore. Si servono da sempre della forza fisica e del potere per dominarci. Fino a pochi anni fa, nel nostro Paese, il codice civile sanciva la subalternità della donna all'uomo, e il codice penale aveva due pesi e due misure anche riguardo all'infedeltà coniugale, per cui se una donna tradiva il marito commetteva un reato, l'uomo invece aveva il diritto di tradire la moglie. Tutto questo accadeva in nome della difesa della famiglia. Ecco di che cosa discutiamo e non per piangerci addosso, ma per osteggiare un potere che ci opprime. Già la parola potere, in sé, esprime qualcosa di terribile. Non vogliamo il potere delle donne, il potere operaio, il potere delle masse. Vogliamo l'armonia, che è qualcosa di molto diverso, capisci? La droga e l'esproprio proletario non ci riguardano», spiegò Malvina d'un fiato, mentre Walter prendeva appunti sul suo taccuino.

Dall'esterno arrivavano fino a loro le voci di un diverbio tra un uomo e una donna e gli strilli di un bambino.

«Di tutte noi, io sono la sola sposata e separata. Sarebbe riduttivo definire il mio matrimonio un errore di gioventù, perché è stato qualcosa di diverso e di devastante. Ma non è da qui che nasce il mio bisogno di ridefinire il ruolo della donna», aggiunse Malvina.

Quando l'incontro con le ragazze si concluse, Walter Mandelli ritornò a Milano, scrisse e firmò il suo pezzo più bello. Ricevette i complimenti del direttore e l'articolo venne acquistato da un settimanale americano. Lui sapeva di non avere alcun merito: si era limitato a riportare fedelmente le parole di Malvina e delle sue amiche.

Malvina gli comparve davanti il giorno seguente, mentre usciva dal palazzo del giornale.

Aveva i capelli raccolti e indossava una gonna di seta a fiori che le sfiorava le caviglie sottili. Alle orecchie portava orecchini lunghi di pietre colorate che le incorniciavano il viso. Era bellissima.

«Hai voglia di fare due passi?» gli domandò lei.

«Mi stavo appunto chiedendo: perché non incontro una bella ragazza che mi propone di fare due passi?» replicò lui, sorridendole.

La prese sottobraccio e si avviarono lungo la strada che portava nel centro della città.

# 17

«Sai che, vedendoti davanti al palazzo del giornale, ho temuto che volessi aggredirmi?» confessò Walter.

«Ho uno sguardo così feroce?» chiese Malvina.

«Hai uno sguardo dolcissimo. Ma ho imparato da tempo che le donne sono imprevedibili.»

«Volevo dirti che scrivi molto bene e hai colto l'essenza delle nostre chiacchiere. Perché non ti fidi delle donne?»

«Vivo con una madre severa e due sorelle zitelle. Ti ho detto tutto.»

«Il regno del matriarcato!» esclamò Malvina, divertita.

«Sono andato a leggermi la storia del femminismo da Sibilla Aleramo a Margherita Sarfatti e, in quanto maschio, mi sono sentito colpevole.»

Sedettero al tavolino di un bar all'aperto e ordinarono un succo di frutta.

In quella luminosa mattina di maggio, l'aria aveva il tepore di una carezza e il profumo dei fiori di tiglio.

«Come sono le tue sorelle?» domandò, incuriosita.

«Sono più grandi di me. Cristina è tanto bella quanto svampita, Aurora è intelligente, concreta, generosa e, di femminile, ha soltanto il nome. Io vengo accudito da sempre come un lattante e mia madre considera nemiche tutte le donne che mi avvicinano», confessò il giornalista.

Malvina sorrise, un po' spiazzata dalla gioiosa schiettezza di Walter che concluse: «Mio padre è morto quand'ero adolescente e ancora mi manca».

«Almeno lo hai conosciuto. Io ho visto mia madre solo in fotografia. Non mi ha mai presa in braccio, né cullata, né riso o pianto con me», spiegò lei.

Il giovane cronista percepì la presenza di una ferita ancora aperta e cercò un diversivo.

«Che cosa fai, oggi?»

«Tra un'ora dovrei essere a lezione.»

«Ti propongo una giornata di vacanza. Ne hai voglia?»

Ne aveva una voglia matta.

Erano passati due anni dall'ultima volta in cui era uscita con un uomo. L'uomo era Sergio Orombelli.

Malvina aveva iniziato l'analisi con il professor Bianchi e, un pomeriggio di primavera, Sergio l'aveva portata in barca, sul lago, con alcuni amici. La sera, dopo cena, l'aveva riaccompagnata a Tavernolo. Erano seduti in macchina, davanti alla villa, e Sergio aveva allungato un braccio per cingerle le spalle, attirandola a sé.

«Mi sto accorgendo che la bambina rompiscatole di

un tempo è diventata una donna affascinante», le aveva sussurrato.

Malvina aveva sorriso e appoggiato una guancia sulla spalla dell'amico.

«Sto davvero bene con te. Ti sono grata per tante ragioni, non ultima la terapia con Bianchi. Mi sento molto meglio», aveva detto.

«Come sta andando la tua causa di annullamento?» si era informato lui.

«I Franzini sono partiti al contrattacco e attribuiscono a me la colpa di tutto. Il mio avvocato ha ricevuto un documento in cui vengo definita in modo poco esaltante.»

«Credevo che tuo marito fosse un gentiluomo», aveva osservato il medico.

«Lo credevo anch'io. Mi ero sbagliata anche su questo punto.»

«E ne soffri.»

«Ho il professor Bianchi sul quale scarico le mie frustrazioni.»

Sergio aveva chinato il viso su quello di lei, le loro labbra si erano avvicinate, si erano baciati e Malvina aveva avvertito in tutto il corpo una deliziosa sensazione di benessere.

«Il tuo cavaliere avrebbe tanta voglia di comprometterti», aveva detto Sergio.

A Malvina sarebbe piaciuto moltissimo lasciarsi sedurre, ma alzò lo sguardo e vide, al primo piano della villa, la nonna che si affacciava alla finestra illuminata della sua camera da letto.

Fu un muto quanto imperioso richiamo alla realtà.

Si sciolse dall'abbraccio di Sergio e disse: «Non ho ancora superato il naufragio del mio matrimonio. Tu sei il mio amico più prezioso e non voglio perderti».

«Nemmeno io lo vorrei, mia amatissima rompiscatole», scherzò lui. E proseguì: «Però so da tempo che, se mai avrò una compagna, quella sarai tu. Ti confesso che ogni volta che sono stato sul punto di legarmi seriamente a una ragazza, al suo viso si sovrapponeva il tuo».

Quando entrò in casa, Malvina salì dalla nonna che era a letto e stava leggendo un libro.

«Hai visto che ci stavamo baciando?» le chiese la ragazza.

«Più o meno», rispose la nonna, senza dare importanza alla cosa.

Malvina si stese sul letto, accanto a lei.

«Be', è stato un caso che non si ripeterà più», garantì, sicura.

«Perché? Sergio è un giovane molto rispettabile, ti conosce da sempre e ti vuole bene», obiettò la nonna.

«Non voglio imbarcarmi in un altro matrimonio.»

«Sei ancora così giovane... dai tempo al tempo», l'ammonì la nonna.

«È esattamente quello che voglio fare», affermò lei e, per quanto desiderasse avere una storia con Sergio, decise di evitare altri incontri con lui, lasciò Tavernolo e tornò a vivere a Milano.

Susan e suo padre l'avrebbero accolta con gioia, ma Malvina sentì il bisogno di avere una casa tutta sua.

Il nonno le aveva lasciato in eredità un certo numero di obbligazioni e titoli che le consentirono di acquistare il fienile, vicino a Lambrate. Lo ristrutturò, trasformandolo in abitazione.

Erano passati due anni e adesso, di fronte a Walter Mandelli, sentì che era arrivato il momento di prendere uno stacco dallo studio e dall'impegno sociale per ritornare a occuparsi di sé e della propria vita.

Walter aveva l'aria del bravo ragazzo dalla psicologia lineare e, agli occhi di Malvina, quest'ultimo era un vantaggio non indifferente, vista la sua disastrosa esperienza con un marito complicato. Quanto a Sergio, aveva saputo che, dopo la sua partenza da Tavernolo, si era consolato con una collega, vedova di un primario dell'ospedale di Lecco. Guardò Walter e si disse: è un ragazzo solido, bello, senza velleità intellettuali, quindi non mi riserverà brutte sorprese.

«Che cosa mi proponi?» gli domandò.

«Ti porto a pranzo all'*Osteria della Marfisa*, vicino a Mantova.»

«È piuttosto lontano», osservò lei.

«La mia spider vola e all'una saremo a tavola. Cesira, l'ostessa, mi ha visto crescere, perché lì, a Castelverde, ho passato tutte le estati della mia vita. Abbiamo una casona in mezzo alla campagna dove d'estate le zanzare ti mangiano e d'inverno il gelo ti paralizza. C'è stato un tempo in cui, le mie sorelle e io, abbiamo detestato quel posto che piaceva solo a mio padre. La mamma, che pure era di quelle parti, non ci andava volentieri. Adesso Castelverde mi piace. È un paese fuori del mondo, dove la gente si nutre ancora di proverbi e filastrocche», le spiegò con entusiasmo.

All'una erano davvero seduti a tavola, nel giardino della *Marfisa* che si apriva sulla distesa dei campi di segale. Cesira, la padrona dell'osteria, per il «piccolo Mandelli» e la «bella signorina», sciorinò il meglio della sua cucina e delle sue chiacchiere.

«Mi dica, signorina, come sono i miei tortellini? Assaggi questo sanguinaccio e mi dica se non è buono! Madonna santa, senta questo stracotto, è burro che si scioglie in bocca! La Cesira, non dico per vantarmi, prima ha sposato la cucina e dopo il suo Piero, che è un buono a nulla salvo che nel letto: lì fa il suo dovere. Mangi, signorina, perché mi sembra un po' patita. Ma già, voi gente di città siete tutti slavati e avete la mania delle diete che portano i cristiani al cimitero. Dopo le faccio assaggiare i miei biscotti di mandorle. Il piccolo Mandelli ne faceva scorpacciate, da bambino. Ogni volta che passava di qua, si fermava sulla porta dell'osteria e mi faceva l'occhiolino. Io gli riempivo le tasche di biscotti e lui correva a casa saltellando come un fringuello. Dopo, suo padre, il professore, mi diceva: 'Cesira, non si viziano i bambini!' Sa, signorina, il professore mi metteva tanta soggezione, perché era un uomo istruito e aveva tanti più anni di me. Beva questo vinello che le fa sangue, signorina.»

L'ostessa parlava, incurante delle proteste degli altri avventori che reclamavano d'essere serviti e non capivano che la Cesira stava vivendo il suo momento di gloria con una cliente che veniva da Milano, che forse andava a pranzo al *Savini* o al *Biffi Scala*, dove, di sicuro, non le offrivano cibo così buono e genuino come il suo. Andasse a raccontarlo a quei grandi chef, con tanto di cannone bianco in testa, com'era squisita la cucina della Cesira!

A fine pranzo, stordita di parole, di cibo e di vino, Malvina si addormentò sotto il portico dell'osteria su una sedia a sdraio messa a disposizione dalla Cesira.

Quando riaprì gli occhi, il sole stava declinando, Walter sedeva accanto a lei e le sorrideva.

«Sei così bella e misteriosa, quando dormi», le sussurrò.

«Tipica frase da giornalista», scherzò lei, ma era contenta di averlo vicino.

# 18

NEL sogno era piccola e stava a cavalcioni del ramo di un castagno nel bosco di Tavernolo. Sotto di lei c'era sua madre, giovane, vitale, sorridente, che indossava un vestitino a fiori vivacissimi e la chiamava: «Malvina, scendi». Malvina guardava quella mamma bellissima dal sorriso luminoso. «Malvina, scendi», ripeté una voce maschile che pose fine al sogno e la svegliò. Aprì gli occhi e si guardò intorno. Era in una camera con le pareti dipinte d'azzurro, i mobili scuri e massicci e vecchie fotografie incorniciate appese alle pareti. Lei era sdraiata in un letto, coperta fino al mento da una soffice trapunta bianca.

La voce che la chiamava era quella di Walter Mandelli.

«Arrivo», gridò a sua volta, sorridendo, e si alzò di scatto posando i piedi sul pavimento freddo. La gita in campagna si era prolungata fino al mattino seguente. Dalle persiane accostate filtrava la luce del giorno e lei rabbrividì perché era nuda e i suoi vestiti stavano su una sedia, ai piedi del letto. C'era anche una vestaglia da uomo, di flanella blu. Se la infilò e calzò i suoi sandaletti. Uscì dalla camera e scese le scale.

Walter era lì ad accoglierla e le tese un mazzolino di fiori di lavanda.

«Appena colti, per te», le disse e le sfiorò la fronte con un bacio. Poi la guidò verso la cucina.

Sul tavolo di legno aveva steso due tovagliette all'americana, scaldato il latte, preparato il caffè e disposto i biscotti su un piatto.

«La colazione è servita», annunciò, scostando una sedia perché lei si sedesse. Poi occupò il posto di fronte a lei.

«Come stai?» le domandò, mentre versava il caffè nelle tazze.

«Un po' confusa», rispose Malvina e si portò una mano alla bocca per coprire uno sbadiglio.

«Anch'io», disse lui e aggiunse: «La mia vestaglia ti dona». Walter si era già sbarbato e rivestito.

«Che ore sono?» domandò lei.

«Le sette. Quando sarai pronta, torniamo a Milano. Intanto ti ho riempito la vasca d'acqua caldissima. A maggio, qui in campagna, le mattine sono ancora fredde.»

La stanza da bagno era vasta e spartana, come il resto della casa: le pareti verniciate a smalto, la vasca di ghisa sostenuta da zampe di leone, gli asciugamani di lino bianco.

Quando salì in macchina e sedette accanto a Walter, si sentiva rinata. Da tanto tempo non era così serena e glielo disse.

«Il merito è tutto del metodo Mandelli: vita semplice, caffè forte e bagni caldi», affermò lui.

Invece di dirigersi verso la provinciale, tagliò per i campi.

«Perché?» domandò Malvina.

«Sono passato da Cesira un'ora fa a prendere i biscotti freschi per la nostra colazione. Cesira ha saputo che sei quasi un medico e ti prega di provarle la pressione», spiegò.

«Devo ancora dare la tesi e non sono abilitata a visitare i pazienti. Che altro ha saputo Cesira?»

«Che sei la mia ragazza», annunciò lui.

«La notizia è ghiotta. Tu da chi l'hai saputa?»

«Da te, la notte scorsa, mentre facevamo l'amore.»

«Davvero? Che cosa ti ho detto?»

«Hai detto testualmente: 'Walter, non so come evolverà la nostra storia, ma so che ti amo'.»

«E tu mi hai risposto: 'Anch'io ti amo, mia regina, e non farò né dirò mai niente che possa deluderti'», soggiunse lei.

«Dunque, sei la mia ragazza e io non vedevo l'ora di dirlo a qualcuno. L'ho detto a Cesira.»

«E io le misurerò la pressione, anche se non dovrei», concluse Malvina.

In realtà, l'ostessa voleva ben altro. Trascinò la ragazza nella dispensa e, arrossendo, le confessò: «Dottoressa, ho una massa dura sul seno che mi fa male. Non voglio andare dal dottore, perché ho paura. Può darmi un'occhiata? Forse ho un brutto male».

«Non sono dottoressa e comunque si tolga la camicetta», rispose Malvina, un po' imbarazzata dall'enormità del seno che emerse quando la Cesira si spogliò.

Tra l'ascella e l'attaccatura del seno, Malvina vide un livido bluastro che, al tatto, era duro come il legno. Malvina tastò più volte, attentamente, il seno di Cesira e poi concluse: «Lei ha preso un colpo abbastanza forte, non è un tumore, come pensa».

«Dice davvero? Sono tre notti che non dormo per la preoccupazione. Però io non ricordo di avere preso un colpo.»

«Ci pensi bene, ne è proprio sicura?»

«Ma certo, adesso ricordo: ho urtato contro uno spigolo, in cucina… guarda te che spavento mi sono presa! E adesso che cosa devo fare?» chiese, infilandosi la camicetta.

«Deve farsi visitare da un medico. Me lo prometta, la prego. Io sono solo una studentessa di medicina.»

«Ti sei fatta un'amica per la vita», le disse Walter, mentre tornavano a Milano.

Quando raggiunsero la sede del giornale, dove Malvina aveva parcheggiato la sua auto, il cielo si era rannuvolato.

«Il sole se ne è andato», osservò la ragazza.

«Tra poco il cielo si metterà a piangere come me,

perché ti devo lasciare», affermò Walter, con tono teatrale.

«Ci saranno altre notti come quella passata e non vorrei dover asciugare ogni mattina le tue lacrime», replicò lei, scherzando. Ma si sentiva un po' smarrita per quella svolta repentina nella sua vita. Fino al giorno prima non immaginava che sarebbe caduta tanto facilmente tra le braccia di un uomo. Ricordava benissimo di avergli detto che lo amava, mentre facevano l'amore. Ora si chiese se fosse stata la passione di un momento o se invece si trattasse di un sentimento più profondo, scaturito all'improvviso.

Mentre si dirigeva con la sua auto verso il fienile, scoppiò il temporale con scrosci d'acqua violenti.

Quando entrò, trovò Chiara Tizzoni che stava sprimacciando i cuscini dei divani.

«Guarda che io voglio essere pagata per questo lavoro di domestica», l'ammonì l'amica, non appena la vide entrare. La richiesta si perse nel fragore di un tuono poderoso.

Mentre fuori imperversava il temporale, le due amiche sorseggiarono il caffè, acciambellate sui cuscini, e Malvina le raccontò la notte di passione con il giornalista.

«Walter mi piace proprio tanto», concluse, mentre rigirava tra le mani il mazzetto di lavanda che il giovane aveva colto per lei. E proseguì: «Lui profuma di grano che matura al sole, di menta selvatica, di biscotti croccanti e caramelle al miele. Tutte cose che mi piacciono.

E se lo osservo, mentre parla o si muove, mi trasmette serenità. Nel suo sguardo c'è un'allegria che non si spegne mai. Sento l'esigenza di avere un uomo come lui», spiegò.

«Stai facendo un errore, Malvina. Il tuo non è amore, ma, come hai appena ammesso, bisogno di una spalla alla quale appoggiarti», disse Chiara.

«Non mi stai aiutando.»

«Per questo paghi da anni uno psicanalista.»

«E faresti bene a pagarlo anche tu, vista la tua incontenibile brama di cibo», la rimbeccò.

«Perché sei così perfida?» s'adombrò Chiara che si disprezzava per i suoi chili di troppo.

«Scusami. È che ti voglio bene e mi dispiace che tu nasconda la tua bellezza sotto uno strato di lardo.»

«Siamo una generazione di donne frustrate, tanto quanto lo erano le nostre madri. A loro era tutto proibito, a noi è tutto consentito, ma non siamo più felici di loro», osservò Chiara che conosceva bene le cause del suo comportamento alimentare. Era figlia di genitori separati, suo padre aveva lasciato la moglie per un'altra donna e sua madre si era data al bere. Lei temeva gli uomini come la peste e soffocava il suo bisogno affettivo con il cibo.

«Chiara, io non voglio la luna. Voglio solo un compagno da amare e che mi ami, con cui avere un buon rapporto di coppia. Credevo di averlo trovato in mio marito e sono ancora qui che mi do della scema per non aver capito che era matto.»

«Mentre, se non si fosse dimostrato tale, tu saresti stata una donna appagata e felice?» chiese Chiara, con un'ombra d'ironia.

«Certo che sì!»

«A chi la racconti? Dovresti saperlo, ormai, che le donne sbagliano a far dipendere dall'uomo la loro felicità. Tu devi essere serena per te stessa, per quello che sei, che fai, che pensi. Allora, forse, potrai avere un buon rapporto di coppia con un uomo. Credi davvero che gli uomini intreccino sogni come facciamo noi, intorno a una donna? Quelli procedono per la loro strada con la forza ottusa di un bulldozer e vogliono solo avere vicino una schiava che li adori. Nel tuo caso, poi, la verità è un'altra.»

«Svelami l'arcano, o mia sibilla», scherzò Malvina.

«Lo sai benissimo. Se Gianni Franzini fosse stato sano di mente, tu lo avresti mollato comunque.»

«Ma cosa dici?»

«È semplice: tu sei innamorata di un altro e lo sei da sempre», sparò l'amica.

Alle labbra di Malvina affiorò un nome: Sergio Orombelli. Disse invece: «Adesso devo lavorare alla mia tesi».

# 19

L'INSINUAZIONE di Chiara le impedì di concentrarsi sulla tesi. Da quando era in analisi, cercava di sciogliere e interpretare il groviglio dei suoi sentimenti. Ormai era consapevole del fatto che il rifiuto di una gravidanza, quando era sposata, celava la sua avversione per il marito.

Adesso ricordò il sogno che aveva fatto, dopo la morte del nonno, quando si era addormentata nel letto accanto alla nonna. Nel sogno Sergio era in sella a un velocipede e le chiedeva la cintura per ricordo.

Si chiese quale fosse il significato del sogno e decise che ne avrebbe parlato con il suo analista.

«Alla fine, riuscirò a capire qualcosa», disse a voce alta.

Chiara, che sedeva di fronte a lei e stava a sua volta lavorando alla propria tesi, legò quelle parole al discorso che aveva appena concluso e rispose: «Ne sono certa. Però stai lavorando troppo e devi prenderti una pausa».

«Forse hai ragione. Sai che faccio? Sta spiovendo. Preparo la mia sacca e vado a trovare la nonna», annunciò. E soggiunse: «Fa' come se fossi a casa tua. Ma quando te ne vai, spegni la luce e chiudi la porta».

«E se telefona il bel giornalista?» le domandò Chiara.

«Digli che sono a Tavernolo. Puoi anche dargli il numero di lassù.»

La nonna trascorreva le sue giornate dividendosi tra gli impegni assistenziali e quelli di amministratrice di alcune associazioni benefiche, mentre Venere e Carlin continuavano a occuparsi della casa e del giardino.

Il dolore per la scomparsa del marito si era stemperato nella malinconia che l'avvolgeva soprattutto la sera, quando era da sola nella grande casa silenziosa. Prima di addormentarsi, rivolgeva sempre un pensiero al compagno che non c'era più e pregava Dio che regalasse anche a lei una morte repentina, raccomandandogli tuttavia di concederle ancora un po' di tempo, «perché amo la vita», sussurrava.

«La signora è a scuola», disse Carlin a Malvina, non appena scese dall'auto. La ragazza sapeva che, da alcuni mesi, la nonna aveva a disposizione una stanza, nel palazzo del Comune, dove impartiva ripetizioni agli scolari meno abbienti del paese.

«Allora le vado incontro», decise.

Si avviò a piedi verso il paese e percorse il solito sentiero nel bosco. Arrivò in piazza mentre il sole tramontava e sedette sulla panchina che aveva una piccola targa in ottone con inciso il nome del nonno.

A quell'ora, la piazza era affollata di persone anziane, che aspettavano l'ora di rincasare per la cena, e di giovani che confabulavano per programmare la serata. Tutti conoscevano Malvina e la salutarono.

Una signora le disse: «Quando sarai pronta, vieni qui a fare il dottore. Noi vogliamo una donna, perché con gli uomini, a volte, ci facciamo dei riguardi».

Lei rispose: «Forse, chissà, ci penserò», sapendo che il suo obiettivo era un altro: la specializzazione in psichiatria. Aveva preso questa decisione da quando aveva incominciato l'analisi e si era resa conto che i dolori dell'anima, spesso sottovalutati, possono essere devastanti quanto quelli fisici. Vide la nonna uscire dal palazzo del Comune, attorniata da una nidiata di ragazzini chiassosi, e le andò incontro.

Si avviarono insieme verso casa, percorrendo la strada provinciale.

«Quando arrivi all'improvviso mi preoccupo, perché sento odore di complicazioni», disse la donna che portava una sacca piena di libri e di quaderni. Nonostante i capelli fossero sempre più bianchi, sembrava molto più giovane dei suoi anni.

«Sto scrivendo la mia tesi e mi sono detta che avevo bisogno di una pausa», rispose la nipote, senza sbilanciarsi.

«E poi?» la sollecitò la nonna.

«A Milano è venuto un gran temporale e...»

«E poi?» ripeté la nonna.

«Ho un ragazzo. Si chiama Walter. Fa il giornalista.

È simpatico. Posso invitarlo qui?» disse Malvina, d'un fiato.

«Sai bene che sei in casa tua», replicò la nonna.

«Passami la tua sacca, te la porto io», propose la ragazza.

«Faccio questa strada ogni giorno e non sono ancora crollata», protestò la signora.

Quando varcarono il cancello d'accesso alla villa, Malvina domandò: «Hai notizie di Sergio Orombelli?»

«Ecco perché sei qui!» esclamò la nonna, con tono malizioso.

«Allora?» la incalzò Malvina.

«Passa a trovarmi, di tanto in tanto. È il solito simpatico furetto. Secondo me, è più occupato a scrivere che a fare il medico», rilevò.

«I brianzoli sono spesso estrosi», commentò Malvina.

«Frequenta una bella vedova che ha qualche anno più di lui», spiegò la nonna e proseguì: «Sergio ti piace, ma ricorda che è uno scapolo nell'anima».

Già in prossimità del portico avvertirono il profumo del fritto di zucchine, carciofi e melanzane.

«Hai ospiti a cena?» domandò la ragazza.

«Un paio di amici, Sergio Orombelli e la sua vedova», annunciò la nonna, sorridendo. E soggiunse: «Non dirmi che non lo sapevi!»

«Non lo sapevo», rispose Malvina e si fiondò al piano superiore per cambiarsi d'abito.

Si presentò in sala da pranzo nel momento in cui gli ospiti stavano prendendo posto a tavola. Sergio e altri due amici della nonna si affrettarono ad alzarsi per salutarla. Le signore sorrisero guardandola con ammirazione, perché Malvina era bellissima. Aveva raccolto i capelli in una crocchia morbida che le accarezzava il collo. Indossava un tubino di seta nero, con le maniche corte e vi aveva appuntato una spilla d'oro all'altezza della spalla, tanto per far colpo sugli ospiti.

«Chiedo scusa a tutti per il ritardo», esordì, e spiegò: «Ho perso tempo nel tentativo di rendermi presentabile».

«Come racconti le bugie tu, non le racconta nessuno», le sussurrò Sergio, mentre l'abbracciava con una tenerezza che dispiacque alla severa compagna, la vedova del primario.

Durante il pranzo, Sergio diede il meglio di sé sciorinando grottesche vicende famigliari di persone che abitavano in paese, senza mai fare nomi, anche se erano facilmente individuabili.

La vedova, una trentenne bruna con tratti di tipo orientale, raccontò episodi della sua vita altrettanto divertenti, con un piglio ironico che piacque a Malvina.

«Ti sei scelto una donna intelligente e simpatica», sussurrò Malvina a Sergio. Lo disse con convinzione, mentre si rendeva conto che, se mai c'era stato un tempo in cui entrambi avevano desiderato che la loro amicizia evolvesse in un rapporto più intimo, ora ognuno dei due aveva preso strade diverse. Comunque era stato importante rivederlo per fugare ogni dubbio.

Erano passati tutti in salotto, aspettando che Venere

servisse il caffè e i liquori, quando la domestica le annunciò: «C'è un tale che ti vuole al telefono».

Era Walter che le confessò: «Mi manchi tanto, principessa».

«A chi lo dici! Prendo la macchina e vengo a Milano. Ci vediamo a casa mia. Casomai arrivassi prima di me, troverai la chiave sotto lo zerbino.»

«Ma perché sei andata via all'improvviso?» volle sapere il giovane.

«Dovevo fare la prova del nove, per essere sicura di non sbagliare», rispose lei.

«Aiutami a capire.»

«È sufficiente che capisca io», tagliò corto Malvina.

Salutò gli ospiti e la nonna.

Sergio la scortò fino alla macchina e, aprendole la portiera, con un sorriso smagliante le disse: «Il mio cuore è una fortezza che si apre solamente per te. Io ci sarò sempre, qualunque cosa accada. Parola di brianzolo».

# 20

MALVINA sentì lo stomaco contrarsi in una morsa rovente e, in un istante, il calore salì alla testa e le arrossò il viso.

Era in un'aula dell'università e stava seguendo una lezione di psicologia dell'età evolutiva. Passò tra i banchi e uscì nel corridoio. Si appoggiò allo stipite di una finestra e sussurrò: «Sono incinta». Era sgomenta e felice.

Guardò il suo orologio da polso: segnava le nove e mezzo del mattino del dieci luglio.

«Sono incinta», ripeté sottovoce e pensò che suo figlio sarebbe nato a marzo, come i mughetti, sotto gli scrosci di pioggia, il sole che irrompeva tra le nuvole e il vento che trasportava il polline.

Aspettò che la lezione finisse, ritornò in aula, recuperò il blocco degli appunti, salutò velocemente alcuni compagni e andò al bar di fronte all'università. Dal telefono a gettoni chiamò Walter che, a quell'ora, era al giornale.

«Non posso venire a pranzo con te. Sono impegnata tutto il giorno», gli comunicò.

«Ti vedo questa sera?» le domandò lui.

«Non lo so ancora, ma ti farò sapere», rispose.

«Ti abbraccio, principessa», disse Walter, senza indagare oltre, perché ormai la conosceva e sapeva che c'erano momenti in cui Malvina si richiudeva in se stessa come un'ostrica ed era inutile forzarla. Quando decideva di riaprirsi, lui era pronto ad accoglierla.

Lei si infilò nella sua auto, arrivò a casa, azionò l'impianto d'aria condizionata, si distese sul letto, si coprì il volto con un cuscino e si rilassò. Si immaginò con il grembo enorme dentro il quale c'era un bambino, acciambellato su se stesso, che si succhiava il pollice della mano. Non gli attribuì un sesso, perché non le importava sapere se sarebbe stato un maschio o una bambina. Quello che immaginò la inondò di tenerezza e sorrise.

Poi buttò via il cuscino, scese dal letto e incominciò a pulire la casa: lo faceva sempre quando voleva riflettere. Ricordò una notte di giugno, a Tavernolo, nella camera che aveva diviso con Gianni e che ora, quando andava a trovare la nonna, occupava con Walter.

Era una notte chiara, con la luna che si stagliava, splendida, nel riquadro della finestra spalancata sul cielo.

Una falena era entrata nella stanza, si era infilata sotto il paralume di seta della lampada accesa sul suo comodino. Walter dormiva mentre lei leggera *Love story* e piangeva.

Ebbe pietà per la falena impazzita, spense il lume e sperò che l'insetto trovasse una via d'uscita. Si aggrappò al corpo di Walter e gli bisbigliò all'orecchio: «Questa notte ti amo come non ti ho mai amato».

Lui si svegliò, si girò verso di lei e la chiuse in un abbraccio.

«È successo quella notte», disse ora, parlando a voce alta, con convinzione. E tornò a sorridere, perché il pensiero di una gravidanza non la spaventava più.

A quel punto alzò il telefono, chiamò il centralino e chiese una comunicazione con la Pennsylvania. Dovette aspettare quasi mezz'ora prima di avere la linea con casa Kellerman, dove suo padre stava trascorrendo una vacanza.

Prima parlò con la madre di Susan, poi con Susan e, finalmente, sentì la voce di papà.

«Sono incinta», gli disse subito.

«Devo rammaricarmi o posso essere contento?» replicò lui.

«Io sono molto contenta. So che diventerò grassa e brutta, che camminerò come una papera, che dovrò fare pipì venti volte al giorno, e che dovrò anche fare i conti con qualche piccolo timore, ma sono contenta e volevo che tu lo sapessi. Sei la prima persona a cui lo dico.»

«Mi sembra che dovrebbe saperlo anche il padre di questo bambino», ragionò l'uomo, un po' preoccupato per l'eccitazione che avvertiva nella voce della figlia. E subito dopo le domandò: «Quando hai ritirato il risultato?»

«Non ho fatto nessuna analisi, papà. Lo so da me e sono sicura di non sbagliarmi», replicò Malvina.

«Vai a farti visitare dal mio amico Sebastiano e prendi nota di tutti gli esami che devi fare e che adesso ti detto.»

«Papà, non serve. Non ora, per favore», lo pregò lei.

«Subito. E questo è un ordine. Se non mi ubbidisci, prendo il primo aereo e torno a Milano», la minacciò.

Malvina ubbidì. Chiamò il dottor Sebastiano Cordani, che era un collega e un ottimo amico di suo padre, e prese con lui un appuntamento per il giorno successivo.

Dopo telefonò a Walter.

«Dobbiamo vederci da qualche parte, tu e io, soli, perché ho qualcosa da dirti», gli annunciò.

«Devo preoccuparmi?» domandò il giornalista.

«Sì, un po', forse», rispose lei.

Come molti innamorati, anche loro avevano un luogo in cui si scambiavano tenerezze e confidenze: i giardini di via Palestro.

Lì, seduti su una panchina, all'ombra di un grande albero, Malvina annunciò: «Avremo un bambino».

Walter pescò una sigaretta dal taschino della camicia, l'accese, tirò una lunga boccata e, infine, bisbigliò: «Accidenti, che notizia!»

Malvina sorrise.

«La cosa ha colto anche me di sorpresa», confessò lei.

«Mi pareva che fossimo sempre stati molto attenti», osservò.

«Tranne quella notte di giugno a Tavernolo, ricordi?»

Anche Walter sorrise. Ricordava bene quella notte.

Buttò via la sigaretta, abbracciò Malvina e disse, commosso: «Grazie, principessa».

# 21

Una sera di settembre, Malvina sedette a tavola, per la prima volta, con la famiglia Mandelli, nella casa di via Turroni. Tutte le analisi cui si sottoponeva regolarmente attestavano che le sue condizioni erano eccellenti e la gestazione procedeva al meglio.

A quel punto, Walter si era deciso ad annunciare alle donne di casa che sarebbero diventate zie e nonna.

La signora Mandelli, che deprecava l'arrivo di un nipotino concepito fuori del sacro vincolo del matrimonio, e aveva capito che il figlio e la sua compagna non avevano intenzione di sposarsi, disse: «Se son rose, fioriranno con l'aiuto di Dio».

Che cosa significasse questo pronostico sibillino, nessuno se lo domandò e tutti si accontentarono del fatto che non avesse scagliato anatemi contro quella coppia di peccatori.

Cristina aveva inscenato il solito deliquio: «Una creatura del Signore mi chiamerà zia! È davvero troppo grande questa gioia per il mio povero cuore. Amerò il piccolo come se fosse mio, visto che la sorte non mi ha ancora concesso un marito e la prole che tanto bramerei».

Più succintamente, Aurora aveva sentenziato: «Evviva! Ci vuole davvero un bambino in questa casa decrepita».

Da diversi anni Aurora ripeteva che la palazzina di via Turroni doveva essere rimodernata, mentre Walter se ne stava rendendo conto solo in quel frangente. Per Cristina e la signora Mandelli, quelle stanze un po' *fané* erano perfette.

Aurora, che trascorreva gran parte del tempo libero nell'appartamento della dottoressa Melandri, la sua compagna, avvertiva spesso un senso di oppressione tra quelle pareti buie, i mobili scuri, i lampadari pesanti, il giardino umbratile dove sua madre si ostinava a coltivare i candidi gigli di san Luigi, i garofani profumati, le ortensie decadenti e i tulipani che fiorivano presto e presto appassivano.

L'appartamento della sua compagna era un'esplosione di luce con le grandi finestre che si aprivano sul cielo, i muri bianchi, i divani chiari e l'arredamento moderno. Quando, per non dispiacere troppo a sua madre, si rassegnava a trascorrere in casa il fine settimana, Aurora si sentiva soffocare. A volte le proponeva: «Ho dei soldi da parte e mi piacerebbe buttar via tutto questo ciarpame e rifare la casa da cima a fondo».

Sua madre le lanciava un'occhiata feroce e sibilava: «Assassina!»

Cristina sgranava su di lei i suoi occhi innocenti e domandava: «Perché dici queste brutte cose? È la casa di papà». Per lei, il padre stava appena mezzo gradino sotto Dio e, finché era vissuto, lo aveva adorato come un santo, si considerava la vestale della sua memoria e bastava un piccolo spostamento tra gli oggetti del padre perché subito ripristinasse l'ordine in cui lui li aveva lasciati.

«Appunto, è una casa di sessant'anni fa. Allora era nuova, adesso è vecchia», insisteva Aurora e contava le ore che la separavano dal lunedì mattina, quando sarebbe tornata a lavorare in ospedale e avrebbe riabbracciato la sua compagna.

Pur sapendo del legame fra Aurora e la dottoressa del Policlinico, la signora Mandelli non aveva mai pronunciato il suo nome e non aveva mai voluto conoscerla.

Ricordava, con dolore, il giorno in cui aveva visto sua figlia camminare, mano nella mano, con una donna che aveva più anni di lei, sotto i portici di corso Vittorio Emanuele.

Veniva dalla bottega di *Ghidoli*, dove aveva acquistato un po' di biancheria per la casa, e andava di buon passo verso piazza della Scala dove avrebbe preso il tram per rincasare.

Mentre attraversava corso Vittorio Emanuele aveva notato le due donne. Aurora, alta, elegante nel suo completo di giacca e pantaloni, il volto solare, i capelli corti, bruno ramati, teneva per mano una donna sui quarant'anni, dai lunghi capelli biondi, che indossava un abito di seta blu a pois bianchi e calzava scarpette dal tacco alto e sottile.

La signora Mandelli si era bloccata dietro una colonna del portico e le aveva osservate per qualche istante, portandosi una mano al petto, come se avesse potuto fermare il cuore impazzito. Sua figlia e la compagna chiacchieravano tranquillamente e sorridevano. Poi, le aveva viste svoltare in via Pattari. Allora si era infilata in un bar e aveva detto al cameriere: «Un cognac, per favore».

Era astemia e il liquore buttato giù in un unico sorso la fece sentire ancora peggio.

A quell'epoca, Aurora aveva ventitré anni, aveva concluso la scuola per infermiere, dopo una brillante maturità classica, ed era diventata ferrista di sala operatoria.

Fin da bambina portava a casa animali feriti e macilenti di cui si prendeva cura con un'abilità che sorprendeva tutti.

«È mai possibile che li trovi tutti tu questi casi pietosi?» si lamentava sua madre.

Quando un compagno di giochi si faceva male, lei interveniva con bende e disinfettanti, puliva, medicava, incerottava con delicatezza. La mamma aveva sperato che diventasse medico, invece Aurora aveva preferito il compito più umile di infermiera.

Lì, nelle corsie del Policlinico, aveva incontrato la

dottoressa Margherita Melandri, si erano conosciute e amate.

A quel punto, Aurora aveva chiamato a raccolta tutto il suo coraggio e aveva affrontato la madre. Una sera, l'aveva raggiunta in camera da letto dove si apprestava a coricarsi per la notte.

«Mamma, tu lo sai che io sono diversa da Cristina, da te, dalle altre ragazze», aveva esordito.

«Me lo vieni a dire a quest'ora, mentre sto per andare a dormire?» si era difesa la donna che voleva evitare confessioni imbarazzanti.

«Lo sai, vero?» aveva insistito la figlia.

«Io non so niente e i fatti degli altri non mi interessano.»

«Io non sono gli altri, sono tua figlia.»

«E io sono tua madre. Rispettami, come io rispetto te.»

«Volevo solamente chiarire con te alcune cose.»

La madre si era accostata alla finestra per chiudere le persiane. Aurora era alle sue spalle e sentiva il bisogno di abbracciare la mamma e che lei l'abbracciasse.

«Mamma, non vuoi ascoltarmi?» aveva supplicato la ragazza.

«Siccome quello che vuoi dirmi non mi piace, preferisco non ascoltarti. Fai conto d'avermi già detto tutto e mettiamoci una pietra sopra. Io non ti vorrò meno bene per questo ma, per favore, non parliamone più», aveva detto sua madre. Poi aveva abbracciato Aurora, trattenendo a fatica le lacrime.

Così Aurora sapeva che una parte importante della

sua vita doveva restare fuori dalla porta di casa e fingeva di continuare a vivere in famiglia, così come la famiglia fingeva che lei avesse una vita regolare e che facesse i turni in ospedale, quando non tornava a casa per la notte.

Ma se la vita di Aurora lasciava indifferente il fratello, angosciava invece la povera Cristina che raccoglieva le confidenze della sorella e pregava perché Dio operasse un miracolo e invertisse le sue tendenze sentimentali. Diceva alla sorella: «Pensa che bello, Aurora, se tu avessi un fidanzato, se io avessi un fidanzato, se Walter avesse una fidanzata, potremmo stare tutti insieme e sarebbe la felicità. La nostra è una bella famiglia. Come dice la mamma, ringraziando Dio siamo in buona salute, e facciamo un lavoro che ci piace. Io, poi, sono bellina da morire e ho tanta voglia di essere felice insieme a voi. Perché Dio non ascolta questi miei desideri?»

«Perché i tuoi sono sogni, Cristina, solamente sogni a occhi aperti. La vita non è come tu vorresti. Vieni con me in ospedale e ti accorgerai di che cos'è la vita. È dolore, è solitudine, è miseria. Qualche volta si vede qualcuno che è felice, ma la felicità dura un attimo», replicava Aurora, tentando inutilmente di riportare Cristina nella realtà.

«Io mi figuro la felicità come una bella signora che mi assomiglia un po'. La vedo che bussa alla mia porta: *toc toc*. Le apro e lei mi dice: 'Permesso, posso entrare?' Io le rispondo: 'Signora felicità, si accomodi. Lei è la benvenuta e io la tratterò con così tanto rispetto, delicatezza e generosità che lei non vorrà più andarsene da casa mia'. Questo farei, Aurora!»

Il suo monologo proseguiva, ma la sorella non l'ascoltava più. Ora, però, con l'arrivo di Malvina Leoni, sembrò a Cristina che qualcosa potesse cambiare in meglio, che valesse davvero la pena di seguire il suggerimento di Aurora e rammodernare la casa, confinando in soffitta tante cose vecchie e consunte, anche perché bisognava fare spazio al bambino che sarebbe nato a primavera, sotto il segno dell'Ariete, che era un bel segno.

E lo disse al fratello e a Malvina, mentre Aurora sparecchiava la tavola e la mamma era andata in cucina a preparare il caffè.

Malvina lanciò a Walter uno sguardo dubbioso, perché non moriva dalla voglia di andare a vivere in casa Mandelli. E Walter andò in suo aiuto.

«Calmati, Cristina. Deve ancora venire l'inverno e poi la primavera. Malvina ha una casa enorme e, soprattutto, non abbiamo ancora deciso se vivremo insieme», disse.

«Ma quante storie! Certo che vivrete insieme. E, quando Malvina avrà ottenuto l'annullamento del suo matrimonio, vi sposerete e per le vostre nozze io mi farò un abito di voile, tutto volant, a fiori rosa e foglie verde pallido e poi, chissà, magari al vostro matrimonio conoscerò un uomo affascinante che diventerà il mio fidanzato. Si fanno buoni incontri ai matrimoni dei parenti», cinguettò dando voce ai suoi sogni.

Aurora portò in tavola il caffè e decretò: «Il bambino

che nascerà, sia maschio o femmina, sarà la luce dei miei occhi».

Malvina si sentì presa in trappola da quelle due zitelle forsennate e rivolse di nuovo uno sguardo implorante al suo compagno che aveva la capacità di capirla al volo.

«Adesso dobbiamo proprio andarcene», disse lui, alzandosi da tavola.

# 22

MALVINA inchiodò l'auto davanti alla villetta di via Turroni, scese, aprì il cancello, salì i gradini di corsa, spalancò la porta e si precipitò verso la veranda da cui venivano gli strilli della sua bambina che protestava, perché aveva fame. Lei era in ritardo di quasi un'ora sulla tabella delle poppate.

«Sono qui, piccolina», disse, con il fiato corto, prendendola dalle braccia della nonna che aveva cercato inutilmente di calmarla. Si slacciò i bottoni della camicetta e le offrì il seno. Roberta si attaccò a un capezzolo e si calmò all'istante.

«Mi dispiace. Il professore mi ha fatto fare un'ora di anticamera prima di ricevermi», si scusò con la suocera.

«Studiare, lavorare, allattare… Fino a quando credi di poter resistere con questi ritmi?» brontolò la signora Mandelli.

Da un paio di settimane, suocera e nuora tentavano inutilmente di svezzare la piccola, che andava per i sei mesi e, a detta del pediatra, doveva integrare il latte materno con gli omogeneizzati. Non c'era verso di farglieli accettare.

«Terrò questi ritmi fino a quando Roberta ne avrà bisogno», rispose.

«I figli non smettono mai di avere bisogni», affermò la suocera.

Malvina sorrise guardando il viso della sua bambina che, a occhi chiusi, succhiava beata.

La signora Mandelli andò a preparare la tavola per il pranzo di mezzogiorno.

Da quando la bambina era entrata in quella casa, non soltanto Walter, ma anche le sue sorelle rincasavano sistematicamente per il pranzo e Aurora si presentava anche all'ora di cena. La famiglia Mandelli ruotava intorno a quella cucciola, come la Terra ruota intorno al sole. E, come il sole, Roberta aveva portato una ventata di luce in quella vecchia casa.

Durante tutta la gravidanza, Malvina si era intestardita a vivere nel suo fienile e aveva progettato l'aiuto di una nurse, per quando la bimba fosse nata. Ma appena tornata a casa dall'ospedale, si era resa conto che la nurse non le piaceva, che il fienile in periferia era troppo lontano dall'università, che suo padre, Susan e i Mandelli trovavano disagevole il tragitto fin là. Allora aveva deciso di trasferirsi in via Turroni.

«La decisione è tua», aveva sottolineato Walter.

«È la migliore», aveva replicato lei.

Nel frattempo, la villetta era stata interamente ristrutturata e ammodernata. Malvina ci si trovava bene. Aveva ripreso a frequentare l'università al mattino, studiava di pomeriggio e la sera usciva spesso con il suo compagno.

La signora Mandelli, sebbene non lo desse a vedere, nutriva un amore sconfinato per la nipotina e tremava al pensiero che, un giorno, Malvina e il figlio gliela portassero via.

Ora, sazia di cibo, Roberta si addormentò e continuò a dormire mentre la mamma la lavava e le cambiava il pannolino.

A uno a uno, rincasarono tutti e chiedevano: «Dov'è Roberta? Come sta?»

Poi andavano a vederla, estasiati.

Mentre erano a tavola, tendevano l'orecchio verso il punto in cui la bambina era stata messa a dormire e, appena percepivano un vagito, correvano da lei.

«La stanno viziando», diceva Malvina a Walter.

«Devi capirle: sono tre donne sole con un bisogno disperato di qualcuno da amare», replicava lui.

Walter, che era diventato giornalista professionista, curava una rubrica di economia e, quel giorno, aveva un appuntamento con un docente della Bocconi.

Dopo pranzo, preparò la sua sacca e controllò il funzionamento del registratore.

«Mi dai uno strappo fino in libreria?» gli domandò Malvina, mentre infilava in una borsa pannolini di ricambio, tutina pulita, fazzoletti detergenti, tettarelle e sonaglini di plastica.

In attesa dell'abilitazione per esercitare la professione di psicoterapeuta, Malvina lavorava nella libreria di quartiere che suo padre le aveva regalato. Nella soffitta della villa di Tavernolo, aveva trovato una vecchia insegna che aveva adottato per la sua bottega. La libreria, sapientemente condotta da Chiara Tizzoni, stava diventando un punto di aggregazione delle femministe, alternativo alla *Libreria delle donne* di via Dogana.

Malvina aveva dovuto ricorrere a tutta la sua capacità di persuasione per coinvolgere l'amica in questa impresa, perché Chiara era intenzionata a fare l'insegnante.

«Perché dovrei lasciare il certo per l'incerto?» aveva obiettato Chiara.

«Devi ancora vincere un concorso, sei fortunata se riesci ad avere delle supplenze, e mi parli del certo per l'incerto?»

«Prima o poi lo vincerò, questo benedetto concorso.»

«Sei sicura di voler fare l'insegnante? Io non ti vedo seguire con cieca obbedienza i programmi con tutti i paletti imposti dal Ministero. Sei troppo intelligente e finiresti per litigare con presidi e genitori. La tua vita è nel mondo dei libri.»

Chiara sapeva che Malvina aveva ragione e, quando la libreria venne inaugurata, era lì, al suo fianco, a fare gli onori di casa. Ora dirigeva la bottega con piglio manageriale e si consultava con Malvina soltanto sulla scelta dei libri da prenotare. Si avvaleva dell'aiuto di due giovani universitarie, ma era lei l'anima della libreria, in cui faceva tutto: la direttrice, la vetrinista, la padrona di casa e la donna delle pulizie. *Il Gufo* disponeva di divanetti e poltrone su cui i clienti si potevano sedere a bere un caffè o un tè che veniva loro offerto da Chiara o da Malvina. La libreria andava a gonfie vele e Chiara percepiva uno stipendio di tutto rispetto.

Ora Walter lasciò Malvina e la figlia davanti al negozio. Roberta dormiva dentro il marsupio che la mamma portava sul petto.

Malvina stava varcando la soglia della bottega quando incrociò un cliente che usciva.

Sorrise, sul punto di chiedere scusa, ma non riuscì a dire una parola. Gianni era lì, davanti a lei.

Non lo vedeva dal giorno in cui, a Tavernolo, lui le aveva proposto una vita coniugale «in castità».

Malvina sapeva che, prima o poi, avrebbe dovuto incontrarlo per la conclusione della causa di annullamento del loro matrimonio, ma non si aspettava di trovarselo di fronte in quel pomeriggio di settembre.

Non le sembrò più il bel ragazzo di un tempo. Indossava una camicia bianca di lino, con le maniche arrotolate al gomito. Portava pantaloni blu un po' gualciti, emanava da lui lo stesso profumo che l'aveva catturata. Il viso aveva il pallore di sempre, gli occhi azzurri dietro gli occhiali dalla montatura pesante erano ancora luminosi, eppure aveva un'aria stanca, sofferente.

Per un attimo pensò che tra le braccia di Walter, che pure amava con tutta se stessa, non aveva mai provato le emozioni intense e travolgenti vissute con Gianni.

Emozioni ormai sepolte sotto un mare di carte bollate, di impietose relazioni scritte dagli avvocati rotali e commentate dai potenti prelati di turno.

Si domandò che cosa fosse venuto a cercare Gianni nella sua libreria. «Ciao», gli disse.

«È tuo figlio?» domandò Gianni, senza rispondere al saluto.

«È una bambina», precisò lei.

Secondo la legge, Roberta avrebbe dovuto portare il cognome dei Franzini, dal momento che il matrimonio fra Gianni e Malvina non era ancora stato annullato. Per evitare ciò, si era ricorsi al solo espediente possibile: Walter aveva riconosciuto Roberta come figlia, nata da madre sconosciuta. Così la piccolina aveva un solo genitore, il padre. Malvina aveva sofferto sulla sua pelle l'ottusità e l'ingiustizia di quella legge.

«Amici comuni mi avevano detto che eri incinta», sussurrò Gianni e soggiunse: «La maternità ti fa bene, sei diventata ancora più bella».

Gli vide tra le mani un romanzo di Ignazio Silone, *L'avventura di un povero cristiano*, che, evidentemente, aveva appena acquistato.

«Sei venuto qui per incontrarmi?» gli domandò.

Roberta si era svegliata, aveva aggrottato la fronte ed era sul punto di lamentarsi. Malvina non vedeva l'ora di congedarsi da Gianni, ma ancora non sapeva che cosa volesse da lei.

«Sì, ti stavo aspettando e ho comprato un libro a caso. Però, poiché non arrivavi, me ne stavo andando. Ero venuto per dirti che mi trasferisco a Bruges per frequentare un corso di teologia. Tra non molto la nostra storia sarà conclusa, almeno per la legge. Volevo chiederti scusa per il male che ti ho fatto e augurarti una vita meravigliosa», disse d'un fiato.

«Spero davvero che lo sia e auguro una vita meravigliosa anche a te. Anch'io ti ho fatto del male», replicò lei.

Istintivamente allungò una mano sul suo viso e gli accarezzò una guancia.

«Abbi cura di te», gli raccomandò, mentre pensava che Gianni aveva pronunciato le parole giuste: la loro storia, per la legge, si stava concludendo. Ma loro due non l'avrebbero mai dimenticata.

# 23

Era la vigilia di Natale. Roberta aveva quasi quattro anni e aspettava quella festa con molta eccitazione, per via dei regali che avrebbe ricevuto.

La mamma le raccontava che a Tavernolo, quand'era piccola, i nonni preparavano un grande albero di Natale decorato con mandarini, caramelle, cioccolatini e illuminato da tante lampadine colorate. L'illuminazione era fonte di litigi tra i nonni, perché il nonno voleva occuparsene lui, rifiutando l'elettricista, e l'impianto andava regolarmente in corto circuito. Allora la nonna accusava il marito d'essere un incendiario che avrebbe dato fuoco alla casa. Alla fine, arrivava il tecnico e sistemava ogni cosa.

«E i doni? Quando arrivavano i doni?» domandava la bambina.

«La notte di Natale, mentre dormivo, la mia mamma scendeva dal cielo e deponeva sotto l'albero tanti pacchetti colorati pieni di regali per me.»

Malvina si commuoveva ancora ricordando che suo padre e i nonni avevano inventato per lei questa storia che, in quella magica notte, le faceva sentire la presenza della sua mamma.

Le zie, invece, raccontavano a Roberta la fiaba di Babbo Natale che veniva dal Polo Nord, dove aveva una gran fabbrica di giocattoli ed entrava in casa calandosi dal camino per portare i doni.

La nonna, infine, inveiva contro queste leggende pagane e le raccontava che i doni li portava Gesù Bambino.

Roberta, con l'istinto dei bambini, aveva deciso di fare chiarezza rivolgendosi a papà, perché solo da lui avrebbe saputo la verità.

«Il mondo è vasto, tesoro, e una sola persona non basta a fare contenti tutti i bambini. Per alcuni di loro arriva Babbo Natale, per altri Gesù Bambino e, per altri ancora, ci sono le loro mamme che vivono in cielo e, una volta l'anno, scendono sulla Terra con i doni per i loro figli», le rispose lui.

Questa spiegazione la appagò.

«Io, però, voglio che venga Babbo Natale, perché l'ho visto in tivù e mi piace tanto», replicò Roberta.

Walter noleggiò un costume da Babbo Natale con tanto di pancione finto e barba bianca e lo nascose nel suo studio, per indossarlo la notte della vigilia.

Intanto, le donne di casa addobbavano le stanze con ghirlande, festoni, nastri e palle colorate. In salotto, le zie avevano preparato un albero scintillante di luci. Sulla grande credenza della sala da pranzo, la nonna, con l'aiuto di Roberta, aveva disposto le statuine di gesso del presepe.

Ogni giorno, quando la nonna andava a prenderla all'asilo, Roberta le domandava: «Quando viene Natale?»

«Presto», rispondeva la nonna.

«Presto è domani?» insisteva lei.

«Quasi», precisava la nonna.

Quell'anno, per la prima volta, a Natale non ci sarebbe stato il padre di Malvina che si era trasferito a Filadelfia con Susan e lavorava all'Ospedale dei Poveri della città. Ormai sua figlia non aveva più bisogno di lui e quando Susan, che si era rivelata una compagna intelligente e preziosa, aveva espresso il desiderio di ritornare a vivere negli Stati Uniti, l'aveva assecondata. In Pennsylvania, il dottor Leoni aveva scoperto la passione per il volo e, dopo aver preso il brevetto di pilota, aveva acquistato un piccolo aereo da turismo.

«Si diverte un mondo a volare», diceva Susan a Malvina, quando si telefonavano.

«L'anno prossimo ti voglio qui per Natale, con Walter e la mia nipotina», le aveva detto suo padre, pochi giorni prima.

Aveva spedito un pacco pieno di regali che era stato subito nascosto con il costume di Babbo Natale e gli altri doni.

Il giorno di Santo Stefano sarebbero andati tutti a Tavernolo e lì Malvina e sua figlia si sarebbero fermate fino a Capodanno.

Malvina era grata a Walter che si era rivelato un compagno comprensivo e conciliante e ringraziava il cielo per la serenità di cui godeva.

Certo, doveva confrontarsi con la signora Mandelli che, per fortuna, distribuiva equamente la sua asprezza su tutti i componenti della famiglia.

Criticava Cristina dicendole: «Ti agghindi e ti pitturi come una sciantosa, ma non accalappierai mai un marito, fino a quando non ti deciderai a maturare».

Ad Aurora ripeteva: «Ormai, l'età per fare figli è passata, ma che cosa non darei per vederti sistemata con un uomo onesto, civile e possibilmente benestante».

«Ti sembra giusto che io debba avere una nipotina che continua a essere figlia di madre ignota, perché la tua compagna non si decide a regolarizzare la sua posizione?» si lamentava con Walter.

«Mamma, smettila. Siamo qui con te, io, Malvina e la nostra bambina. Che cosa vuoi di più dalla vita?» le rispondeva lui.

«Che vi sposiate. Guarda che Dio vede e non è d'accordo con queste vergognose modernità.»

Con Malvina, la signora Mandelli cercava di essere più diplomatica: «Sono ammirata dal tuo spirito di adattamento! Vieni dal gran mondo e non avrei mai pensato che potessi affezionarti alla nostra famiglia. Sei fortunata, perché l'ambiente dal quale provieni non fa troppe storie su una donna che non sposa il padre di sua figlia. Mentre noi, nel nostro piccolo, ci facciamo qualche meraviglia. Sai com'è, la gentucola chiacchiera e sarebbe un peccato se tua figlia, crescendo, venisse criticata per qualcosa di cui non è responsabile. Dico così per dire, perché poi tu sei più istruita di me e sai meglio di me come vanno queste faccende».

In prossimità del Natale, tuttavia, la signora Mandelli si addolcì e, la sera della vigilia, depose le armi.

Dopo cena, Walter finse di uscire per andare al giornale. In casa vennero spente tutte le luci e le donne si riunirono in salotto dove accesero le candele.

«Adesso dobbiamo fare silenzio», annunciò Cristina alla piccola Roberta, mentre tutte prendevano posto sul divanetto o sulle poltrone. Le donne indossavano abiti eleganti e la nonna, per l'occasione, si era messa al collo il filo di perle che le aveva regalato il marito.

Aurora sussurrò in un orecchio a Malvina: «Se mia madre avesse un'altra testa, sarebbe qui anche la mia compagna. Se riesci, cerca di agevolare la mia sparizione domani, dopo pranzo».

Cristina infilò nel mangianastri un canto di Natale e Roberta, che indossava una camicia da notte di flanella bianca e una vestaglia di lana lunga fino ai piedi, si sistemò tra le braccia di sua madre.

Dal giardino venne il tintinnio di un campanello e la bambina balzò in piedi come una molla.

«È arrivato Babbo Natale», trillò.

Lo scampanellio si avvicinò e sulla porta aperta del salotto si profilò la figura imponente di un Babbo Natale che, con voce baritonale, disse: «So che qui abita una brava bambina di nome Roberta».

Su una spalla reggeva un grande sacco colmo di pacchetti.

La bambina, sospinta dalla mamma e dalle zie, mosse qualche passo timoroso verso di lui che depose il sacco sul pavimento.

«Ecco, questi sono i doni per te, dammi un bacio perché devo andarmene. Ho molto lavoro da fare questa notte.»

Roberta gli andò vicino e, mentre lui si chinava, gli depose un bacio sulla barba luccicante.

«Hai lo stesso profumo del mio papà», disse timidamente.

In quel momento suonò il telefono. Andò a rispondere la nonna che chiamò Malvina, mentre Walter spariva nell'oscurità del giardino. Le zie accesero le luci e Roberta, felice, affondò le mani nel grande sacco pieno di pacchetti colorati.

Malvina prese il ricevitore dalle mani della signora Mandelli e sentì la voce di Susan che diceva: «Papà ha avuto un incidente con il suo aereo. Mi dispiace tanto per te, cara».

# 24

La sala mortuaria dell'Ospedale dei Poveri di Filadelfia era gelida, asettica, disadorna, rischiarata da una lampada al neon. In un angolo c'era una sedia bianca di ferro smaltato. Malvina la accostò al feretro del padre e vi si sedette.

Osservò a lungo il suo viso, in un silenzio attonito, poi con una mano esitante gli sfiorò la fronte con una carezza.

Era arrivata fin lì a tempo di record, con l'aiuto dell'editore di Walter che aveva smosso un po' di persone per organizzare un viaggio così improvviso, riservando a lei e al suo compagno, che non aveva voluto lasciarla sola, le corsie preferenziali per superare velocemente tutte le modalità di imbarco nei vari aeroporti: da Milano a Parigi, da Parigi a New York e da New York a Filadelfia.

Durante le lunghe ore di volo, di tanto in tanto Malvina si era addormentata e aveva sognato il padre in situazioni diverse: con indosso il suo camice di medico in una corsia d'ospedale, in pantaloncini bianchi mentre giocava a tennis con lei, intabarrato in una giacca a vento durante una passeggiata in montagna. Si era svegliata ogni volta di soprassalto e Walter, al suo fianco, le aveva stretto la mano mentre le sussurrava: «Ti voglio bene».

Quando erano arrivati a Filadelfia, avevano trovato Susan che li aspettava all'aeroporto.

«Ti voglio bene, papà», mormorò Malvina, continuando a fissare il volto dell'uomo che, per lei, era stato padre e madre insieme e ora l'aveva lasciata sola.

Ricordò quando aveva quattro anni e lui si era presentato a Tavernolo, dove Malvina viveva con i nonni, con una cesta di vimini. Dentro c'era un gattino fulvo di poche settimane che aveva sgranato su di lei due occhi terrorizzati. Lei aveva ascoltato la storia del gattino che suo padre aveva trovato nel parcheggio dell'ospedale, sul punto di essere schiacciato dalle ruote di un'auto in retromarcia. Era sporco, denutrito, non riusciva neppure a miagolare. Lui lo aveva portato nel suo studio, lo aveva lavato e alimentato con una siringa.

«Adesso è tuo. Anzi è tua, perché è una femmina», le aveva detto.

«Come si chiama?»

«Non ha ancora un nome.»

«Cunegonda», aveva deciso Malvina, ricordando il nome della principessa di una fiaba ascoltata di recente. L'aveva presa tra le braccia e Cunegonda si era messa a fare le fusa. Era vissuta con lei per sedici anni, facendo la spola tra Tavernolo e Milano. Era morta di vecchiaia l'estate in cui Malvina era negli Stati Uniti e Gianni l'aveva raggiunta per chiederla in moglie.

Questo era il primo ricordo nitido dell'uomo che ora aveva cessato di vivere.

Risentì la sua voce quando l'ammoniva: «Ricorda che sei una Leoni di nome e di fatto e le leonesse sono molto coraggiose».

Adesso Malvina si alzò dalla sedia, diede a suo padre un'ultima carezza e sussurrò: «Sarò forte, papà. Continuerai a essere vivo e vitale dentro di me».

Uscì dalla stanza e, in corridoio, Susan, Walter e i parenti americani la stavano aspettando. Il suo compagno la abbracciò senza parlare. Lei riuscì a non piangere. Non pianse nemmeno durante la funzione solenne nella chiesa di San Francesco, attigua all'ospedale. La povera gente che lui aveva amorevolmente curato e confortato gremiva la chiesa. Ci furono dichiarazioni commemorative di alcuni pazienti che parlarono del dottor Leoni come di un angelo mandato dal cielo a salvarli dalle loro miserie.

«Ti sono grata per aver accettato che tuo padre riposasse nella cappella del nostro cimitero», le disse Susan, quando tutto si fu concluso.

«Era giusto che fosse così. È stato molti più anni con te che con mia madre», rispose Malvina.

Erano tutti riuniti in casa Kellerman e Susan le consegnò una busta. «È da parte di tuo padre, per te.»

Conteneva buoni del tesoro per una somma di denaro

notevole e una lettera di suo padre che si concludeva con questa frase: «Usa il denaro per sentirti sempre libera nelle scelte che farai e, se puoi, non dimenticare Susan, perché a lei dobbiamo molto sia tu sia io. Ti porto nel mio cuore. Papà».

La sera, quando tutti si ritirarono nelle loro camere, Malvina andò a bussare alla porta di Susan.

«Domani tornerò in Italia, perché la mia piccola Roberta aspetta me e suo padre», esordì. E soggiunse: «Tu sai quanto denaro mi ha lasciato mio papà?»

La donna annuì.

«Ti chiedo di regalarlo all'ospedale in cui lui ha lavorato, facendo in modo che il reparto di ginecologia porti il suo nome.»

Susan l'abbracciò e disse: «A condizione che tu torni qui il giorno in cui il reparto verrà inaugurato».

# 25

«HO avuto un'offerta incredibile da *Esse*. Mi triplicano lo stipendio e mi danno la qualifica di inviato speciale», annunciò Walter, che non aveva resistito a tenere per sé la notizia e si era fiondato in libreria per raccontarla a Malvina.

*Esse* era un nuovo settimanale, edito da una grande casa editrice, che prendeva il modello da un periodico americano.

Malvina era in ufficio e stava controllando i conti con Chiara. Alzò lo sguardo su di lui e sorrise.

«Stai scherzando?» chiese.

«Io ho da fare», annunciò Chiara. Si affrettò a uscire dalla stanza e richiuse la porta dietro di sé.

Walter sedette di fronte alla sua compagna.

«Sto parlando sul serio», dichiarò.

«A Brescia, in piazza della Loggia, i fascisti hanno fatto esplodere le bombe. Ci sono morti e feriti, la tensione è alle stelle, può succedere di tutto nel nostro Paese e tu pensi di nasconderti in una rivista che è un contenitore di frivolezze! Dimmi che stai scherzando», supplicò lei.

«Non sono mai stato più serio. Gli scioperi, le manifestazioni, i cortei lasciano il tempo che trovano. Quello che sta succedendo nel nostro Paese è una partita che si gioca tra la politica e i servizi segreti e questi morti hanno un unico mandante: lo Stato. Io non credo più all'impegno civile e, se devo dirtela fino in fondo, ho anche paura. Non so più quali sono gli amici e quali i nemici. Preferisco lavorare per quel contenitore di frivolezze, come lo chiami tu, piuttosto che finire ammazzato da qualche imbecille manovrato dai burattinai che elaborano le loro strategie perverse sopra le nostre teste.»

«Non ti riconosco più», sussurrò Malvina.

«Conosci la mia storia e la mia famiglia. Non siamo eroi o, forse, lo siamo più di quelli che vanno a farsi ammazzare, perché abbiamo la forza di sopravvivere giorno dopo giorno, senza intrallazzare con il potere, senza portare a casa soldi sottobanco, senza fare i delatori, senza scendere a compromessi. Ci vuole coraggio per vivere con umiltà e onestà. E ti dico quello che penso fino in fondo: se il nostro Paese si salverà, sarà grazie alla gente come noi che paga le tasse, crede nel risparmio, non fa debiti e non nasconde cadaveri negli armadi. Dopo la strage di piazza Fontana e quella di oggi a Brescia, verranno stragi ancora peggiori, i ricchi diventeranno sempre più ricchi, i poveri sempre più poveri. Io faccio il giornalista e racconto storie. E adesso non mi dispiace l'idea di occuparmi della scoperta della pillola dell'eterna giovinezza. E se, per fare questo, mi pagano un sacco di soldi, è tanto di guadagnato per la mia famiglia. Perché è proprio la famiglia il valore al quale voglio aggrapparmi», dichiarò Walter. Si alzò e uscì dall'ufficio sbattendo la porta.

Subito dopo Chiara fece capolino nella stanza e chiese: «C'è stata baruffa?»

«Dopo aver sentito la notizia della strage, tu e io ci siamo messe a fare i conti. A cento chilometri da qui c'è gente disperata, lacerata nel corpo e nello spirito, madri che piangono, feriti che soffrono, l'orrore che dilaga, e noi facciamo i conti: tanto abbiamo speso, tanto abbiamo incassato», rispose Malvina, pensierosa.

«Che altro dovremmo fare?» domandò l'amica.

«Invadere le piazze e gridare tutta la nostra rabbia», disse lei, stringendo i pugni.

«E dopo?» la interrogò Chiara.

«Ma che domanda mi fai? Parli come se non ti fossi mai battuta per l'affermazione di princìpi sacrosanti», sbottò Malvina.

«E continuerò a farlo. Dopo di che devo anche confrontarmi con la realtà di tutti i giorni, devo fare la spesa e pagare l'affitto di casa. C'è stata una nuova strage a Brescia, qui al *Gufo* ci sono le fatture da pagare. Dov'è la contraddizione?»

«Walter andrà a lavorare da *Esse*», sottolineò Malvina. E soggiunse: «La nostra società va a catafascio e lui si chiama fuori. Sono furibonda!» Raccolse la sua borsa e se ne andò, mentre Chiara l'ammoniva: «Guarda che tu non sei la pulzella d'Orléans!»

Malvina raggiunse la villetta di via Turroni che era deserta. Evidentemente la nonna era uscita con la nipotina, mentre le due zie e Walter erano al lavoro. Si aggirò per le stanze di quella vecchia casa che i restauri avevano solo apparentemente migliorato. Le tappezzerie a fiori, gli ambienti angusti, le porte strette aumentarono il suo malessere. Si domandò che cosa avesse da spartire con quell'ambiente piccolo-borghese dove un'anziana signora imponeva la sua mentalità ristretta, una zitella svampita era costantemente in preda a deliri d'amore, un'altra si vergognava di dichiarare la propria omosessualità e il suo compagno si vendeva al miglior offerente.

E lei non sapeva neppure dove fosse la sua bambina. Uscì in giardino, sedette sul bordo della fontana, raccolse una manciata di sassolini che incominciò a lanciare a uno a uno nell'acqua dove nuotavano due pesci rossi.

Si domandò che cosa ne avesse fatto della sua vita. C'era stata una nuova strage terribile e non succedeva niente. I tram continuavano a sferragliare, la gente si chiudeva nei piccoli personali egoismi e lei? Lei aveva perduto suo padre, non aveva mai conosciuto sua madre, si portava nel cuore l'amarezza di un matrimonio fallito, forse lei stessa era un fallimento. Non aveva voluto fare il medico, pur sapendo che questo era il desiderio più grande del padre e del nonno materno, e si barcamenava tra lo studio e il suo lavoro di libraia.

Come se non bastasse, la sua amica più cara le aveva

detto: «Guarda che non sei la pulzella d'Orléans». Era dunque questa l'immagine che dava di sé? Dalla veranda le venne incontro Walter che si portava sulle spalle, a cavalcioni, la loro bambina. Sorridevano entrambi e lei fu sul punto di domandare: «Che cosa c'è da ridere? Io ho soltanto voglia di piangere!» Invece prese tra le braccia la piccola Roberta e disse a Walter: «Forse ho esagerato». Capiva che il suo disagio non le veniva né da lui né dai Mandelli, ma da se stessa.

Aveva lavorato per anni su di sé, per riuscire ad accettarsi così com'era, con le sue contraddizioni, le frustrazioni, le inquietudini che si portava dentro. Che cosa aveva scatenato questa furia di scontentezza, di intolleranza verso gli altri? Aveva il compagno migliore che si potesse desiderare, un uomo così accomodante da non sollecitare neppure un matrimonio che desiderava ed era libera di fare quello che voleva, perché la sua bambina era custodita e protetta dalle «sante donne» di casa.

«È arrivata la nonna!» trillò Roberta e corse verso la veranda.

Walter si chinò su Malvina, le sfiorò la guancia con un bacio e le domandò: «È passata la tempesta?»

«Credo di sì, ma non 'odo augelli far festa'», replicò e, immediatamente, scoppiò in lacrime.

Walter l'abbracciò.

«Povera piccola, sei disperata e io so perché: la morte di tuo padre è stata una mazzata dalla quale non ti sei ancora ripresa. Tu sei una donna forte, coraggiosa, razionale, ma i sentimenti, tesoro, non hanno niente da spartire con la razionalità. Ora, finalmente, arrivano le lacrime che avresti dovuto versare mesi fa, al suo funerale. Piangi, perché ne hai bisogno, e io sono qui per asciugarti gli occhi.»

«Mi vergogno tanto», sussurrò.

«Di che cosa?»

Si vergognava della sua fragilità, di quelle lacrime tardive che dicevano tutta la sua solitudine, perché senza suo padre si sentiva terribilmente sola. Non si erano frequentati molto e si erano parlati pochissimo, ma lui era sempre stato al suo fianco, non le aveva mai fatto mancare il suo sostegno. Bastava uno sguardo, una mezza parola per capirsi.

Sapeva che Walter la comprendeva ma faceva fatica a dividere con lui il suo dolore, così come in generale non era facile per lei condividere con gli altri i propri sentimenti. E questa difficoltà le creava un disagio profondo che non era ancora riuscita a superare. Soffiò rumorosamente il naso nel fazzoletto di Walter che le disse: «Sei addolorata, insoddisfatta, delusa. Se potessi, ti regalerei la luna, ma non sapresti che cosa fartene».

# 26

MALVINA si distaccò dai Mandelli in modo dolce e graduale.

Riaprì il fienile per usarlo come studio in cui ricevere i suoi pazienti e per riunire le vecchie amiche del suo collettivo. Capitava che, con loro, Malvina facesse notte, discutendo, stilando comunicati, elaborando programmi. Allora si fermava lì a dormire, sapendo che la sua bambina era al sicuro nella casa di via Turroni. I Mandelli avevano il buon gusto di non sottolineare la sua latitanza. La nonna, poi, non esitava a dichiarare la sua gioia di avere Roberta solamente per sé. Walter taceva, ma non era contento.

«Fino a quando resisterai al mio fianco?» domandò a Malvina una sera d'autunno, dopo che si erano amati nella camera azzurra della grande casa di Castelverde.

Erano andati lì per il fine settimana con la bambina, perché volevano che la piccola familiarizzasse con quel luogo.

Appena arrivati, si erano fermati per la cena all'*Osteria della Marfisa* e Cesira li aveva accolti festosamente offrendo loro il meglio del suo menu e soffocando di attenzioni la piccola Roberta che si era lasciata beatamente coccolare da quel donnone dal seno prosperoso.

A cena conclusa, mentre la bambina era sul punto di addormentarsi, l'ostessa si era appartata con Malvina e l'aveva interrogata: «Cristina è ancora fidanzata con quel tale di cui mi ha parlato la scorsa estate?»

«Vieni al dunque, Cesira», l'aveva sollecitata Malvina che nutriva uno scarso interesse per le vicende sentimentali della cognata.

Ricordava l'ultimo sfortunato grande amore di Cristina per un «giovane di studio» da poco assunto nello studio notarile in cui lavorava. Era di Crotone. Si era laureato a trentacinque anni con grandi sacrifici per la povera famiglia da cui proveniva ed era approdato a Milano con lo stupore di un bambino che vede il paese di Bengodi.

Si chiamava Domenico, detto Mimì, e per qualche mese era venuto a pranzo in via Turroni, grato di sedere a una tavola vera, invece che a quella gelida di una trattoria. Dormiva in un pensionato di frati cappuccini e, sebbene il notaio lo avesse avvertito delle mire sentimentali di Cristina, lui aveva continuato ad accettare gli inviti e ad ascoltare gli sproloqui della bellissima zitella che stava vivendo un nuovo, travolgente sogno d'amore.

«Quello viene qui solo per mangiare», brontolava la signora Mandelli.

«Ti sbagli, lui mi ama ma è troppo timido per dichiararsi», replicava Cristina.

Un giorno, Mimì incontrò una donna giovane, separata, senza figli, insegnante di ruolo in una scuola media, e si dimenticò della povera Cristina. Ne era seguito un inevitabile fiume di lacrime che nessuno si era preoccupato di asciugare.

«Per venire al dunque», aveva detto Cesira a Malvina, «ci sarebbe l'Olmo Malinverni, un fior di possidente. È vedovo, ha passato i cinquanta e non pensava di risposarsi, fino a quando ha visto la bella Cristina, il luglio scorso. È uno con la testa sulle spalle e le tasche gonfie di soldi. Si è incapricciato, ma siccome è un timido, mi ha messo di mezzo. Cosa gli dico? Può sperare?»

«Cristina è di nuovo senza fidanzato. La conosci anche tu e lo sai che i suoi innamorati scappano sempre», aveva risposto Malvina.

«Ma questa è la volta buona, te lo dico io, che garantisco per la serietà dell'Olmo», aveva replicato Cesira.

«Gliene parlerò», aveva tagliato corto Malvina.

Lei, Walter e la bambina erano tornati a casa con una borsa di provviste per la colazione del mattino seguente. I due genitori avevano messo a letto Roberta e poi si erano rifugiati nella grande camera azzurra.

Avevano fatto l'amore felicemente, come sempre, e poi Walter le aveva chiesto fino a quando gli sarebbe stata accanto.

«Sai bene che non ho altre storie», aveva risposto lei.

«E non ne ho nemmeno io, però è arrivato il momento di capire che cosa vogliamo fare. Tu torni a casa una volta sì e tre no e io incomincio a nutrire qualche dubbio sulla stabilità del nostro rapporto», disse Walter.

«Dobbiamo parlarne proprio adesso? È quasi mezzanotte», obiettò lei, soffocando uno sbadiglio.

Malvina non condivideva le ansie del suo compagno, perché le sembrava che la loro vita stesse procedendo nel migliore dei modi. Non le piaceva la tediosa ripetitività della vita di coppia ed era convinta che, vedendosi più raramente, ognuno dei due potesse dare il meglio di sé.

Ed era realmente così. Ma la consuetudine voleva che un uomo e una donna, con una figlia, vivessero sotto lo stesso tetto, possibilmente regolarizzando il loro rapporto.

Alla fine, era proprio questo che voleva Walter. Ma lei non se la sentiva di assecondarlo.

Walter si infilò il pigiama ed entrò nella camera accanto per controllare che la loro bambina dormisse tranquilla. Poi, tornò da Malvina.

«Con te non c'è mai un momento per parlare del nostro futuro», osservò, accarezzando il viso della sua compagna.

«È già tanto se riusciamo a barcamenarci nel presente. Perché dobbiamo preoccuparci del futuro?» domandò lei.

«Ti faccio notare che stai parlando per te stessa, ma esisto anch'io e anche nostra figlia. Ti comporti come se al centro dell'universo ci fossi solamente tu e tutto debba ruotare intorno a te. Ti sembra accettabile?»

In quel momento lei ricordò l'ammonimento di Chiara, la sua amica più preziosa: «Guarda che tu non sei la pulzella d'Orléans». Quelle parole l'avevano colpita e indotta a riflettere.

«Io non so decidere», confessò.

«Tu non vuoi decidere e aspetti che qualcosa accada. Sai bene come la penso e temporeggi, in attesa che il caso decida per noi. Ma ogni azione è determinata dalla nostra volontà e la tua è quella di scappare dai legami troppo impegnativi. So che vuoi scappare da me e non muoverò un dito per impedirtelo, ma mi piange il cuore.»

«Ma cosa dici? Noi due non potremo mai lasciarci, perché abbiamo nostra figlia a tenerci uniti», replicò, regalando al suo compagno un sorriso irresistibile. Poi scese dal letto e disse: «Vado giù a prepararmi una tisana».

Si ritrovarono sul patio, sotto le stelle, a sorseggiare un infuso di erbe aromatiche, nel silenzio della campagna.

Tacevano entrambi, immersi nei loro pensieri. Poi Walter argomentò: «Tu mi hai conosciuto in un momento in cui avevi bisogno di certezze. Hai costruito la nostra storia sulle macerie del tuo matrimonio, ma le macerie sono ancora lì. Non saprai che cosa vuoi davvero fino a quando non ti libererai del passato».

«Con te ho fatto la nostra bambina e ti assicuro che, per me, non è stata un'impresa da poco», sottolineò Malvina.

«Lo so, e mi rendo conto che non è facile per te fare la madre.»

«Le donne imparano a diventare madri seguendo l'esempio della loro mamma. Io non ho avuto una madre che mi trasmettesse un modello di maternità. Adoro la mia bambina ma non sono mai completamente sicura di comportarmi nel modo giusto con lei. Però credo di averle comunicato una sicurezza: Roberta sa che io ci sono sempre per lei. Quanto a noi due, ti sono grata per una infinità di ragioni che nemmeno immagini, ma ho bisogno del mio spazio che non è previsto in una normale vita di coppia. Sono felice di vederti, di amarti, di stare con te ma devo poter disporre della mia libertà. Mi dispiace, ma la vita di coppia come la intendi tu non è conciliabile con il mio modo di essere, non ha senso per me», spiegò.

«Per mia madre e mio padre aveva un senso», osservò Walter.

«Certo! Erano dipendenti l'una dall'altro. È così che è nato l'istituto del matrimonio ed è così che continua a sopravvivere. Se tu ascoltassi le storie che sento io ogni giorno dai miei pazienti, ti renderesti conto di quante sono le donne che farebbero volentieri a meno dei loro mariti e viceversa. Di solito, il più debole si aggrappa al più forte per attingere sicurezza. Qualche volta, il più forte appaga il proprio bisogno di protagonismo prendendo sotto la sua ala il più debole. Walter, noi due non abbiamo nessun bisogno di legarci con un contratto matrimoniale, tanto più che né tu né io cambieremmo i nostri ritmi di vita. A unirci finché morte non ci separi c'è la nostra bambina.»

«E dovrà bastarmi sebbene la pensi diversamente», sussurrò l'uomo, attirando a sé la sua compagna e baciandola con tenerezza. E soggiunse: «Ti amo, principessa».

«Ti amo anch'io, tesoro», sussurrò lei.

Rientrarono in casa, salirono le scale e, seduta sull'ultimo gradino, c'era Roberta che piangeva.

«Che cosa fai alzata a quest'ora? Perché piangi?» domandò Malvina.

Walter la prese in braccio e la portò nella camera azzurra.

«Mi sono svegliata e voi non c'eravate più», singhiozzò la piccola.

«Eravamo giù e tu potevi chiamarci», l'ammonì sua madre.

«Voi mi dite sempre che di notte bisogna dormire e non disturbare», si difese Roberta.

Suo padre la depose sul letto matrimoniale. Lei sbadigliò e si riaddormentò subito, felice di poter stare nel lettone tra la mamma e il papà.

# 27

PASSÒ un anno e Malvina non avrebbe mai immaginato che un caldo pomeriggio di settembre, con piacevoli refoli d'aria fresca, avesse in serbo per lei due sgradevoli sorprese.

Il suo ex analista, il professor Bianchi, le aveva offerto un locale nel suo studio in via Salvini, nel cuore di Milano, per ricevere i pazienti, che evitavano, così, di fare un viaggio fino a Lambrate.

Quel pomeriggio, dunque, Malvina arrivò in via Salvini e, al termine della prima seduta, la segretaria le passò una telefonata personale.

Perla Franzini, la sorella minore del suo ex marito, le disse: «Ho bisogno di vederti».

Da diversi anni Malvina non aveva più contatti con la famiglia di Gianni e quella richiesta la lasciò perplessa. Tuttavia consultò velocemente l'agenda e rispose: «Ti va bene se ci vediamo martedì della prossima settimana?»

«Malvina, devo vederti subito», la incalzò la giovane.

«Impossibile. Ho una seduta dopo l'altra e finirò soltanto alle sei», replicò. E soggiunse: «Dopo devo correre in libreria e questa sera ho una cena con il mio editore».

Una casa editrice aveva pubblicato un suo saggio sul femminismo e, proprio quella sera, l'editore le avrebbe consegnato la prima copia fresca di stampa.

«Ti prego!» sussurrò la ragazza e aggiunse: «Sono due giorni che vado su e giù per via Salvini, sperando di incontrarti. Ho bisogno di te».

Malvina si arrese.

«C'è un bar con dei tavolini all'aperto, proprio qui sotto», disse.

«Lo so. Ti sto telefonando proprio da questo bar.»

«Ci vediamo lì alle sei», promise.

A quell'ora Malvina congedò una coppia di coniugi di mezza età che avevano raggiunto un livello di intollerabilità reciproca insostenibile. Il loro era un caso da manuale: marito e moglie che si detestano, ma non si separano, perché hanno bisogno di odiarsi ogni giorno per dare un senso alla loro vita.

Perla l'aspettava seduta a un tavolino.

«Che cosa ti succede?» le domandò, sedendosi di fronte a lei.

«Di tutto e di più», rispose, angosciata.

Malvina la ricordava adolescente. Era una ragazzina curiosa, disinvolta e brillava per la sua spontaneità.

«Prendiamo qualcosa?» le chiese.

Ordinarono del tè freddo, poi Perla sussurrò: «Sono incinta».

Seguì un istante di silenzio in cui Malvina pensò che quello era il problema peggiore che potesse capitare alla famiglia Franzini.

«I tuoi, ovviamente, non lo sanno.»

«Chi me lo dà il coraggio di dirglielo?» Era sul punto di piangere.

«Che cosa ti aspetti da me?»

«Un suggerimento.»

«Raccontami tutto dall'inizio.»

«È l'ebanista che lavora per papà Si chiama Giorgio, ha quarant'anni, è bello, affascinante e scapolo. Ma quando gli ho detto che aspetto un figlio da lui, mi ha risposto che non intende sposarmi. Del resto, ora, nemmeno io lo vorrei come marito. Aiutami, ti prego», implorò disperata.

Malvina le accarezzò i capelli, pagò la consumazione, si alzò e disse: «Ti accompagno a casa».

«Vorresti parlare con i miei genitori?» domandò spaventata la ragazza.

«Dubito che mi aprirebbero la porta di casa. Invece parlerai tu con loro e spiegherai la situazione come l'hai raccontata a me. È arrivato il momento che la tua famiglia si svegli dal suo torpore medievale. Devono capire che le pulsioni sessuali di una ragazza sana non hanno niente da spartire con il peccato. E se vorrai tenere il bimbo che porti nel grembo, non dovrai vergognarti per questo, ma sarai fiera della tua maternità.»

Erano arrivate in piazza San Babila e svoltarono verso via Durini.

«Non sarà facile, Malvina», sussurrò Perla.

«Non ho detto che lo sia, ma so che puoi farcela», la spronò.

«Penso al dolore che sto per dare alla mia famiglia e mi manca il coraggio», disse e aggiunse: «Se solo Giorgio si fosse comportato come Gianni con te».

Malvina si bloccò, agguantò per un braccio la ragazze e le chiese: «Che cosa intendi dire?»

«Lui ti ha sposato per riparare a quello che era accaduto tra voi. Questo, almeno, è quello che avevo colto dai sussurri domestici. Lui ti aveva indotta al peccato e per questo doveva riparare con le nozze», confessò candidamente.

Malvina restò per un attimo senza fiato. Poi reagì: «Tesoro, fammi capire. Tuo fratello mi ha chiesta in moglie perché avevamo fatto l'amore?»

«Ero soltanto una ragazzina, allora, però ricordo che Gianni aveva parlato a lungo con il confessore che era venuto a trovarlo e con i miei genitori. Poi era partito per raggiungerti in America e chiederti in moglie», spiattellò Perla, che non capiva lo stupore di Malvina.

Lei pensò alla sua storia con Gianni, a quanto lo aveva amato e come era felice quando le aveva chiesto di sposarlo. Adesso scopriva che lui l'aveva sposata per rimediare al peccato di averla sedotta. Ancora una volta, a distanza di anni, avvertì le fitte dell'umiliazione e, di nuovo, lo detestò.

Poi ritrovò l'ombra di un sorriso e disse: «Vai a casa. Non farti intimorire, non sentirti colpevole e, se vuoi questo figlio, tienilo stretto. Preparati a combattere per lui. Non mollare, Perla! E ricordati: io ci sarò ogni volta che avrai bisogno di me».

Dopo averla lasciata, Malvina si avviò verso piazza Duse dove aveva parcheggiato la sua auto.

Salì in macchina, avviò il motore e imboccò via Salvini, ma fu costretta a frenare di colpo perché una Porsche nera le tagliò la strada per fermarsi subito dopo davanti a un portone. Dall'auto scesero una bella ragazza bionda, molto appariscente, e un uomo che le circondò le spalle con un braccio e, tenendola stretta, entrò con lei nel palazzo.

L'uomo era Walter Mandelli.

# 28

Non fu così emozionante avere tra le mani il suo primo libro, che pure le era costato una lunga ricerca e un duro lavoro.

Sedeva con l'editore e i suoi più stretti collaboratori a un tavolo appartato di un ristorante, nel centro di Milano, e parlavano della campagna promozionale per il lancio del suo saggio. Lei ascoltava, rispondeva alle domande, annuiva, sorrideva e intanto osservava Walter che aveva voluto essere presente a quella cena così importante per lei. Si domandava fino a quando avrebbe continuato a tacerle la sua storia con la bionda della Porsche.

«Malvina non è solamente una psicoterapeuta geniale, è una donna straordinaria. Quando l'ho conosciuta, sono rimasto letteralmente affascinato da lei. Sono passati diversi anni, abbiamo avuto una figlia e io continuo a considerarla irresistibile», stava dicendo il suo compagno.

Malvina avvampò e i presenti apprezzarono quella manifestazione di modestia. In realtà il rossore era causato dallo sforzo di trattenere l'ira.

Quell'infame, che poche ora prima era entrato in un palazzo abbracciato a una bionda da urlo, ora tesseva le sue lodi come se lei fosse l'unica donna della sua vita.

L'esperienza terapeutica le aveva insegnato quanto fosse profonda la capacità di mentire di certi uomini. Ma, tra questi, non avrebbe mai pensato di dover includere il padre di sua figlia. Anche perché Walter si era sempre comportato come se l'amasse così intensamente da farla sentire in colpa per il suo rifiuto a legalizzare la loro unione. Adesso realizzò che era passato diverso tempo dall'ultima volta in cui aveva fatto l'amore con lui. Malvina era perfettamente consapevole della sua scarsa attitudine alla pratica del sesso, al contrario di altre donne per le quali l'esercizio amatorio è una necessità quotidiana.

Tuttavia, immaginando il padre di sua figlia a letto con un'altra donna, fu travolta da un'onda di amarezza, di gelosia e di delusione.

Se Walter le avesse confessato di avere una storia con un'altra donna, lei ne avrebbe apprezzato la lealtà e forse si sarebbe perfino decisa a sposarlo, pur di riconquistarlo. Ma Walter le aveva mentito e lei doveva misurarsi con questa nuova realtà.

Prima di andare a cena con il suo editore, Malvina era andata in via Turroni per cambiarsi l'abito. Roberta aveva già cenato e l'aspettava per farsi leggere una fiaba. La bambina la vide, le saltò al collo e Malvina la strinse a sé, dimenticando quel brutto pomeriggio.

«È vero che questa sera tu e papà mangiate fuori con un dittatore che ti vende il libro?» le aveva chiesto Roberta.

«Un editore, tesoro, non un dittatore», l'aveva corretta.

«Con i soldi del libro mi comperi i Puffi?»

«I Puffi sono il premio per quando fai il tuo dovere e i soldi del libro non c'entrano.»

Malvina era salita con Roberta al primo piano, l'aveva portata nella sua camera, l'aveva messa a letto e poi si era seduta accanto a lei e aveva aperto il libro delle favole. Aveva cominciato a leggere e, poco dopo, Roberta si era addormentata. Malvina era rimasta per un po' a osservarla invasa da una tenerezza infinita. Roberta era la sua bellissima bambina e lei l'amava con tutta se stessa.

Poi, era uscita dalla stanza in punta di piedi e si era infilata nella sua camera per cambiarsi d'abito.

Aveva indossato una camicia di seta bianca e pantaloni neri.

Walter era rincasato mentre lei scendeva le scale ed era rimasto immobile, per qualche secondo, a guardarla con ammirazione.

«Sei bella da togliere il respiro», le aveva detto.

Malvina aveva pronta una battuta fulminante, ma si era trattenuta e gli aveva regalato un sorriso di ghiaccio.

Lui non aveva colto il gelo che emanava dalla sua compagna.

«Mi cambio in un secondo e andiamo», aveva soggiunto, salendo le scale.

Ora, davanti all'editore, cantava le sue lodi.

I camerieri stavano servendo il caffè quando Malvina si alzò di scatto dal tavolo e disse: «Vi chiedo scusa, ma devo proprio andare».

Uscì dal ristorante a passo di marcia, lasciando allibiti i suoi ospiti.

L'addetta stampa sussurrò all'orecchio dell'editore: «Gli psicanalisti sono matti».

Allora Walter salutò frettolosamente gli ospiti e si precipitò fuori del locale per inseguire la sua compagna.

Malvina stava cercando un taxi, Walter l'afferrò per un braccio.

«Mi dici che cosa sta succedendo?» le domandò.

Lei si liberò dalla presa e urlò: «Non toccarmi con quelle tue manacce sporche!»

«Sei matta?»

«Sono furente e disgustata.»

«Che cosa è successo?» domandò smarrito.

«Tu con me hai chiuso definitivamente.»

«Perché? Che cosa ti ho fatto?»

«Sei un bugiardo. In pubblico tessi le mie lodi e di nascosto te la spassi con altre donne», sbraitò Malvina.

«Oh, Gesù!» sussurrò il giornalista.

Un taxi si fermò accanto al marciapiede e Malvina salì al volo, dandogli l'indirizzo di via Turroni.

Walter riuscì a infilarsi nell'abitacolo accanto a lei.

Tacquero entrambi fino a quando l'auto si fermò davanti a casa Mandelli, Walter pagò il taxista e raggiunse Malvina che cercava affannosamente nella borsa le chiavi della sua macchina.

«Non ti lascio andare via così», disse lui, che non osava toccarla.

«Tra noi è finita», affermò lei, con voce ferma.

«Se vogliamo dirla tutta, è finita da un pezzo. In questa casa, tu ci stai quando ti pare. Da quanto tempo non facciamo l'amore tu e io? Dimmelo! Pretendi da me la sincerità, ma tu sei sincera con me? Per quanto ne so, potresti avere un altro uomo. Non ho lo spirito del poliziotto e non indago. Ti avevo promesso, tanti anni fa, di lasciarti libera di fare le tue scelte e tu hai scelto la vita della ragazza madre. Vai e vieni come e quando ti pare. Perché non posso fare altrettanto?»

«Perché io non me la faccio con nessuno, tu sì.»

«E va bene! In questo periodo frequento una ragazza. Non ne sono innamorato, perché ho amato e amo soltanto te. Per quale ragione avrei dovuto dirtelo? Malvina, per carità, a te non interessa fare l'amore con me!»

«Hai tradito la mia fiducia.»

«E tu le mie aspettative di una vita di coppia. Ma che cosa vuoi da me? Non vuoi sposarmi perché hai paura dei legami, non vuoi fare l'amore, ma ti senti umiliata se ho una storia. Bene, vuoi la sincerità e sarò sincero fino in fondo. Ho avuto altre storie, e sono durate solo pochi giorni. Sono un uomo e mi piacciono le donne!»

Malvina fu costretta a riconoscere che Walter aveva ragione. Tuttavia ribatté: «Sei volgare».

«Sono sincero.»

«Non dormirò mai più nel tuo letto.»

«Come vuole, principessa», rispose lui, con voce gelida.

«Torno a casa mia», disse lei aprendo la portiera della sua utilitaria.

«E io vado a prendere la mia macchina davanti al ristorante», rispose lui.

Sul punto di salire in auto, Malvina allargò le braccia e gli sorrise, dicendo: «Dai, vieni qui».

Lui la raggiunse e l'abbracciò.

«Abbiamo litigato?» le domandò.

«Più che altro ci siamo chiariti le idee», precisò lei e aggiunse: «Amici?»

«Inseparabili da qui all'eternità», garantì Walter.

# 29

Malvina affidò a Chiara la chiusura della libreria, passò da casa Mandelli a prelevare la sua bambina e, con lei, prese la via di Tavernolo.

«La nonna mi ha insegnato una canzone dei suoi tempi», annunciò la bambina. «Se vuoi te la canto. Ascolta: 'Fiorellin del prato, messagger d'amore, bacia la bocca che non hai mai baciato'… cosa vuol dire messagger?»

«Il messaggero è qualcuno che riferisce qualcosa a qualcun altro. Vai avanti, perché questa canzoncina mi piace.»

Arrivarono alla villa cantando.

Sullo spiazzo davanti a casa, Malvina posteggiò la sua utilitaria accanto a una Mercedes Pagoda.

«La nonna ha visite», disse Malvina alla figlia.

In quel momento, Venere si affacciò alla porta. «Qualcuno ti aspetta», sussurrò a Malvina, poi si rivolse a Roberta: «Le uova si sono schiuse e sono nati tanti pulcini. Vieni a vedere come sono belli! Sembrano tante palline dorate».

Malvina capì che Venere voleva allontanare la bambina. Entrò in casa, ma non c'era nessuno. Uscì sul patio. Prima vide sul tavolo, dentro a un canestro, una composizione di frutta che sembrava ispirata a un quadro fiammingo. Poi, sprofondato in una poltrona di vimini, vide Alessandro Franzini, l'ex cognato che si era trasferito in Sudafrica alcuni anni prima. Lui si alzò, le andò incontro e si abbracciarono.

«Qualche anno fa, per un cesto simile, avevi fatto un mutuo da Abbascià», disse Malvina.

«Adesso sono molto ricco e ho acquistato in contanti», scherzò Alessandro.

«Sono felice di rivederti», disse avvolgendolo in uno sguardo affettuoso. La colpì l'espressione serena del bel viso di Alessandro e alcuni fili bianchi tra i capelli corvini. Ripensò all'incontro con Perla e si domandò se l'arrivo del fratello dal Sudafrica avesse qualche attinenza con il problema della sorella.

«Come hai saputo che sarei venuta qui?» gli domandò.

«Dalla tua libraia. Inutile dirti che tua nonna mi ha spalancato le braccia e poi si è allontanata con un'altra ospite.»

«Che cosa sono tutti questi misteri?» chiese Malvina, sedendosi sul divanetto di fronte a lui.

«Come sai, c'è una nuova burrasca in casa Franzini.»

«Ti riferisci a Perla? È per lei che sei tornato in Italia?»

«Per chi altri, se no?»

«I vostri genitori l'hanno presa male», constatò.

«Malissimo e Perla mi ha chiesto di aiutarla.»

«Il disonore», sussurrò Malvina, con amarezza.

«Mamma, mamma, vieni a vedere i pulcini», trillò Roberta venendo di corsa verso di lei.

La bambina si bloccò e guardò incuriosita l'ospite sconosciuto.

«Vieni, tesoro», la invitò la mamma. «Lui si chiama Alessandro. È un caro amico.»

«Vuoi vederli anche tu i pulcini della nonna?» domandò la bambina. I due ex cognati decisero di assecondarla. Mentre accompagnavano la piccola verso il pollaio, Malvina ripensò a quando Alessandro era venuto a salutarla, prima di lasciare l'Italia. Allora era un uomo disperato, adesso sembrava sereno, felice.

Del resto, nelle lettere che, di tanto in tanto, le aveva scritto nel corso di quegli anni, le aveva parlato di sé, della sua compagna dalla quale aveva avuto un maschietto, dello studio legale, il più importante di Cape Town, del quale era diventato socio. Nell'ultima lettera, che risaliva a un anno prima, le aveva scritto: «Il mio Paese mi manca. Vorrei rivedere Milano, la mia famiglia, e gli amici, ma penso che non tornerò più a vivere in Italia».

Perla e la nonna li raggiunsero. Avevano visitato l'ala disabitata della villa e Perla aveva scovato una culla a dondolo in ferro battuto.

«Mi piace tanto e tua nonna ha deciso di regalarmela», spiegò la ragazza a Malvina, dopo averla abbracciata. Poi si rivolse al fratello e gli domandò: «Credi che si possa spedire a Cape Town? Mi piacerebbe farci dormire il mio bambino».

Era questa la ragione del viaggio di Alessandro Franzini: era venuto a prendere la sorella per condurla con sé in Sudafrica.

Dopo cena, quando Roberta era già andata a dormire e la nonna si era ritirata, gli ex cognati si ritrovarono sotto le stelle a chiacchierare.

«Sai, Perla è una discreta esperta di antiquariato. Credo che abbia buone possibilità di successo a Cape Town», spiegò Alessandro.

«Lui mi aiuterà ad aprire un'attività», disse la ragazza. «Il mestiere di mio padre mi ha sempre affascinato. Devo dire che lascio con sollievo l'università che frequentavo solamente per far piacere ai miei genitori. E con la loro benedizione!» esclamò soddisfatta.

Malvina sorrise. Alla fine, il problema di Perla si era risolto in maniera meno drammatica del previsto.

«In questa casa sono accadute tante cose. Di quelle belle conservo un ricordo luminoso, quelle brutte hanno avuto comunque un effetto positivo, perché mi hanno indotto a cambiare vita. A te, Perla, sta succedendo lo stesso. Ora la tua strada cambierà direzione e comincerai una vita nuova», disse alla ragazza.

«Tu mi sei sempre piaciuta, lo sai?» disse Perla, cambiando discorso perché non osava ancora guardare troppo lontano nel tempo.

«Anche tu mi sei sempre piaciuta», replicò Malvina, con una punta di malinconia, perché era quasi certa che quello sarebbe stato il loro ultimo incontro.

# 30

MALVINA aveva accettato l'aiuto di un architetto per addobbare il fienile in occasione del compleanno di sua figlia.

Roberta compiva quindici anni e i suoi amici stavano arrivando alla spicciolata, accompagnati in macchina dai genitori.

«Questo sfarzo ti costerà una fortuna», osservò Walter che portava pacchi di pizzette, tramezzini e torte salate.

«Ora ti racconto tutto», disse lei guidandolo verso il giardino dove c'erano confortevoli poltrone in vimini. Si sedettero, lui accese una sigaretta e si preparò ad ascoltare.

«Vendo tutto», annunciò lei.

«Tutto, cosa?»

«Tutto questo», spiegò, con un gesto della mano.

«Perché?» chiese, incuriosito.

«Sono cresciuta. Ho trentacinque anni, ti rendi conto? Il fienile non fa più per me.»

«Non sei mai stata così giovane e bella», dichiarò Walter, accarezzandola con lo sguardo.

«Mi stai corteggiando?» chiese lei, con tono malizioso.

Una primavera precoce aveva fatto fiorire nelle aiuole i crochi blu e le primule gialle.

Malvina indossava una giacca azzurra di lana cotta sopra un'ampia gonna a fiori. Un fiocco di seta tratteneva i capelli folti e ondulati.

«Non ho mai smesso di farti la corte principessa», sottolineò Walter.

«Se ti sentisse la tua professoressa, non sarebbe contenta», lo ammonì lei alludendo a una nuova storia di Walter con una insegnante di lettere.

«Lei non c'entra niente con noi due», tagliò corto lui, un po' imbarazzato.

«Comunque, come ti dicevo, vendo. Acquista tutto l'architetto che ha allestito questa festa. Dice che vuole trasferire qui il suo studio. Ho colto al volo il compleanno di Roberta per chiudere in bellezza un capitolo della mia vita e, per dirtela tutta, è stato un capitolo un po' deludente. Le mie compagne e io avevamo creduto di cambiare il mondo, abbiamo lottato, scritto libri, organizzato convegni… non è servito a niente», confessò, con fare malinconico.

«È servito, eccome!» cercò di confortarla lui.

«Sì, a pubblicare sulle prime pagine dei giornali i nudi femminili. Per carità! La volgarità dilaga, noi donne contiamo sempre meno e l'immagine che offriamo di noi è quella di un branco di galline senza cervello. Fino a quando gli uomini faranno squadra contro di noi, saremo sempre i loro giocattoli. Cinema, tivù e giornali offrono in pasto al pubblico sesso e violenza. Non era questo il futuro che sognavo di consegnare a mia figlia. Così, come Cincinnato, mi ritiro in buon ordine, sentendomi molto frustrata.»

«Ma non doma. Ti conosco. A proposito, dove andrai?»

«Torno a Tavernolo. La nonna non sta bene e ha bisogno di me. Nostra figlia ormai è cresciuta ed è ben custodita in casa tua. Il nostro collettivo si è sciolto. Una delle mie compagne più care è andata dal chirurgo plastico a farsi rifare il naso, un'altra si lascia picchiare dal marito e tace... Ora mi chiedo fino a che punto credessero nelle idee per le quali ci siamo battute. Sono molto amareggiata», sussurrò.

«Vieni qui, tesoro. Lasciati abbracciare», disse Walter stringendola a sé con tenerezza.

Roberta e la sua amica Ines li sorpresero in quell'atteggiamento affettuoso.

«Quei due, chi li capisce è bravo», mormorò Roberta.

Nel vedere le due ragazzine, Malvina si sciolse dall'abbraccio di Walter.

«Non vi trovavo e sono venuta a cercarvi», si giustificò Roberta e proseguì: «Allora noi raggiungiamo gli amici».

«Aspetta, piccolina. Voglio darti il mio dono di compleanno», disse Malvina, consegnandole un pacco che era appoggiato su una poltrona. «È il sacco a pelo che desideravi per le vacanze di questa estate», spiegò a sua figlia.

«Sono almeno tre anni che anch'io lo desidero e i miei fanno orecchie da mercante perché costa una cifra», esclamò Ines.

«Te lo presterò, altrimenti che senso ha avere delle amiche?» replicò Roberta. Poi diede un bacio a Malvina, sussurrandole: «Grazie, mamma. Adesso possiamo andare?»

«E il mio regalo non lo vuoi?» domandò Walter, mettendole in mano un astuccio. Era una bussola che le sarebbe servita per orientarsi in montagna, dove avrebbe trascorso le vacanze estive con gli scout.

Roberta ringraziò suo padre e ripeté: «Noi raggiungiamo gli amici».

La ragazzina aveva concordato con i genitori che i grandi non avrebbero partecipato alla festa.

«Tuo padre e io andiamo a farci un giro. Ti va bene se torniamo per le dieci?» domandò Malvina, rivolgendosi alla figlia.

«Così presto!»

«Possiamo fare le undici?» intervenne Ines.

«Non un minuto più tardi», tagliò corto Walter.

Le ragazze si allontanarono, ridendo. Lui guardò Malvina e le chiese: «Dove andiamo fino a quell'ora? E poi, chi bada a questi ragazzi?»

«Guarda, arrivano i rinforzi!» esclamò Malvina, indicando l'auto di Carlin che si fermava davanti al fienile.

«Così va meglio», si tranquillizzò Walter. Le mise un

braccio sulle spalle e proseguì: «Ti piacerebbe se andassimo a cena in una tranquilla osteria di campagna?»

«Magari vicino a Mantova, da una certa Cesira?» domandò Malvina.

«Può essere», rispose lui, aprendo la portiera della sua auto per aiutarla a salire.

Per Malvina fu un ritorno al passato. Quella campagna piatta, con i suoi orizzonti infiniti e gli odori grevi di terra grassa e stallatico che impregnavano l'aria, era stata testimone della sua storia d'amore con Walter.

Cesira, ormai invecchiata, sorvegliava la cucina e impartiva ordini alle donne che stavano ai fornelli. Suo marito era morto da qualche anno e la trattoria rustica si stava trasformando in un tempio della gastronomia, sotto la guida dei due figli che avevano studiato alla scuola di alcuni chef importanti.

Quando seppe che erano arrivati Walter e Malvina, andò a salutarli con la solita cordialità festosa, venata, tuttavia, da un'ombra di stanchezza. Li accompagnò al tavolo migliore, vicino al camino, poi tornò nel suo regno, tra i fornelli.

«Mi dispiace che questa osteria sia diventata un posto alla moda», disse Walter.

«E la vostra casa di famiglia?» domandò Malvina.

«Se ne occupa Aurora. Lei ci viene spesso, con la sua compagna. Credo che l'abbiano anche rimodernata. Niente è più come una volta», si rammaricò.

«Nemmeno noi lo siamo», osservò lei.

«Parla per te. Io sono quello di sempre e continuo ad amarti», affermò Walter.

«Il nostro è un rapporto perfetto, siamo veri amici. Ti sembra poco?» gli domandò, accarezzandogli una mano.

Un cameriere servì tortelli di zucca «rivisitati» che profumavano di anice e menta.

«Sei così giovane e bella! Come puoi non sentire il bisogno di un compagno?» le domandò Walter.

«Probabilmente ho esaurito il mio patrimonio ormonale o, come dici tu, sono complicata.»

«Ecco, appunto.»

«Qualche volta mi chiedo che cosa farò da grande e non trovo una risposta. Invece, andando a ritroso nel tempo, so che eviterei il mio primo marito, ma non rinuncerei mai a te. Sei stato un compagno perfetto, anche se mi avevi un po' deluso quando eri passato dal giornalismo impegnato a quello frivolo. Adesso, invece, sono convinta che tu abbia fatto una scelta onesta: meglio occuparsi di lozioni per i capelli che ossequiare i poteri corrotti che inquinano il nostro Paese.»

«È un bel complimento.»

«Sono felice che tu sia il padre di Roberta», sussurrò lei, con tenerezza.

«Che cosa farai a Tavernolo? Non ti immagino dedita al giardinaggio.»

«Non lo so. Sto seguendo il mio istinto che mi suggerisce di riappropriarmi delle mie radici. Comunque, continuerò a occuparmi di nostra figlia e di te, seguirò la libreria e terrò lo studio in via Salvini.»

Quando uscirono dall'osteria furono investiti dal gelo marzolino. Malvina rabbrividì e Walter l'abbracciò per riscaldarla. I loro visi si sfiorarono e le loro labbra si unirono in un dolce, tenero bacio.

# 31

Come una matrona opulenta, luglio si pavoneggiava nei colori sgargianti e nei profumi dei fiori e dei frutti che si offrivano al calore del sole. Il ronzio degli insetti e il canto monotono delle cicale riempivano l'aria.

Malvina fermò l'auto davanti alla villa, scese, prelevò dal baule la sua sacca sportiva, aggirò l'antico edificio, sapendo che, a quell'ora, avrebbe trovato la nonna sul patio.

L'anziana signora alzò il viso dal lavoro all'uncinetto che la teneva occupata per gran parte del giorno e sorrise alla nipote che veniva verso di lei. Ammirò la sua figura sottile, le gambe lunghe e armoniose che spuntavano dalla cortissima gonnellina bianca. Malvina aveva giocato a tennis con gli amici e i suoi indumenti recavano tracce di terra rossa.

«Com'è andata?» le domandò la nonna.

«Al solito: Sergio e il suo amico Usuelli hanno stracciato me e Federica. Li odio!» dichiarò, lasciandosi cadere, affranta, sulla poltroncina accanto a quella della nonna.

Dalla cucina veniva il profumo pungente delle albicocche e delle ciliegie che Venere e Carlin stavano cuocendo sui fornelli per trasformarle in squisite marmellate.

«Forse odi l'Usuelli, ma non Sergio che ti piace, anche se non vuoi ammetterlo», sottolineò la nonna.

Quando Sergio veniva in villa, li vedeva azzuffarsi come cane e gatto e quelle schermaglie amorose, rivestite di ostilità, la divertivano.

«Non ti ascolto e voglio un caffè», rispose Malvina, con fare sbrigativo. Subito chiamò Venere.

«Ci faresti due caffè, per favore?» le domandò.

«Uno solo, perché alla nonna fa male», decise la domestica.

«La senti? Adesso la governante ha preso una laurea in medicina», ironizzò la nonna.

«Due caffè», ripeté Malvina. E soggiunse: «Qui il medico sono io e prescrivo immediatamente un caffè dolce e forte per la signora».

Venere tornò in cucina brontolando.

La nonna non stava bene, ma non era malata. Era soltanto molto anziana e si andava via via asciugando. Mangiava pochissimo e soltanto i pochi cibi che le piacevano davvero: le verdure lessate e irrorate d'olio, il pesce cotto nel forno, il risotto con lo zafferano e il caffè addolcito con il miele. Malvina scrutava quella vecchia tanto amata e sapeva che la sua candela si andava spegnendo lentamente e dolcemente.

Non la costringeva a fare quello che non voleva, né a ingurgitare farmaci, ma lasciava che la natura facesse il suo corso. E quando la nonna mostrava di gradire qualcosa, come una passeggiata tra le sue rose, un bicchiere di buon spumante ghiacciato o una puntata in città a vedere un film che le interessava, la assecondava.

La nonna aveva smesso di andare alla Messa la domenica sostenendo che se il Signore aveva qualcosa da dirle poteva entrare in casa sua e lei lo avrebbe ascoltato. Diceva: «Dopo tutto, la vecchiaia ha i suoi privilegi e io non intendo rinunciarvi». In realtà aveva un po' questionato con il parroco che aveva voluto restaurare la chiesa abbellendola, secondo lui, con orribili fregi di gesso. Lei lo aveva rimproverato per il cattivo gusto e per avere impiegato male il denaro. Lui le aveva risposto per le rime. Lei era uscita furibonda dalla chiesa avvertendolo che non ci avrebbe messo mai più piede e lui, che era anziano quanto lei, aveva risposto: «Tanto di guadagnato». Non lo aveva ricevuto nemmeno per la benedizione natalizia facendogli il torto di chiamare il parroco del paese confinante.

Le ripicche tra i due anziani andavano avanti da tempo e avevano raggiunto il culmine durante le elezioni che si erano svolte a primavera, quando la nonna aveva dichiarato di aver dato il suo voto al partito comunista.

Malvina era sicura che quei due vecchi, che si conoscevano da sempre, continuassero a litigare per dare un senso ai loro giorni monotoni, ma era un fatto che le loro ripicche, da mesi, coinvolgevano i paesani.

L'argomento era così ghiotto che Sergio Orombelli non se lo era lasciato sfuggire e aveva finito per costruirci intorno la trama del suo ultimo romanzo che si intitolava, appunto, *Il prete e la signora del castello*.

I due diretti interessati erano stati tra i primi lettori e, almeno per quanto riguardava il parroco, la sua perpetua aveva rivelato di averlo sentito ridere di gusto mentre leggeva quella storia. La nonna, invece, aveva commentato: «Il dottor Orombelli vuole farmi fare la pace con quel vecchio rimbambito, ma non ci riuscirà».

Ora, mentre sorseggiava con piacere il suo caffè, disse a Malvina: «A proposito dell'Orombelli, non lo avevi invitato a pranzo per questa domenica?»

«Come tutte le domeniche, nonna.»

«Allora come mai sei tornata da sola?»

«Lo hanno chiamato per una visita urgente.»

«Questo minuetto tra voi due incomincia a stancarmi. Che cosa aspettate a mettervi insieme?»

«Nonna, mi meraviglio di te! Da quando entri con tanta irruenza nella mia vita?»

«Per anni ti ho fatto da madre e so che cosa è bene per te. Ti ho guardata infilare un errore dopo l'altro. Te lo avevo già detto tanto tempo fa e te lo ripeto adesso per l'ultima volta: Sergio è l'uomo giusto per te. Sposalo!»

«È un ordine?» domandò Malvina, sorridendo.

«È una preghiera. Quando non ci sarò più, chi si occuperà di te?»

«Veramente credi che abbia bisogno di essere accudita? Ho una figlia, un lavoro, una vita di relazioni. Un compagno, forse, sarebbe un elemento di troppo.»

«Il tuo orgoglio da femminista militante mi dà sui nervi.»

«E a me dà sui nervi l'orgoglio maschilista di Sergio che non ha fatto neanche una mossa né detto mezza parola per dare una svolta alla nostra amicizia», sbottò Malvina. Ecco, finalmente, aveva detto quello che pensava.

Sua nonna sorrise, pensando che il più era fatto. Ora sapeva che sua nipote era innamorata del medico scrittore.

Da quando si era stabilita a Tavernolo, Malvina aveva ripreso a frequentare Sergio regolarmente. Lui era di nuovo solo, perché la sua compagna, stanca di essere trascurata, lo aveva lasciato. Veniva a pranzo o a cena a Tavernolo, lui e Malvina giocavano a tennis, andavano al cinema, a un concerto, a una mostra, ma quasi sempre in compagnia di altri amici. Sergio evitava accuratamente qualunque coinvolgimento emotivo nei confronti di Malvina.

«Sono stanca, vado a far riposare le mie ossa. Di' a Venere che mi porti un frullato di frutta. Non scenderò a pranzo», annunciò la nonna alla nipote.

Malvina salì con lei, perché non si fidava a farle fare le scale da sola. Poi andò in bagno, si infilò nella doccia e, sotto il getto dell'acqua, rimuginò la sua rabbia per l'atteggiamento di Sergio.

Pensò che, probabilmente, lui aspettava che fosse lei a fare la prima mossa, perché era stata lei, qualche anno prima, a rifiutarlo, dopo che si erano baciati.

Uscì dalla doccia, si asciugò e massaggiò il corpo con uno straordinario olio di cocco che Susan le mandava dall'America. Poi andò nella sua camera e indossò un abitino di garza di cotone. Aveva giocato due ore a tennis sotto il sole, e adesso si sentiva stanca. Erano appena le undici del mattino e lei guardò il suo letto con desiderio. Si sdraiò e, poco dopo, si addormentò.

Una mano dolce le sfiorò il viso. Malvina spalancò gli occhi e vide Sergio che le sorrideva.

«Che cosa ci fai nella mia camera?» domandò incredula.

«Venere mi ha detto che ti avrei trovato nella tua stanza. Ho obbedito e sono salito.»

Lei allungò una mano per accarezzargli il braccio.

«Sei arrabbiata perché non ti ho lasciato vincere, stamattina?»

«Lo sarei stata molto di più se tu mi avessi dato qualche vantaggio.»

«Tua nonna sta riposando, me l'ha detto Venere. I due di sotto invasano marmellate. Noi che cosa possiamo fare?» le domandò, sedendosi sul letto accanto a lei.

«Andiamo nel bosco a cogliere funghi? Ce ne saranno tanti dopo la pioggia di due giorni fa», propose lei, senza muoversi.

«Io, forse, ho un'idea migliore», disse il medico chinandosi su di lei e sfiorandole la bocca con un bacio.

«Sei sicuro che sia davvero una buona idea?» chiese Malvina, in un sussurro.

«Fidati, amore mio. Lo è», garantì Sergio, abbracciandola.

# *Roberta*

# 1

«CHE storia!» sussurrò Roberta, sdraiata nel letto accanto a sua madre.

E subito pensò che, proprio in quel letto, Malvina aveva amato Gianni Franzini, poi Walter Mandelli e ora, sicuramente, trascorreva alcune notti con Sergio Orombelli.

«Che storia!» ripeté. E soggiunse: «E poi?»

«Pietà! Ho la bocca asciutta, dopo tanto parlare.»

«Non hai sposato mio padre, ma potevi almeno sposare Sergio. Perché non l'hai fatto?» le chiese Roberta.

«Non c'è un motivo preciso. La mia vecchia militanza femminista probabilmente ha avuto il suo peso.»

«Però vi amate sempre.»

«Proprio così», sorrise Malvina.

«Non sei gelosa di tutte le donne che ancora lo corteggiano?»

«La gelosia è una brutta tentazione dalla quale è meglio stare lontani.»

«Tuttavia c'eri rimasta male quando avevi sorpreso papà con la bionda della Porsche», le ricordò Roberta.

«Perché allora il nostro distacco non era ancora definitivo, e poi Walter la vedeva di nascosto. Detesto i sotterfugi.»

«E se ci facessimo un caffellatte?» propose la figlia.

«È un'idea. Venere ha fatto i biscotti di pasta frolla. Mi sembra un ottimo spuntino nel cuore della notte», convenne Malvina.

Rabbrividirono uscendo dal tepore del letto. Malvina si infilò la sua vestaglia e Roberta corse nella sua stanza a cercare qualcosa per coprirsi.

Si ritrovarono in cucina. Dall'esterno, i cani sentirono i loro passi, videro le luci accese e presero a uggiolare. Roberta aprì la porta e loro entrarono in casa scodinzolando. Malvina scaldò il latte e preparò il caffè. Roberta sedette al tavolo e disse: «Io me la ricordo la storia della bionda».

«Impossibile, eri troppo piccola», replicò sua madre.

«Me ne aveva parlato zia Cristina, definendola una ignobile donna!» esclamò divertita, ricordando le espressioni melodrammatiche della zia. E proseguì: «Pare che papà l'avesse invitata a cena, in via Turroni, e lei si presentò alla nonna dicendo: 'Sono la dottoressa Daniela Valli Lavello'. Ti riferisco esattamente le parole della zia, perché mi avevano colpito. Dunque, la nonna replicò: 'Dottoressa… in che cosa?' E lei: 'Economia e commercio alla Bocconi'. Per tutta la cena, la nonna si rivolse a lei chiamandola 'Dottoressa Lavandino'. Papà capì che aria tirava e non la invitò più, e comunque la storia con lei finì quasi subito», rivelò Roberta.

Malvina aprì la scatola dei biscotti e ne scaturì un delizioso profumo di vaniglia.

«Allora concludiamo la storia della bionda con un altro piccolo pettegolezzo», propose la madre che sorrideva ancora per la «Dottoressa Lavandino». E aggiunse: «Ti voglio raccontare del giorno in cui quella donna si presentò per intervistarmi sul saggio che avevo appena pubblicato».

«Non sapevo che fosse una giornalista», si meravigliò Roberta.

«Era uno zero assoluto, ma suo padre era molto influente ed era riuscito a farla assumere nel giornale in cui lavorava. Walter era un bravo professionista e la furbona aveva capito subito che da lui avrebbe potuto imparare molto. Civettò quanto basta per affascinarlo e lui, che aveva un debole per le belle signore, si lasciò sedurre. Me la trovai davanti qualche giorno dopo averla vista in piazza Duse con papà. Per poco non mi venne un colpo. Ma tu mi conosci: non feci neanche un plissé», rivelò mentre versava nelle scodelle il latte e il caffè.

«Era venuta a intervistarti?» domandò Roberta, addentando un biscotto.

I cani posarono i musi sul bordo del tavolo, annusavano l'aria e speravano di avere la loro parte. Roberta li accontentò.

«Immaginavo che l'articolo lo avrebbe scritto Walter

e, dunque, valeva la pena di lasciarsi intervistare, perché ne sarebbe venuto fuori un buon pezzo.»

Malvina sedette di fronte a lei e cominciò a inzuppare i biscotti nel caffellatte. Riprese il racconto.

«La bionda grondava bracciali e catene d'oro come fosse una madonna. Io, invece, non portavo gioielli e avevo smesso da un pezzo i monili di plastica colorata.»

«Mi piacevano tanto! Quando ti muovevi, sentivo un tintinnio di campanellini che mi esaltava. E i tuoi scialli? Erano la fine del mondo. Dov'è finita tutta quella roba?»

«In soffitta. Un giorno, qualcuno li butterà, o li venderà per due soldi a un rigattiere.»

«Allora? Stavi dicendo che si presentò nelle vesti di giornalista», la sollecitò sua figlia.

«Si dava un tono come se fosse stata la Fallaci ed era aggressiva, come tutte le persone che si credono imparentate con Dio. Esordì, lo ricordo bene, con questa domanda: 'Che cosa hanno di femminile tutte quelle donne scarmigliate che predicano il libero amore?'» riprese a raccontare.

«E tu?» la spronò sua figlia.

«Le risposi con un'altra domanda. Le chiesi che cosa avevano di femminile le donne che guidano un'auto sportiva e praticano la fornicazione per fare carriera. Glielo domandai con una dolcezza e un candore disarmanti. Lei avvampò e tacque. Così finii per suggerirle io le domande. Ne venne fuori una buona intervista. Raccontai tutto a tuo padre che mi definì una vipera, però si divertì moltissimo. Walter si è sempre schierato dalla mia parte.»

«È sempre stato innamorato di te.»

«Tuo padre sarebbe stato un compagno ideale per una donna meno complicata di me.»

Mentre Roberta metteva nella lavastoviglie le loro tazze sporche, Carlin aprì la porta della cucina. Era in pigiama, aveva i capelli scarmigliati e gli occhi gonfi di sonno. I cani gli saltarono addosso per fargli festa. «Che cosa succede?» chiese preoccupato.

«Avevamo fame e abbiamo fatto uno spuntino», gli rispose Malvina.

Carlin le guardò con disappunto. Poi se ne andò, seguito dai due animali, brontolando contro la testa balzana delle donne.

«Tra poche ore ho una riunione del consiglio comunale. Quindi vado a dormire», annunciò Malvina.

Le due donne uscirono dalla cucina e salirono al primo piano.

«Grazie per avermi raccontato la tua storia. Avresti dovuto farlo prima», disse Roberta, sul punto di congedarsi.

Malvina le diede un bacio ed entrò in camera, mentre pensava che lo avrebbe fatto se, in passato, sua figlia fosse stata meno rigida nei suoi confronti. Ora si era sforzata di raccontarle la verità su di sé e sui fatti più importanti della sua vita, ma le aveva taciuto le ansie e i sensi di colpa per non essere riuscita a starle più vicino quando era una ragazzina.

Le aveva anche taciuto gli anni di faticosa analisi con il professor Bianchi, durante i quali aveva finalmente affrontato i problemi che le avevano impedito di vivere l'infanzia e l'adolescenza con serenità, come la gelosia feroce che l'aveva divorata nei confronti di Susan.

Ricordò quando, a otto anni, era stata letteralmente strappata dall'avvolgente nido di Tavernolo per essere portata nell'appartamento milanese di via Turati a spartire con la matrigna l'affetto di suo padre.

In prossimità del Natale, il dottor Leoni era andato nella sua camera per augurarle la buona notte e le aveva domandato: «Quale regalo vorresti avere?»

Malvina aveva pensato che avrebbe voluto veder morire Susan strozzata da una fetta di panettone, mentre lei avrebbe finto un dolore sconfinato per la sua morte.

Allora si era coperta il viso con il lenzuolo e si era messa a piangere.

L'aveva confessato a Susan, dopo la morte di suo padre, e lei, che era ormai una dolce signora che si avviava serenamente verso la vecchiaia, le aveva detto: «Eri una bambina gonfia di dolore. Sapevo il tuo rifiuto per me, e ho fatto quello che potevo perché tu mi accettassi».

Si erano abbracciate e Malvina, per la prima volta, era riuscita a dirle: «Ti voglio bene».

# 2

Roberta aprì gli occhi sulla luce calda del mattino che penetrava nella camera dalle fessure delle persiane. Il suo cellulare vibrava sul comodino.

«Pronto», disse, con voce assonnata.

«Ti ho svegliata?» le domandò Oscar.

Sì, l'aveva svegliata da un sogno. Tuttavia, invece di rispondere, gli chiese: «Ma che ore sono?»

«Sono le nove. Quando torni a casa?»

«Sono qui solo da ieri sera e già ti manco?» ironizzò.

«Io sono ancora a Bologna, ma tra poco vado a Roma. Come stai?»

«Sto bene, fai buon viaggio», disse e chiuse la comunicazione.

Ripensò al suo sogno. C'era un pozzo e lei era seduta sulla vera di marmo sbalzato, al centro di un campiello veneziano. Nell'aria di cristallo si propagava il suono di una musica zigana. Sul pelo dell'acqua galleggiava la piccola giostra di porcellana che suo padre le aveva portato da Budapest, quand'era bambina. La giostra girava, i cavallini andavano su e giù, simulando una cavalcata e il carillon suonava, suonava, suonava. Stava per allungare una mano per prenderlo quando Oscar l'aveva svegliata.

Si alzò, spalancò le imposte e andò in bagno, pensando che avrebbe dovuto raccontare a sua madre il sogno del pozzo e della giostra perché le fornisse una chiave di lettura.

In cucina, Venere stava disponendo su un vassoio i piattini con la marmellata, il burro, il miele, per la sua colazione. La vecchia domestica, che godeva di una salute di ferro, continuava a gestire la casa come se il tempo non fosse passato e il mondo fosse lo stesso di quando era entrata a servizio in quella casa. L'argenteria brillava, i centrini candidi erano sempre inamidati, e c'era puntualmente un fiore fresco sul vassoio della colazione.

«Che cosa avete combinato, tu e la tua mamma, questa notte?» le domandò con fare contrariato.

«Abbiamo chiacchierato e ci siamo fatte un caffellatte», rispose Roberta, prendendo il vassoio dalle mani di Venere e posandolo sul tavolo della cucina. Non aveva nessuna intenzione di consumare la colazione da sola, in sala da pranzo.

«La notte è fatta per dormire», borbottò la donna, e si mise a sminuzzare con la mezzaluna le verdure per il soffritto.

La porta della cucina era spalancata sul giardino dove i cani giocavano, mentre Carlin, chino sul terreno, strappava le erbe infestanti. In cucina arrivava il profumo sottile dei fiori del glicine che si arrampicava sul muro esterno.

In quella grande casa, Roberta si sentiva al sicuro. Adesso paragonò la sensazione di serenità che provava a Tavernolo con il senso di precarietà che avvertiva nella casa di via Spartaco, con due figli che la tenevano costantemente sulla corda e un marito che non c'era mai, i conti che non tornavano, la gestione della libreria che diventava sempre più difficile da quando doveva confrontarsi con le catene della grande distribuzione.

Roberta non aveva mai un minuto di pace, un piccolo spazio tutto per sé per andare dal parrucchiere o dall'estetista senza dover correre a casa o in negozio.

Qualche settimana prima, uscendo per accompagnare i figli a scuola, sempre con l'ansia di fare tardi, invece del sacchetto dei rifiuti, aveva buttato la sua borsetta nel cassonetto in cortile.

Si era accorta dell'errore quando stava per cercare le chiavi dell'auto nel sacchetto dei rifiuti.

«Sei fuori di testa, lo sai?» l'aveva sferzata Francesca, strappandole di mano il sacchetto della spazzatura e tornando sui suoi passi per recuperare la borsa della mamma.

Matteo, come sempre, aveva taciuto e l'aveva osservata con uno sguardo impenetrabile. Lei si era appoggiata per un attimo al cofano, preoccupata per quello che aveva combinato.

Imburrò una fetta di pane tostato e l'addentò continuando a rimuginare le sue inquietudini. Matteo era un bambino complicato e Francesca un'adolescente con rari momenti di serenità, anche se nascondeva bene il suo scontento. E lei, che cosa poteva fare? Come doveva muoversi? Sentiva che era arrivato il momento di imprimere una sterzata alla sua vita.

Continuò a fare colazione mentre Venere la osservava di sottecchi.

«Allora, cosa c'era in ballo stanotte?» si decise a domandarle la donna.

«La mamma mi ha raccontato un po' di cose che non sapevo. L'avevi conosciuto suo marito?» domandò Roberta.

«Gran bel giovane! Un vero signore! Fine, elegante, di buone maniere», disse Venere.

«Anche mio padre era, come dici tu, un gran bel giovane e aveva buone maniere», sottolineò Roberta, sorseggiando il caffè schiarito con la panna.

«Nessuno dei due era adatto a lei. Tua madre era nata per essere una donna libera. Sta bene con il dottor Orombelli perché sono della stessa pasta. Si fanno tanta compagnia, ma dopo ognuno va nella propria casa. Lei sostiene che questa è la ricetta del perfetto amore. Ma io dico, adesso va bene così, ma dopo? Quando io e il Carlin non ci saremo più e lei diventerà vecchia, chi avrà vicino? La tua povera bisnonna ha avuto tua madre fino all'ultima ora della sua vita. Lei chi avrà?»

Venere buttò le verdure nell'olio che si stava scaldando e presero a sfrigolare, mentre le rimescolava con il cucchiaio di legno.

«Avrà me», rispose Roberta.

«Tu hai una famiglia e la libreria, vivi a Milano, non qui a Tavernolo.»

«Chissà! Non è detto che io debba continuare a stare a Milano», sussurrò Roberta.

«Eccola lì, lo sentivo io che stava venendo su la breva!» sbottò la domestica, riferendosi al vento di libeccio che spira sul lago e arruffa le vele.

«Sì, sta venendo su la breva. E adesso che lo sai, sei contenta?»

«Ah, io non so niente di queste modernità. Di questa gente che prima si sposa, poi si lascia… poi i figli stanno un po' con questo e un po' con quello. Io ho sposato il mio Carlin e prego Dio che me lo conservi. La benedizione dei figli non l'abbiamo avuta, ma ci siamo voluti bene ugualmente. Ma si sa, il Carlin e io siamo ignoranti, mentre con la gente istruita come voi le cose vanno diversamente. La tua mamma, con tutto il rispetto, ne ha fatte più di Carlo in Francia e continua a tenere sulla corda quel povero Orombelli. Tu, che avresti una famiglia regolare, adesso vuoi buttare all'aria le carte. Avete tutto e non siete mai contente. Peggio per voi», brontolò, versando il vitello macinato nel soffritto.

Roberta scivolò fuori dalla cucina, lasciando Venere ai fornelli.

Poco dopo scese in paese prendendo la scorciatoia del bosco.

Nel bar-tabacchi che era anche emporio, libreria ed edicola, acquistò un paio di quotidiani. Quella bottega era rimasta immutata negli anni e sopravviveva nonostante ci fossero locali più moderni e funzionali.

All'interno del vecchio negozio, i profumi del tabacco e del caffè si mescolavano a quelli della mortadella, del formaggio e della carta stampata. Roberta andò in piazza e si sedette sulla panchina dedicata al suo bisnonno. Incominciò a sfogliare un giornale aspettando che sua madre uscisse dal palazzo comunale.

«Roberta Mandelli!» esclamò una voce maschile.

Roberta sollevò gli occhi dal giornale e si trovò di fronte un uomo che conosceva ma al quale, per un istante, non riuscì ad attribuire un nome.

«Professor Rivetti, che piacere incontrarla!» disse, infine, riconoscendolo.

L'uomo, sulla quarantina, era completamente calvo, aveva folte sopracciglia scure, occhi grigi ridenti e un buffo naso a patata che gli dava l'aspetto di un clown. Indossava un maglione e un paio di jeans.

Il professor Rivetti era il responsabile della biblioteca del suo quartiere, a Milano, e Roberta andava a trovarlo almeno quattro volte l'anno per sottoporgli l'elenco dei libri da acquistare.

«Che cosa ci fa a Tavernolo, professore?»

«Potrei farle la stessa domanda.»

«Sono venuta a trovare mia madre», spiegò Roberta.

«Sono stato chiamato dal sindaco che vuole ristrutturare la piccola biblioteca di questo paesino dove, pare, la gente legge molto», spiegò il bibliotecario.

«Ma il sindaco è mia madre!» esclamò Roberta.

«Davvero? Esco adesso da una riunione con lei e l'assessore alla cultura. Devo anche dirle che sono stato invitato a pranzo dalla dottoressa Leoni e stavo andando a prendere la giacca che ho lasciato in macchina perché non mi sembra corretto presentarmi così a casa di una signora.»

Roberta sapeva che la biblioteca del suo quartiere era consociata con altre biblioteche di provincia, per le quali il professor Rivetti faceva acquisti e di cui coordinava le attività. Evidentemente, sua madre aveva deciso di rivolgersi a lui per una consulenza.

«L'accompagno e poi andremo insieme alla villa», propose lei.

# 3

«QUESTA è la giornata delle sorprese: prima ho incontrato la mia libraia di elezione e ora siedo di fronte a uno degli autori più letti dai miei iscritti! Appena esce un suo libro, in biblioteca c'è la fila per prenotarlo», disse Rivetti a Sergio Orombelli.

Erano nella sala da pranzo della casa di Malvina, Venere aveva apparecchiato una tavola sontuosa, con i lini inamidati, le argenterie lucenti e i cristalli che mandavano bagliori. Quella mattina l'anziana domestica aveva preparato una teglia di lasagne e una ciotola di fragole al limone. Avvertita all'ultimo momento che ci sarebbero stati tre commensali in più, aveva inventato un'insalata con il songino dell'orto di casa, qualche ravanello, un avocado, una mela verde, scaglie di grana e gherigli di noce. E l'aveva servita come antipasto. Per il secondo aveva fritto delle zucchine passate nella pastella alla birra e le aveva insaporite con la scorza del limone. Soprattutto, come faceva sempre quando il cibo non era eccezionale, aveva cercato di abbagliare gli ospiti con una tavola sfarzosa.

Carlin scovò in cantina, tra i vini che Malvina riceveva dagli amici, un rosato del Salento dal nome nuovo e antico, Mediterraneo, prodotto da Al Bano Carrisi. Venere decise di servirlo sia come aperitivo sia per accompagnare il pranzo.

Sergio Orombelli, che sapeva quanto ci tenesse a fare bella figura con gli ospiti, le fece l'occhiolino per comunicarle la sua approvazione. L'anziana domestica, che aveva un debole per lui, tornò in cucina gonfia d'orgoglio.

L'assessore alla cultura era una giovane imprenditrice del luogo che coniugava la competenza dell'azienda di famiglia con l'interesse profondo per la letteratura, l'arte e la musica.

«Sergio è la gloria della nostra Brianza e la prova evidente del senso dell'ironia della gente di queste parti», affermò l'imprenditrice, gustando le frittelle di zucchine.

«E se la smettessimo di farmi fare la figura del centrotavola?» protestò Sergio, che non gradiva troppe attenzioni.

Malvina, invece, era fiera dei consensi di cui godeva il suo compagno. Roberta taceva e ascoltava.

Il professor Rivetti disse: «Mi scusi, dottore. Lei ha ragione e io non le chiederò da dove trae l'ispirazione per i suoi romanzi, se i personaggi che ci racconta sono reali e tutte le altre domande banali che, spesso, un autore si sente rivolgere».

«Che sono poi le curiosità legittime di chi legge i miei libri», precisò Sergio.

«Io vengo da un ambiente in cui la lettura era un lusso. Eravamo così poveri che leggevamo i quotidiani con un giorno di ritardo, quando ce li passavano i vicini. Così, consideravo i libri come una ricchezza. E, anche oggi, conversare con uno scrittore è un piacere straordinario», replicò il bibliotecario.

Roberta apprezzò la schiettezza del professor Rivetti e fu grata a Sergio che, a quel punto, prese a sfoderare storie curiose sulla gente del lago. E si divertì ad ascoltarlo.

Dopo pranzo, mentre gli ospiti si trasferivano nel patio riscaldato dal sole, lei volle mostrare al professor Rivetti il giardino e, soprattutto, il roseto voluto dalla nonna di Malvina e amorevolmente curato da Carlin.

Via via che si inoltravano nei vialetti ricoperti da una fine ghiaia bianca, gli illustrava le caratteristiche di ogni pianta, così come le aveva apprese dal domestico.

«Queste sono le Bourbon bianche, originarie dell'Oceano Indiano. Hanno conosciuto il loro splendore sul finire dell'Ottocento, perché le signore le ritenevano un fiore romantico. Queste, rosa e cremisi, sono arrivate dalla Cina in Europa nel Settecento. Si chiamano Old Blush. Sono molto generose e fioriscono ancora in ottobre. E queste altre, un po' arruffate, appartengono alla famiglia delle damascene e vengono utilizzate per produrre le essenze. Le mie preferite sono queste gialle a cinque petali. Mi piacciono per il loro aspetto umile e un po' selvatico.»

«Più che le rose, mi colpisce la sua sapienza», osservò il bibliotecario.

«Era esattamente questo il mio obiettivo», rise lei e soggiunse: «In realtà cercavo un modo per farmi raccontare la sua infanzia, parlandole della mia che ho trascorso qui e a Milano. Mi hanno molto colpito le poche parole che ha detto sulla sua famiglia. Ci incontriamo da anni, parliamo di libri e non sappiamo niente della nostra vita».

«Di solito, è così che funzionano i rapporti di lavoro. Comunque, la mia biografia non è esaltante. Mio padre ha passato la sua vita dentro e fuori da San Vittore. Era un ladro molto maldestro e si faceva beccare quasi sempre. L'ultimo colpo, in una pellicceria, gli è costato la vita. Lo ha ammazzato una guardia notturna. Io avevo dodici anni. Lui aveva il mito di Arsenio Lupin. Quando andavamo a trovarlo in carcere, io e la mamma, lui ci diceva: 'Il prossimo colpo andrà così bene che andremo ad abitare in un castello'. Mia madre, che non aveva più lacrime, lavorava in un'impresa di pulizie e gran parte del suo guadagno finiva nelle parcelle degli avvocati. Io cercavo nei romanzi un'evasione alla miseria. Ho saccheggiato le biblioteche di tutte le scuole che ho frequentato, ho passato pomeriggi nelle librerie a leggere quello che non potevo comprare. Quando ho vinto il concorso di bibliotecario, sono finalmente diventato un uomo benestante. Questa è la mia storia», raccontò.

«Mi sembra fantastica… voglio dire… che storia!»

«Lei trova? Io ne avrei fatto volentieri a meno.»

«Forse dovremmo darci del tu, ma mi accorgo di non sapere neppure il suo nome.»

«Aldo», rispose lui.

Dal patio, Venere chiamò Roberta a gran voce.

«C'è tua zia al telefono. È urgente», le comunicò, quando Roberta la raggiunse.

Corse in casa e, afferrato l'apparecchio, chiese: «Zia, che cosa succede?»

Aurora le rispose: «Penso che dovresti tornare subito a Milano, perché tua figlia non è andata a scuola, stamattina. Anzi, a scuola ci è andata perché l'ho accompagnata io, ma non è mai entrata in classe. E adesso non sappiamo dove sia».

«Parto subito», disse Roberta, con un filo di voce.

Malvina la vide uscire di casa correndo e dirigersi verso l'auto posteggiata. La raggiunse.

«Che cosa succede?» domandò.

«Problemi a casa.»

«Vengo con te», decise. E si sedette nell'auto accanto alla figlia.

# 4

Roberta pensò che, se non fosse partita per Tavernolo, forse Francesca non sarebbe scomparsa. Si sentiva colpevole ed era tormentata dai pensieri più cupi.

Malvina non era meno preoccupata di lei. Ormai gli scippi, i furti, le rapine, le violenze sessuali erano un'orribile quotidianità.

La vecchia zia Aurora le accolse in lacrime.

«Prendo i numeri di telefono delle compagne di scuola di Francesca», disse Roberta.

Entrò nella camera della figlia e, sulla scrivania, trovò la sua rubrica telefonica. In salotto, il piccolo Matteo, sdraiato sul tappeto, guardava un cartone animato in televisione. La nonna gli sedette accanto.

«Non mi saluti?» gli domandò.

«Ciao», rispose lui.

«Abbiamo un problema», proseguì lei.

«Uh uh», annuì lui, continuando a guardare il cartone.

Malvina chiese a Matteo il nome di qualche compagna di classe di sua sorella.

«Dopo», disse lui.

«No, subito!» gli ordinò la nonna.

«Uffa!» sbottò il ragazzino, come se il problema non lo riguardasse.

Non era così e Malvina sapeva che il bambino cercava un diversivo all'angoscia.

«Isabella, tanto per dirne uno», sussurrò.

In quel momento Roberta entrò con l'agenda di sua figlia, colse il nome della compagna, individuò il numero sulla rubrica e lo compose. Le rispose una voce femminile.

«Sei Isabella?» chiese e soggiunse: «Sono la mamma di Francesca Trinchese».

«Buon giorno, signora. Come sta?» rispose la ragazzina.

«Malissimo, perché non sappiamo dove sia Francesca.»

«Nemmeno io. Mi aveva già telefonato sua zia e, subito dopo, ho chiamato altre compagne. Nessuno di noi l'ha vista a scuola...»

«Non c'è una compagna che possa saperne di più?»

«Ho chiesto anche a Karin, perché so che vanno insieme al Palazzo del Ghiaccio. Sa, c'è il saggio di fine corso tra due settimane e Francesca ci tiene molto a primeggiare. È una perfezionista. Ma nemmeno Karin sa dove sia», spiegò Isabella.

Roberta chiuse la telefonata e si rivolse a Matteo.

«Vorrei parlare un po' con te», gli disse.

«Che palle!» sbuffò il bambino.

«Porta pazienza, perché siamo in un bel pasticcio, e ho bisogno del tuo aiuto.»

Il ragazzino spense il televisore e le rivolse uno sguardo indecifrabile.

«Parli mai con tua sorella?» gli chiese sua madre.

«Più che altro, litighiamo.»

«È già qualcosa, significa che avete un rapporto. Se tua sorella avesse un fidanzatino, tu lo sapresti, non è così?» intervenne Malvina.

Matteo arrossì e guardò altrove, mettendosi sulla difensiva.

«Questo non è il momento di tenere i segreti. Se sai qualcosa, dillo», insistette la nonna.

«Io non so niente», s'intestardì il ragazzino.

«Francesca non ha nessun filarino, altrimenti lo saprei», disse Roberta.

«Quando mai noi madri sappiamo quello che combinano i nostri figli?» replicò Malvina, con un sorriso.

«Piccolino, se sai qualcosa che io non so...» sussurrò la mamma, chinandosi su suo figlio.

«Io ho già i cavoli miei», insistette il piccolo.

«Ti prego, Matteo, dimmi quello che sai», lo esortò Roberta con aria grave.

«A Francesca piace Gaetano, il figlio della fornaia, che fa l'ultimo anno di liceo, va in palestra tutti i giorni e si vanta dei suoi muscoli», sparò il ragazzino.

«Senti, senti...» sussurrò Roberta rivolgendosi a Malvina.

«Cerca di sapere se questo Gaetano è andato a scuola stamattina», le suggerì sua madre.

Roberta prese la borsa e uscì di casa. Si diresse, a passo spedito, verso la bottega della fornaia.

Il negozio era deserto e la fornaia stava travasando i panini appena sfornati dentro gli appositi contenitori.

«Buon giorno, signora», la salutò Roberta e aggiunse: «C'è suo figlio?»

«No, credo che sia in palestra. Perché vuole saperlo?» domandò la donna, guardando Roberta con aria interrogativa.

«Stamattina era a scuola?» insistette Roberta.

«Penso di sì. Uscendo, mi ha detto che non sarebbe tornato per l'ora di pranzo. Tant'è che si è portato via una scorta di pizzette e focaccine», spiegò la donna che continuava a non capire. Conosceva bene Roberta Mandelli, che era sua cliente da tanti anni, e si chiese perché la sottoponesse a quell'interrogatorio.

«Potrebbe telefonare in palestra e chiedere di parlare con lui?»

«Signora Mandelli, posso sapere che cosa sta succedendo?»

«Per favore, cerchi Gaetano e, se lo trova, me lo passi», la pregò Roberta e aggiunse: «Vorrei sapere se mia figlia Francesca è con lui».

La fornaia capì al volo la situazione e telefonò subito. Il ragazzo era effettivamente lì e la donna porse l'apparecchio a Roberta.

«Sono la mamma di Francesca. Mia figlia è con te?» chiese, ansiosa.

Quando Gaetano spiegò che Francesca era impegnata in un duro esercizio al quadro svedese, Roberta trasse un lungo respiro e disse: «Avvertila che sto venendo a prenderla». Poi passò il ricevitore alla fornaia che chiuse la comunicazione.

Roberta, a quel punto, raccontò alla donna quello che era successo.

«Vengo con lei a prendere quei due incoscienti», decise la fornaia con fare perentorio.

# 5

La palestra era a metà strada tra la scuola e via Spartaco. La fornaia e Roberta entrarono nell'atrio del *Perfect Body Club* e trovarono Francesca, seduta su una panca, sotto una fila di poster dei mister muscolo più famosi. Levò sulla madre uno sguardo spaventato.

«Come stai?» le domandò la mamma.

«Da schifo», sussurrò la ragazza.

«Gaetano dov'è?» chiese la fornaia, che aveva una gran voglia di prendere a scapaccioni il figlio.

Dopo la telefonata delle due mamme, il ragazzo si era rivestito di corsa e aveva annunciato a Francesca: «Vado da mia madre».

«È andato a casa», rispose Francesca.

«Signora Mandelli, non so che cosa abbia combinato quel cretino, ma le chiedo scusa. Adesso torno a casa e lo sistemo per le feste», dichiarò la donna, uscendo dalla palestra. Anche Roberta voleva parlare con sua figlia, ma non era quello il luogo adatto.

«Ti riporto a casa e, almeno per ora, non voglio spiegazioni. Fila in macchina e non fiatare perché sono furibonda», le ordinò, mentre con il cellulare avvisava Malvina e la zia d'aver trovato Francesca.

«Mammina, mi dispiace», mormorò sua figlia mentre erano in ascensore.

«Ti ho detto di non fiatare!» l'aggredì Roberta e, appena furono in anticamera, le ingiunse: «Vai in camera tua e non muoverti da lì fino a nuovo ordine».

Malvina e Aurora, in cucina, stavano preparando la cena, mentre Matteo, seduto al tavolo, faceva i compiti.

«Allora?» domandarono le due donne.

«L'ho confinata nella sua stanza», annunciò Roberta.

«Abbiamo comunicato il cessato-allarme alle sue compagne e all'insegnante», la informò Malvina. Poi si rivolse a Matteo: «Tesoro, vai a prendermi un'aspirina. Cercala nell'armadietto del bagno».

Il bambino si allontanò e lei chiese alla figlia: «Mi dici che cosa è successo?»

«Non lo so... una ragazzata, suppongo... ma sono furibonda! Da lei non me l'aspettavo... Non so che cosa le è preso.»

«Vuoi che le parli io?»

«Assolutamente no. Devo calmarmi e poi andrò da lei.»

Lei e Malvina si sedettero al tavolo mentre la zia Aurora stava cuocendo le melanzane sulla piastra.

«Oscar dov'è?» domandò Malvina a sua figlia.

Il marito era l'ultimo dei suoi pensieri. Roberta continuava a domandarsi che cosa avesse indotto Francesca a marinare la scuola con quel Gaetano che le sembrava un ragazzo privo di qualunque attrattiva.

«In giro… da qualche parte», rispose vaga Roberta.

«Gli hai telefonato? Gli hai detto quello che è successo?»

«Perché? Credi che servirebbe?»

«È pur sempre il padre di questi bambini!» esclamò Malvina.

«Lui evita i problemi, anche perché non saprebbe come affrontarli. Del resto, lo conosci anche tu.»

Matteo tornò posando l'aspirina sul tavolo e chiese: «Adesso che avete confabulato di nascosto, posso continuare a fare i compiti?»

«Permesso accordato», gli sorrise la nonna. Poi si rivolse alla figlia e disse: «Fammi andare da Francesca».

«Vuoi levare le castagne dal fuoco al posto mio?»

«Sono meno arrabbiata di te.»

Malvina entrò nella camera della nipote. Erano ormai le sei di sera e, dalla finestra spalancata, entrava la luce declinante di un giorno che era stato faticoso per tutti, anche per quella ragazzina che, distesa sul letto, in felpa e jeans, ora dormiva profondamente. La nonna si sedette su una sedia di midollino color glicine e fece scorrere lo sguardo su quell'arredamento dalle tinte tenui, di sapore vittoriano, le tende di tulle bianco guarnite con balze e nastrini di seta avorio, i quadretti floreali appesi alle pareti. Era una patetica messa in scena di Roberta che si ostinava ad aggrapparsi a un mondo che esisteva solo sulle illustrazioni di fine Ottocento e nei suoi irragionevoli desideri.

Intanto pensava che forse Francesca si era resa latitante, precipitando la famiglia nella disperazione, perché, inconsciamente, voleva richiamare su di sé l'attenzione dei suoi genitori. Anche la bravata di Matteo, a scuola, poteva essere interpretata nello stesso modo.

Malvina pensò a Oscar, il grande assente, che usava il lavoro come un paravento dietro il quale nascondere la sua paura di affrontare i problemi. Quando aveva conosciuto Roberta, l'aveva incantata con racconti avventurosi facendole sognare viaggi da Mille e una Notte a dorso di cammello, tende berbere e tappeti volanti, per convincerla a sposarlo, e in seguito comportarsi come un bambino egoista che reclama solo per sé le attenzioni della moglie.

Tuttavia, era sbagliato attribuire a Oscar la colpa di tutto. Anche sua figlia aveva la sua parte di responsabilità.

In quel momento Roberta entrò nella camera.

«Vegli la bella addormentata?» le domandò, vedendo Francesca immersa in un sonno profondo.

«Lei ricarica le batterie dopo una giornata stressante», osservò Malvina.

«Be', la cena è in tavola e adesso la signorina deve raccontarmi che cosa ha combinato», disse Roberta, scuotendo la figlia per svegliarla.

«Calma, tesoro. Non serve aggredirla», le sussurrò

Malvina e la lasciò sola con Francesca che si era seduta sul letto.

«Vogliamo parlare?» domandò sua madre, con voce tagliente.

«È come se avessi fatto un brutto sogno. Mi vergogno tanto», sussurrò la ragazza.

«Voglio che tu mi dica che cosa è successo.»

«Sono stata con Gaetano. Perché? Non lo so. Sono così infelice, mammina!»

«Quando e come?» insistette Roberta.

«Dopo che la zia mi ha lasciata davanti alla scuola, ho incontrato Gaetano. Lui è un tipo niente male ed è pieno di attenzioni per me. Al mattino mi offre il bombolone alla crema. A San Valentino mi ha regalato una rosa. Stamattina mi ha detto: 'Francesca, è primavera e non è bello rinchiudersi in un'aula con i nostri barbosi insegnanti. Perché non facciamo una corsa in moto? Poi andiamo a mangiare da qualche parte e dopo passiamo il pomeriggio in palestra'. E io ho detto sì. È l'unico corteggiatore che ho e non voglio perderlo, anche perché gli altri ragazzi non mi filano per niente. Per tutti, io sono Francesca la Secca, Miss Perfettina, e qualcuno mi ha anche affibbiato il soprannome di Se-la-conosci-la-eviti. Lo capisci?»

«Che cosa avete fatto?» martellò sua madre.

«Niente, zero assoluto! Sono montata sul sellino della sua moto, siamo arrivati ai giardini pubblici, ci siamo fatti uno yogurt al *Bar Bianco*, siamo stati al Museo di Scienze Naturali, a mezzogiorno abbiamo mangiato, seduti su una panchina, le pizze di Gaetano. E dopo siamo andati in palestra.»

«Non hai pensato che noi potevamo essere preoccupati, dal momento che non ti sei degnata di comunicarci i tuoi programmi?»

«Sì, ma a quel punto non avevo il coraggio di farmi viva e, poiché Gaetano non si faceva problemi, io mi sono… come dire, adeguata. Però stavo male, mammina. Stavo tanto male!» piagnucolò abbracciando sua madre.

«Ma che cosa ti aspettavi da questa fuga?» chiese Roberta ormai rabbonita da tanta ingenuità.

«Che lui mi parlasse d'amore», sussurrò Francesca.

Roberta trasse un respiro. «Adesso vieni a mangiare e dopo mettiti a studiare.»

«Non voglio più tornare a scuola. Ormai la mia immagine è andata a farsi benedire.»

«Già, si è un po' imbrattata e questo ti brucia. Lascia che ti dica che gli schizzi di fango, se li lasci asciugare, se ne vanno con un colpo di spazzola. Ci hai mai pensato?» le disse Roberta, dandole una carezza.

# 6

ERANO le dieci di sera. Malvina aveva deciso di fermarsi in città per la notte ed era andata a dormire nel suo studio, in via Salvini. Roberta e la zia si erano sedute in salotto. Aurora sorseggiava un whisky, sua nipote una tisana ai fiori di tiglio.

«Ero andata in campagna per staccare dai problemi della famiglia e guarda che cosa è successo», ragionò Roberta e soggiunse: «A proposito, la mamma mi ha raccontato un po' di cose che non sapevo. Perché i Mandelli mi hanno taciuto l'esistenza di un primo marito di mia madre?»

«Mio fratello non voleva che tu lo sapessi. Del resto, era una cosa senza importanza», rispose Aurora.

«Questo lo dici tu. I bambini si accorgono subito se in famiglia si conservano segreti non rivelati. E ne soffrono.»

«Con o senza segreti, diventare grandi è difficile per tutti e, quando sei cresciuto, le difficoltà aumentano. La vita è complicata, Roberta. Te lo dice una che se ne intende. E, comunque, i problemi non si risolvono da soli», disse Aurora, accendendosi una sigaretta.

«Mia madre ha avuto una vita non semplice, eppure è una donna serena.»

«Lei ha sempre avuto il coraggio di guardare in faccia la realtà. È una donna intelligente e ti vuole molto bene.»

«Non la pensavi così, tanti anni fa», le rinfacciò Roberta.

«Solo i cretini non cambiano idea», replicò Aurora e proseguì: «Prima di affrontare i disagi dei tuoi bambini, devi risolvere i tuoi problemi. Tu sei una donna inquieta. Chiediti perché».

«A causa di Oscar?»

«Questo puoi saperlo solo tu.»

«Ma non è giusto nemmeno concludere che i miei bambini fanno delle asinate perché io sono scontenta», osservò Roberta.

Sentirono un suono di passetti affrettati nel corridoio e Matteo entrò nel salotto a piedi nudi, gli occhi gonfi di sonno e si catapultò tra le braccia della mamma.

«Perché non dormi?» chiese lei.

«Ho sete», rispose lui, stringendosi a Roberta.

La zia gli portò un bicchiere d'acqua, il bambino ne bevve appena un sorso e poi tornò ad abbracciare sua madre.

«Io vado a letto», annunciò Aurora.

«Posso dormire con te nel lettone?» domandò Matteo.

Roberta sorrise, annuì e strinse tra le braccia il suo bambino.

«Stamattina mi sono denunciato a tutta la classe», le confessò.

«L'ho saputo dalla zia. Sei stato molto bravo. Sai, io credo che ci voglia molto coraggio a confessarsi davanti ai propri compagni.»

«Però loro sono antipatici», affermò Matteo. E soggiunse: «Se la tirano un sacco».

«Spiegati meglio», lo sollecitò sua madre.

«Si danno delle arie.»

«Tipo?»

«Mi ripetono sempre: il mio papà mi ha insegnato a colpire i barattoli con la fionda, il mio papà mi guarda i compiti tutte le sere, il mio papà qua e il mio papà là. Insomma, se la tirano. Hai capito?»

Roberta aveva capito benissimo.

«Il tuo papà, domenica, ti ha portato a vedere gli sbandieratori», disse.

«Uhuh», sbadigliò il piccolo.

Matteo invidiava i compagni che avevano padri più disponibili del suo, che non c'era mai.

Il bambino si addormentò e lei lo portò in camera e lo depose dolcemente sul letto matrimoniale. Gli rimboccò le coperte e si distese accanto a lui.

Stette lì un po' a osservare i capelli biondi e folti, il viso rosato, il disegno perfetto delle sopracciglia di suo figlio. Era proprio un bel bambino e lei lo amava moltissimo.

Come poteva concepire la sua vita senza i suoi figli? Se Oscar non si fosse opposto ne avrebbe voluti altri due, perché i figli le comunicavano un senso di sicurezza.

Ricordava con dolore la sua infanzia di bambina sola, senza un fratello o una sorella con cui confrontarsi, giocare, litigare.

Si accese una luce nel corridoio e, poco dopo, Francesca fece capolino in camera da letto.

Roberta si portò un dito alle labbra per raccomandarle il silenzio.

«Ho sete», sussurrò Francesca.

La sete notturna dei suoi figli era un modo per reclamare le attenzioni della mamma.

Roberta scivolò fuori dal letto e andò in cucina con la figlia, le versò un bicchiere d'acqua e disse: «Adesso, però, andiamo a dormire, visto che sta per scoccare la mezzanotte».

«Mi sono svegliata perché ho dentro una rabbia che mi divora», confessò Francesca.

Allora Roberta mise sul gas un pentolino pieno di latte in cui sciolse zucchero e cacao, aprì la scatola dei biscotti e la posò sul tavolo con due tazze, poi sedette aspettando che il latte si scaldasse.

«Guarda un po'! Anch'io sono molto arrabbiata», affermò, guardando sua figlia negli occhi.

«Strano, di solito tu sei quella che non si arrabbia mai», la punzecchiò Francesca.

«Spegni il fuoco, prima che il latte esca», disse e soggiunse: «Forse ho fatto il pieno di pazienza e adesso ho deciso che, quando è il caso, anch'io mi arrabbio di brutto».

«Allora perché non mi prendi a schiaffi?» la provocò.

«Perché non serve. Ma avrai una punizione esemplare.»

«Davvero? E quale?»

Francesca versò nelle tazze il latte scurito dal cacao.

«Ci devo pensare», replicò.

«Allora fallo alla svelta perché voglio sapere di che morte devo morire.»

Roberta si portò una mano al viso per nascondere il sorriso che le affiorò alle labbra.

«Preferisco tenerti sulla corda ancora per un po'.»

«Ma a chi vuoi darla a bere? Ha ragione la nonna quando sostiene che tu sei una donna indecisa.»

Francesca la provocava in tutti i modi, perché voleva essere punita. Quella ragazzina dalla lingua lunga la stava mettendo con le spalle al muro. A questo punto le doveva una risposta.

Intinse un biscotto nel latte bollente e se lo mise in bocca. Poi disse: «Guarda, signorina saputella, che non sono io sotto esame».

«Ne sei proprio sicura?»

Roberta picchiò con forza il palmo della mano sul tavolo.

«Adesso basta!» urlò.

«Urla pure, così sveglierai Matteo e la zia. Ma chi se

ne importa? Tanto è risaputo che questa è una casa di matti. Ti arrabbi con me, perché non sei capace di arrabbiarti con te stessa, né tanto meno con papà, né con Matteo che è il tuo preferito. E adesso non dirmi che sono gelosa di lui! Tu di me te ne freghi. Non fai che ripetere: 'Francesca è brava in tutto, Francesca è una donnina'. Mai che tu dica: 'Francesca è bella!' Lo vedo come mi guardi. Hai sempre l'aria di una che si domanda che cosa ne sarà di questa figlia tanto secchiona e tanto bruttina», gridò, mentre le lacrime le bagnavano il viso.

«Oddio!» sussurrò Roberta. E ricordò quando, da bambina, con voce supplichevole chiedeva a Malvina: «Mamma, dimmi che sono bella!» Aveva dimenticato quanto fosse importante essere rassicurate sul proprio aspetto.

«Mi dispiace, tesoro», disse, accarezzandole il viso bagnato di lacrime. «Mi dispiace davvero. La tua bellezza è così evidente, che non mi sembrava il caso di sottolinearla. Sei bellissima, Francesca», constatò, asciugandole il viso.

Sentirono girare la chiave nella porta di casa e, un istante dopo, Oscar entrò in cucina. Aveva l'aria stanca.

«Mi sono perso la puntata di una nuova telenovela?» domandò.

Madre e figlia si scambiarono un'occhiata d'intesa.

«Vogliamo farlo preoccupare?» domandò Francesca a Roberta.

«Non sia mai», replicò lei.

«Ho dormito in un albergo orribile, ho cannato un

servizio e non mi va di farmi prendere in giro da voi», disse lui, uscendo dalla cucina.

«Ecco, questo sarebbe il momento di arrabbiarsi di brutto», annunciò Roberta alla figlia.

«Andiamo a dormire. È meglio», consigliò Francesca, con fare materno. Poi, però, le domandò angosciata: «Con che faccia mi presento a scuola, domani mattina?»

«Con la stessa con cui tuo fratello oggi ha affrontato i suoi compagni di classe.»

«Lui non ha una reputazione da difendere.»

«Che cosa ne sai? Comunque, la reputazione si salva con la sincerità. Non sei d'accordo?»

«Dovrei confessare che ho fatto una fuga con Gaetano?» domandò quasi scandalizzata.

«Ci penseremo domattina», disse Roberta. Le posò un bacio sulla fronte e concluse: «Sei bellissima, Francesca. Te lo dico da donna, non da mamma».

# 7

ALLE sette del mattino, Malvina era già in casa della figlia con il sacchetto delle brioche appena sfornate, acquistate dalla fornaia che non sapeva più come scusarsi per il figlio scriteriato.

«Lei, al posto mio, che cosa farebbe con un deficiente così?» le aveva chiesto.

«Sono tutti maestri con i figli degli altri e dunque non voglio mettermi al suo posto», aveva tagliato corto Malvina.

In casa, tutti si stavano alzando, tranne Oscar che dormiva profondamente.

Malvina e la zia Aurora si spartirono i compiti: una avrebbe accompagnato a scuola Matteo e si sarebbe accordata con la direttrice per ripagare il giubbotto danneggiato, l'altra avrebbe giustificato l'assenza della nipote, il giorno prima.

Roberta si ritrovò con la donna a ore che l'aiutava a ripulire la casa un paio di volte la settimana.

«Faccia piano, signora Tilde, perché mio marito sta ancora dormendo», le disse, precedendola in cucina dove aveva preparato il caffè per tutte e due.

«Come va?» chiese la domestica, notando l'aria affaticata di Roberta.

«Mi sento a pezzi.»

La donna la conosceva da dieci anni ed era la prima volta che Roberta le rispondeva con tanta franchezza.

«Si vede», constatò. E subito aggiunse: «Tutta colpa delle nostre madri che ci hanno allevate perché avessimo un marito e dei figli. Sa cosa le dico, signora Roberta? Se torno a nascere, piuttosto che sposarmi, mi faccio monaca».

Roberta non le rivelò di avere avuto una madre che non l'aveva mai spinta al matrimonio. Invece convenne con lei: «Parole sante, signora Tilde».

La lasciò a rigovernare la cucina e si chiuse in bagno. Mentre era sotto la doccia, sentì il *dlin-dlon* dell'avviso di un messaggio arrivato sul cellulare che Oscar aveva dimenticato sul lavabo e, mentre si avvolgeva nell'accappatoio, guardò il display, sul quale lesse il nome del mittente: Cinzia.

La curiosità ebbe il sopravvento sulla discrezione e andò a leggere il testo che diceva: «Buon giorno, caro! Urge fieno x pagamento 2ª rata r.t. e f. Baci».

«Che accidenti significa r.t. e f.?» s'interrogò sottovoce, sapendo già che per «fieno», la ex moglie intendeva denaro.

Ricordò allora di aver sentito Oscar parlare al telefono con Cinzia di certe spese condominiali straordinarie, di cui lui si sarebbe fatto carico. «Ma certo!» sussurrò a denti stretti. Non bastava che le avesse regalato l'appartamento di via Solferino, doveva anche farsi carico delle spese per il rifacimento del tetto e della facciata. Roberta era stanca di questi salassi umilianti.

D'istinto, buttò il cellulare dalla finestra. Poi si rivestì e disse alla domestica: «Signora Tilde, io esco. Per qualunque cosa, sono rintracciabile sul telefonino».

Andò in banca e prelevò una notevole somma di denaro dal conto corrente del marito su cui anche lei aveva la firma. Poi parcheggiò l'auto in un garage del centro e, a piedi, raggiunse la boutique dei suoi sogni e si regalò un tailleur primaverile bellissimo. Fu poi la volta di un negozio in cui acquistò un paio di pattini per Matteo e un altro paio, con stivaletti bianchi, per Francesca.

Le restavano ancora molti soldi. Ne spese una parte da un fiorista per un superbo fascio di peonie bianco-rosate. Pensò che il denaro per pagare la seconda rata «rifacimento tetto e facciata» non esisteva più, perché lo aveva speso lei. Si sentì molto perfida e felice.

Carica di pacchi e sacchetti ritornò in garage a prendere l'auto e andò in libreria.

«Riunione a due», annunciò subito a Chiara.

Si chiusero in ufficio, lasciando Angelica e l'altra commessa a occuparsi dei clienti.

«Vuota il sacco», la spronò l'amica, sedendosi su una poltroncina, di fronte a lei.

Roberta le tese il mazzo di fiori.

«Sono per te», le disse, con un sorriso.

«Che cosa ho fatto di male?» indagò scherzosamente Chiara.

«Devi ringraziare mio marito. Le ho comperate con i suoi soldi.»

«Allora, ti decidi a vuotare il sacco?»

Roberta raccontò tutto, dalle bricconate dei suoi figli fino al messaggio della ex moglie di Oscar sul cellulare e al prelievo di denaro dal conto corrente di suo marito. «Ti confesso che quello che ho fatto mi fa sentire molto bene», concluse.

«Ma non hai considerato la reazione di Oscar. Secondo me si incavolerà molto di più per il cellulare buttato dalla finestra che non per il denaro che non può dare alla sua Cinzia», ragionò l'amica.

«C'è un'altra cosa che non sai: comunque reagisca, non me ne importa niente», garantì Roberta.

«Se tua madre ti sentisse, sarebbe fiera di te, come lo sono io.»

Roberta chinò lo sguardo e sussurrò: «Io non lo sono, invece. Non ci vuole molto coraggio a buttar via un cellulare, né a spendere in frivolezze il denaro che non mi appartiene».

«Non fare la scema. Ti sei già pentita?»

«Non lo so. Resta il fatto che, dopo anni, è la prima volta che reagisco, invece di abbozzare, come ho sempre fatto. Però Oscar mi piace. Che cosa posso fare?»

«Ti piace anche quando ti umilia insistendo a mantenere una donna che non è più sua moglie da anni, o quando si rifiuta di occuparsi dei vostri figli o quando non ti ascolta se gli parli dei tuoi problemi?»

«Però è un marito fedele.»

«Sì, fedele a se stesso, ai suoi bisogni, al suo lavoro.»

«Stai buttando legna sul fuoco per farmi litigare con Oscar?»

«E allora, vai al diavolo! Torna da lui, cospargiti il capo di cenere e chiedigli perdono per esserti ribellata. Ascolta, ragazzina, hai due possibilità: la prima è salvare il tuo matrimonio continuando a illuderti di essere una moglie appagata, a scapito tuo e dei ragazzi, la seconda è scompigliare le carte per vedere se lui cambia atteggiamento e diventa un marito accettabile e un padre attento. Non penso che Oscar possa cambiare, perché è molto affezionato al suo ruolo di maschio egoista al quale è tutto dovuto. Comunque, a te la scelta.»

«Oscar è il solo uomo della mia vita. Nei momenti in cui ci ritroviamo noi due soli e lui mi prende fra le braccia, io mi sciolgo. Non è poco per due che sono sposati da così tanti anni», ammise, avendo quasi l'aria di scusarsi.

Chiara le sorrise, si alzò, stringendo al petto i bellissimi fiori e sentenziò: «Ogni donna è disposta a rinunciare al suo orgoglio per un uomo che le piace. È questa la nostra condanna».

Si protese sulla scrivania e diede un bacio a Roberta.

«Grazie, cara. A casa, dirò a quel deficiente di mio marito che sono l'omaggio di un ammiratore. A te non dispiace, vero?»

«No, però mi sembra un mezzuccio.»

«Lo so. Io predico bene e razzolo male. Del resto, non sono mai stata bella, eppure Arturo non mi ha mai tradita ed è ancora geloso di me.»

Roberta entrò nel bagno. Sotto il lavello, dentro uno scatolone pieno di stracci, Messalina stava allattando cinque cuccioli. Conoscendo la gelosia delle gatte, si guardò bene dall'accarezzarli.

# 8

ROBERTA tornò alla scrivania e lesse le mail che erano arrivate. L'ultima, firmata Aldo Rivetti, diceva: «Gentile signora Mandelli, spero che sia andato tutto bene dopo la sua partenza precipitosa da Tavernolo. Cordialità».

Per un istante Roberta si domandò se Aldo Rivetti potesse essere l'uomo in grado di aiutarla a scompigliare le carte. Fu un pensiero fugace che ricacciò subito. Quindi rispose: «Gentile professore, è andato tutto bene. Spero, a mia volta, che la collaborazione con la biblioteca di Tavernolo proceda senza ostacoli. Affettuosamente». Poi aggiunse un poscritto: «Non avevamo deciso di darci del tu?»

Rilesse il testo prima di spedirlo e sussurrò: «Perché ci complichiamo la vita con tutte queste formalità?»

Allora cancellò la lettera e scrisse semplicemente: «Grazie per l'interessamento. È tutto a posto. Buona giornata».

Poi rispose alle altre mail, alle telefonate di lavoro e,

infine, a quella di Oscar che le chiese, preoccupato: «Hai mica visto in giro il mio cellulare?»

Roberta trattenne il respiro e non rispose.

«Pronto? Mi senti?» chiese il marito.

«L'ho buttato dalla finestra», rispose Roberta.

Ora fu Oscar a trattenere il respiro.

«Mi hai sentito?» lo sollecitò.

«Perché l'hai fatto?» domandò lui, con una voce di ghiaccio.

«Sono arrabbiata, molto arrabbiata», disse e proseguì: «Non è tutto. Ti ho quasi svuotato il conto in banca». Sentì il *clic* della comunicazione che veniva interrotta.

A questo punto valutò due possibilità: fiondarsi a casa e parlargli, oppure crearsi un diversivo e lasciare che la situazione facesse il suo corso.

Si creò un diversivo. Lasciò la bottega, salì in macchina e si diresse verso la scuola di Matteo. Mentre aspettava la fine delle lezioni, pensò che suo marito non si era neppure preoccupato di domandarle perché fosse tanto arrabbiata con lui. Oscar, come sempre, evitava di affrontare le situazioni che potevano turbare la sua tranquillità.

Sentì il suono della campanella e subito dopo si spalancò il portone della scuola. I ragazzini delle elementari sciamarono fuori dall'edificio andando incontro alle mamme, nonne e domestiche che li aspettavano. Matteo le corse incontro e le affidò subito lo zaino pieno di libri.

«Credevo che sarebbe venuta la nonna», disse Matteo.

«Dovrai accontentarti di me, che non sono dell'umore migliore», replicò Roberta.

Matteo reagì come Oscar: non raccolse le parole della mamma e, invece, domandò: «Oggi posso andare da Michele a fare i compiti?»

Salirono sull'auto e Roberta si mise al volante.

«Pensavo che si potrebbe mangiare qualcosa alla paninoteca. Poi andrai da Michele.»

«Io voglio il panino con l'hamburger, la maionese e il *kach-up.*»

«Oppure?»

«Patate fritte con maionese e *kach-up*. Dopo mi comperi un po' di bustine dei Gormiti?»

«Quelli sono un premio per qualcosa. Meriti un premio?» gli domandò, avviando l'auto.

«Sì, perché ho fatto pace con i miei compagni e non è stato facile», affermò lui, dandosi un tono.

Roberta parcheggiò l'auto in prossimità della libreria, quasi di fronte alla paninoteca.

«Ascolta, tuo padre ti ha comperato i pattini», annunciò, scegliendo di attribuire l'acquisto al marito. «Ma sia chiaro che non sono un premio. Con il suo aiuto, imparerai a usarli. Ora prendili, sono sul sedile posteriore», disse Roberta.

Matteo aprì il pacco ed esclamò: «Forte! Ci sono anche le ginocchiere e i guanti. Fortissimo!» si entusiasmò.

«Telefona a tuo padre, che è a casa, e domandagli se

ti porta a pattinare», suggerì Roberta, porgendogli il cellulare.

Il ragazzino digitò velocemente il numero, mentre domandava alla mamma: «Credi che lo farà?»

«Non lo so, ma tu devi chiederglielo.»

A casa rispose la signora Tilde e gli disse che il papà era uscito.

«Lo troverai più tardi», lo rincuorò la mamma. Scese dalla macchina e, quasi si fosse materializzato dal nulla, si trovò di fronte Oscar, furibondo, che sibilò: «Tu sei una matta isterica».

«Papà, papà!» si intromise Matteo, che non sapeva nulla di quello che era successo tra i genitori.

«Lo sono stata, ma sto cominciando a rinsavire», gli rispose Roberta, e proseguì: «È finita la cuccagna. È vero: ho buttato dalla finestra il tuo cellulare e ti ho preso i soldi. Finalmente ho trovato il coraggio di reagire e ora sono arrabbiata, molto arrabbiata con te che sei un coriaceo esemplare di maschio egoista».

Matteo, con i pattini in mano, guardava alternativamente il padre e la madre, senza capire che cosa stesse accadendo.

Oscar era passato dalla collera allo stupore e guardava la moglie esterrefatto. Non era quella la Roberta che lui conosceva, amava e temeva di perdere.

Dov'era finita la ragazza dolce, paziente, soccorritrice, sulla quale aveva sempre fatto affidamento? Da dove era spuntata quella vipera aggressiva?

«Chi mi insegna ad andare sui pattini?» domandò Matteo, cercando di ottenere l'attenzione dei genitori.

«Stai dando un bell'esempio a tuo figlio», disse Oscar, sferzante.

Miracolosamente, accanto a loro comparve Chiara che posò una mano rassicurante sulle spalle di Matteo.

«Andiamo via, tesoro. Sembra che i tuoi genitori abbiano qualcosa da dirsi», gli sussurrò e lo guidò verso la libreria, mentre il ragazzino le domandava: «Perché litigano? Non ho mai visto la mamma così furiosa».

«Lascia che se la vedano tra loro. Sono sicura che presto faranno pace», lo rassicurò Chiara volgendo lo sguardo verso Roberta e Oscar che stavano per salire sull'auto di lei.

«Finora ho dato ai nostri figli l'esempio pessimo di una moglie che si arrampica sugli specchi per nascondere il disinteresse del marito verso la famiglia. Ora non ti giustifico più e non subirò altre violenze da te», affermò Roberta, furente.

Oscar era seduto accanto a lei e, per la prima volta, non cercò di sottrarsi al confronto con sua moglie.

«Io... violento? Ma sei davvero una matta isterica! Quando mai ti ho usato violenza?» reagì, convinto che sua moglie stesse davvero impazzendo. Erano ormai quattro giorni, da quando era tornata a casa febbricitante, che lui non capiva che cosa stesse succedendo a Roberta.

«La violenza non è solo fisica, è anche psicologica. È obbligarmi ad affrontare sempre da sola i problemi dei nostri figli e costringermi ad accettare che continui a mantenere la tua ex moglie sottraendo denaro alla tua famiglia. Ho buttato il tuo cellulare perché ho letto il messaggino di quella tua deliziosa prima moglie che sollecita il pagamento delle rate condominiali chiamandoti caro e mandandoti baci. È da quando ho vent'anni che abbozzo. Adesso basta.»

Oscar, spiazzato da quello sfogo, cercò di reagire: «Adesso te la prendi anche con quella povera donna? Che cosa dovrebbe dire lei, dopo che io ho divorziato per sposare te?»

A Roberta sfuggì un sorriso.

«Infatti lei non dice. Si limita a bussare, giorno dopo giorno, da diciotto anni, alla cassa e tu apri il portafoglio. A proposito, ho speso i tuoi soldi in vestiti e regali per i ragazzi, questa mattina. Sono felice di averlo fatto se penso a tutto il denaro che hai elargito e continui a elargire a quella 'povera donna', come la definisci tu.»

«Cinzia esisteva nella mia vita prima che ti incontrassi. Non posso cancellarla per farti piacere.»

Improvvisamente, Roberta lo guardò con aria grave e disse: «Sei un pover'uomo e, in questo, ho la mia parte di responsabilità. Avrei dovuto mettere le carte in tavola tanti anni fa. Adesso esci dalla mia vita e da quella dei miei bambini».

Oscar si maledisse per non essersi defilato in tempo da quella discussione. Se lo avesse fatto, avrebbe evitato uno sgradevole litigio con sua moglie e tutto sarebbe andato avanti come sempre. Anche se non poteva ignorare che, da qualche giorno, Roberta era cambiata al punto da non riconoscerla. Sua moglie si era innamorata di un altro uomo: era la sola spiegazione plausibile. E questo pensiero lo terrorizzò. Uscì dall'auto senza dire una parola e si avviò verso la libreria, mentre Matteo gli veniva incontro.

«Papà, grazie per i pattini. La mamma mi ha detto che me li hai regalati tu. Mi insegni a usarli?» Oscar lo abbracciò, mentre il figlio lo interrogava ancora: «Avete fatto pace?»

Suo padre non gli rispose. Lo strinse forte a sé pensando, per la prima volta, che non sarebbe riuscito a vivere senza i suoi figli.

# 9

ROBERTA, seduta in macchina, vide il marito e Matteo che si abbracciavano e rimase a guardarli, pensierosa.

Poi, prese il cellulare e telefonò a Chiara.

«Vado a scuola a prendere Francesca», le disse. E proseguì: «Quando Oscar ti consegnerà Matteo, e non tarderà a farlo, portalo in paninoteca, per favore. Glielo avevo promesso. Ci vediamo nel pomeriggio».

Francesca, con un gruppetto di ragazzine, era seduta sul muretto di cinta della scuola. Ridevano e scherzavano fra loro. A Roberta sembrò che sua figlia fosse la più carina, anche perché, nonostante le orribili scarpe da ginnastica, i jeans strappati e il maglione slabbrato, possedeva un'eleganza innata che le altre non avevano.

Suonò il clacson per richiamare l'attenzione di sua figlia che le fece un cenno con la mano. Roberta si chiese quali argomenti potessero suscitare l'ilarità di quelle ragazzine che riservavano alle famiglie malumori e malinconie. Si chiese se era stata così anche lei all'età di Francesca.

«Ciao, mammina», la salutò Francesca, entrando in macchina e distogliendola dalle sue riflessioni.

«Come stai, tesoro?» le domandò.

«È andata meglio di quanto sperassi. Zia Aurora, come sempre, è stata formidabile. Ha raccontato all'orrida professoressa che papà doveva fotografare Vasco Rossi e mi aveva prelevata, prima che entrassi in classe, per portarmi con sé, sapendo che Vasco è il mio idolo. Ma poi papà aveva perso il cellulare e quindi non aveva potuto avvertire nessuno. Insomma, l'ha intortata a meraviglia. A proposito, l'orrida professoressa vuole parlare con papà», raccontò Francesca, mentre si avviavano verso casa.

La professoressa in questione era l'insegnante di latino, odiata per la severità e disprezzata per la chiusura mentale.

«Insomma, ti sei salvata la faccia», considerò Roberta.

«La zia me l'ha salvata. È un mito! Non hai idea della vivacità con cui ha spiattellato una storia tutta inventata. Sembrava proprio che dicesse la verità, poi, in classe, la professoressa ha detto che Cicerone è passato alla storia perché era un genio, mentre nessuno si ricorderà di Vasco Rossi. Quindi si è rivolta a me e mi ha detto: 'Ricordati che voglio parlare con tuo padre'. Ti prego, vai tu dalla prof, non mandare papà.»

«Non ho molta voglia di farmi complice di questa squallida bugia», disse Roberta.

«La verità è ancora più squallida e tu lo sai», confessò Francesca e aggiunse: «Quando incontrerò Gaetano, che cosa devo dirgli?»

«Forse lui si pone la stessa domanda», osservò Roberta.

«Quello non si pone domande, perché ha un cervello da gallina.»

«Mentre il tuo...»

«Forse non sono migliore di lui. Però mi sono resa conto che a Gaetano interessa solo essere forte e muscoloso, quanto al resto non sa mettere insieme una frase che abbia un senso. Ci ho pensato bene, stamattina, e alla fine mi sono domandata: Dove avevo la testa? Come ho potuto seguirlo in quella stupida avventura?»

Erano arrivate davanti a casa.

Salirono e trovarono la tavola apparecchiata. La signora Tilde aveva preparato una teglia di pasta ai quattro formaggi. Roberta la infilò nel forno a microonde.

«E Matteo?» domandò Francesca.

«Oggi mangia panini con Chiara», rispose la mamma, notando che la figlia non aveva rilevato l'assenza del padre.

Sedettero a tavola loro due, sole, in silenzio.

A un certo punto Roberta annunciò: «Più tardi vado in libreria. È un po' di tempo che trascuro il lavoro».

«Con tutto quello che sta capitando...» commentò Francesca e proseguì: «Matteo e io ti abbiamo messo in crisi. Adesso, però, è tutto regolare. Non potremmo fare come se non fosse successo niente?» domandò la ragazzina.

«Da questo momento inauguriamo un gioco nuovo, molto più bello e interessante, anche se faticoso: non ci nascondiamo più niente, anche se si tratta di cose spiacevoli», dichiarò Roberta con fermezza.

«D'accordo. Allora incomincio io. Non ti ho detto, perché non mi pareva bello e a papà non avrebbe fatto piacere, che la sua ex s'è presentata all'uscita della scuola, una volta che lui è venuto a prendermi.»

«Quando?»

«Quest'inverno. Io ho raggiunto papà che mi aspettava davanti alla macchina e lei ha finto di passare di lì per caso. Lui e lei si sono salutati e papà mi ha detto: 'Lei è Cinzia, la mia prima moglie'. Lei mi ha sorriso e ha tentato di darmi una carezza. Io mi sono ritratta e lei ha sussurrato: 'Che bella figlia che hai, Oscar. Io non ho avuto la gioia dei figli. La vita è stata molto avara con me'. Dopo ci ha salutato e si è allontanata. Papà era imbarazzato e ho capito che avevano inscenato un teatrino, perché lei doveva averlo tampinato chissà quanto per potermi conoscere», spiattellò Francesca.

«Non ci posso credere!» trasecolò Roberta.

«Credici, perché è così.»

«Che tipo è?» domandò, incuriosita.

«Indossava un cappotto con i bordi di volpe, aveva le unghie laccate e in testa un tamburello di pelliccia. Ah, non ti dico i tacchi vertiginosi. Mi è sembrata volgare e ridicola.»

Roberta fu sul punto di ridere. Poi, pensò che Oscar aveva pagato il cappotto bordato con la volpe e s'infuriò. Ma tacque.

«Tu non la conosci? Non l'hai mai vista?»

Anche Francesca aveva le sue curiosità e Roberta, fedele alla linea che si era data, decise di rispondere con sincerità.

«Una volta. Io avevo vent'anni, lei, credo, cinque più di me. Già allora, come dici tu, era volgare e si vestiva come una Barbie.»

«Raccontami tutto», la spronò sua figlia, interessatissima.

Roberta pensò che era arrivato il momento di raccontarsi a sua figlia, come Malvina aveva fatto con lei.

# *Ancora Roberta*

# 1

Le ragazze erano in giardino, sedute sul bordo della fontana, e chiacchieravano tra loro.

La nonna lavorava a maglia e, ogni tanto, le osservava dalla veranda dove sedeva di fronte al figlio che leggeva il giornale.

«Chissà che cosa avranno mai da raccontarsi», gli domandò.

Walter alzò lo sguardo dal quotidiano e replicò: «Fanno sogni a occhi aperti».

Roberta, Ines e Liliana erano soprannominate le tre Grazie, perché erano graziose e inseparabili. In quella definizione si celava anche una certa invidia per il loro sodalizio inossidabile e impenetrabile. Si comportavano come sorelle: studiavano e si divertivano insieme, si confidavano segreti e si scambiavano persino gli abiti.

Raggiungevano l'apice del divertimento quando dormivano tutte e tre in casa Mandelli.

A differenza di Ines, che frequentava Roberta dai

tempi dell'asilo, Liliana era entrata nella loro vita soltanto all'inizio delle scuole medie. Era l'allieva migliore della classe e la sua intelligenza brillante aveva suscitato l'interesse degli insegnanti.

La professoressa di lettere, notando l'abbigliamento modesto della ragazzina, un giorno le aveva domandato: «Che mestiere fa tuo padre?»

«Lo scaricatore ai mercati generali», aveva risposto Liliana.

«E tua madre?»

«È morta tre anni fa, dando alla luce il mio fratellino.»

Liliana era una bella ragazza, aveva i capelli rossi come il fuoco, gli occhi verdi e una figura perfetta.

In quel tramonto di giugno, le tre ragazze festeggiavano la promozione in prima liceo classico, raccontandosi i progetti per l'estate.

Ines sarebbe andata in montagna con i genitori, Liliana avrebbe avuto «un mese da sballo», così lo definì, perché il fratellino sarebbe stato accolto in una colonia estiva e non avrebbe dovuto occuparsi di lui, Roberta avrebbe fatto un viaggio in macchina, attraverso la Francia e la Spagna, con il papà e la mamma.

«Io già mi figuro le gite sulle montagne del Tirolo, con mia madre che si lamenta ogni due passi e i rifugi infestati da grassi turisti tedeschi. Non vedo l'ora di diventare maggiorenne per andare al mare, stare tutto il giorno in acqua, conoscere gente nuova e trovare un fidanzato meno sfigato dei nostri compagni di scuola», sognò Ines, subito interrotta da Roberta che, con piacere sadico, sottolineò: «Invece andrai a letto con le galline e lo stomaco pieno di '*kartofen*, *krauti* e *kaiser-smarren*'».

«Sei proprio perfida. Mi consolo pensando che, a te, le cose non andranno meglio. Sarai costretta a macinare chilometri di strada e di noiose visite a castelli, ruderi e musei», la rimbeccò Ines.

«Io vi disprezzo tutte e due, perché non sapete gioire di quello che la sorte vi regala ogni giorno», sbottò Liliana, che era più matura delle due amiche, sapeva quanto fosse faticoso sopravvivere con il poco denaro che suo padre guadagnava, e aveva una casa e un fratellino da accudire. Ines e Roberta tacquero, perché la compagna riusciva sempre a metterle in difficoltà. La stimavano anche per questo.

«Allora, che cosa facciamo adesso? È rimasto in sospeso l'incontro in pizzeria con il resto della classe», disse Ines.

«Se non ci andiamo, diranno che siamo le solite stronze», puntualizzò Liliana, che aveva già fatto il conto della pizza e della Coca-Cola e aveva stabilito che poteva permettersi quella spesa senza chiedere soldi a suo padre.

«Uff, per quel che me ne importa! Sopporto a malapena i nostri compagni durante le lezioni e non muoio dalla voglia di ritrovarmeli intorno anche adesso che la scuola è finita», ribatté Roberta con aria annoiata.

«Perché racconti palle? Tu non vuoi vedere la Randazzi che se la fa con il Minicapilli», la sferzò Liliana.

«Ma piantala di dire idiozie», replicò lei, punta sul

vivo, perché era dall'inizio dell'anno che smaniava per il Minicapilli, un siciliano tenebroso come un saraceno, che veniva da Marsala, aveva un anno più dei compagni e l'aria di un uomo fatto. Si era inserito subito nella classe e tra tutte le ragazze della quinta B aveva scelto la Randazzi.

«Quei due finiranno per sposarsi. Praticamente lo sono già», insinuò Ines.

«Ma sei scema?» reagì Roberta disperata.

«Parola! Me l'ha detto la Bianchi, che lo ha saputo dalla Piazza che è l'amica del cuore della Randazzi», puntualizzò Ines.

«Fatti loro», disse Liliana, con noncuranza.

«Mi hai dato una coltellata al cuore», sussurrò Roberta che per tutto il periodo scolastico si era cullata nell'illusione che la Randazzi venisse a noia al bel saraceno e, a quel punto, lei gli sarebbe caduta tra le braccia. Aveva passato mesi a sognare quel giorno e immaginava una terrazza sul mare, il chiaro di luna, e loro due, in abito da sera, che ballavano una canzone dei Beatles: «*Love me do*». L'aveva cantata spesso con sua madre, che era molto intonata. Nel suo sogno a occhi aperti, il Minicapilli le sussurrava: «*You know I love you*». E lei rispondeva: «*Yes, I do*».

«Ogni tanto, un sano richiamo alla realtà non guasta», sentenziò Liliana.

«Ti odio!» dichiarò Roberta.

Liliana era bellissima e tutti i compagni di scuola, anche i più grandi, stravedevano per lei che non li considerava. Non perché non le piacesse essere corteggiata, ma perché le mancava il tempo per coltivare sentimenti che l'avrebbero distolta dalle responsabilità famigliari, dallo studio e dai progetti per il suo futuro.

«Io magari mi faccio uno shampoo», disse e prese a canticchiare la famosa canzone di Gaber per niente preoccupata dalla dichiarazione di Roberta.

«Accomodati», concesse la padrona di casa.

«Sei un angelo», la ringraziò Liliana che approfittava dei servizi di casa Mandelli, poiché nella sua casa di ringhiera i servizi igienici non erano il massimo della comodità.

«Ma ti odio ugualmente», precisò Roberta, mentre l'amica si allontanava.

Roberta prese una manciata di sassolini e cominciò a gettarli nella fontana, mentre cantava una canzone sulle illusioni accantonate.

«Meno male», scherzò Ines.

«Ne ho messe via due o tre casse», proseguì.

«E piantala! Prima o poi qualcuno doveva dirti di Minicapilli e della Randazzi», ragionò l'amica.

«Si vede che non era destino», affermò lei, con un tono da attrice drammatica di terz'ordine. «Sono destinata a restare zitella come la povera zia Cristina. A me, nessuno mi fila.»

«I ragazzi non ti filano perché ti temono. Hai sempre la faccia ingrugnita e, se qualcuno ti rivolge la parola, invece di rispondere, abbai.»

«Perché non mi prendono per il verso giusto», affermò.

«Davvero? E qual è il verso giusto, secondo te?»

«Un ragazzo deve buttarsi ai miei piedi, supplicarmi di amarlo, dirmi che non può vivere senza di me… ma se poi qualcuno lo facesse, penserei che mi sta prendendo in giro e gli abbaierei contro. Come si fa a farsi amare?»

«La verità è che nessuno fila le tre Grazie. Io non sono messa meglio di te. Quanto a Liliana, lei se ne infischia. Invece, io ci patisco quanto te. Forse dovremmo sciogliere il sodalizio.»

«Sei scema?»

«Comunque, io ho deciso: questa sera vado in pizzeria con gli altri e dopo li seguo in discoteca.»

«Tuo padre te la dà in testa la discoteca», osservò Roberta.

«Vedrai se non ci vado», s'intestardì Ines.

Walter Mandelli chiamò sua figlia che lo raggiunse in veranda.

«Allora, io parto. Trinchese è venuto a prendermi.»

Portava a tracolla una pesante sacca da viaggio. Sarebbe andato in Svezia con il fotografo del giornale, Oscar Trinchese, che Roberta conosceva solo attraverso le parole di suo padre.

Gli buttò le braccia al collo.

«Fai buon viaggio, papà, e portami tante cose belle», disse lei.

Walter la strinse a sé e le sussurrò: «Ti porterò i film

di Bergman in lingua originale». Stava andando a intervistare il regista nella sua casa di Farö, in un punto imprecisato della Svezia.

«Dai, papà, smettila con queste minacce», replicò lei e lo accompagnò alla porta. Nell'ingresso c'era Oscar, l'uomo più bello che avesse mai visto.

# 2

OSCAR Trinchese aveva i capelli biondissimi e gli occhi azzurri che scintillavano sul viso abbronzato.

Le sorrise e disse: «Tu sei la piccola Roberta».

Lei lo guardava rapita e non riuscì a pronunciare nemmeno una parola. Era dunque quello l'Oscar Trinchese che, da qualche tempo, faceva coppia fissa con suo padre nei viaggi di lavoro?

«Avete tempo per un caffè?» domandò la nonna, affacciandosi all'ingresso.

«A quest'ora troveremo traffico sulla tangenziale. Meglio partire subito», decise Walter.

«Ciao, papà. Fai buon viaggio», sussurrò Roberta, tornando alla realtà. Baciò suo padre e tornò fuori, in giardino.

«Hai visto un fantasma?» le domandò Ines.

«Ho visto il Sole», mormorò con aria trasognata.

Ines la guardò perplessa, senza capire.

«Sai, il fotografo che lavora con papà è venuto a

prenderlo per andare all'aeroporto. È bellissimo... ho bisogno di stare sola per pensare a lui», dichiarò con aria sognante.

«Ribadisco che sei scema», martellò Ines.

«Lo saresti anche tu se lo avessi visto.»

«Un istante fa piangevi per il bel saraceno e adesso stai svenendo per un fotografo.»

«Peccato che sia vecchio. Credo che abbia ventiquattro anni.»

«E di sicuro ha una moglie o una fidanzata e comunque non considera le ragazzette come noi», affermò Ines, per richiamare Roberta alla realtà.

«Questo lo rende ancora più interessante», osservò lei. E soggiunse: «Voi andate pure in pizzeria, io resto a casa perché adesso ho un uomo, un vero uomo a cui pensare».

Liliana, che si era lavata la testa, tornò in giardino e si mise al sole per far asciugare i capelli.

«Mi sono persa qualcosa?» domandò, notando l'aria da cospiratrici delle due amiche.

«Dice che ha visto il Sole», annunciò Ines, ridendo.

«Ah, bene», tagliò corto la ragazza che non era interessata né ai pettegolezzi né ai sogni a occhi aperti delle due amiche. E proseguì: «Io invece ho usato uno shampoo strepitoso che ho trovato nell'armadietto del bagno. Costa molto?»

«Come sei prosaica!» la disprezzò Roberta.

Liliana non raccolse la provocazione e proseguì:

«Allora vado a casa a cambiarmi. Come ci andiamo in pizzeria?»

«Lei non viene», affermò Ines.

«D'accordo, andiamo noi due sole», disse e si avviò verso la veranda per salutare la nonna.

«Vado anch'io a mettermi qualcosa di più accettabile», annunciò Ines, tallonandola.

Roberta non fece commenti. Entrò in casa a sua volta, diretta al piano superiore.

«Non stai bene?» le domandò la nonna.

Non le rispose, perché non la sentì. I suoi pensieri erano tutti rivolti a Oscar Trinchese, alla sua bellezza, alla sua voce morbida. Entrò nella sua camera e si sdraiò sul letto. Chiuse gli occhi e sperò di addormentarsi per poterlo sognare. Si rammaricò per non aver prestato maggiore attenzione a suo padre, quando parlava di lui.

Ora ricordò un giorno di primavera, quando Walter era partito per la Libia, dopo che Gheddafi aveva lanciato i missili contro l'isola siciliana di Lampedusa.

«Se riuscirò a intervistare Gheddafi, sarà tutto merito di un fotografo che è arrivato da poco al giornale e che parla arabo», aveva spiegato a Malvina, che era venuta a prelevare la figlia per portarla a Tavernolo.

«Credevo che un incontro così importante dovesse essere concordato con gli organi diplomatici», aveva osservato la donna.

«Infatti, ma la spinta definitiva per ottenere l'intervista l'ha data Oscar Trinchese che ha parlato per telefono con il cameriere personale di Gheddafi. La bassa manovalanza, a volte, è determinante per superare gli ostacoli», aveva spiegato Walter.

«Questo fotografo è un tripolino?»

«Ma che ne so? Lui dice che il suo bisnonno aveva costruito a Tripoli l'albergo *Europa*, sul finire dell'Ottocento. Pare che abbia avuto una vita molto avventurosa.»

Qualche settimana dopo, papà era rincasato tardi. Lei stava preparandosi per l'interrogazione di storia ed era nel suo studio.

«Perché occupi abusivamente la mia scrivania?» aveva scherzato lui.

«La nonna non sta benissimo. Dice che ha mangiato qualcosa che le ha fatto male. Così mi sono installata qui per essere a portata di voce, casomai avesse bisogno di aiuto», aveva spiegato Roberta.

La nonna, da un paio d'anni, aveva lasciato la sua camera, al primo piano, perché faticava a fare le scale, e aveva messo in salotto un divano letto su cui dormiva, la notte.

«E tu, da dove vieni?» aveva chiesto Roberta a suo padre.

Walter si era versato un goccio di whisky in un bicchiere e si era seduto in poltrona.

«Sono stato a cena da Oscar Trinchese.»

«Come hai mangiato?»

«Boh... cose strane. Cous cous, una salsiccia piccantissima e poi una carne speziata con patate, zucchine e melanzane e come dolce mi ha servito una roba che si chiama *halwa*, stucchevole», aveva risposto suo padre.

E aveva aggiunto: «Oscar è un bravo ragazzo e non potevo deluderlo. Pare che quello fosse il cibo della sua infanzia, quando abitava a Roma con la nonna, vedova di un ufficiale del Genio guastatori».

«La nonna era libica? Cos'è il Genio guastatori?»

«Bambina, è mezzanotte. Fila a dormire nella tua camera. Stanotte mi occupo io della nonna. A proposito, hai chiamato il medico?»

«La conosci. Non ha voluto.»

«Sottovaluta i suoi problemi di cuore. Lo farò io domattina», aveva concluso suo padre.

Ora rimpianse di non aver chiesto altri particolari su Oscar Trinchese. Tuttavia, il poco che sapeva era sufficiente per mettere addosso alla figura splendida del fotografo un mantello e un turbante arabo e immaginarlo a dorso di cammello sullo sfondo di un cielo d'Oriente rischiarato dalla luna.

Il sonno non veniva e, a un certo punto, Roberta si sorprese a sorridere di queste fantasie, perché pensò alla zia Cristina che, in qualche modo, l'aveva contagiata con i suoi sogni.

Allora, scese dal letto e disse, a voce alta: «Adesso basta! Se raccontassi a qualcuno le mie fantasie, mi ricovererebbero alla neurodeliri».

Scese le scale in tempo per rispondere al telefono che suonava. Era suo padre che la chiamava da Malpensa, sul punto di imbarcarsi per Stoccolma.

«Cucciola mia, ho dimenticato di raccomandarti la nonna», esordì Walter.

«Tranquillo, è arrivata zia Aurora. È in cucina con la nonna. Credo che stiano preparando la cena. Tu mangerai in volo? Vorrei essere lì con te», disse, chiedendosi se Oscar fosse vicino a suo padre.

«Ti annoieresti a morte, senza le tue amiche. Oscar mi sta dicendo di salutarti.»

Roberta arrossì. Era una fortuna che suo padre non potesse vederla.

«Ricambia», sussurrò e chiuse la comunicazione.

Andò in cucina dove la zia e la nonna stavano cucinando. Alzarono lo sguardo su di lei.

«Hai una faccia strana», osservò la nonna.

«Proprio così. Sei innamorata?» domandò la zia.

«Perché non vi fate gli affari vostri?» si ribellò. E soggiunse: «Stasera vado a mangiare una pizza con tutta la classe».

Quella sera, seduta a un tavolo della pizzeria con i compagni, Roberta guardò senza invidia l'accoppiata Randazzi-Minicapilli e lui non le sembrò più così bello, dopo aver visto il fotografo. Peccato, pensò, che Oscar fosse un po' vecchio.

# 3

Le tre amiche erano nella camera da letto di Roberta, in via Turroni, la finestra spalancata sul giardino che, in maggio, era in piena fioritura. Saliva fino a loro il profumo intenso dei gelsomini e quello più tenue e avvolgente delle rose. Il chiocciolio dell'acqua nella fontana conciliava le chiacchiere tra le ragazze che avevano trascorso la serata sui libri e adesso avrebbero dovuto riposare.

«Se una di noi si ritrovasse incinta, che cosa pensate che accadrebbe, a parte la scarica di legnate che riceveremmo dai genitori?» domandò Liliana, all'improvviso.

«Incinte? A diciott'anni? Comunque, credo che i miei ne sarebbero sconvolti, ma poi si rassegnerebbero», replicò Ines, che era considerata da tutti l'esemplare superstite delle ragazze del tempo passato, la fanciulla angelicata e idealizzata dai poeti del Trecento, la vergine placida e appagata dal ruolo di brava ragazza, affettuosa con i genitori, ossequiosa con gli insegnanti, leale con gli amici, priva di inquietudini e turbamenti.

«Mia madre e mio padre non farebbero una piega», affermò Roberta. E soggiunse: «Casomai, mi aiuterebbero a superare l'incidente».

«Allora, la più sfigata sono io, che probabilmente sono incinta e devo vedermela con le mie sole forze», spiattellò Liliana.

«Probabilmente sei incinta?» ripeterono all'unisono Roberta e Ines.

«Ho un ritardo di dieci giorni, quindi potrei essere incinta», confessò Liliana.

«Vuoi dire che hai fatto... hai fatto...?» balbettò Ines costernata, senza riuscire a formulare una eventualità a cui non osava neppure pensare.

«Ho fatto l'amore. Volete sapere con chi? Con Gino Conti», disse Liliana.

«Il Porcellino rosa?» domandarono di nuovo in coro le due amiche. Gino Conti era l'insegnante di storia e filosofia che aveva preso in carico la loro classe come supplente, dopo che la professoressa di ruolo era rimasta a casa per concludere la prima gravidanza, molto impegnativa per i suoi quarant'anni. Il supplente era stato subito battezzato «Porcellino rosa» per via della carnagione rosata, i capelli radi e biondi, una incipiente pancetta che denunciava l'amore per il cibo.

«Lui», confermò Liliana. E proseguì: «È stato un

amore tanto breve quanto devastante, considerando che era il mio primo rapporto con un uomo».

A quel punto, Liliana, la ragazza da capogiro che tutti ammiravano per la sua forza morale e per la tenacia con cui affrontava la vita, esplose in un pianto irrefrenabile.

Roberta e Ines si guardarono incredule e smarrite. La loro amica era riuscita a spiazzarle ancora una volta, anche perché non aveva mai lasciato trasparire né un atteggiamento né uno sguardo che le inducesse a sospettare una storia d'amore con il Conti.

«Io non voglio sapere niente di questa brutta storia», affermò Ines.

«Non è detto che sia brutta. Io voglio sapere tutto», disse Roberta.

«È brutta, invece», singhiozzò Liliana.

«Scendo a preparare una tisana per questa cretina», annunciò Ines.

Si infilò la vestaglia di Roberta e uscì dalla camera.

«Dai, racconta», la sollecitò la padrona di casa.

Liliana si soffiò rumorosamente il naso e spiegò: «Ci siamo visti per caso alla Sormani. Io facevo una ricerca sulla campagna di Russia durante la seconda guerra mondiale. Lui era seduto a un tavolo accanto al mio. Mi ha sorriso e, a un certo punto, mi ha fatto cenno di uscire. Siamo andati al bar a prendere un caffè e abbiamo cominciato a parlare. Lui si stava documentando per la stesura di un saggio su Stalin e le donne e io che, per caso, mi ero imbattuta in un bel po' di materiale su Svetlana, la figlia di Stalin, ho fatto la saputella. Gino ha colto la palla al balzo e mi ha chiesto se gli davo una mano».

A Roberta fece uno strano effetto sentir chiamare Gino il Porcellino rosa e si lasciò sfuggire un sorriso.

«Non ti racconto più niente, perché stai godendo della mia disgrazia», disse Liliana e riprese a piangere.

«Scusami. Continua, ti prego. Voglio sapere il seguito, perché anch'io ho qualcosa da raccontarti.»

«Riguarda Gino?» si insospettì Liliana.

«Assolutamente no. Vai avanti.»

Quella che a loro sembrava una storia sconvolgente era soltanto l'eterno ripetersi della vicenda tra allieva e docente. Con la scusa della ricerca, il professor Conti aveva invitato Liliana a casa sua, nei pomeriggi in cui la giovanissima moglie era al lavoro. Tra una rilettura di appunti e una discussione, il professore le aveva raccontato la triste storia di un matrimonio infelice con una donna che gli era stata destinata da quando erano entrambi adolescenti. «Ormai non è più una moglie, ma solo una cara sorella», le aveva spiegato l'infame, riversando su Liliana tutta la sua infelicità. Le aveva persino fatto balenare il proposito di associarla al libro che stava scrivendo. A quel punto lei era innamorata cotta dell'insigne studioso che aveva avuto il gioco facile nel sedurla.

Lei aveva trascorso settimane di intenso lavoro e grande passione fino a quando, una sera, uscendo dalla biblioteca dove aveva fatto incetta di notizie interessanti, aveva visto il professore con la moglie che esibiva un grembo enorme. La moglie-sorella era inequivocabilmente incinta.

«È stato come ricevere una bastonata sulla testa. Mi ha preso una nausea spaventosa e mi sono fiondata nella toilette di un bar dove ho rovesciato l'anima», finì di spiegare.

«È accaduto tre settimane fa, quando sei rimasta a casa da scuola per quattro giorni?» domandò Roberta.

«Ero uno straccio. Lui mi ha telefonato per riferirmi che anche lui mi aveva vista, quella sera, e che gli dispiaceva moltissimo. Ha avuto il coraggio di dirmi, riferisco testualmente: 'Nel deserto della mia vita avevo trovato una rosa e l'ho perduta'. Poi, quando Ines mi ha telefonato per annunciarmi che il Porcellino rosa si era ammalato e non sarebbe più tornato, ho ripreso la scuola. Ora, però, temo di essere nei guai e non riuscirò più a tenere per me questa storia. Ines mi ha già buttato la croce addosso. Non farlo anche tu, ti prego», singhiozzò, rifugiandosi tra le sue braccia.

«Lacrime di coccodrillo», disse Ines, ricomparendo nella camera con la tisana per l'amica.

«Ma se davvero aspetti un figlio, che cosa pensi di fare?» la interrogò Roberta, mentre Liliana prendeva la tazza dalle mani di Ines.

«È meglio se ti butti da una guglia del Duomo, così seppellirai con te la tua vergogna», borbottò Ines.

«Tu dici?» domandò Liliana.

«Tu ascolti questa scema?» si spazientì Roberta.

«Ines ha ragione. Mio padre lavora come un mulo

perché io e mio fratello possiamo avere una vita migliore della sua e io lo ricambio sfornando un figlio illegittimo. È meglio se mi ammazzo.»

«Aspetta almeno di sapere se sei davvero incinta», ragionò Roberta.

«Incinta o no, ti sei comportata in modo immorale», martellò Ines.

«Tu sei matta davvero», deplorò Roberta.

«Una ragazza deve arrivare vergine al matrimonio. Soltanto quello sporcaccione di Voltaire poteva sostenere che la verginità è una superstizione e non una virtù. Forse non è né l'una né l'altra cosa, ma è certamente una regola che ti consente di vivere senza angosce», affermò Ines.

«Sei bacchettona, codina, oscurantista, beghina. Ma quello che mi disturba di più è che pensi davvero quello che dici e credi che l'amore, fuori del matrimonio, sia immorale. La virtù è nel cuore e nella mente. Svegliati, Ines», s'infervorò Roberta.

«Io con voi due non voglio più parlare, perché siete due incoscienti», deplorò Ines.

«Intanto io sono nei guai e voi, invece di pensare a me, vi accapigliate su questioni di lana caprina», si lamentò Liliana, tra i singhiozzi.

«Ascoltami: nella vita c'è rimedio a tutto, tranne che alla morte. Dunque, mettiti tranquilla e vedrai che si troverà una soluzione al tuo problema», disse Roberta. E soggiunse: «Adesso, però, io vorrei dormire, perché domattina ho l'interrogazione di latino e greco».

Si infilò nel suo letto, chiuse gli occhi e, prima di addormentarsi, pensò a Oscar Trinchese. Erano passati due anni da quando lo aveva visto nel vestibolo di casa e non poteva dimenticare la tenerezza con cui l'aveva guardata e le aveva sorriso. Non lo aveva più incontrato. Però, attraverso i racconti che aveva strappato a suo padre, ne aveva ricostruito la biografia.

# *Oscar*

# 1

OSCAR aveva vent'anni quando sua sorella Egle sposò Saverio Cioni che, a Roma, aveva un negozio di foto-ottica. Si considerò fortunata, perché Saverio, vedovo e senza figli, era proprietario dell'appartamento in cui viveva.

Quando ricevette la proposta di matrimonio, Egle disse: «Accetto solo se mio fratello può venire a vivere con noi. Siamo soli al mondo e lui ha bisogno di me».

«Va bene», rispose Saverio, che aveva conosciuto Oscar e lo aveva considerato un perdigiorno, ma gli era anche sembrato onesto e intelligente.

Lo aveva messo subito a lavorare nella sua bottega dove il ragazzo aveva scoperto un'attitudine innata per la fotografia.

Un giorno, per caso, era capitato in negozio il capocronista di un quotidiano romano.

«Ho bisogno subito di una fototessera», aveva detto.

E soggiunto: «Una foto in cui, possibilmente, io non sembri ricercato dalla polizia».

Oscar aveva orientato le luci nel modo giusto e il risultato era stato davvero soddisfacente.

«Mi hai fatto sembrare quasi bello», aveva commentato il giornalista. Qualche tempo dopo gli aveva telefonato.

«Stamattina si sposa mia figlia. Il fotografo del giornale che doveva fare il servizio ha avuto un incidente e gli altri fotografi sono fuori per lavoro. Te la senti di occupartene tu?»

«Ci provo», aveva detto lui.

Ne era venuto fuori un servizio eccellente. A quel punto, la vita di Oscar cambiò. Venne assunto dal quotidiano e la sua abilità venne premiata con l'iscrizione all'albo professionale.

Trovò un piccolo appartamento solo per sé e lasciò la casa del cognato.

«Tuo fratello mi mancherà, soprattutto in bottega. Credevo di essermi accollato un peso morto e invece adesso mi dispiace perderlo», aveva confessato Saverio alla moglie.

«Lo so che l'avevi accolto soltanto per farmi piacere. Nemmeno io avevo idea di quanta grinta avesse», aveva replicato Egle, gonfia d'orgoglio per il successo del fratellino che aveva quasi dieci anni meno di lei.

Oscar ed Egle non avevano avuto una vita facile, dopo che i loro genitori erano morti in un incidente automobilistico. A quell'epoca, Egle aveva quindici anni e

Oscar soltanto sei. Erano stati accolti nella masseria di zia Tuma, nella campagna di Gallipoli. Anche Tuma non se la passava bene. La campagna non rendeva e lei si era indebitata per trasformare la masseria in agriturismo. I due orfani dormivano in uno stanzino e sopportavano i lamenti della zia che doveva mantenere due figli universitari a Roma e un marito colpito da un ictus. Imprecava in un dialetto arabo che aveva imparato da sua madre e non sapeva che i due nipoti lo capivano, perché a loro volta lo avevano imparato dal padre, fratello di zia Tuma.

Oscar doveva alla generosità della zia se era riuscito a frequentare il liceo scientifico a Gallipoli. Egle lavorava nell'agriturismo come cameriera: puliva le camere degli ospiti e serviva in tavola. Aveva incontrato così Saverio Cioni che era stato ospite lì e, in quella bella e laboriosa trentenne, aveva visto una compagna affidabile per il resto dei suoi giorni.

Saverio aveva quarant'anni, era vedovo da cinque e non pensava di tornare a innamorarsi. Invece, con Egle, era stato amore a prima vista.

«Voglio prendermi cura di queste tue povere mani sciupate dal lavoro», le aveva detto.

Lei aveva sentito che quell'uomo avrebbe mantenuto la promessa. Oscar, che non aveva né il denaro né la voglia di iscriversi all'università, aiutava zia Tuma nell'agriturismo e dedicava il tempo libero alle turiste straniere.

Il trasferimento dalla campagna pugliese a Roma era

stato un grande balzo in avanti. Il lavoro nella bottega del cognato gli era sembrato fantastico e il passaggio a una professione che gli piaceva e lo faceva sentire parte di una élite privilegiata fu per lui una specie di miracolo.

Ora andava a caccia di scoop fotografici e, quando rientrava, trovava la casa riordinata e il cibo in frigorifero. Tutto merito di sua sorella che riusciva sempre a passare da lui per provvedere alle sue necessità.

Oscar era felice delle attenzioni di Egle anche se, qualche volta, capitava che lei gli piombasse in casa mentre lui era a letto con qualche ragazza. Poi, lei gli telefonava e gli diceva: «Non voglio interferire nella tua vita, però se ti trovassi una compagna vera sarei più contenta».

«Sono ancora giovane e non ho nessuna intenzione di prendere moglie», rispondeva lui.

Egle guardava il «fratellino» con la tenerezza di una madre e immaginava per lui una compagna graziosa, onesta e colta. Sperava anche che Oscar seguisse l'esempio del bisnonno il quale, in Africa, era diventato un personaggio facoltoso, rispettato e temuto.

Cinzia entrò nella vita di Oscar durante un appostamento per catturare le immagini di una festa privata romana iperesclusiva.

La giovane era stata assunta come cameriera da una società di catering per servire ai tavoli durante il ricevimento offerto da un ricco palazzinaro, nella sua residenza sull'Appia antica, a ospiti molto selezionati.

Cinzia aiutò Oscar a introdursi nel parco della villa e

lui, eludendo il servizio di sorveglianza, riuscì a scattare una serie di fotografie che il giornale pubblicò con clamore.

Il fotografo aveva impresso una marcia in più alla sua carriera e anche alle sue finanze.

Pochi giorni dopo, Cinzia si era presentata a casa sua chiedendogli ospitalità per qualche notte, dal momento che aveva perduto il lavoro e non aveva di che pagare un affitto.

«Appena trovo un altro lavoro, levo le tende», gli aveva detto.

Oscar, che si sentiva in debito con lei, le disse: «Va bene. In salotto c'è un divano-letto e nel frigorifero c'è da mangiare». Poi telefonò a Egle: «Ho un'ospite che si occuperà della casa per qualche giorno. Non serve che tu venga a fare le pulizie».

Cinzia ripulì a fondo l'appartamento e si prese cura del suo guardaroba. Poi, riordinò l'archivio fotografico, rispose alle telefonate e prese appunti, gli preparò impeccabilmente la borsa da viaggio, gli mise in tavola pasti caldi. E Oscar, quasi senza rendersene conto, si ritrovò a convivere con la cameriera.

«Non è il massimo delle mie aspirazioni trovarmi tra i piedi una donna, ma Cinzia sa essere discreta, non pretende una ricompensa e, quando avrà di nuovo un lavoro, se ne andrà e... amici come prima», raccontò ai suoi colleghi.

«Guarda che quella il lavoro l'ha già trovato e, adesso, aspetta di trovare anche un posto nel tuo letto», l'ammonì il suo capo.

«Figuriamoci! È più vecchia di me, non è il mio tipo e tra noi due non c'è e non ci sarà mai niente», aveva replicato.

Però, le rare volte in cui passava in casa una serata, non gli dispiaceva di averla intorno, scambiare due parole, farsi servire un caffè.

Una sera, Cinzia gli raccontò che era nata in un paesino ai piedi della rocca di San Leo. Come Cenerentola, aveva avuto una matrigna e due fratellastri che la maltrattavano. Il padre vedeva, ma taceva. A quindici anni era andata a servizio a Bologna, in casa di un sarto, scapolo e misogino, che aveva tentato di circuirla. Era fuggita nel cuore della notte, era andata alla stazione ed era salita sul primo treno in partenza. Era arrivata a Roma e, nella pensioncina in cui aveva preso alloggio, pagava la sua camera facendo le pulizie e servendo la colazione agli ospiti. Roma l'affascinava e aveva creduto di poter sbarcare il lunario facendo la comparsa in qualche film. Ogni mattina andava a Cinecittà elemosinando una giornata di lavoro e lì, tra una comparsata e l'altra, aveva imbastito un paio di storie deludenti con giovani che, come lei, vivevano alla giornata. Quando non riusciva a entrare in un cast, accettava un posto da cameriera per i catering o da hostess per le molte manifestazioni mondane.

Era la storia triste di un'infanzia infelice, di un'adolescenza non vissuta, di una giovinezza stentata che,

Oscar pensò, assomigliava un po' alla sua. Si impietosì e tuttavia cominciava a mordere il freno, perché non poteva più invitare nel suo appartamento le sue conquiste e non osava nemmeno dire a Cinzia di togliersi di mezzo.

Ogni giorno le domandava: «Hai trovato un lavoro?»

«Ti do tanto fastidio?» gli chiedeva lei.

«Ma no, figurati», rispondeva.

Intanto era in casa sua da quasi un mese, anche se sembrava sempre sul punto di andarsene.

# 2

«QUESTA sera, mentre ero al ristorante, mi sono saltati via, uno dopo l'altro, tutti i bottoni della camicia. Ne sai qualcosa?» domandò Oscar, con voce feroce.

Cinzia era distesa sul divano letto, al buio e fingeva di dormire.

«Mi hai sentito?» la incalzò lui, accendendo una lampada.

Lei si lasciò sfuggire un sorriso di soddisfazione e, con voce assonnata, domandò: «Davvero erano così allentati? Avrei dovuto accorgermene, mentre stiravo la camicia. Perdonami, non accadrà più».

Lui andò a dormire infuriato e lei architettò un nuovo dispetto perché si era accorta, dal tono e dalla frequenza delle telefonate, che a Oscar piaceva una ragazza.

Infatti, aveva programmato un fine settimana eccitante in compagnia di una giovane attrice in cerca di popolarità. Avrebbero trascorso alcuni giorni sulla Costa Smeralda, ospiti di un ricco petroliere arabo che, sul suo panfilo ancorato al largo di Porto Cervo, ospitava il fior fiore della mondanità. Avrebbe pagato lo scotto con alcuni servizi fotografici gratuiti, ma gli si profilava anche la possibilità di incappare in uno scoop e, soprattutto, erano garantite un paio di notti infuocate con la giovane attrice che, sebbene non avesse un'intelligenza brillante, era di una bellezza impareggiabile.

All'aeroporto si accorse che la busta con i biglietti per il volo era vuota e pensò di averli dimenticati a casa. Pazienza. Chiese una nuova prenotazione. Ma quando cercò la carta di credito, non trovò nemmeno quella.

«Credo che dovrai partire da sola», disse all'attrice, disperato perché il suo glorioso fine settimana era andato a monte. Tornò a casa e si avventò su Cinzia come una furia. Lei, sollevando lo sguardo dalle parole crociate, gli offrì un sorriso innocente.

«Ce l'hai con me?» gli domandò.

«No, ce l'ho con me stesso, perché ti ho accolta in casa mia, mentre avrei dovuto mandarti via. Perché da settimane faccio finta di credere che tu ti stia cercando un lavoro, mentre la verità è che sei ben decisa a impormi la tua presenza fino a chissà quando. Tra noi due non c'è niente, niente, niente e non ci sarà mai niente di niente. Vuoi fare entrare questo concetto nella tua zucca vuota? Tu devi andartene, devi lasciarmi vivere la mia vita. Che cosa volevi dimostrare impedendomi di andare in Sardegna?»

«Che esisto anch'io e tu non puoi lasciarmi sola ogni fine settimana. Io prima pulisco la casa, poi vado al cinema, poi torno a casa e aspetto. Ma che vita è la mia?» si ribellò lei.

«E lo chiedi a me? Che cosa c'entro io? È colpa mia se non hai voglia di fare niente altro?»

«Vuoi che torni a fare la cameriera o a mettermi in fila a Cinecittà, sperando in una giornata di lavoro? Se è questo che vuoi, dillo e me ne vado subito», strillò.

«È esattamente questo che voglio! Raccogli i tuoi stracci e sparisci, prima che io faccia un gesto di cui potrei vergognarmi», urlò Oscar a sua volta.

Allora Cinzia cominciò a singhiozzare e, tra le lacrime, diceva: «Non ho un soldo, non ho una casa, non ho niente. Ho soltanto umiliazioni, tante da poterle mettere in vendita. Ne vuoi comperare un po'? Te le vendo a prezzo scontato... Ero una bambina e già venivo trattata come uno zerbino. Sono cresciuta e niente è cambiato. Ho incontrato te, che avevi una faccia pulita, e ho sperato in giorni migliori. Così mi sono detta: Cinzia, i tempi grami sono finiti. Adesso hai un tetto sopra la testa e un frigorifero pieno di cibo, vedi di non perdere tutto questo. Mi sono rimboccata le maniche e ho cominciato a lavare, spazzare, stirare e Dio sa quanto io detesti questi lavori. Ma li ho fatti volentieri per dimostrare a me stessa che so fare qualche cosa e a te che non mi stavi ospitando gratuitamente. E tutto questo per che cosa l'ho fatto? Per essere messa alla porta». Intanto andava riempiendo una sacca di tela con i suoi indumenti.

Oscar si sentì un verme. Le andò vicino, le posò le mani sulle spalle e disse: «Non è necessario che tu vada via proprio questa sera. Ma devi capire che non puoi continuare a vivere qui, perché io ho bisogno della mia libertà. Sei ancora giovane, perché non impari un mestiere invece di staccarmi i bottoni delle camicie o di sottrarmi i biglietti aerei e la carta di credito?»

Lei si asciugò le lacrime e disse: «Se ti prometto di non fare più dispetti, mi tieni con te?»

«No.»

«Non vorresti avere in casa qualcuno che, quando torni, ti fa tante feste?»

«No.»

«Ho faticato tanto da bambina. Mi mandavano nei prati a fare l'erba per i conigli, nei boschi a fare legna per il fuoco. Tornavo a casa barcollando sotto il peso delle fascine che portavo sulle spalle. D'inverno mi mandavano al fosso a lavare i panni quando l'acqua era ghiacciata. Avevo le mani gonfie per i geloni. Un dolore lancinante che non mi lasciava né di giorno né di notte. E la sera, quando tutti sedevano a tavola, io mangiavo la mia scodella di minestra, relegata in un angolo della cucina, trattata peggio di una serva. Anche il primo ragazzo con cui ho fatto l'amore, dopo, mi ha scostato da sé e mi ha invitato ad andarmene, proprio come stai facendo tu», sussurrò.

«Io non ti ho portata a letto, non ho approfittato di te in alcun modo. Tu, invece, mi metti il bastone tra le ruote. Che senso ha comportarsi così? È mai possibile che tu non abbia un obiettivo, un sogno?»

«Quello ce l'ho. Vorrei essere una brava moglie, accudire una casa e dei figli, rammendare i calzini di mio marito e sentirmi protetta da lui.»

Erano poveri sogni di una donna infelice. Oscar la tenne con sé e, giorno dopo giorno, finì per affezionarsi a lei. Poi la accolse nel suo letto, più per pietà che per amore.

# 3

CINZIA accoglieva con gioia scodinzolante ogni ritorno di Oscar, grata del fatto che lui le offrisse una casa, il cibo e qualche carezza.

Quando erano insieme, riusciva a essere invisibile. Silenziosa e per nulla invadente, si limitava a stargli accanto, accorrendo felice quando lui le chiedeva qualcosa. Non a caso, Oscar l'aveva soprannominata la sua fedele cagnolina.

Durante le trasferte di lavoro si dimenticava della sua esistenza ma, prima di partire, lasciava sempre sopra il comò il denaro per la sua sopravvivenza.

Quando piazzava un buon servizio, le elargiva somme più generose e le ingiungeva: «Comperati qualcosa che ti piace».

Di solito, Cinzia acquistava abiti e cosmetici. La sua concezione dell'eleganza era di tipo cinematografico: molto vistosa e di dubbio gusto. Lui non se ne curava. Non si rendeva conto che lei lo aveva intrappolato con la dedizione e la discrezione, riducendolo al ruolo di una pallina nelle sue mani sapienti da prestigiatore. Se ne accorse, invece, Egle Trinchese non appena la conobbe. Pienamente consapevole della pochezza di quella compagna, Oscar si era premurato di non farla conoscere a sua sorella.

«Si direbbe quasi che ti vergogni di lei», aveva insinuato Egle, che non aveva smesso il ruolo di sorella maggiore. Questa osservazione l'aveva colto alla sprovvista.

Aveva replicato: «Ti sbagli. Non ho niente in contrario a fartela incontrare».

Così Oscar decise di invitare a cena Egle e il cognato in un piccolo ristorante, vicino a casa.

Cinzia scodinzolò di felicità e si presentò all'appuntamento fresca di parrucchiere.

I coniugi Cioni guardarono Oscar con tenerezza nel momento in cui lo videro comparire al fianco di una contadinella vestita a festa, che aveva ritenuto di darsi un tono esibendo un tailleur di seta nero, ravvivato da una enorme rosa d'organza appuntata sul bavero di un rosso identico a quello delle scarpe dal tacco vertiginoso e della borsetta sulla spalla.

«Piacere», disse Cinzia con un sorriso accompagnato da una sorta di ondeggiante riverenza.

I Cioni furono gentili con lei che non era in grado di sostenere neppure una conversazione elementare, limitandosi, ogni volta che le ponevano una domanda, a replicare: «Non saprei. È Oscar che decide tutto».

Il fatto sconvolgente fu che Oscar dava per scontata la pochezza intellettuale della sua compagna e, a tratti, sembrava persino non accorgersi di averla accanto.

Con la perfidia dettata dalla delusione per la scelta dissennata del fratello, Egle buttava lì domande a caso: «Mi dica, signorina Cinzia, lei di che cosa si occupa?»

«Più che altro mi occupo di Oscar. Lui è sempre in giro e io lo aspetto. Per non annoiarmi faccio il solitario con le carte, le parole crociate e guardo la televisione. Qualche volta, vado a passeggio. Ma poi penso: e se Oscar torna e non mi trova? Allora corro a casa col fiatone per scoprire che lui non c'è.»

Oscar non l'ascoltava, Egle, invece, sì e si preoccupò per la devozione di quella povera donna che dipendeva in tutto e per tutto dal suo giovane e bellissimo fratello. Il giorno seguente gli telefonò.

«Siete la coppia peggio assortita che ci sia. Questa Cinzia non fa per te, come tu non fai per lei.»

Non aveva voglia di spiegarle che a lui andava bene così, per il momento. Non c'era amore nel loro rapporto che si basava unicamente sulla convenienza: lei era felice di avere qualcuno che la manteneva e lui sapeva di trovare una presenza viva ogni volta che tornava a casa. Nessuno dei due chiedeva all'altro qualcosa di più.

«Trovale un lavoro e, forse, lei potrebbe incontrare un compagno più congeniale», gli suggerì Egle.

«Ma se non sa fare niente? E non ha nemmeno voglia di lavorare. Si considera appagata quando fa il bucato e riordina la casa. Ho cercato di metterle in mano qualche libro per aprire i suoi orizzonti ma non le piace nemmeno leggere. In compenso è una persona buona e ingenua.»

Su questa ingenuità, la sorella nutriva forti dubbi.

«È una storia che non può durare», concluse Egle.

«Non voglio complicazioni e lascio che le cose seguano il loro corso», tagliò corto Oscar.

Cinzia, da parte sua, tentò di spremere qualche lacrima, mentre diceva: «Non sono piaciuta né a tua sorella né a tuo cognato. Mi hanno fatto sentire una stupida e io non li voglio più vedere».

Oscar non le rispose. Alla fine, i problemi di Cinzia e di Egle riguardavano loro e non lui.

# 4

«PROCURATI degli scatoloni e comincia a riempirli di abiti, biancheria, pentole e stoviglie», le ordinò una sera, rincasando prima del solito, con gli occhi che brillavano di gioia.

«Perché?» domandò Cinzia, smarrita.

«Mi trasferisco a Milano. Un collega mi ha già trovato un appartamento vicino alla casa editrice.»

«Perché?» continuò a chiedere lei.

«Cambio giornale e lascio questa casa.»

«E io?» domandò allarmata.

«E tu, che cosa?»

«Io che cosa faccio?»

«Quello che vuoi», tagliò corto Oscar e si attaccò al telefono, perché doveva prendere contatti con alcune persone, in vista del trasferimento.

Cinzia sedette in pizzo a una poltrona e aspettò pazientemente che lui concludesse la telefonata. Poi tornò a interrogarlo.

«Io non voglio niente. Sei tu che devi decidere», sussurrò.

«Ma sei ancora qui? Ti ho chiesto gli scatoloni per metterci le mie cose», si spazientì.

«E le mie, dove le metto?» domandò sul punto di scoppiare in lacrime.

«Cinzia, che cosa vuoi da me?» domandò, seccato.

«Mi stai lasciando?»

«Certo che no, ma non sei obbligata a venirmi appresso se non vuoi», disse, e andò in camera da letto per cambiarsi d'abito.

«Sei tu che devi volermi con te, perché io faccio solo quello che mi dici di fare», precisò e soggiunse: «Del resto, sarò ignorante, ma certe cose le capisco. Tu hai detto: 'Mi trasferisco a Milano'. Se avessi detto: 'Ci trasferiamo a Milano', io avrei risposto: 'Che bello!'» martellò lei trottandogli dietro e porgendogli la biancheria pulita.

«Oddio, scusa tanto. E adesso fila a prendere gli scatoloni.»

«No, gli scatoloni te li prendi tu, perché io non muoverò un dito. Io sono una persona e ho la mia dignità. Tu fai e disfi a tuo piacere e mai, nemmeno per sbaglio, mi domandi un parere», tuonò, ricacciando indietro il pianto.

Oscar la guardò allibito. Non capiva davvero la ragione di tanto sdegno. Ma Cinzia non aveva ancora finito di dirgli quello che pensava.

«Non sono una moglie e nemmeno una fidanzata. Sono una serva che ti porti a letto quando ti pare. Ho imparato a chiudere gli occhi sulle tue scappatelle. Taccio e ubbidisco, sempre, giorno e notte. Ma tu, hai mai pensato che ho anch'io dei sentimenti? Anzi, tra noi due, quella che ha i sentimenti sono soltanto io. Tu sei una macchina: mangi, dormi, ti lavi, vai a lavorare. Punto. Se io avessi un'istruzione, un lavoro, una vita indipendente, col cavolo che sarei qui. Ma non ho niente e devo dipendere da te anche per comperarmi un paio di scarpe. Ti sembra bello? Hai idea di che cosa significhi essere nella mia condizione: tacere e ubbidire, come i carabinieri. Loro, però, prendono uno stipendio. Io non prendo niente, e sono sempre lì a ringraziarti per quello che mi dai. Adesso non ci sto più. Io non sposto neanche un bicchiere. Vuoi andare a Milano? Vacci. Io non ti seguo. So che finirò per la strada, ma è meglio fare la puttana dichiarata, che la puttana mascherata da serva», urlò. E aggiunse: «Non ho finito. Sono due anni che vivo in questa casa, se si può chiamare vita questa clausura che mi sono inflitta, e non una volta che tu mi abbia chiesto come sto, se sono triste, se sono felice, se sto bene o se sto male. Mai che tu mi chieda che cosa penso. Perché io penso, guarda un po'! Sissignore, sono in grado di pensare, anche se tu non lo sai. E adesso ho pensato che mi hai sfruttata dal giorno in cui sono entrata in casa tua. Perché è chiaro che questa è la tua casa e non la mia. Io non ho una casa, non l'ho mai avuta, non ho mai conosciuto il piacere di ritrovarmi tra quattro mura con la soddisfazione di dire: questa è la mia casa. Io mi sono sempre mossa in punta di piedi nella tua casa. E concludo: fattelo da te il tuo trasloco, perché adesso vado a guardarmi la televisione e non intendo spostare nemmeno un bicchiere».

Gli girò le spalle e, ancheggiando sui tacchi vertiginosi, andò in soggiorno, si piazzò sul divano e accese il televisore.

Oscar era senza fiato. Pensò che un uomo poteva essere preso a schiaffi anche senza che l'avversario alzasse una mano. Cinzia lo aveva appena fatto. Doveva trovare una scappatoia per ristabilire subito un equilibrio che si era spezzato. Era terrorizzato al pensiero di doversi occupare del trasloco anche perché non avrebbe saputo da che parte cominciare.

Si precipitò nel soggiorno e le domandò: «Che cosa vuoi che ti offra per seguirmi a Milano?»

Continuando a guardare il teleschermo, lei rispose: «Uno stipendio».

Lui sorrise.

«Mi è andata bene. Avrei giurato che mi avresti chiesto di sposarti.»

«Non sono scema, te l'ho già detto. Chiedo le cose possibili e il matrimonio, per te, non è tra queste.»

«E stipendio sia, a partire da oggi, che è il ventisette del mese.»

Aprì il portafogli e le mise in mano un fascio di banconote.

Anche lei sorrise e concluse: «Oltre a tutto, non sono affatto sicura di volerti sposare».

Intascò il denaro e uscì di casa per andare a fare incetta di scatoloni.

# 5

L'APPARTAMENTO milanese di Oscar era in un palazzo dell'Ottocento in via Solferino ed era stato ricavato da un sottotetto che Cinzia aveva arredato secondo il suo gusto. Abbondava di fiori finti, tende di pizzo, tappeti improbabili e cuscini ricchi di trine e velluti.

Il fotografo lo aveva acquistato accendendo un mutuo e lo aveva intestato alla sua compagna, per dimostrarle la sua riconoscenza. Piano piano, lei aveva familiarizzato con la gente del quartiere che la conosceva come la signora Trinchese, anche se non era sposata. Lui conduceva la vita di sempre: non era mai in casa e, quando aveva una serata libera, preferiva trascorrerla in compagnia degli amici.

I colleghi del giornale sapevano dell'esistenza di una convivente che lui definiva «quella povera donna» con una sorta di affettuosa condiscendenza. Capitava che qualche giornalista lo invitasse a cena dicendogli: «L'invito vale anche per la povera donna».

«Grazie, anche a nome suo, ma lei preferisce defilarsi», rispondeva.

Alla fine, nell'ambiente di lavoro, questa Cinzia era percepita come un fantasma di cui era meglio non interessarsi, tanto più che il fotografo, bello e corteggiato, imbastiva avventure galanti senza nemmeno nasconderle.

«Gli equilibri sui quali si basa la stabilità di una coppia rimarranno sempre un mistero insondabile», ragionò Walter Mandelli, che aveva eletto Oscar a suo fotografo preferito, il giorno in cui il giovane si era deciso a raccontargli la sua storia.

«Il fatto è che non sono stato io a scegliere lei. Me la sono ritrovata in casa, perché non sapeva da che parte sbattere e lei ha avuto la capacità di semplificarmi la vita. In questo senso le sono riconoscente. Mi amministra la casa, che per altro è sua, ed è felice di frequentare la merciaia, i padroni della bottega di elettrodomestici, il tabaccaio e sua moglie. Non legge un libro nemmeno per sbaglio, ma guarda tanta televisione. Il giovedì sera va a ballare il liscio e ogni tanto va in gita con i negozianti della zona. Lei è contenta così e io pure. Non ci sono misteri insondabili», spiegò Oscar.

«Io invece li vedo, perché avresti l'età per farti una famiglia vera, con una donna di cui sei innamorato.»

«Senti chi parla», replicò il giovane, al quale Walter aveva raccontato la sua storia.

«La mia storia con Malvina è stata bellissima. Noi due ci siamo amati davvero e nostra figlia è lì a dimostrarlo. Tu hai bisogno di innamorarti, ma, a quel punto, che cosa ne sarà della povera donna?»

«Non credo che mi accadrà di incontrare un grande amore ma, se così fosse, non abbandonerò mai Cinzia e provvederò sempre a tutte le sue necessità. Non sono il tipo che dà un calcio a qualcuno nel momento in cui non gli serve più», dichiarò Oscar, senza sapere che il fulmine dell'amore stava per colpirlo a tradimento.

Accadde mentre era sul punto di partire per la Svezia con Walter. Andò a prelevare il giornalista in via Turroni e, all'improvviso, gli apparve una visione: la piccola Roberta Mandelli, della quale aveva già sentito parlare.

La ragazza si profilò nel vestibolo della villetta e, di lei, lo colpì l'armonia di un corpo appena sbocciato, il profilo dolce del viso, la morbidezza delle spalle, lo slancio di due lunghe gambe perfette e l'impronta di una signorilità innata. Poi colse la musicalità della voce in cui persistevano suoni infantili e, senza che se ne rendesse conto, la sua mente formulò un'affermazione sbalorditiva: «Questa sarà la donna della mia vita». E si innamorò di lei.

Il servizio fotografico in Svezia fu molto sofferto perché stava vivendo una tempesta di emozioni che cercava di esprimere attraverso la macchina fotografica, catturando atmosfere rarefatte e intense come il sentimento che si era impadronito di lui. Scattò fotografie memorabili e l'immagine di Bergman, il grande drammaturgo svedese, che Oscar colse dietro i vetri, inquadrato da una finestra della sua casa, gli valse un prestigioso premio internazionale.

A Stoccolma, Walter acquistò piccoli souvenir per sua figlia e Oscar, d'impulso, comperò un cavallo di legno, laccato d'azzurro, e lo diede al giornalista.

«È per la tua ragazzina», gli disse.

Era sembrato a Walter, che frequentava il fotografo ormai da alcuni mesi, di notare in lui un comportamento più riflessivo e pacato. La sera, finito il lavoro, invece di andare per locali in cerca di compagnia, si intratteneva in chiacchiere con lui e quando Walter diceva: «Vado a dormire», Oscar replicava: «Anch'io» e, insieme, salivano nelle loro camere d'albergo.

Finito il lavoro, quando tornarono a Milano, Oscar riaccompagnò a casa il giornalista.

Era sera e, nella villetta di via Turroni, le luci erano tutte accese.

«Vuoi fermarti a mangiare qualcosa prima di rincasare?» gli domandò Walter.

Lui scese dalla macchina, osservò la luce morbida che veniva dall'interno della casa e provò un'emozione così forte nel ricordare la figura e il volto della piccola Roberta che si spaventò e disse a Walter: «Sarà per un'altra volta».

Risalì in macchina e andò a casa sua, dove Cinzia lo stava aspettando.

Infatti la donna era lì, acciambellata sul divano, a guardare un programma televisivo.

Lo accolse scodinzolando e subito gli domandò: «Che regalo mi hai portato?»

Le aveva comprato un cardigan di lana blu con il corpetto ricamato con stelle natalizie.

«Che bello! Fa tanto atmosfera nordica. Grazie, caro. Lo metterò in naftalina per il prossimo inverno», disse.

Oscar la osservò a lungo, come se non l'avesse mai vista e si rese conto di non averla mai guardata davvero. Vide una donna scialba, con il trucco vistoso, i seni pesanti, l'aria spenta delle persone che non hanno reali interessi. Pensò che Cinzia avrebbe potuto vivere in un museo senza vedere un quadro, perché era incapace di assimilare qualunque espressione artistica. L'aveva apprezzata una sola volta, quando si era ribellata, prima del trasloco da Roma a Milano. Era stata come una lampadina che si era accesa all'improvviso, ma si era subito spenta. Di nuovo, la sua mente inquadrò la visione della piccola Roberta che evocava una vivacità elegante, ed elaborò un proposito: «Devo aspettare che cresca».

«Ho fatto il ragù con poco burro, come piace a te», stava dicendo Cinzia. «Mentre ti cambi, metto a cuocere le tagliatelle.»

Aveva abbandonato la postazione preferita, il divano, e stava andando in cucina.

Passandogli accanto, avvolta da un profumo intenso che lo infastidì, gli sventagliò una mano all'altezza del viso.

«Dormi in piedi?» domandò e si allontanò ancheggiando.

Oscar non dormiva, sognava a occhi aperti.

Lo squillo del telefono lo riportò alla realtà.

Suo cognato Saverio lo chiamava da Roma e quello che gli disse lo lasciò senza parole.

«Quando arrivate?»

«La prossima settimana. Puoi trovarci una sistemazione in un alberghetto confortevole?»

«Me ne occupo subito», lo rassicurò Oscar. Poi raggiunse Cinzia in cucina.

«Chi era, a quest'ora?»

«Mia sorella non sta bene. La settimana prossima viene a Milano per una serie di accertamenti in ospedale.»

«Mi dispiace», sussurrò lei.

«Devo cercare un albergo accogliente.»

«Vuoi scherzare? Li ospitiamo noi. Gli diamo la nostra camera. Tu ti sistemi nello studio e io mi arrangio in soggiorno», decise lei.

Oscar le accarezzò il viso e disse: «Sei cara».

Egle era tutta la sua famiglia e, dalle poche parole di Saverio, aveva capito che la situazione era seria. Per la prima volta fu colpito dalla paura di perderla.

Si rivide bambino, nella stanzetta della masseria con i muri imbiancati a calce, nel letto accanto a quello della sorella. Ricordò quando lui si svegliava nel cuore della notte e piangeva invocando i genitori e lei lo confortava e lo rassicurava dicendogli: «Io non ti lascerò mai». E aggiungeva, per distrarlo: «Giorno verrà, presago il cor mel dice, che vivremo del nostro, senza più tendere la mano». Lui si divertiva sempre alle citazioni poetiche di Egle.

Lei era stata una studentessa diligente e aveva rinunciato agli studi per favorire il fratello, che studiava di malavoglia per compiacere lei, più che per se stesso. Ora rimpiangeva di non aver concluso l'università, ma poi si consolava pensando che una laurea in giurisprudenza l'avrebbe forse avviato a una professione meno stimolante di quella attuale.

«Non sono cara. Anche se non siamo sposati, Egle è pur sempre una cognata e, per i parenti, bisogna darsi da fare», disse ora Cinzia.

«Vado a farmi una doccia», annunciò Oscar.

Si chiuse in bagno, si prese il viso tra le mani e pianse. Il sentimento per la piccola Roberta era svanito per lasciare il posto al dolore per la malattia di sua sorella.

# 6

CINZIA si occupò della cognata con una dedizione di cui nessuno l'avrebbe creduta capace. Quando il marito di Egle tornava a Roma per controllare l'andamento della sua attività, Cinzia non abbandonava la malata né di giorno né di notte e quando, dopo un complesso intervento, venne dimessa dall'ospedale con una sentenza che non lasciava grandi speranze, la volle di nuovo in casa con sé. La accompagnava in ospedale, dove veniva sottoposta a pesanti chemioterapie, la confortava, le apriva il cuore alla speranza.

La vita di Oscar cambiò radicalmente. Tutto il suo tempo libero lo trascorreva a casa con la sorella e con Saverio che, ormai, faceva la spola tra Roma e Milano.

Appena si accorgeva che Egle stava meglio, Cinzia la trascinava con sé per la città, incitandola a comperare un abito che le piaceva, a vedere un film allegro, a scegliere una parrucca spiritosa dopo che, in seguito alla chemioterapia, aveva perso i capelli.

Oscar le era grato per le cure che dedicava a sua sorella e quando questa gli disse: «Non avrei mai creduto che Cinzia fosse così generosa con me», lui replicò: «Non l'avrei mai pensato neppure io».

Fratello e sorella erano in camera da letto. Egle era stanca e si era distesa per riposare un po'. Cinzia era uscita per accompagnare alla stazione Saverio, che tornava a Roma. Prima di uscire, però, aveva preparato il pranzo per loro due.

«In cucina ci sono le lasagne di verdure. Alzati che andiamo a tavola», disse Oscar.

«Adesso non ho voglia di mangiare. Magari tra un po'. Comincia tu», rispose la sorella.

Lui le sorrise, senza mostrare la preoccupazione per il respiro un po' affannoso.

«Nemmeno io ho molta fame. Aspetterò», decise lui.

«Sdraiati qui, allora, e raccontami qualcosa», propose Egle.

Si distese accanto alla sorella, che continuò: «Vorrei tanto che tu ti facessi una famiglia, che i Trinchese si perpetuassero. Dal cielo, mamma e papà vorrebbero la stessa cosa. Da quando mi sono ammalata, penso molto a loro. Sono convinta che da lassù non ci abbiano mai abbandonato. A me hanno fatto incontrare un compagno gentile e generoso, a te hanno dato il successo professionale, senza contare quella santa donna di Cinzia. Ha un cervello piccolino, ma possiede un grande cuore».

«Mi stai dicendo che dovrei sposarla?»

«Questo puoi deciderlo solamente tu», sussurrò lei.

In quel momento Oscar ricordò Roberta. Da due anni, da quando era iniziato il calvario di Egle, si era imposto di non pensare più a lei. Quando Walter Mandelli accennava alla figlia, lui si defilava. Ora pensò: Ormai ha diciotto anni e sarà una donna.

«Ti ricordi quando andavi al liceo e mi leggevi i versi d'amore dei poeti provenzali?» chiese ora a sua sorella.

«L'amore a distanza per la donna angelicata. In realtà credo che raccontassero un sacco di palle. Quelli scopavano come ricci, te lo dico io.»

Risero insieme. Poi lui disse: «Il tuo spirito dissacratore mi sconcerta. Posso garantirti che non era affatto come dici tu. Un giorno, tanto tempo fa, ho visto una ragazzina e ho sentito una scossa elettrica in tutto il corpo. Se fossi un poeta, le avrei dedicato canzoni e ballate, perché vederla e amarla è stato tutt'uno. Dopo ho avuto altre cose a cui pensare, ma adesso mi è tornata in mente e la vedo come un angelo che non oserei nemmeno sfiorare».

Egle gli sorrise, emise un lungo sospiro e chiuse gli occhi. Sua sorella aveva lasciato la vita ragionando d'amore.

Qualche giorno dopo, Walter Mandelli sorprese Oscar in lacrime. Era solo, nella stanza dei fotografi. Il capo nascosto tra le mani, singhiozzava disperato. Il giornalista gli posò una mano sulla spalla.

«Sono solo, Walter. Sono disperatamente solo», sussurrò Oscar.

«Lo so», rispose il giornalista, ricordando il dolore

per la perdita della sorella Cristina. Erano trascorsi tanti anni, ma ogni volta che pensava a lei avvertiva un senso di vuoto che niente avrebbe mai colmato.

«Egle era tutta la mia famiglia. Adesso annaspo alla ricerca di un appiglio, di un punto d'appoggio», confessò Oscar.

«Credo che dovresti tuffarti nel lavoro per non pensare, amico mio. Non pensare, a volte, aiuta a vivere», suggerì Walter. E aggiunse: «Coraggio, adesso dobbiamo partire, lo sai. Andiamo a Ginevra a lustrarci gli occhi con Sophia Loren».

Oscar si lasciò sfuggire un sorriso.

«Quando la smetterai di fare il galletto con le belle signore?» tentò di scherzare.

«Mai. Sono sempre stato molto sensibile alla bellezza femminile. Una mamma bellissima, due sorelle strepitose, una figlia che è uno schianto, per non parlare della madre, Malvina. Le donne belle, di solito, sono anche buone e generose, sono il miele della vita.»

«Quando vuoi partire?» domandò Oscar.

«Domattina. Andiamo con la tua macchina. Passa a prendermi per le nove, così facciamo colazione insieme. La colazione che prepara Roberta è degna della cucina di un grande albergo», disse Walter.

«No!» Fu un «no» quasi di terrore che allarmò il giornalista.

«No, che cosa?»

«Voglio dire che non mi va di affrontare altra gente. Casomai ti suono il clacson e ti aspetto fuori.»

Per Walter andava bene anche così. Si salutarono nell'atrio del palazzo che ospitava la redazione del giornale.

«Grazie», gli disse Oscar e si avviò a piedi verso casa dove lo aspettava una sorpresa: Cinzia aveva scambiato la camera da letto con il soggiorno, trasportando i relativi mobili dall'una all'altra stanza e aveva comperato un letto matrimoniale nuovo.

Aveva capito che non sarebbe stato semplice, per lui, riappropriarsi di una stanza in cui sua sorella aveva a lungo sofferto e in cui era morta. La sensibilità della sua compagna lo commosse. Le accarezzò il viso e dichiarò: «Meriteresti qualcuno migliore di me, qualcuno che sappia apprezzarti per quello che vali».

«Tu mi apprezzi moltissimo e non troverò mai uno migliore di te. Il fatto è che tu, che pure mi vuoi bene, non riesci ad amarmi, mentre io ti amo da un pezzo.»

«Solo una donna innamorata poteva fare quello che hai fatto tu per mia sorella, ma...»

«Basta così, Oscar caro. Capisco che uno non può imporsi d'amare qualcuno. A me basta e basterà sempre quello che mi offri. Ed è tanto, credimi. A tua sorella non ho dato nemmeno la metà di quello che ho ricevuto da te.»

Oscar si rifugiò tra le sue braccia.

Quella sera, fecero l'amore e poi lui si addormentò come un bambino abbracciato a lei.

Il mattino dopo, aprì gli occhi e guardò Cinzia che dormiva al suo fianco.

Le diede una carezza sui capelli e si alzò. Lei continuò a dormire. Quando fermò l'auto davanti al cancelletto di casa Mandelli, come d'accordo, suonò il clacson.

La porta della villetta si spalancò subito e, sulla soglia, si profilò Roberta.

«Entra», gli disse sorridendo e soggiunse: «Ti stiamo aspettando».

# 7

In quel momento Oscar seppe che la sua vita si stava complicando. La volontà di tutelare la sua quieta sopravvivenza gli suggeriva di non schiodarsi dal posto di guida, ma il desiderio di stare vicino a Roberta lo spinse a scendere dall'auto.

Lei indossava pantaloni gialli di lino fresco e una maglietta bianca su cui spiccava una scritta in blu: HO LA TESTA TRA LE NUVOLE, MA I PIEDI PER TERRA.

Oscar lesse la frase e sorrise. In quel sorriso, Roberta ritrovò le emozioni dei suoi sedici anni e una vampa di rossore le salì al viso.

«Papà non è ancora pronto. Lo aspetteremo insieme», gli disse, avvolgendolo in uno sguardo dolce come una carezza.

Si ritrasse per farlo entrare, abbagliata dalla bellezza di quell'uomo dal corpo possente che indossava jeans un po' stinti e una polo gialla.

Lui salì lentamente i gradini e la raggiunse.

«Ti ricordi ancora di me?» le domandò.

«Ma certo. Non ti ho mai ringraziato per un cavallino di legno che conservo ancora su una mensola, nella mia stanza. Come stai?»

Erano nel vestibolo e Roberta si portò l'indice alle labbra sussurrando: «Parliamo sottovoce, perché la nonna sta riposando. Papà è sotto la doccia. In tavola è pronta la colazione».

Oscar pensò che era ancora in tempo a fuggire. Che diamine, era un uomo di ventisei anni e quel sogno di ragazzina, la figlia di Mandelli, non era pane per i suoi denti. Ma non scappò.

Lei lo precedette lungo il corridoio, guidandolo verso la sala da pranzo, e lui la seguì, imbambolato.

Il sole di luglio, schermato dalle persiane leggermente accostate, disegnava strisce di luce dorata sul tavolo, sulle porcellane della prima colazione e sul viso di una giovane donna bruna che, i gomiti appoggiati al tavolo, sorseggiava il caffè reggendo la tazzina con entrambe le mani.

Oscar guardò alternativamente lei e Roberta, perché si assomigliavano come sorelle.

«Lei è mia madre», spiegò Roberta. E proseguì nelle presentazioni: «Lui è Oscar, il fotografo che lavora con papà».

L'uomo aspettò che Malvina gli tendesse la mano e allora la strinse dicendo: «Buon giorno, signora. Non voglio disturbare».

«Si unisca a noi per la colazione», lo invitò Malvina,

con un sorriso distante, mentre con un gesto del braccio abbronzato, avvolto da una serie di minuscoli cerchietti d'oro, gli indicava il posto a tavola.

Oscar constatò che la madre aveva trasmesso alla figlia l'impronta di uno stile che non si può imitare. Malvina lo stava soppesando, senza averne l'aria, e Oscar sedette, imbarazzato.

«Davvero non vorrei disturbare», ripeté.

«Non faccia storie e si serva», disse Malvina con un tono carezzevole che contraddiceva l'ordine perentorio.

Roberta gli versò il caffè, un po' preoccupata, perché sapeva che sua madre stava analizzando spietatamente quel biondo da sballo.

«Prenda una brioche», insistette Malvina. E soggiunse: «È una specie di *gâteau maison* fatto da mia figlia che, quando pasticcia in cucina, dà il meglio di sé. Ne stavamo giusto discutendo, prima che lei arrivasse. Roberta dovrebbe andare a una scuola di cucina, perché imparerebbe un mestiere che le è congeniale».

Oscar prese la brioche farcita di marmellata e la osservò, come se esitasse ad addentarla.

Roberta disse: «Non far caso a mia madre, lei non morde, sbrana. E in questo, anche lei dà il meglio di sé».

Malvina regalò alla figlia un sorriso incantevole e replicò: «Stai spaventando a morte questo povero ragazzo».

«Che cosa devo fare? Mangio o non mangio?» domandò Oscar con aria smarrita.

A quel punto la tensione si allentò e Malvina esclamò: «Gusti in santa pace la sua colazione!»

Scese il silenzio e, di sottecchi, Roberta osservò l'uomo dei suoi sogni. Non aveva smesso di pensare a lui di tanto in tanto e adesso, guardandolo, si rese conto che le piaceva molto più di quanto immaginasse.

Da una stanza che si affacciava sul corridoio, di fronte alla sala da pranzo, arrivò la voce roca della nonna che chiamava: «Cristina, Cristina!»

Quel richiamo arrivava al momento giusto.

Roberta, a corto di argomenti, annunciò: «Vado dalla nonna».

«È la madre di Walter. Chiama in continuazione una figlia che è morta da dieci anni», spiegò Malvina a Oscar, mentre imburrava una fetta di pane.

Attraverso la porta socchiusa arrivò un parlottio tra nonna e nipote. Oscar e Malvina sentirono Roberta che diceva, con voce dolcissima: «Tranquilla, nonnina. Vuoi una tazza di caffè?»

«Mia figlia ha lo spirito della crocerossina, oltre al talento culinario. Io so a malapena cuocere una bistecca. Roberta, invece, cresciuta in questa casa di donne operose, è diventata una perfetta casalinga. E lei? Voglio dire, chi cucina in casa sua?»

«La mia compagna, le rare volte in cui mangiamo insieme. In realtà, sono un uomo da trattoria. Quando mi va bene, pranzo al ristorante.»

«Vita da scapolo, dunque.»

Oscar si domandava se la bella signora lo stesse intrattenendo per far passare il tempo o fosse davvero incuriosita da lui.

«Non ho un'attitudine spiccata per la vita di famiglia», ammise lui.

«Se per famiglia intende il matrimonio, in effetti è una condizione molto impegnativa che non può essere affrontata con leggerezza», sottolineò Malvina.

Oscar, che attraverso le parole di Walter conosceva la sua storia, fu sul punto di replicare: «E lei, signora, si è ben guardata dall'impegnarsi». Invece disse: «Lei è davvero sorprendente. Di solito, le persone si informano sul mio lavoro: i personaggi che ho fotografato, i luoghi in cui sono stato. Invece ho l'impressione che lei mi voglia portare su un terreno difficile, quello privato».

«I viaggi che si compiono intorno a noi stessi sono molto più interessanti di quelli che si fanno intorno al mondo», affermò lei.

Era riuscita a inchiodarlo un'altra volta. Roberta non tornava e Walter si faceva aspettare.

«Non ho uno spirito speculativo», si scusò.

Malvina gli sorrise, gli versò dell'altro caffè e disse: «So che Walter lavora volentieri con lei».

«Mi fa questo onore. Io ammiro la sua professionalità e invidio la sua capacità di scrittura. Invece io impugno la penna come se fosse un badile e davanti a un foglio bianco i miei pensieri prendono la fuga, non so se per pudore o per orrore.»

«Non esageri, o penserò che è a caccia di complimenti. Mi sembra di capire che lei si esprima benissimo attraverso l'obiettivo della sua macchina fotografica.»

Oscar non ne poteva più. Quella bella signora di

grande classe era assolutamente detestabile. Come poteva Walter parlare di lei in termini tanto esaltanti? Forse stava recitando di proposito il ruolo della donna odiosa.

Sentirono avvicinarsi dei passi e Walter entrò in sala da pranzo. Salutò Oscar e si rivolse a Malvina.

«Dici che posso partire tranquillo?» le domandò, alludendo alla malata.

«Senti, poco fa le ho misurato la pressione ed è stabile. Il respiro è un po' lento, ma non ha dolori. Aurora torna domani sera e fino ad allora mi fermo qui io con Roberta. Insomma, la situazione è sotto controllo», lo rassicurò.

Walter si versò una tazza di caffè.

«Non mi sembra giusto che la bambina si sacrifichi per mia madre», disse. Poi soggiunse: «E anche tu che corri qui da Tavernolo ogni due per tre. Mi sento in colpa».

«Roberta è una chioccia e io sono felice di stare un po' con lei», affermò Malvina.

Dalla porta aperta, Oscar vide Roberta uscire in punta di piedi dalla stanza accanto. Tanta gentilezza lo colpì. Si comportava con la nonna come aveva fatto Cinzia con sua sorella. Lo aveva colpito anche il commento di Walter sul sacrificio della «bambina». La bambina era una donna a tutti gli effetti e che donna! Che cosa stava sacrificando? Le vacanze? La compagnia degli amici? Il rapporto con un fidanzato? Era normale che ci fosse di mezzo un fidanzato, pensò.

La ragazza entrò in sala da pranzo nel momento in

cui suo padre e Oscar stavano per andarsene. Guardò Oscar di sfuggita e sorrise al padre.

«Tranquillo, si è riaddormentata. Telefona quando arrivi a Ginevra», gli raccomandò.

«Vieni qua, piccolina», la invitò Walter, allargando le braccia.

Roberta si lasciò abbracciare e depose un bacio lieve sulla sua guancia rasata di fresco e profumata, mentre regalava a Oscar uno sguardo affettuoso.

«Abbi cura del mio papà», gli disse e gli tese la mano.

Lui gliela strinse e lei rabbrividì.

I due uomini uscirono. Roberta e Malvina incominciarono a sparecchiare la tavola.

«Non capisco come tuo padre possa avere un debole per quel fotografo che è tanto bello quanto insignificante», affermò Malvina.

«E tu sai essere tanto cara quanto odiosa. Ti ho sentita dalla camera della nonna. Lo hai infilzato come un pollo e lo hai messo sullo spiedo. Comunque, la cosa non mi riguarda», tagliò corto la figlia, con fare stizzito.

«Io credo che ti riguardi, perché ti conosco abbastanza per sapere che quel bamboccione ti piace. Vuoi un consiglio?»

«No. Come hai sempre fatto tu, anch'io preferisco commettere da sola i miei errori.»

# 8

FIN da quando era bambina, Roberta trascorreva il mese di agosto con suo padre e sua madre che la portavano in giro per l'Europa. Ora che aveva superato la maturità con ottimi voti, si era ribellata al badantaggio genitoriale.

«Ad agosto voglio andare al mare con Ines e Liliana e gradirei che non interferiste in questa decisione», aveva dichiarato ai genitori, all'inizio di luglio.

Una zia di Ines gestiva un piccolo albergo ad Alassio e aveva accettato di ospitare la nipote e le sue amiche a un prezzo ragionevole.

Così Roberta decise che avrebbe trascorso il luglio in città, occupandosi della nonna, mentre Ines era in montagna con la sua famiglia e Liliana lavorava nella farmacia di piazzale Susa per pagarsi la vacanza. Poi, sarebbero partite per Alassio.

Dopo che suo padre se ne era andato con Oscar, lei si precipitò da Liliana, nel retro della farmacia.

L'amica stava sistemando negli scaffali i medicinali

appena consegnati. Vide la faccia imbronciata dell'amica e si allarmò temendo un cambiamento di programma per il mese di agosto. Quella di Alassio sarebbe stata la prima vera vacanza della sua vita e aveva grandi aspettative, compresa quella di imparare a nuotare.

«Che cosa c'è?» domandò subito, con aria aggressiva, perché si aspettava il peggio.

«Non lo indovini?» sussurrò Roberta.

«Che cavolo dovrei indovinare? Non farmi perdere tempo», disse.

«L'ho rivisto», rivelò Roberta con voce trasognata.

Liliana respirò con sollievo, perché quell'affermazione non riguardava il progetto agostano e si sforzò di capire a chi si riferisse l'amica.

«Chi?»

«Oscar.»

Oscar era stato il leit-motiv dell'estate di due anni prima e Liliana non lo aveva dimenticato.

«Ci risiamo!» esclamò e riprese il suo lavoro.

«Devi ascoltarmi», disse Roberta.

«Come vedi, ho da fare e, oltretutto, se il dottor Mambretti ti trova qui, se la prende con me, perché gli estranei non possono entrare. Vuoi farmi perdere il posto?» si spazientì.

«Ti prego, ho bisogno di parlarti, perché sto malissimo», la supplicò.

«Va bene. Chiedo il permesso di assentarmi per dieci minuti.»

Roberta l'aspettò nel cortile, mentre Liliana chiudeva a chiave la porta sul retro.

«Dimmi tutto», si rassegnò, quando furono sul viale.

«Oscar è venuto a casa a prendere papà per andare in Svizzera. È entrato, ha fatto colazione con me e la mamma ed è ancora più affascinante di come lo ricordavo. Alla mamma non piace, sostiene che è un bamboccione. Comunque se ne è andato senza degnarmi di uno sguardo, come se non esistessi. E, infatti, per lui io non esisto. Ha una donna con la quale vive ormai da anni e che, di sicuro, è orribile e antipatica. E io sono pazza d'amore per lui», dichiarò tutto d'un fiato.

«Tu sei pazza e basta», la sferzò Liliana.

Dopo l'incidente con il Porcellino rosa, che le era quasi costato la vita, perché c'erano state complicazioni durante l'intervento per l'aborto, Liliana aveva deciso che non si sarebbe mai più lasciata sedurre da un uomo. La sua bellezza prorompente attirava gli uomini e la sua freddezza la rendeva ancora più desiderabile. Ma la delusione sentimentale e il trauma di un aborto l'avevano ferita profondamente. Quest'ultima era stata un'esperienza dura che non aveva ancora superato ma, agli occhi di Ines e Liliana, lei aveva assunto le sembianze di una roccia. La rispettavano per la sua forza, le riconoscevano una maturità che loro non avevano e si appellavano spesso al suo giudizio.

«Non dirmi che sono pazza», supplicò. E soggiunse: «Sono cotta. Tu non l'hai mai visto ma, se lo vedessi, capiresti. Mi piace da morire e, quando mi guarda e mi sorride, io perdo ogni riferimento con la realtà».

«Ma va' là! Ti piaceva anche il Minicapilli. Tu stravedi sempre per i tipi meno raccomandabili. Tra due settimane andremo al mare e io sono sicura che incontrerai un ragazzo meraviglioso che si innamorerà di te e dimenticherai questo Oscar del cavolo, come hai dimenticato il Minicapilli.»

«Perché vuoi impedirmi di sognare?»

«Che sogno sarà mai quello di uno che ha otto anni più di te e una donna nel letto?»

A quel punto Roberta avrebbe potuto ricordarle che anche lei aveva imbastito un sogno con l'insegnante che aveva dieci anni più di lei e una moglie. E capì subito che l'ostilità di Liliana nasceva proprio dall'esperienza sofferta. Ma le sembrava che Oscar non avesse nulla da spartire con quell'ignobile Porcellino rosa.

«Lui è un uomo solare, lineare, limpido come l'acqua. Non chiedevo altro che di poterti parlare di lui e delle sensazioni che mi suscita, perché, quanto al resto, sono sicura che non pensa a me e nemmeno io vorrei pensare a lui, ma come faccio? Non riesco proprio a levarmelo dalla mente e dal cuore.»

«Sei noiosa, ripetitiva, monocorde. E mi stai facendo fare tardi», disse Liliana.

«Sei peggio di mia madre», protestò Roberta.

«Tua madre, che non è scema, lo ha conosciuto e non le è piaciuto. Ci sarà una ragione. Perché non pensi a quello che vuoi dalla vita, invece di aggrapparti a un capriccio? Io devo tornare al lavoro, perciò ti saluto», tagliò corto Liliana.

Roberta si avviò verso casa ancora più scontenta di quando ne era uscita. Superato il cancello, invece di salire i gradini per entrare, inforcò la bicicletta e, pedalando sotto il sole rabbioso, arrivò in libreria.

Amava quel grande spazio stipato di scaffalature colme di libri. Le piacevano i colori delle copertine, l'odore della carta stampata, le torri, costruite con i bestseller, che assumevano l'aspetto di enormi torte nuziali, le locandine che reclamizzavano titoli e autori, gli espositori rotanti che sembravano sempre sul punto di crollare e invece sostenevano impavidi pile di volumi.

Una cliente stava confabulando con Angelica, la commessa. Roberta le passò accanto nel momento in cui la signora diceva: «Pensi che, per me, lo stesso libro acquistato qui o altrove è diverso. Se lo compro da voi, mi sembra più interessante».

«È questa la magia del *Gufo*», replicò Angelica, mentre Roberta entrava in ufficio.

Chiara stava leccando un ghiacciolo alla menta, seduta davanti al computer. Alzò lo sguardo e domandò: «Tutto bene?»

Roberta si abbandonò sulla sedia di fronte a lei e chiese a sua volta: «Perché, non si vede?»

«Che cosa devo vedere?»

«Vuoi sapere se va tutto bene? Mia nonna sta male, mio padre va sempre in giro per il mondo, mia madre mi considera una scema, la mia amica del cuore mi dà della matta e io non so che cosa voglio fare della mia vita. Non potrebbe andare meglio, ti pare?»

«Vuoi un ghiacciolo?» domandò Chiara, senza scomporsi.

«Se ne hai uno al cianuro, perché voglio morire.»

«Pene d'amore?» buttò a indovinare, con aria placida.

«Tu non ti scomponi proprio mai.»

«È per questo che sei venuta a trovarmi, perché non mi allarmo facilmente. Vedi, ragazzina, se tu avessi fatto il Sessantotto e avessi creduto nei sogni che ci raccontavamo e per i quali ci siamo battute inutilmente, ti toglieresti un po' di veli dagli occhi e vedresti la realtà per quella che è: noi donne siamo destinate a soffrire per uomini che non ne vogliono sapere di noi. Ma non è tutto: quando per disgrazia incontri quello che ti dice di sì, la fregatura è assicurata. Noi cerchiamo l'amore, loro cercano la comodità. Ma sto parlando al vento, perché tu non mi senti e, se mi senti, non mi credi. Lui, chi è?»

«È l'uomo dei miei sogni.»

«Allora continua a sognare, finché non sbatterai il muso contro un muro e strillerai di dolore. Nel frattempo, perché non ti fermi qui a darmi una mano? C'è ancora gente che fa incetta di libri per le vacanze e abbiamo un bel po' di lavoro.»

«Va bene. Da dove comincio?»

«Dall'apertura degli scatoloni che stanno laggiù. Guarda che i libri pesano e stasera avrai la schiena rotta», disse Chiara.

# 9

ERA una capanna di legno addossata al tronco di un antico cedro del Libano. Il tetto era formato da strati di paglia sovrapposti fino a formare una specie di cappello di fungo. Fu il cinguettio degli uccelli che annunciavano l'alba a svegliarla. L'aria profumava di resina e lavanda. Ebbe solo un istante di confusione e poi ricordò tutto: la festa sulla spiaggia, il giovane Filippo Anselmi, l'invito nella sua villa, il parco immerso nell'oscurità e la capanna di legno. Socchiuse gli occhi. Vide un velo rosato che, cadendo dall'alto, racchiudeva il piccolo letto su cui era sdraiata e, rannicchiato al suo fianco, c'era proprio lui, Filippo, che dormiva.

Roberta scostò una coperta di cotone, scivolò fuori dal letto e si rese conto d'essere nuda. I suoi indumenti erano sull'impiantito di legno, accanto ai sandali. Li raccolse, mosse due passi cauti verso l'apertura della capanna e fu fuori, sotto i rami del cedro, dove c'erano due sedie, un piccolo tavolo tondo con i resti di una candela infilata in un bicchiere, due lattine di aranciata. I suoi movimenti zittirono i passeri. Lei cominciò a rivestirsi velocemente. Era furibonda per quello che aveva fatto con Filippo e si domandava come fosse potuto accadere.

Tutto era cominciato qualche giorno dopo l'arrivo ad Alassio. Lei si stava beatamente abbronzando la schiena sotto il sole del mattino sulla spiaggia del Bagno Atlantico, quando una voce maschile l'aveva interrogata: «Vuoi venire alla nostra grigliata, questa notte?»

Aveva girato la testa e, schermando gli occhi con la mano, aveva visto un ragazzo lungo, magro, nero come un africano, che si protendeva su di lei. Allora si era messa a sedere.

«Ci conosciamo?» gli aveva domandato con aria scostante.

«No, ma poiché ti sto incrociando con le tue amiche ormai da qualche giorno, ho pensato che dovremmo conoscerci», aveva detto lui, tendendole la mano.

«Io no», aveva replicato lei, inforcando gli occhiali da sole, e ignorando la mano tesa.

«Ci avrei giurato che eri spiritosa.»

Lei era rimasta zitta, aspettando il seguito. Allora il ragazzo si era accoccolato sulla sabbia, accanto a lei, e aveva proseguito: «Sono Filippo Anselmi e abito a Genova. Vivo in una casa lassù, vicino al santuario, dove trascorro queste vacanze infami, dal momento che mi hanno cannato alla maturità e la bocciatura mi viene rinfacciata ogni giorno. I miei sono in crociera nel Mediterraneo e io sono qui in punizione, sorvegliato dai nonni. Insomma, sono un povero sfigato».

A quel punto, Roberta si era lasciata sfuggire un sorriso.

«Io sono Roberta», disse e gli tese la mano. Poi soggiunse: «Invece, io e le mie amiche siamo in vacanza-premio per aver superato la maturità».

«Complimenti. Allora, ci vieni alla grigliata?»

«Dove sarebbe?»

«Su questa spiaggia. Abbiamo già preso accordi con il gestore dei bagni. Ci stai?»

«Siamo in tre, come hai già notato», aveva sottolineato, indicando Ines e Liliana che stavano venendo verso di loro.

«Allora è un sì», esultò Filippo.

Ines e Liliana videro in quell'invito l'occasione per distogliere Roberta dall'ossessione di Oscar. E fu così, perché quella sera la loro amica fece scintille con il gruppo dei giovani genovesi che, a conclusione della festa, misero insieme una specie di coppa-premio con le lattine delle bibite e gliela consegnarono avendola eletta miss Simpatia.

«Credi che la cotta per Oscar sia sfumata?» domandò Ines a Liliana.

«Non lo so, ma è un fatto che ha smesso di parlare di lui. Speriamo che duri», replicò Liliana.

Il gruppo di giovani prese l'abitudine di vedersi la sera, dopo cena, per andare a ballare o semplicemente per passeggiare sul lungomare.

Roberta e Filippo stavano diventando inseparabili. Così lei seppe che la villa che lo ospitava apparteneva ai nonni materni che vivevano lì tutto l'anno, che la madre era socia di uno studio legale genovese e il padre era un dirigente dell'Ansaldo, che Filippo aveva una sorella maggiore sposata a un giornalista del *Secolo* e una sorellina che era in barca con i genitori, che lui era considerato «la croce» della famiglia, perché era refrattario alla scuola e a qualunque altra attività che non fosse suonare il clarinetto: la sua passione fin da quando era bambino.

«A te, invece, che cosa piace fare?» le aveva chiesto Filippo.

«Leggere. Io passerei i miei giorni su un'amaca, con una Coca-Cola in una mano e un libro nell'altra», aveva risposto lei.

«Non ti farebbe piacere avere un innamorato?» le aveva domandato lui, all'improvviso.

Allora Roberta aveva pensato a Oscar e si era resa conto che stava cercando inutilmente di provare attrazione per Filippo che era una persona piacevole, gentile e sincera.

«Sì, ma quello a cui penso è irraggiungibile», aveva replicato.

«Un cantante, un attore del cinema?»

«Soltanto un fotografo e nemmeno famoso: si chiama Oscar.»

«Allora è proprio amore», aveva commentato lui, con fare sconsolato.

«Lo penso anch'io», aveva sussurrato lei.

«Perché non è qui con te?»

«Perché ha la sua donna e poi è molto più vecchio di me.»

«E avete avuto... un rapporto?»

«Ma cosa dici? Lui non sa nemmeno che esisto. Cioè, lo sa perché lavora con mio padre, ma non mi considera per niente.»

«Come vorrei essere Oscar», aveva sospirato lui.

Poi aveva sorriso.

«Tu vai benissimo così come sei. Tu sei Filippo che, nella sua vita, vuole solo suonare il clarinetto», aveva affermato Roberta, sorridendogli.

«Invece dovrò decidermi a fare dell'altro o i miei mi faranno nero di botte», si era commiserato.

«Ci sarò io a difenderti», aveva dichiarato lei e lo aveva abbracciato con fare materno. Il ragazzo aveva nascosto il viso sulla spalla di Roberta, lei gli aveva accarezzato i capelli e poi, inaspettatamente, Filippo aveva accostato le labbra a quelle di Roberta. Si erano baciati e non era stato affatto sgradevole.

Erano nel parco della villa. Era sera, i nonni erano già andati a dormire e lui aveva detto: «A questo punto voglio che tu conosca il mio rifugio segreto».

L'aveva presa per mano e l'aveva guidata in fondo a un lungo viale, dove, vicino a un cedro del Libano, c'era una capanna di legno.

«Vuoi entrare? Questa capanna ha sessant'anni. L'ha costruita il nonno per i suoi figli. I miei zii, quando erano ragazzi, a volte ci dormivano nelle notti d'estate e io, quando ho la luna storta, mi ci rifugio a suonare», aveva spiegato.

«Sembra di essere in una fiaba», aveva detto Roberta, affascinata da quella minuscola abitazione.

Tutto era silenzio, intorno ai due giovani. Filippo aveva acceso la candela appoggiata su un tavolino, davanti alla capanna.

«Non ti muovere. Vado a prendere generi di conforto.»

Era tornato poco dopo con una scorta di aranciate e biscotti che avevano consumato chiacchierando. Poi erano entrati nella capanna e, con la complicità di quel rifugio così suggestivo, si erano baciati a lungo e poi avevano fatto l'amore. Era stata per entrambi la prima esperienza e li aveva lasciati smarriti e confusi. Un sonno provvidenziale aveva posto fine al reciproco imbarazzo.

«Com'è potuto accadere?» si domandò ora, sforzandosi di recuperare una parvenza di dignità. Si coprì il viso con le mani e sussurrò: «E adesso, che cosa faccio?»

La fuga le sembrò l'unica soluzione praticabile. Infilandosi i sandali pensò alle due amiche che l'avevano vista allontanarsi con Filippo ma non sapevano dove fosse finita.

Devo ritornare subito in albergo e raccontare tutto a Liliana e Ines, decise. Ines mi butterà la croce addosso e Liliana, che è già passata attraverso questa esperienza... Oddio! Lei si è perfino ritrovata incinta... e forse lo sono anch'io! Signore Gesù, fa' che non sia così!

Stava per scoppiare in lacrime quando due braccia sottili e forti l'afferrarono.

«Roberta! Mi sono svegliato e tu non c'eri più», disse Filippo, con tenerezza.

Lei si girò di scatto e colpì con un sonoro manrovescio la faccia assonnata del ragazzo.

Lui la guardò allibito e domandò, con le lacrime agli occhi: «Che cosa ti ho fatto?»

Non gli rispose, anche perché non avrebbe saputo che cosa rispondergli. Fuggì, inseguita dalla voce di Filippo che la supplicava di fermarsi.

# 10

La fine dell'estate si annunciò con violenti acquazzoni e forti mareggiate. Molti ospiti dell'albergo dove alloggiavano le tre amiche erano partiti. Filippo Anselmi era ancora ad Alassio e ogni mattina faceva trovare a Roberta, sul tavolo della prima colazione, una rosa rossa e un biglietto con scritto: TI AMO.

«Perché non vuoi più vederlo? Il tuo comportamento è molto discutibile», sbottò Ines, mentre intingeva un cornetto nel cappuccino.

«Perché non ti fai i fatti tuoi?» le domandò Liliana.

«Non ne ho di fatti miei. Credo di avere abbastanza buon senso per non andare in cerca di guai», replicò con sussiego.

«Non hai il coraggio di vivere, di affrontare nuove esperienze. Tu sei una che, presa da un impulso, si domanda: i miei sarebbero d'accordo? E siccome non lo sarebbero, tu non agisci. Ma non affronterai mai la vita se ti annulli assecondando la volontà degli altri», martellò Liliana.

«Io non ho segreti, né batticuori e di notte dormo tranquilla. E non spendo soldi per le candele», reagì Ines, alludendo al fatto che, da quando aveva fatto l'amore con Filippo, Roberta correva in chiesa ogni mattina ad accendere ceri alla Madonna chiedendole la grazia di non essere incinta.

Roberta sorrise e proclamò sollevata: «*Nuntio vobis gaudium magnum*: non sono incinta». E addentò con voracità una fetta di pane spalmata di marmellata.

«Quasi quasi mi dispiace, perché così la passi liscia, mentre dovresti pagare per la tua leggerezza. Non si fa l'amore con un ragazzo che non si ama», dichiarò Ines che, tuttavia, condivideva la gioia dell'amica.

«Abbassa la voce, perché gli altri ospiti stanno con le orecchie tese ad ascoltare gli affari nostri», le sussurrò Roberta.

«Così avranno qualcosa di cui sparlare», disse Liliana, a voce alta.

Come faceva ogni mattina, Roberta lasciò la rosa sul tavolo, strappò la dichiarazione d'amore, si alzò e annunciò: «In attesa che il sole asciughi un po' la spiaggia, vado in chiesa a ringraziare la Madonna e dopo vado al Bagno Atlantico a prendere il sole. Oggi ho il cuore leggero».

«E la coscienza sporca», sibilò Ines, finendo di bere il suo cappuccino.

In realtà, Roberta non era così radiosa come voleva apparire. Si sentiva in colpa perché aveva fatto l'amore con Filippo, mentre amava Oscar. Percorrendo il lungomare, tra pozze d'acqua che il sole del mattino andava asciugando, si domandava che cosa l'avesse spinta tra le braccia di quel ragazzino tanto simpatico e gentile, per il quale provava soltanto amicizia.

«Col senno di poi...» sussurrò, ripetendo un proverbio della nonna. Aveva ingannato Filippo e doveva trovare un modo per spiegarsi con lui e per farsi perdonare.

Era ormai nel vecchio centro della cittadina, in prossimità della chiesa, quando vide arrivare l'autobus che portava al santuario. D'impulso alzò un braccio, l'autista si fermò, salì a bordo. Scese di fronte alla villa dei nonni di Filippo. Suonò al cancello e poco dopo vide il ragazzo correre lungo il viale per venirle incontro.

«Finalmente!» l'accolse.

«Dobbiamo parlare», rispose lei.

Gli doveva una spiegazione.

«Non mi sono comportata bene con te», esordì, mentre si avviavano lungo il viale. «Tu provi per me dei sentimenti che non posso ricambiare. Faccio fatica a trovare le parole per non ferirti», soggiunse.

«Mi stai dicendo che sono stato una delusione? Te l'avevo detto che era la mia prima volta!»

«Non si tratta di questo. Io penso che per fare l'amore si debba provare lo stesso trasporto. Mentre il mio cuore è altrove e tu lo sai.»

«Credevo che qualcosa potesse cambiare, dopo che siamo stati insieme», borbottò lui, con l'aria del bambino che ha subìto un torto.

«Forse l'ho creduto anch'io, forse ci ho sperato», rispose lei.

«Così ti sei servita di me come di una cavia», sbottò Filippo, con uno sguardo carico di collera.

«Se la metti su questo piano, anch'io sono stata la tua cavia. Ma è un modo davvero squallido per ragionare su quanto abbiamo fatto nella capanna. Non dimenticherò mai il tuo affetto, la tua simpatia, i nostri maneggi maldestri e le emozioni nuove e profonde che ho provato con te. Sei stato tenero e gentile e te ne sono grata. Ma quando mi sono svegliata, mi sono resa conto di aver fatto un errore e mi sono arrabbiata solo con me stessa. Ti ho dato uno schiaffo per punirti di qualcosa di cui non eri responsabile. Ti chiedo scusa», concluse in un sussurro.

«Io sto a Genova, tu a Milano. Chissà mai se ci rivedremo, però possiamo restare amici?»

Roberta annuì.

«Da quando siamo stati insieme, la sera prima di addormentarmi, penso a te. La nostra notte nella capanna è stata bellissima. Così vorrei che, se un giorno dovessimo rivederci, potessimo sorriderci e abbracciarci da amici che hanno in comune un piccolo meraviglioso segreto da ricordare per sempre. E adesso cosa fai? Piangi?»

«È solo un moschino che mi è entrato nell'occhio», singhiozzò lei.

«Vieni, Roberta. Ti accompagno al cancello.»

Dopo che si furono salutati, lei scese a piedi fino al paese, in preda a una commozione che sfogò in un pianto solitario.

Filippo non era il fannullone che la famiglia deplorava. Era un ragazzo generoso, tenero, ricco di sentimenti. Quanto avrebbe desiderato poterlo amare! Se soltanto non fosse stata così irragionevolmente presa dall'ossessione per Oscar!...

Quando arrivò in spiaggia, le sue amiche erano già stese al sole.

«L'hai fatta lunga in chiesa», osservò Ines.

«È vero», rispose lei, mentre si toglieva la vestaglietta di cotone.

«Sapete una cosa? Questa vacanza comincia ad annoiarmi», sbuffò Liliana.

«Mancano cinque giorni alla fine d'agosto», disse Roberta.

«Cinque giorni di noiosissima corvée: colazione, spiaggia, pranzo, riposino, passeggiata, bagno, cena, struscio... e non succede niente», elencò Liliana.

«Non sentite nell'aria un presagio d'autunno?» domandò Ines.

«E se rifacessimo le valigie e tornassimo a Milano?» suggerì Roberta.

«Sei matta? Abbiamo pagato fino alla fine del mese», osservò Ines.

«Vado a fare un bagno. E voi due non prendetemi in giro se sguazzo come un'anatra», scherzò Liliana, correndo verso il mare.

«Non mi fido a lasciarla nuotare da sola», disse Ines. E la seguì.

Roberta distese un telo di spugna sulla sedia a sdraio

e vi si adagiò. Incrociò le braccia sotto la nuca, chiuse gli occhi e pensò a quella vacanza che languiva nella monotonia, ma era stata importante.

Pensò a Filippo che aveva la capacità di provare ed esprimere sentimenti veri, che le aveva detto di amarla mentre lei amava Oscar. E si domandò: Se stessi sbagliando tutto? Se Filippo fosse l'uomo della mia vita?

Una mano forte si posò sulla sua spalla, facendola rabbrividire. Aprì gli occhi.

Bello, abbronzato, gli occhi azzurri scintillanti, la zazzera bionda un po' scomposta, Oscar era lì, accanto a lei e la sovrastava.

Roberta si alzò di scatto.

«Ti ho spaventata? Credevo che dormissi», esordì lui, con un sorriso appena accennato.

Lei lo fissò imbambolata. Lui proseguì: «Ero in Costa Azzurra con tuo padre, per un servizio. Lui ha preso un volo da Nizza per tornare a Milano e mi ha chiesto di passare a prenderti».

Lui parlava e lei sentiva un solletico delizioso in tutto il corpo.

«Hai capito quello che ho detto?» le domandò.

«Papà ti ha chiesto di venire a prendermi. Perché?» chiese, trasognata.

«Ti riporto a Milano subito. Tua nonna...»

Il solletico non c'era più. Roberta si sentì raggelare.

«La nonna è...»

Oscar annuì.

# 11

La nonna se ne era andata nel sonno.

La figlia Aurora, che dormiva nella stanza accanto, si era alzata nel cuore della notte per controllarla e, sul momento, le era sembrato che dormisse, ma aveva notato che respirava con fatica. Allora aveva svegliato Malvina che, dopo aver auscultato il battito cardiaco, aveva sussurrato alla cognata: «È alla fine».

«Possiamo fare qualcosa?» aveva chiesto Aurora.

«Certo. Tu la accarezzi e io le stringo la mano.»

«Bisogna telefonare a Walter e avvisare Roberta», aveva detto Aurora.

«Lo faremo dopo. Adesso stiamo con lei», aveva replicato Malvina con dolce autorevolezza.

Alle prime luci dell'alba, il cuore della signora Mandelli si era fermato.

Malvina aveva telefonato a Walter, nell'albergo di Cannes dove alloggiava con Oscar.

«Prendo il primo volo in partenza da Nizza», disse lui.

«E Roberta?» domandò lei.

«Oscar è qui con la sua auto e passerà a prenderla ad Alassio per condurla a casa», decise.

Malvina avrebbe preferito che sua figlia tornasse a Milano in treno, invece che in auto con quel bel ragazzo che non sapeva come guidasse, tuttavia non replicò.

Accolse con sollievo l'arrivo della figlia che era stata accompagnata anche dalle sue amiche.

Ines e Liliana, infatti, avevano deciso di non abbandonare Roberta in un momento tanto doloroso.

Il viaggio in macchina con Oscar fu molto silenzioso. Roberta pensava alla nonna che aveva avuto tanta parte nella sua vita e si rammaricava di non essere rimasta a Milano in agosto ad assisterla con Malvina e zia Aurora.

Dopo il funerale, si riunirono tutti in via Turroni.

Aurora non finiva di ringraziare Malvina per l'assistenza affettuosa che aveva prestato a sua madre, una donna che l'aveva sempre guardata con sospetto. Malvina si domandava come gestire d'ora innanzi la vita di sua figlia, adesso che la nonna non c'era più.

D'accordo con Oscar, convinse Roberta a seguirla a Tavernolo ma, di fronte al suo mutismo che interpretò come un rifiuto nei suoi confronti, la riaccompagnò in via Turroni. Poi affrontò Walter.

«Sono seriamente preoccupata per nostra figlia che si lascia affogare nella tristezza. Adesso che Aurora è tornata a casa sua, che cosa farete tu e Roberta soli, in questa casa così grande?» gli domandò.

Walter pensò che tutto si sarebbe risolto se Malvina fosse ritornata a vivere con loro, ma non glielo disse. Invece replicò: «Mi sembra di aver capito che Roberta voglia andare a lavorare al *Gufo*. Ha ereditato da te la passione per i libri. Quanto alla sua tristezza, posso solo sperare che passi. Roberta ormai ha diciannove anni, è una donna e deve affrontare e risolvere da sola i suoi problemi».

«Roberta è innamorata», disse Malvina.

«Te l'ha detto lei?»

«Non si confida facilmente con me, lo sai.»

«Allora, come fai a saperlo?»

Malvina fu sul punto di metterlo in guardia contro Oscar, ma preferì tacere sapendo che questo avvertimento sarebbe servito soltanto a dare una preoccupazione in più a Walter.

«Istinto materno», si limitò a dire. E soggiunse: «Fai in modo di portarla da me ogni fine settimana. L'aria della Brianza farà bene a tutti e due e, se ci sarai anche tu, lei ci verrà più volentieri».

La sera andarono a cena insieme, in un ristorante vicino a casa. Davanti a un'insalata di ovoli e parmigiano, Walter annunciò: «Ho lasciato il mio incarico di inviato a una collega più giovane. Dalla settimana prossima farò il caporedattore, così starò a casa con la mia bambina tutte le sere».

«Rinunci ai viaggi che ti piacciono tanto?» domandò Roberta.

«Gli spostamenti continui mi sono venuti a noia. Se vorrò fare un viaggio, lo faremo insieme, tu e io», rispose lui.

La figlia fu sul punto di domandare: «Allora Oscar non lavorerà più con te?» Invece affermò, con un sorriso: «Staremo bene insieme».

Malvina non fece commenti e approfittò di quell'apparenza di serenità per concludere: «La casa di Tavernolo è grande ed è sempre aperta per voi».

«Verremo da te il sabato e la domenica», promise Walter.

Sapeva che Malvina avrebbe tenuto lontano Sergio Orombelli durante i loro soggiorni e non gli dispiaceva crearle qualche complicazione. Tornarono a piedi verso casa.

Walter e Malvina si sedettero in giardino a sorseggiare un whisky sotto le stelle. Roberta sedette sul bordo della fontana a mangiare un gelato.

«Chi l'avrebbe detto che la morte di mia madre avrebbe sconvolto le nostre abitudini? È sempre stata una presenza importante nelle nostre vite», rifletté Walter, tristemente.

«Era una donna intelligente con un carattere forte. Non siamo mai entrate in sintonia, eppure l'ho sempre rispettata e le ho voluto bene.»

«Lei ti ammirava. Ricordo che una volta mi disse: 'Se fossi nata in quest'epoca, avrei voluto essere come

Malvina, perché ha il coraggio di essere sincera con se stessa e con gli altri'.»

Roberta ascoltava i loro discorsi, il chioccolio della fontana, e le si riempivano gli occhi di lacrime. Piangeva per la perdita della nonna e perché non avrebbe più rivisto Oscar.

Lo ricordò al volante della sua Rover, mentre la riportava a Milano con Ines e Liliana. Aveva colto su di sé, a tratti, il suo sguardo intenso, azzurro e luminoso. Le aveva rivolto la parola raramente e solo per alcune banalità: «Al prossimo grill facciamo carburante... guarda che brutto sorpasso sta facendo quel deficiente... nel cruscotto ci sono le caramelle, se ne volete...»

Di tanto in tanto lei sogguardava la mano forte e ben modellata che cambiava le marce, e si sentiva avvolta da un'onda di commozione così forte e struggente che, per qualche istante, dimenticava il dolore per la morte della nonna.

Ora papà le aveva dato una notizia terribile: non avrebbe più lavorato con Oscar e lei non avrebbe più avuto l'occasione di rivederlo. L'ultimo sguardo di Oscar per lei era stato sul cancello di casa, mentre le accarezzava i capelli dicendo: «Fatti coraggio, Roberta. Porta i miei saluti a tuo padre, non voglio disturbarlo in questo momento. Ci vediamo al funerale».

In giardino arrivò il trillo del telefono che proveniva dall'interno della casa.

«Chi è, a quest'ora?» disse Walter. E soggiunse: «Roberta, vai tu a rispondere».

La ragazza alzò il ricevitore dell'apparecchio nello studio di suo padre e il cuore accelerò i battiti, mentre una voce diceva: «Ciao, sono Oscar. Come stai?»

«Bene. Volevi papà?»

«Volevo te. Vorrei te.»

Un lungo silenzio. Poi lei replicò: «Anch'io».

Con un gesto dolce e lento chiuse la comunicazione e tornò in giardino dai genitori.

«Chi era?» domandò suo padre.

«Qualcuno che aveva sbagliato numero», rispose.

# 12

Cominciò con una bugia il rapporto che la travolse e la indusse ad accettare una situazione che avrebbe messo in fuga qualsiasi ragazza dotata di un minimo di buon senso, ma non lei che considerava Oscar una divinità.

Un pomeriggio di settembre si incontrarono ai giardini della Guastalla. Roberta, che aveva deciso di fare la libraia, stava imparando il mestiere da Chiara.

«Ho una visita medica e starò fuori per un paio d'ore», le annunciò Roberta.

Chiara non le credette, perché l'aveva vista arrivare al lavoro fresca di parrucchiere e profumata come un mattino d'estate.

«Sono sicura che il medico non ti prescriverà nessun farmaco, perché sei sana come un pesciolino», le disse, con un sorriso malizioso che lei non raccolse, perché era già volata via.

Aveva percorso le vie del centro, sentendosi leggera come un coriandolo mentre andava incontro a un'avventura che, lo sentiva con tutta se stessa, avrebbe inciso profondamente sulla sua vita.

Raggiunse i giardini e vide Oscar seduto su una panchina di pietra a ridosso di un albero dalle foglie rese lucenti dalla pioggia del mattino che aveva ripulito l'aria.

Indossava giacca e pantaloni di lino color tabacco biondo, una camicia azzurra e una cravatta a righe. Fumava una sigaretta e aveva un'espressione pensosa e grave. Le ricordò il Grande Gatsby, il personaggio complicato e infelice che Fitzgerald aveva così ben tratteggiato in uno dei suoi romanzi più belli.

Rallentò il passo, rapita dalla bellezza di Oscar. Il mondo circostante era sparito, sparita la gente che ciondolava lungo i vialetti, spariti i bambini che si rincorrevano, gli anziani che discutevano del carovita, il barbone che parlava da solo mangiando un panino. Nella sua visuale c'era soltanto lui, un uomo bellissimo, che stava aspettando lei. Lo vide spegnere la sigaretta, alzare lo sguardo e sorridere. Quel sorriso le diede il capogiro. Si fermò e allora Oscar le andò incontro.

«Sono un po' in ritardo», esordì Roberta.

«Sono un po' emozionato», rispose Oscar.

Le prese una mano, la portò alle labbra e poi la infilò sotto il suo braccio e disse: «Vieni, facciamo due passi».

Presero a camminare lentamente, in silenzio. Il braccio di Oscar che aderiva al suo le dava conforto, sicurezza, piacere.

«Di che cosa vogliamo parlare?» le chiese a un certo punto.

«Dobbiamo proprio parlare?» domandò Roberta.

Lui rafforzò la stretta intorno al suo braccio e le depose un bacio sui capelli.

«La prima volta che ti ho vista, sono rimasto folgorato. Mi colpirono soprattutto i tuoi occhi scuri, grandi, velati da un'ombra di malinconia. Eri una ragazzina meravigliosa. Quel giorno ho pensato che eri una rosa ancora in boccio e avrei voluto coglierti e tenerti con me, per sempre», confessò Oscar.

«Non sai l'effetto che hai avuto su di me! Ho preso una cotta spaventosa per te.»

«Lo sai che non sono mai stato innamorato prima d'ora?» le rivelò Oscar, sfilando dal suo il braccio di Roberta e fronteggiandola.

«E ora?» domandò lei.

«Sono pazzo di te», sussurrò lui e l'abbracciò.

Roberta sapeva che lui viveva da anni con una compagna e gli chiese in un soffio: «Come farai?»

«Dammi tempo, Roberta, perché sono più inguaiato di quanto immagini.»

«Ad Alassio ho fatto l'amore», gli disse lei, all'improvviso.

«Che cosa hai fatto?» chiese stupito.

«Sì, ho fatto l'amore con un ragazzo. È stata la mia prima volta.»

«Lui chi era?» Si era staccato da lei e la guardava con un'espressione indefinibile.

«Lui è Filippo, un ragazzo che ho conosciuto ad Alassio. Tutto ha congiurato per spingermi nelle sue braccia: la sua simpatia, il cielo stellato e le mie amiche che insistevano nel dirmi che ero matta a essermi innamorata di te.»

«Le tue amiche avevano ragione. Quanto è durata la storia cón Filippo?»

«Una notte. Poi sono fuggita.»

«E ti è piaciuto?» chiese, esitante.

«Perché mi fai sentire sotto processo?»

«Perché sono geloso. È così difficile da capire?»

«Gelosia a senso unico, perché quello che vale per me, non vale per te», lo rimbrottò.

«Non mi ero mai innamorato prima di incontrarti, non sapevo che cosa volesse dire pensare a una donna ogni sera, prima di addormentarmi e ogni mattina, al risveglio. Sono preda di emozioni che non conoscevo.»

Lei posò il viso contro il suo petto e sorrise di gioia.

«Sono troppo felice», sussurrò.

«Starò malissimo fino a quando non sarò di nuovo con te», disse lui.

La strinse tra le braccia, accostò il suo viso a quello di Roberta e le loro labbra erano sul punto di sfiorarsi, quando Oscar la scostò da sé.

«Sono troppo incasinato… devi darmi tempo. Io…»

«Tu… cosa?»

«Devo sposare la mia compagna», confessò in un sussurro.

Roberta si raggelò.

«Ho capito bene?»

«Aspetta un figlio da me», spiegò.

«Dimmi che non è vero», balbettò Roberta, ricordando la diffidenza di sua madre per Oscar e gli ammonimenti delle sue amiche. E soggiunse: «Sono proprio una cretina a perdere il mio tempo con te».

Si sciolse dalle sue braccia e prese a correre verso l'uscita dei giardini. Lui la inseguì, incurante degli sguardi curiosi che convergevano su di loro. Finalmente l'agguantò per un braccio e la costrinse a girarsi verso di lui.

«Devi ascoltarmi, perché io ti amo», urlò.

«Non voglio ascoltarti. Lasciami andare immediatamente!»

«Non ci penso proprio. Sposerò quella povera donna, non per amore, ma perché glielo devo. Non vivo più con lei da un mese. Lei sa che la sposo solo per dare un nome a nostro figlio e sa che, subito dopo, divorzierò da lei. Devi solo avere un po' di pazienza, tesoro», spiegò con foga.

«Ma vai al diavolo!» sbottò Roberta e se ne andò.

# 13

OSCAR non si diede per vinto. Teneva troppo a Roberta per rischiare di perderla. La tallonò rendendosi conto che la ragazza aveva lo scatto di una centometrista, mentre lui, nonostante avesse le gambe più lunghe, quasi faticava a starle dietro. Tutta colpa di quelle maledette sigarette, pensò.

La vide salire su un autobus e vi si inerpicò a sua volta nell'istante in cui si stavano chiudendo le porte. La vettura era piena di gente.

«Devi starmi a sentire», le disse.

Lei si portò le mani alle orecchie e una brusca frenata l'avrebbe fatta cadere se lui non l'avesse tenuta saldamente tra le braccia.

«Lasciami!» sibilò lei.

Lui lasciò la presa, mentre i passeggeri osservavano incuriositi quella scenata tra innamorati.

«Adesso vuoi ascoltarmi?» ripeté Oscar.

«No!»

«Giuro su Dio che ti sposerò, perché sono innamorato di te e sono geloso di quel Filippo che ti ha avuta, mentre io non ti ho mai nemmeno baciata e non ti bacerò fino a quando non capirai le mie ragioni. Che razza di uomo sarei se abbandonassi la mia compagna che aspetta un figlio da me? Sarei un mascalzone, tu non mi stimeresti e io mi disprezzerei. Ma non sono mai stato innamorato della madre del mio bambino. Invece amo te più della mia vita. Che cosa vuoi che faccia per dimostrartelo? Vuoi che ti dichiari il mio amore in ginocchio? Lo faccio subito, davanti a tutti, e non me ne vergogno», dichiarò, mentre i passeggeri osservavano, curiosi e divertiti, quei due giovani innamorati che litigavano. Una signora anziana, forse memore dei suoi anni lontani, sussurrò: «Beati loro».

Roberta cercò un varco tra la gente, che guardava alternativamente lei e Oscar, per sfuggire da lui. In quel momento l'innamorato stava per mettersi in ginocchio. L'autista dell'autobus fece una frenata improvvisa e lui perse l'equilibrio andando a sbattere violentemente la faccia contro un sedile. Qualcuno si affrettò a soccorrerlo e, quando fu di nuovo in piedi, Roberta guardò con orrore il suo viso: il naso sanguinava e si stava gonfiando a vista d'occhio.

Allora, preoccupata e spaventata, gli offrì il suo fazzoletto per tamponare il sangue che gocciolava sulla camicia e sulla giacca. Qualcuno dei passeggeri aveva gridato e l'autista aveva bloccato l'autobus e si era affacciato dalla sua postazione per vedere che cosa stesse accadendo.

«Apra, per favore. Dobbiamo scendere», lo pregò Roberta.

«Poverino, si è rotto il naso!» disse una signora, rivolgendo a Roberta uno sguardo accusatore.

«Bisogna portarlo al pronto soccorso», intervenne un passeggero che scese con i due giovani nel momento in cui venne aperta la porta.

Oscar balbettò a Roberta: «Adesso mi credi?»

«Posso aiutarvi? Lì c'è un telefono pubblico: chiamo un'ambulanza?» domandò il passeggero sollecito.

«La ringrazio, ma credo che basterà una farmacia ed è proprio qui di fronte», disse Roberta, prendendo Oscar sottobraccio e avviandosi con lui.

Il fotografo venne fatto sedere nel retro della farmacia. Era pallido e bellissimo, nonostante il naso gonfio e un vistoso bozzo sulla fronte. Roberta, preoccupata e commossa, gli sussurrò: «Ti credo», mentre il farmacista tamponava le narici e gli offriva una borsa di ghiaccio da mettere sul viso.

«Ha preso una bella botta, ma credo che non ci sia niente di rotto. Comunque, non sarebbe male se andasse a farsi vedere alla guardia medica», suggerì il farmacista. E soggiunse: «Il Policlinico è qui dietro, non è il caso di chiamare un'ambulanza, ma nemmeno di andarci a piedi. Può accompagnarvi mia moglie con la macchina».

I due giovani ringraziarono e accettarono il passaggio.

Nella sala d'attesa del pronto soccorso, il viso coperto dalla borsa del ghiaccio, Oscar raccontò a Roberta della gravidanza di Cinzia, a partire dalla sera in cui, rientrando dal lavoro, aveva trovato il suo studio trasformato in una camera per un neonato.

Era accaduto a giugno, appena tre mesi prima. Oscar era tornato dalla Cina dov'era rimasto per quattro settimane a realizzare una serie di reportage.

Cinzia non era in casa. Pensò che, come accadeva spesso, fosse andata a ballare con i coniugi proprietari del negozio di ferramenta. Erano tutti appassionati del ballo liscio.

Oscar era entrato nel suo studio per depositare il materiale fotografico e, di botto, pensò di aver sbagliato appartamento. La scrivania e le sue attrezzature erano state accumulate dietro un paravento finto cinese antico, le pareti erano state ridipinte di rosa e, al centro della stanza, c'era una culla da neonato.

Cinzia era rincasata in quel momento e gli era corsa incontro. Lo aveva abbracciato esclamando, felice: «Avremo un bambino».

Oscar si era sentito crollare addosso il mondo.

«È uno scherzo?» aveva chiesto, smarrito.

«Ma caro, cosa dici? Guarda: ho già incominciato a preparare la stanza. Ho speso una cifra! È tutto da pagare. Ci penserai tu, vero, caro il mio babbino.»

«Non chiamarmi babbino!» si era ribellato Oscar, furente, ed era uscito di casa sbattendo la porta.

Mentre andava al giornale, ricordò il solo momento

d'amore della loro vita in comune dettato dalla gratitudine per come Cinzia si era prodigata con sua sorella. Quell'istante di abbandono ora gli avrebbe rovinato la vita.

Aveva lavorato fino a tarda notte per non pensare. Poi, mentre lasciava la redazione, chiedendosi se non fosse il caso di andare a dormire in albergo, si era fermato a fumare una sigaretta accanto alla bacheca che nell'atrio del giornale esponeva annunci di ogni genere, dall'offerta di cuccioli di cane alla vendita di un camper. E aveva letto: «Affittasi ampio appartamento in palazzo d'epoca, zona Vittoria». Seguiva un contatto telefonico per ulteriori informazioni. Prese nota dei dati e tornò a casa.

Cinzia, sdraiata sul divano, guardava un film in televisione e aveva gli occhi arrossati dal pianto.

Alzò su di lui il solito sguardo pieno di mestizia.

«Perché non me lo hai detto subito?» le domandò Oscar.

«Volevo farti una sorpresa.»

«Me l'hai fatta. In realtà hai taciuto, perché temevi che ti chiedessi di abortire. A questo punto, è evidente che è troppo tardi. Comunque, se hai pensato di incastrarmi, sappi che hai ottenuto il risultato opposto. Appena mi è possibile, io me ne vado.»

«E che differenza fa che tu vada o rimanga? A casa non ci sei mai e io mi annoio. Ormai ho un'età per cui se non faccio un figlio adesso non lo faccio più. Lui mi riempirà le giornate.»

«Avresti potuto riempirle cercandoti un lavoro. Sono anni che vivi alle mie spalle senza fare niente. D'accordo, pulisci la casa e mi stiri le camicie. E poi?»

«È colpa mia se non ho un mestiere?»

«Avevi tutto il tempo per impararlo, ma non hai voglia di lavorare.»

Oscar le stava dicendo la verità e lei lo sapeva. In più di un'occasione le aveva offerto la possibilità di frequentare una scuola professionale, le aveva dato dei libri per indurla a leggere, aveva persino tentato di coinvolgerla nel suo lavoro insegnandole i rudimenti della fotografia. Cinzia era refrattaria a tutto. A lei bastavano le partite a carte, le parole crociate e il ballo liscio, oltre al piacere di spendere il denaro che Oscar le dava.

«Non muoverò un dito per trattenerti. Vai pure dove vuoi. A me basterà nostro figlio», aveva dichiarato.

Oscar aveva preso in affitto l'appartamento di via Spartaco e vi si era trasferito, mettendo fine alla loro convivenza.

Ad agosto, dopo aver rivisto Roberta ed essersi reso conto di amarla appassionatamente, aveva confessato a Cinzia: «Voglio sposare una ragazza che amo, ma non temere per il bambino: provvederò sempre a te e mi prenderò cura di lui».

Cinzia gli aveva fatto una scenataccia, condita di lacrime e ricatti. Oscar avrebbe fatto qualsiasi cosa, tranne rinunciare a Roberta, pur di placare la sua ex compagna. Così le aveva domandato: «Che cosa vuoi che faccia?»

«Che mi sposi. Voglio essere la signora Trinchese a tutti gli effetti e, dopo, farai quello che vorrai.»

Allora aveva chiesto consiglio a un legale che gli aveva prospettato una soluzione scomoda ma efficace: sposare Cinzia e, contestualmente, presentare istanza di divorzio.

Ora, nella sala d'attesa del pronto soccorso, Oscar disse a Roberta: «Dovranno passare due anni prima che io possa tornare a essere un uomo libero. Dopo, ti supplicherò di diventare mia moglie, perché io ti amo, ragazzina».

Quando lasciarono l'ospedale, Oscar aveva il naso incerottato.

«Il dottore che mi ha medicato dice che ci vorranno un paio di settimane prima che la faccia guarisca completamente», riferì a Roberta.

«Mi lusinga un po' aver ricevuto una dichiarazione che ti è costata la faccia», scherzò lei.

«Ma la mia faccia ne avrebbe fatto volentieri a meno», si lamentò lui.

Salirono su un taxi e Roberta insistette per accompagnarlo fino a casa. Quando scesero davanti al palazzo di via Spartaco, andarono quasi a sbattere contro una donna che indossava un abito vistoso. Era Cinzia, che guardò Oscar e gli domandò: «Che cosa ti è successo?»

«Ho avuto un incidente su un autobus», spiegò lui.

«È lei l'oggetto del tuo amore?» domandò Cinzia e,

senza aspettare una risposta, dedicò a Roberta un'occhiata malevola, mentre le chiedeva con voce flautata: «Sei tu quella che prenderà il mio posto? Sei sicura di volerti accontentare di un uomo di seconda mano?»

«Che cosa sei venuta a fare qui?» l'aggredì Oscar.

«Il salvadanaio di casa piange. Non eri al giornale e sono venuta a cercarti a casa tua», spiegò, con candore.

# 14

ROBERTA tornò a casa e raccontò tutto a suo padre.

Walter Mandelli osservò la sua meravigliosa ragazzina e pensò che, per quanto lui dicesse o facesse, Roberta non avrebbe modificato le sue decisioni, infatuata com'era del bel fotografo. Non era nemmeno sicuro che si trattasse soltanto di una infatuazione. Forse i due giovani erano veramente innamorati. Walter era affezionato a Oscar e lo considerava un professionista eccellente, un uomo generoso e onesto, ma nutriva seri dubbi sulla sua affidabilità come marito, perché lo aveva sempre visto passare da un'avventura all'altra con grande leggerezza. Ora, come se non bastasse, proponeva a sua figlia di accettare il matrimonio con la convivente, seguito da un divorzio che gli avrebbe consentito di sposare Roberta e, a complicare ulteriormente la situazione, c'era di mezzo la nascita di un bambino di cui, ovviamente, Oscar si sarebbe dovuto occupare.

«Credo che questa storia ti farà soffrire», commentò

con amarezza. Poi telefonò a Malvina e le raccontò tutto.

«Portala qui per il fine settimana, perché dobbiamo fare qualche tentativo per ricondurla alla ragione», disse la donna.

Non nutriva grandi speranze di indurre sua figlia a rivedere la situazione, ma riteneva un dovere prospettarle l'insensatezza di quella storia. E lo fece, con una veemenza che contraddiceva le regole più elementari della psicoterapia.

«Oscar sta per sposare la madre di suo figlio e tu insisti a credere che sia l'uomo giusto per te. Non ti rendi conto che è una pazzia?»

«Lui, almeno, mi ama», replicò Roberta, impermeabile a qualunque ragionamento.

«Che cosa significa quell' 'almeno'?»

«Vedi tu quale significato attribuirgli», la sferzò Roberta, tanto per farla sentire in colpa.

Le staffilate di sua figlia non erano una novità e Malvina non si diede per vinta.

«Arriverà il giorno in cui affronteremo anche il nostro rapporto, ma adesso vorrei evitarti di cadere in un pozzo. L'uomo che dice di amarti, in realtà, è un egoista. Ha visto un giochino che si chiama Roberta e ha deciso di averlo a tutti i costi. Dimmi quali garanzie di serenità, stabilità, affidabilità può darti un uomo che sposa la sua convivente per poi divorziare e sposare te. S'è mai visto un pasticcio simile? Non c'è coerenza.»

«Sei coerente tu che non hai mai sposato mio padre e

mi hai fatto educare da una nonna, da due zie e da un padre che c'era e non c'era e doveva rivestire anche il ruolo di madre! Tu dov'eri mentre io crescevo e avevo malinconie e problemi che non hai mai saputo? Sei proprio tu a parlare dell'egoismo di Oscar? E il tuo egoismo dove lo metti? Io voglio una famiglia vera, con un marito e tanti bambini. Sono innamorata di Oscar da anni, ora si dà il caso che anche lui sia innamorato di me e mi abbia chiesto di sposarlo. Ha delle ottime ragioni per sposare lunedì la sua ex compagna. È un uomo responsabile, lui. Quindi, non osteggiarmi perché non cambierò le mie decisioni.»

Malvina tacque. Roberta le aveva rovesciato addosso una serie di accuse, covate da tempo, che erano la sua verità e sarebbe stato inutile raccontarle com'erano andate veramente le cose nella sua vita, perché sua figlia non l'avrebbe ascoltata. Incassò le accuse e replicò: «Ti voglio bene, tesoro. Mi dispiace solo che, a diciannove anni, tu ti stia imbarcando in un legame che nasce già complicato. Oscar dovrà provvedere ai bisogni di due famiglie e occuparsi anche del figlio che sta per nascere. Stai per prenderti sulle spalle un fardello pesante che l'altra signora Trinchese non contribuirà ad alleviare. Così voglio che tu sappia che io ci sarò sempre».

Avrebbe voluto stringere a sé sua figlia per infonderle coraggio, ma sentiva la sua ostilità e non si mosse.

Fu invece Walter ad abbracciarla e rincuorarla.

«È davvero una storia senza capo né coda e tua madre, che ha il senso pratico di tutte le donne, non riesce a digerirla, ma se va bene a te, andrà bene anche a noi.»

La domenica sera, quand'era l'ora di rientrare a Milano, Roberta non volle partire con suo padre.

«Resterò qui per un paio di giorni», decise.

In realtà temeva il lunedì mattina, quando il suo innamorato avrebbe sposato Cinzia.

Oscar le aveva detto che le nozze sarebbero avvenute alle otto del mattino.

Alle sette la chiamò a Tavernolo.

«Tra poco uscirò per andare in Comune. Appena questo sacrificio si sarà compiuto, ti raggiungo. Ti amo e conterò i giorni da adesso a quando tornerò a essere un uomo libero e potrò sposarti.»

Dopo aver parlato con lui, Roberta si era rifugiata sotto il patio con un libro da leggere. Poco dopo la raggiunse sua madre. Venere servì la colazione che consumarono in silenzio.

Roberta guardò il giardino, dove le rose della nonna avevano ripreso vigore, dopo la calura d'agosto.

Nel cielo, un nibbio volava lento e solenne. Carlin zappettava nell'orto. In cucina, Venere iniziava a preparare il pranzo. Suonò il telefono e Roberta trasalì: erano le otto e un quarto. Sperò che fosse Oscar che le annunciava la conclusione della cerimonia, ma non si mosse e aspettò che Venere rispondesse dalla cucina. La donna si affacciò sul patio per chiamare Malvina: era Sergio Orombelli all'apparecchio. Malvina entrò in casa per parlargli e tornò per dirle: «Oggi vado a pranzo con Sergio, così, quando arriverà Oscar, avrete la casa solo per voi».

Roberta le sorrise e la ringraziò.

Sua madre si appoggiò allo schienale della sedia di vimini e disse: «Fino a qualche decennio fa, quando i genitori si rendevano conto che un figlio o una figlia stavano per finire in un guaio, facevano i bauli e partivano per un lungo viaggio, con il figlio o la figlia in questione. Ritornavano solo quando il pericolo si era allontanato».

«Certo che tu sei come i cani: non molli mai il tuo osso», osservò Roberta.

«I metodi educativi dei bei tempi andati non erano da buttare.»

«Detto da una che ha fatto il Sessantotto...»

«E che si è battuta per il divorzio. Se questa legge non fosse passata, come ti saresti regolata con Oscar? Perché vedi, la tua generazione dà tutto per acquisito, ma queste conquiste le abbiamo vissute e sofferte noi e non immaginavamo che le nostre figlie se ne sarebbero servite per scopi meno nobili, quali quello di usare il matrimonio per mettersi in pace la coscienza e il divorzio per fare poi quello che più aggrada», martellò.

«Vuoi lasciarmi stare? Tanto, non c'è niente che tu possa dire o fare per cambiare i miei sentimenti», sbottò. Lasciò il patio, entrò in casa e andò a rifugiarsi nella sua camera.

Quando sentì il motore dell'auto della mamma che si allontanava, ridiscese al piano terreno. Dalla cucina arrivava il parlottio dei due domestici. Si fermò, indecisa se raggiungerli o proseguire verso il salotto per sedersi di fianco al telefono, pronta a rispondere non appena avesse squillato. Così sentì il dialogo fra Venere e Carlin.

«Ma mi dici che cosa sta succedendo?» chiedeva Carlin alla moglie.

«Caro il mio uomo… queste modernità del giorno d'oggi non stanno né in cielo né in terra», deplorò Venere.

«Ma ho capito bene? È vero che l'innamorato della Roberta si sposa stamattina?»

«È vero… è vero…»

«Allora ha perso il moroso!»

«Invece no. Perché dopo lui divorzia e sposa lei. Intanto però, gli deve nascere un figlio da quella che sposa oggi. Hai capito, adesso?»

«No.»

«Nemmeno io. Però le cose stanno così.»

«Qualche volta sono contento della mia ignoranza.»

«Parole sante. La gente istruita è matta e vive male. E adesso levati di mezzo, perché devo cucinare per lo sposo che viene a pranzo.»

«E la sposa?» insistette Carlin.

«Fuori e lasciami lavorare», tagliò corto sua moglie.

Roberta si rifugiò in salotto. Erano quasi le nove e Oscar non aveva ancora telefonato.

Ascoltava i rintocchi della pendola che segnava i quarti d'ora, uno dopo l'altro, mentre il telefono taceva.

Avrebbe potuto telefonargli lei, dal momento che

Oscar possedeva un telefono portatile, ma dubitava che lo avesse con sé. Comunque, alle undici, lo chiamò e, come era prevedibile, il telefono suonò a vuoto. Allora lo chiamò a casa e non rispose. Lo cercò al giornale e le dissero che era fuori. A mezzogiorno credeva di impazzire. E, finalmente, il telefono suonò.

«Tesoro», le disse Oscar.

«Ti ascolto», rispose lei, contenendo gioia e rabbia.

«Sono uno straccio. Prima il danno e poi la beffa.»

«Spiegati.»

«Eravamo appena stati dichiarati marito e moglie, quando Cinzia si è sentita male. È arrivata l'ambulanza, l'ho portata in ospedale. Ha perso il bambino.»

# *Roberta*

# 1

FRANCESCA aveva seguito il racconto di sua madre affascinata da quella vicenda incredibile.

«Oscar Wilde diceva che non è necessario bere tutta la botte per sapere che il vino non è buono. Dopo quel primo sorso, avrei dovuto capire che l'uomo di cui ero innamorata mi avrebbe creato dei problemi», concluse Roberta.

«Quella Cinzia non ha bisogno dei soldi di papà», disse ora Francesca.

«Ti dico di sì, invece», insistette Roberta.

«E io ti assicuro che non è così, perché lavora nella bottega di ferramenta di via Moscova», rivelò la ragazzina.

«Chi te l'ha detto?»

«Me l'ha confidato papà, in gran segreto.»

«Devo andare in via Turroni. Vieni con me, perché voglio sapere tutto», propose Roberta.

Salirono in macchina e sua figlia proseguì: «Papà mi

ha raccontato che Cinzia frequenta da sempre i padroni di una bottega di ferramenta. Qualche anno fa, la moglie è morta e lei l'ha sostituita in negozio. Pare che abbia un buon stipendio, perché l'attività va a gonfie vele», spiattellò.

«Senti senti… la signora ha un reddito», sussurrò Roberta a denti stretti. E proseguì: «Lo vedi perché mi arrabbio con tuo padre? Io faccio fatica a far quadrare i conti di casa e lui regala soldi a una che non ne ha bisogno», sibilò e, in quel momento, avrebbe voluto avere il marito davanti per urlargli il fatto suo.

Erano arrivate davanti alla villetta dei Mandelli e, dalla finestra della casa accanto, la signora Renzi le vide e le salutò.

«Oggi hai portato anche la tua bambina!» esclamò. E soggiunse: «Come sono contenta. Anche se non vuoi dirmelo, ormai so che tornerai a vivere qui».

«Chissà, tutto può essere», tagliò corto Roberta e, con la figlia, entrò nella villetta polverosa.

«Traslochiamo davvero?» domandò Francesca.

«Ci sto pensando», rispose Roberta mentre spalancava le finestre e, tallonata dalla figlia, esaminava imposte e serramenti.

Francesca conosceva bene quella casa in cui veniva spesso, quando il nonno era ancora in vita. Lui l'accoglieva nel suo studio e le faceva fare i compiti di scuola. Poi le regalava qualche spicciolo, dicendole: «Brava. Ora vai a comperarti un gelato».

Walter Mandelli aveva lasciato il lavoro perché soffriva di cuore, trascorreva i giorni raccogliendo gli scritti di suo padre per farne un volume da dare alle stampe. Era mancato prima di riuscire a realizzare il suo progetto.

«Facciamo il giro della casa, così vediamo in quali condizioni si trova», propose Roberta.

«Veramente io dovrei fare i compiti e dopo...» azzardò la ragazza.

«Però sarebbe meglio portare qui la signora Tilde per dare una bella ripulita», soggiunse la mamma, seguendo il filo dei suoi pensieri.

«Dopo avrei un'ora di allenamento al Palazzo del Ghiaccio...» proseguì Francesca.

«Anche perché, facendo le pulizie si vedrebbero meglio tutte le magagne di queste vecchie stanze...»

«Poi andrei da Silvia per la cena e mi fermerei a dormire a casa sua.»

Madre e figlia inseguivano pensieri differenti, mentre si aggiravano per le stanze del piano superiore.

C'erano le vecchie tappezzerie da sostituire, ma Roberta pensò che le avrebbe tolte e imbiancato i muri. Il trumeau in camera della nonna era un pezzo davvero pregevole, che aveva bisogno di essere restaurato da un bravo ebanista. I letti erano tutti da scartare, tranne, forse, quello di zia Cristina, con la bella testiera in ferro battuto, che conservava intatta la laccatura color salvia e i pomoli d'ottone lucido. E i bagni, pensò, affacciandosi su quello padronale, erano tutti da rifare: via quelle orribili piastrelle rosa e i sanitari ingialliti. Aveva sfogliato in libreria un volume di design moderno e aveva visto pavimenti di linoleum da sballo per le stanze da bagno. Certo, era più caro delle piastrelle, ma anche più facile da pulire e… doveva rivolgersi a un architetto, farsi fare un preventivo e… e i soldi?

Poteva accendere un'ipoteca sulla casa. Ma se poi non fosse riuscita a pagare? Non voleva chiedere aiuto a zia Aurora e meno che mai a sua madre. Ma decise che sarebbe tornata a vivere lì, dove aveva trascorso la sua infanzia. In fondo, l'appartamento di via Spartaco non le era mai piaciuto.

«Mamma, vogliamo andare?» domandò Francesca.

«Certo, tesoro, torniamo subito a casa. Però, dimmelo sinceramente, non ti piacerebbe se ci trasferissimo qui?»

«Non lo so, mi sembra tutto così consumato…»

«Aiutami a chiudere le finestre.»

«Le stanze sono piccole.»

«Buttiamo giù qualche parete e da due stanze piccole ne ricaviamo una grande. Sarebbe casa nostra e potremmo farci tutto quello che vogliamo.»

«E i soldi?»

«Ecco, questo è il punto. I soldi, i maledetti soldi. Odio il denaro e chi lo ha inventato», dichiarò, mentre chiudevano la porta d'ingresso e si avviavano verso il cancello.

Stavano per salire in macchina quando suonò il cellulare di Roberta. Era Aldo, il bibliotecario.

«Sei in libreria?» le domandò.

«Sono fuori con mia figlia», rispose.

«Vorrei offrirti un aperitivo. Se passassi a prenderti quando chiudi bottega?»

«È una proposta allettante», rispose. Chiuse la comunicazione e avviò il motore.

«Allora, mammina, ti va bene il mio programma per la sera?»

«Quale programma, tesoro?»

«Ecco, lo vedi come sei? Io ti parlo e tu non mi ascolti. Io invece ho ascoltato bene la storia che mi hai raccontato e ho capito tante cose di te e papà.»

«Dimmene una.»

«Ho capito che lui è molto innamorato di te, mentre tu non sei più così sicura di amarlo. Fino a ieri, credevo che fosse il contrario.»

«Ma cosa dici?» trasecolò sua madre, mentre fermava la macchina davanti al portone di via Spartaco.

«Quello che penso. Allora posso dormire da Silvia?»

«Sì, certo. Assicurati che Matteo abbia fatto i compiti, per favore. Tuo padre innamorato di me?» domandò, più a se stessa che alla figlia, la quale era già scesa dall'auto e stava varcando l'androne di casa. «Lui è innamorato della vita comoda che io gli ho servito per diciott'anni su un vassoio d'argento. Ma da oggi, cambia la musica», disse, grondando indignazione per quanto sua figlia le aveva rivelato. Cinzia aveva un lavoro, da diversi anni, e prendeva uno stipendio, Oscar lo sapeva, ma continuava a darle del denaro e pagava persino le spese condominiali dell'appartamento che le aveva regalato.

«*Grrr*, che voglia di cavargli gli occhi», sibilò, entrando in libreria, dove Chiara la guardò preoccupata.

«Posso sapere con chi ce l'hai?» le domandò.

«Con tutti, ma soprattutto con me stessa», affermò e si chiuse nel suo ufficio.

Lavorò per un paio d'ore, poi telefonò a zia Aurora, che era in via Spartaco.

«Come vanno le cose, lì?» s'informò.

«Aspetta un attimo», rispose la donna.

Sentì il suono dei suoi passi e il rumore di una porta che si chiudeva. «Ti parlo dalla tua camera da letto, perché di là c'è Oscar con Matteo. Francesca passerà la notte a casa di Silvia e io torno a casa mia. La cena è pronta. Immagino che, questa sera, tu e tuo marito avrete qualcosa di cui parlare», concluse la zia.

«Avvertilo che rincaserò tardi», disse Roberta.

Si rifugiò in bagno per cambiarsi d'abito e indossare quello che aveva comperato la mattina. Si guardò allo specchio e vide una donna elegantissima e arrabbiatissima. Messalina, che aveva eletto a dimora temporanea per sé e i cuccioli lo spazio sotto il lavabo, protese il muso verso di lei.

«Non ti sembro uno schianto?» la interrogò Roberta, dandole una carezza.

La gatta, appagata dall'attenzione che aveva ottenuto, tornò a leccare i piccoli.

«Vai a un ricevimento?» domandò Chiara, vedendola.

«Esco per un aperitivo con un amico», disse, con studiata noncuranza.

Stavano chiudendo le saracinesche, quando Aldo Rivetti si profilò sulla porta della libreria.

«Ah, l'amico sarebbe il bibliotecario! Mi sembra un'eleganza sprecata», borbottò Chiara.

Roberta, nascosta dietro uno scaffale, lo vide. Lui indossava la solita polo gialla sotto una giacca blu e calzava scarpe da ginnastica. Roberta si sentì ridicola, nel suo elegante abito nuovo. Sgattaiolò in bagno, si cambiò rapidamente e tornò a indossare il suo vecchio tailleur. Poi andò incontro ad Aldo.

# 2

Oscar si rendeva conto che sua moglie stava attraversando un periodo complicato, ma era difficile anche per lui capire perché, all'improvviso, tutto stesse andando storto nel loro rapporto.

Roberta lo aveva lasciato senza cellulare, senza soldi e poi lo aveva steso con la sua furia verbale.

Dopo pranzo rincasò con Matteo che gli scodinzolava intorno festoso e un po' incredulo di avere il padre tutto per sé. In salotto trovò la zia che stava leggendo il giornale.

«Dov'è andata?» le domandò alludendo a sua moglie.

Aurora fece spallucce.

Lui si lasciò cadere di peso sulla poltrona.

«Non ne posso più. Qui imperversa la bufera da giorni e io non ci capisco più niente», sospirò, con l'aria di un martire.

«Non chiedermi niente, non so niente e non voglio entrare nelle vostre dispute», affermò lei.

La signora Tilde si affacciò sulla soglia per congedarsi.

«Ho sistemato tutto. Ci vediamo domani», annunciò. Notò lo sguardo infastidito di Oscar e della zia Aurora e si defilò rapidamente.

«Io ne so meno di te», si commiserò Oscar, non appena la domestica ebbe richiuso l'uscio di casa.

«Papà, mi aiuti a fare il compito di aritmetica?» domandò Matteo, venendo dalla sua camera dove si era liberato delle scarpe e del giubbotto.

Se avesse potuto seguire il suo impulso, Oscar gli avrebbe detto: «Fattelo da solo, perché ho altro a cui pensare», invece, lo sguardo pieno di speranza del suo bambino lo indusse ad assecondarlo. «Va bene, mettiamoci al tavolo della cucina», rispose, interrompendo il confronto con la zia.

Aurora guardò quasi con tenerezza quell'uomo dall'aspetto forte e sicuro che stava soffrendo per qualcosa che andava al di là della sua comprensione. Chiuse il giornale e si affacciò in cucina.

«Vi disturbo se mi faccio un caffè?» domandò.

«No, se me ne offri una tazzina», rispose Oscar, che sedeva al tavolo con il figlio.

«Se voi bevete il caffè, io posso avere il mio kinder?» chiese Matteo.

«Vai a comperarmi le sigarette, per favore», disse il padre, mettendogli in mano qualche euro. «Dopo avrai la merenda», soggiunse.

Appena furono soli, si rivolse di nuovo alla zia.

«Mi dici che cosa sta tramando Roberta alle mie spalle?»

Aurora cominciò a riempire la moka.

«È cambiata come dal giorno alla notte», proseguì lui.

«Forse si sente trascurata», ragionò Aurora, mentre avvitava la caffettiera.

«Così… all'improvviso? Per diciotto anni tutto è filato liscio come un olio e adesso non c'è più niente che le vada bene. Ti rendi conto che mi sono dato malato, al giornale, perché non riesco a lavorare in queste condizioni?»

«Sarà la crisi dei quarant'anni», osservò Aurora.

«Ne ha soltanto trentasette», precisò lui.

«Bisogna dire che il peso della casa e dei figli grava tutto sulle sue spalle», affermò la zia, mentre aspettava che il caffè affiorasse.

«E questo spiega il suo cambiamento, secondo te?»

«Dico quello che vedo, perché Roberta non è una che spiffera il suo scontento ai quattro venti.»

«Secondo te, ha un… un altro?»

Era deciso a metterla alle strette per farla parlare.

«Non lo so. Spero di no. Ma se fosse, dovresti fare un bell'esame di coscienza e renderti conto di quanto tu abbia trascurato la famiglia.»

Versò il caffè nelle tazzine nel momento in cui irrompevano nell'appartamento Matteo e sua sorella.

Il bambino mise sul tavolo un pacchetto di sigarette e gli spiccioli del resto.

«Dove sei stata fino a quest'ora?» domandò Oscar a Francesca, mentre Matteo mangiava la merendina.

«In via Turroni, con la mamma», confessò candidamente.

Oscar estrasse dal pacchetto una sigaretta, l'accese e disse: «Vado in bagno a fumare».

Uscì dalla cucina portandosi appresso la figlia. La sospinse nel bagno, si sedette su uno sgabello dopo aver spalancato la portafinestra e la interrogò: «In via Turroni a fare che cosa?»

«A vedere i lavori che servono per renderla abitabile. Sta facendo grandi progetti, ma c'è un problema: i soldi. Non ce ne sono, perché tu largheggi con la tua prima moglie che, avendo un lavoro, potrebbe fare a meno del tuo obolo», tagliò corto Francesca.

«Così hai raccontato tutto alla mamma.»

Francesca tacque.

«A questo punto dovrò prendere in mano la situazione e, per quanto la cosa mi ripugni, dovrò fare un po' d'ordine», affermò.

«Io vado in camera mia a fare i compiti», decise Francesca.

Matteo si era piazzato davanti al televisore e stava vedendo un telefilm.

«Devo andare a comperare un telefonino nuovo. Per favore, pensi tu a preparare la cena?» domandò alla zia Aurora.

Lei sorrise, constatando che i ruoli in famiglia stavano cambiando: adesso Oscar si preoccupava delle piccole questioni di casa.

«Fai tutto quello che devi», lo tranquillizzò.

Oscar comperò un cellulare nuovo dal negoziante vicino a casa e poi salì in macchina per andare in via Solferino.

Durante il tragittò rimuginò le parole di Roberta e si disse che non poteva darle torto. Cinzia gli pesava addosso come un macigno da tempo immemorabile. Con l'aria mesta e indifesa della donna maltrattata dalla vita, era riuscita a farsi regalare un appartamento che oggi valeva una piccola fortuna e continuava a spillargli denaro. Era davvero arrivato il momento di chiudere i rubinetti, anche perché doveva pensare ai suoi figli. Era sicuro che Cinzia avrebbe capito la situazione.

Parcheggiò l'auto sull'angolo con via Moscova, in prossimità della bottega di ferramenta. Sapeva che, a quell'ora, l'avrebbe trovata dietro il banco del negozio. Invece non c'era.

«È giovedì, giorno di liscio», disse il magazziniere, che lo conosceva. E spiegò: «Cinzia è uscita prima e anche Attilio. Devono prepararsi per andare a ballare. Devo riferirle qualcosa, domani?»

Oscar si congedò in fretta, dicendo: «Non serve. Faccio un salto da lei, sperando di trovarla ancora in casa».

Svoltò in via Solferino e si infilò nell'androne del palazzo in cui aveva abitato per anni. La guardiola era deserta e lui salì le scale a piedi.

Arrivò all'ultimo piano con il fiato corto. Suonò alla

porta che, assurdamente, portava ancora la targa con il suo cognome. Dopo un tempo che gli sembrò un'eternità, sentì la voce di Cinzia che domandava: «Chi è?»

«Mi stai vedendo dallo spioncino e mi domandi chi sono?» replicò spazientito.

«Oscar?» disse lei, senza decidersi ad aprire.

«Allora?»

Sentì lo schiocco del catenaccio e l'uscio si schiuse di pochi centimetri.

«Non sapevo che saresti venuto. Io... stavo per fare una doccia», balbettò, guardandolo come se fosse un fantasma, mentre si copriva il corpo nudo con una vestaglia a fiori.

«Lo so, è giovedì e anch'io vado di fretta. Volevo soltanto scambiare due parole con te», replicò lui.

Dal fondo del corridoio arrivò una voce d'uomo.

«Cinzia! Chi è?»

Oscar spalancò la porta con un gesto deciso e, ignorando la donna, marciò risoluto verso la camera da letto dove trovò, sdraiato sul letto, Attilio, che si coprì velocemente con il lenzuolo.

I due uomini si guardarono sconcertati. Poi Oscar non riuscì a contenere una risata, mentre l'altro arrossì vistosamente.

«Stai pure comodo», lo schernì il fotografo, e uscì dalla stanza.

Cinzia era rimasta incollata alla porta d'ingresso e lo guardava spaventata.

Lui le andò vicino e le sorrise.

«Di che cosa hai paura, povera donna?» le domandò.

«Ecco io… volevo dirtelo…» balbettò Cinzia.

Aveva addosso un profumo che gli dava la nausea.

«Va da sé che, da questo momento, è finito il periodo delle vacche grasse. Non telefonarmi più e non farti più vedere», concluse.

Se ne andò e sbatté la porta con un colpo così fragoroso che risuonò nella tromba delle scale.

Per la prima volta, dopo tanto tempo, si sentì un uomo libero.

# 3

Era un locale pieno di giovani e di allegria, poco distante dalla libreria.

Quanti anni erano che Roberta non si concedeva una pausa così rilassante? Si sforzò di ricordare quand'era stata l'ultima volta che era uscita con suo marito per prendere un aperitivo prima di andare al cinema o a teatro. Era stato la sera in cui gli aveva annunciato, davanti a un bicchiere di champagne, che aspettavano il loro primo figlio.

Sedette con Aldo a un tavolo un po' defilato. Lui ordinò due analcolici all'ananas.

«Vieni qui spesso?» gli domandò lei.

«Mai. Me ne ha parlato un amico e ho deciso che era il posto giusto per chiacchierare con te», rispose lui.

«Di solito, come passi le tue serate?»

«Rimango in biblioteca fino a tardi, poi mangio un panino dove capita e vado al cinema o a qualche concerto, se non ho nessun invito a cena a casa di amici. Loro sono tutti sposati e io sono lo zio dei loro figli e il confidente delle loro pene», spiegò.

«E questo fisico muscoloso, da dove ti viene?»

«Dalla palestra. Ci vado tre mattine alla settimana fin da quando ero ragazzo. Non potendo competere con la bellezza dei miei amici, cerco di rivaleggiare con il fisico. I miei compagni d'università avevano il fascino e i soldi, io mi salvavo con i muscoli e una sfilza di trenta e lode. E poi c'erano i libri. Te lo ricordi Paperon de' Paperoni che sognava di tuffarsi in una piscina piena di monete d'oro? Io, invece, sognavo di gettarmi in una piscina piena di libri. Quando penso a tutte le emozioni, le avventure, le sorprese che sono contenute in un buon libro, sono catturato da una frenesia incontenibile, da maniaco... Ma adesso, basta parlare di me, anche perché non sono un soggetto interessante. Raccontami di te.»

«A me sarebbe piaciuta una vita scandita da rassicuranti riti famigliari. Ci sono donne che sognano crociere nei mari del Sud, gioielli e abiti firmati, io, invece, ho sempre desiderato un'esistenza normale, che non ho mai avuto.»

«Forse non la volevi veramente», osservò lui e proseguì: «Sei troppo intelligente e fantasiosa per accontentarti della normalità. Da quello che ho capito, sei cresciuta in un contesto fuori dagli schemi tradizionali che ha influenzato il tuo modo di essere e le tue scelte di vita».

«È vero. Come fai a conoscermi così bene?» chiese Roberta, incuriosita.

Il cameriere servì gli aperitivi e posò sul tavolino alcune ciotole colme di salatini.

«Sono diversi anni, ormai, che di tanto in tanto ci incontriamo. E poiché sei un tipo interessante, ti ho sempre ascoltato con attenzione.»

«Stai attuando la vecchia politica dell'adulazione per catturarmi?» scherzò Roberta.

«Proprio così, anche se so bene di non essere il prototipo dell'uomo attraente.»

«Anche sminuirti fa parte della tua strategia?»

«Forse. Ammetto che sto cercando di corteggiarti. Sei la prima donna che, dopo tanto tempo, riesce di nuovo a interessarmi.»

«Parlami di lei, di quella che aveva monopolizzato il tuo cuore.»

«Siamo stati sposati per tre giorni. Il quarto giorno, eravamo ancora in luna di miele, all'improvviso lei è stata colpita da un ictus che l'ha uccisa in poche ore. Aveva ventisei anni ed era il ritratto della salute e della voglia di vivere. Era diplomata in pianoforte e sognava di diventare concertista. L'amavo più della mia vita», raccontò in un sussurro.

«Quando è successo?»

«Sono passati quindici anni», rispose lui tristemente.

«Usciamo?» propose Roberta. All'improvviso, quel locale allegro e chiassoso la infastidiva.

Si avviarono a piedi, fianco a fianco, lungo la strada.

«Non ti sei più innamorato?» gli domandò.

«Una volta ho avuto una storia con una ragazza, ma

non riuscivo a liberarmi dal ricordo di mia moglie. Lei l'ha capito e ci siamo lasciati. Da allora ho chiuso. Solo adesso, con te, mi sembra di avere finalmente superato quel capitolo drammatico della mia vita. Mi sento un po' ridicolo, a esprimermi così, alla mia età. So anche che sei una signora sposata, ma non me ne importa niente. Insomma...»

«Insomma, che cosa?»

«A te la scelta della pagina seguente: puoi scriverla o lasciarla bianca.»

«Come molti autori ci raccontano, si scrive quando si ha qualcosa di interessante da raccontare. In questo momento, io ho solamente un vuoto mentale e consegno a te la pagina bianca», replicò Roberta.

Erano arrivati in prossimità della libreria che era ormai chiusa. Roberta salì sulla sua auto e abbassò il finestrino per salutare Aldo.

Lui si chinò e le disse: «Grazie per la compagnia. So che ci rivedremo... per lavoro».

Roberta annuì con un sorriso e prese la strada di casa.

Zia Aurora era già andata via, Matteo era in camera sua e Oscar stava ripulendo l'attrezzatura fotografica appoggiata sul tavolo del salotto.

L'accolse con un sorriso e le disse: «In cucina è pronta la tua cena».

«Vorrei telefonare a casa di Silvia per sapere se va tutto bene con Francesca», rispose lei, posando la borsa sul divano e accostandosi al telefono.

«Già fatto. Comunque, se vuoi, chiama anche tu...»

Roberta lo guardò, stupita.

Da quando suo marito telefonava a casa dei genitori delle amiche di sua figlia per accertarsi che non ci fossero problemi?

Tuttavia non disse nulla e aspettò che Oscar le domandasse dov'era stata. Invece lui annunciò: «Vengo in cucina con te, ti faccio compagnia mentre mangi».

# 4

ROBERTA non aveva fame, così ripose in frigorifero la sua cena. Decise, invece, di mangiare una bella arancia sanguigna dal gusto dolcissimo che non apprezzò fino in fondo, perché l'incontro estemporaneo con il professor Aldo Rivetti, dettato forse da un bisogno di rivalsa sul marito, l'aveva turbata.

Oscar sedeva al tavolo, di fronte a lei, apparentemente occupato a lustrare i suoi obiettivi con la pelle di daino. Avvertiva la sua curiosità di sapere dov'era stata e la determinazione a non fare domande.

«Francesca mi ha detto dei tuoi progetti sulla villetta di via Turroni», disse lui.

Roberta cominciò a sbucciare un'altra arancia.

«Mi piacerebbe tornare a vivere lì», rispose lei.

«Mi ha anche parlato del denaro che servirebbe per ristrutturarla.»

«È da quando ci siamo sposati che non riusciamo ad

avere una cucina decente, come sarebbe piaciuta a me. Immagina affrontare una ristrutturazione.»

«La verità è un'altra: che tu non hai mai voluto una cucina nuova perché non hai mai sentito questo appartamento veramente tuo.»

«E non lo è, dal momento che paghiamo un affitto.»

«Mi sono liberato da un peso e mi sembra giusto che tu lo sappia», affermò Oscar.

Roberta tacque aspettando il seguito.

«Ho detto a Cinzia che il vitalizio si è esaurito. Non telefonerà più, non chiederà più niente.»

«Non posso crederci», si meravigliò Roberta, guardando il marito con un sorriso carico d'ironia.

Oscar aveva una voglia matta di raccontarle la scena di Attilio sorpreso nel letto di Cinzia, in via Solferino, ma sapeva che Roberta non aveva il suo stesso senso dell'umorismo e si sarebbe arrabbiata ancora di più pensando a tutti gli anni in cui la «povera donna» aveva turlupinato Oscar. La verità era proprio questa: era stato raggirato da una contadina scaltra, che era riuscita a far leva sui suoi sensi di colpa. Così si limitò a dire: «Le ho parlato e lei ha capito».

Sperò nel plauso di Roberta.

Invece, sua moglie gli si scagliò contro come una furia.

«Con quale coraggio, dopo diciott'anni, vieni a raccontarmi d'avere chiuso con Cinzia? Che cosa ti aspetti che ti dica? Bravo? Grazie per aver finalmente capito che la tua famiglia merita maggiore rispetto? Per anni mi hai taciuto che Cinzia lavora e percepisce uno stipendio sufficiente per vivere. L'ho saputo solo oggi da nostra figlia. Come hai potuto nascondermelo e continuare a mantenere quella donna? Non ne faccio una questione di denaro, anche se questo ha la sua importanza, ma di dignità. Per tutti questi anni mi hai offeso continuando a sentirti in obbligo verso una donna con la quale non avevi più nulla da spartire. Come pensi che mi sia sentita in tutto questo tempo? E adesso, come pensi che debba reagire? So bene che cosa vorresti che dicessi: mettiamoci una pietra sopra e non parliamone più. Non lo farò perché sono stufa. Mi rendo conto che anch'io ho la mia parte di responsabilità perché ho sempre taciuto, abbozzato e sorriso. Ma adesso la misura è colma. E non tentare di difenderti, perché ti cavo gli occhi», urlò.

«Vuoi che mi metta in ginocchio e ti chieda perdono?» disse lui.

«Lo vedi? Non capisci! Non hai mai capito niente!»

Buttò le bucce delle arance nel cesto della spazzatura e si lavò le mani.

«Certe cose potevi dirmele diciott'anni fa», reagì Oscar.

«Davvero? E quando? Quando sbattevi l'uscio di casa per non ascoltarmi? Quando facevi notte con i tuoi colleghi o gli amici poliziotti che ti davano le dritte per un servizio fotografico? E io, scema, a casa ad aspettare, a curare i bambini, ad arrampicarmi sugli specchi per trovarti delle giustificazioni, ripetendomi che, alla fine, eri un marito fedele. Sai cosa ti dico? Meglio sarebbe stato se mi avessi tradito ma ti fossi fatto carico dei problemi della famiglia.»

«Sei volgare!»

«Sono furente!»

«Non ti riconosco più.»

«Che importanza ha, ormai?»

«Non dire così!» si ribellò Oscar.

Matteo, il viso assonnato, si profilò sulla soglia della cucina.

«E tu, cosa vuoi?» lo aggredì suo padre.

«Ho sete», si lamentò il bambino, stiracchiando il giubbino del pigiama.

«Non assalire mio figlio in questo modo!» s'inalberò Roberta. Andò verso il piccolo, lo prese per mano, gli diede un bicchiere d'acqua e lo riportò a letto.

«Litigate?» domandò Matteo, mentre lei gli rincalzava il lenzuolo.

«Sì.»

«Per colpa mia?»

«Tu non c'entri per niente, piccolino», tentò di rassicurarlo.

«Però voi non avete mai litigato.»

«Ora invece sì. Ti sembra così strano? Tu non litighi mai con tua sorella?»

«Solamente quando Francesca è cattiva. Papà, invece, oggi è stato buono con me.»

«Lo so. Lui ti vuole molto bene.»

«Ho sonno.»

«Allora dormi.»

«Non posso… mi sento strano…»

«Ci hai sentito alzare la voce ed è per questo che non sei tranquillo. Non devi preoccuparti, perché papà e io saremo sempre buoni amici, te lo garantisco.»

Matteo abbracciò la mamma, mentre sbadigliava.

Roberta gli rimase accanto, accarezzandogli i capelli, fino a quando suo figlio si riaddormentò.

Poi scivolò silenziosamente fuori dalla sua camera. Oscar era uscito, lasciando sul tavolo della cucina un foglio su cui aveva scritto: «Vado a cercare rose per la mia sposa».

«È questa la sua soluzione ai nostri problemi: i fiori e il silenzio, perché non si deve turbare la sua tranquillità», brontolò Roberta, entrando nella stanza da bagno. Si fece una doccia, poi andò a letto, stremata.

# 5

ROBERTA si svegliò da un sonno profondo in cui era precipitata e le ci vollero alcuni secondi per recuperare il contatto con la realtà. Guardò la sveglia: erano le sette del mattino. Tastò il letto dalla parte di Oscar. Non c'era. C'era invece, in bella mostra, sul tavolo della cucina, un profumatissimo bouquet di peonie bianche infilato in un orribile vaso di cristallo che lei e Oscar definivano: «dono di nozze che speriamo vada subito in frantumi», invece dopo tanti anni sopravviveva intatto.

Accanto al vaso, c'era un foglio con scritto: FACCIAMO PACE?

In altri tempi lei avrebbe sorriso e si sarebbe intenerita. Ora, invece, disse a voce alta: «Non mi incanti più».

In salotto, un cuscino e una coperta insolitamente ben ripiegata, denunciavano il fatto che Oscar aveva dormito sul divano, temendo che lei potesse cacciarlo dalla loro camera.

Doveva essere uscito da poco, perché quando tornò

in cucina per farsi il caffè, vide tracce di quello che lui si era preparato sul ripiano del gas e nel lavello.

Solo allora le tornò in mente l'aperitivo con Aldo Rivetti e si domandò come sarebbe stata la sua vita se avesse sposato il bibliotecario.

Ma, all'epoca, era pazzamente innamorata di Oscar. Perché? si domandò ora. Che cosa aveva suo marito di così speciale, oltre a essere un bellissimo uomo?

Lei aveva amato tutto di Oscar: il viso, il corpo, le mani, il profumo della sua pelle. Sedette al tavolo della cucina a sorseggiare il caffè e ricordò che le piaceva posare un orecchio sul suo petto e ascoltare il rimbombo della sua voce, perché Oscar parlava e parlava all'infinito.

Solo ora si rendeva conto che raramente le parlava di sé. Oscar aveva sepolto in fondo al cuore la sua infanzia difficile e si era costruito una personalità che affondava le radici nel vuoto. Da qui veniva la sua tendenza a fuggire di fronte a qualsiasi problema.

«Non aveva bisogno di una moglie, ma di uno psicanalista», concluse a voce alta.

Finì il suo caffè, lavò la tazzina, telefonò a casa dell'amica di Francesca per sapere se era andato tutto bene, mise sul fuoco il latte per Matteo e andò a svegliarlo.

Dopo che entrambi si furono lavati e vestiti, si ritrovarono in cucina per fare colazione.

«Dov'è il papà?» domandò il bambino davanti alla scodella di latte e cacao in cui inzuppava i biscotti.

«Al lavoro, immagino, dal momento che è uscito prima che io mi svegliassi», rispose Roberta.

«Mi ha promesso il libro dei Gormiti e anche il DVD. Dici che se ne ricorderà?»

«Mi piacerebbe sapere che cosa hai fatto di così straordinario per meritare questi regali», gli chiese Roberta.

«Uhm… fammi pensare… mi sono lavato i denti senza che nessuno mi dicesse di farlo.»

«Non basta.»

«Lo immaginavo. Però papà è più buono di te, perché mi compera quello che gli chiedo.»

«Non raccoglierò la tua provocazione. Fila a prendere il tuo zainetto e andiamo di corsa a scuola», lo sollecitò, mentre si infilava la giacca.

Dopo aver lasciato il figlio a scuola andò in libreria. Chiara le sbarrò il passo prima che lei potesse entrare in ufficio.

«Lui è di là», sussurrò. Ovviamente, alludeva a Oscar.

Roberta si girò e si diresse verso l'uscita. Chiara, con tutta la sua mole, riuscì ad agguantarla quand'era già sulla via.

«Non è scappando che risolverai i tuoi problemi», l'ammonì.

«Sembri me quando parlo con lui», replicò Roberta.

«Una ragione di più per affrontarlo. Sbrigati a tornare dentro.»

«La mia libreria è sacra e non ne farò il teatrino dei miei problemi», dichiarò mentre saliva in macchina.

«Dove vai?» domandò l'amica.

«Da qualche parte. Non voglio vederlo.»

«Stai proprio scappando», constatò la donna. Roberta non la sentì perché era già partita sgommando.

Non sapeva davvero dove andare e, arrivata in centro, lasciò l'auto in un parcheggio e s'avviò lungo corso Monforte.

Non la volontà, ma i passi la guidarono verso i giardini della Guastalla. Scese la scalinata e stette lì a osservare gli alberi pieni di gemme, il prato di un bel verde smeraldo, due innamorati che si baciavano.

Quante volte lei e Oscar si erano incontrati lì e quante volte quei piccoli giardini, nel cuore della città, erano stati testimoni discreti delle stupide parole d'amore che si erano scambiati.

Le mani affondate nelle tasche della giacca, Roberta stava in piedi, davanti alla fontana asciutta e melmosa a guardare il nulla pensando a come sarebbe stata la sua vita senza il marito.

Forse non sarebbe cambiata molto, dal momento che lui non c'era quasi mai.

Eppure pensò che sarebbe stato difficile per lei separarsi da Oscar. Ma non era facile neppure la vita che stava conducendo da anni.

Le venne in mente Aldo Rivetti e mormorò: «Ho una voglia matta di tornare a innamorarmi».

«Sono qui apposta», disse Oscar, alle sue spalle.

Lei si girò e lo guardò.

«Sono proprio io. Sei scappata dalla libreria quando hai saputo che ti stavo aspettando e allora sono venuto qui, per la stessa ragione per cui, probabilmente, ci sei venuta tu. Cercavo i nostri giorni felici, quando mi amavi. Io non ho mai smesso di amarti», sussurrò.

«A modo tuo, continuando a preferire il lavoro e la compagnia degli amici ai bambini e a tua moglie.»

«C'è stato un tempo in cui hai fatto follie per me», constatò lui, con amarezza.

«Me lo stai rinfacciando o stai semplicemente ricordando? Perché so benissimo di averti sposato contro il parere di tutti, persino di mio padre, che pure ti voleva bene e ti stimava. Lui, più di chiunque altro, sapeva quanto desiderassi avere una famiglia normale. Forse non mi sono innamorata di te, ma di un progetto a lungo accarezzato che tu, però, non potevi realizzare, non per cattiva volontà, ma perché non era adatto a te.»

«Dio mi è testimone che non ho più guardato un'altra donna da quando mi sono innamorato di te», s'accalorò.

«Dipende da che cosa si intende per amore. Dove sei stato, per tutti questi anni, mentre io crescevo i bambini, li curavo quand'erano malati, li consolavo quando avevano i loro dispiaceri, li portavo all'asilo e a scuola, andavo a lavorare e accoglievo con il sorriso il ritorno del guerriero stremato che era stato in giro a lavorare? Poi arrivavi tu, con la tua bellissima faccia, facevamo l'amore, l'infelicità scompariva e rinasceva la gioia. Ma bastavano poche ore insieme, perché tu riprendessi a scalciare come un cavallo imbizzarrito. Le mura di casa ti opprimevano, i bambini ti innervosivano, l'idea di confrontarti con me ti terrorizzava. E scappavi dicendoti: Tanto io l'amo e lei lo sa. Tu andavi in giro per il mondo a fotografare divi o soldati, gente ricca o bambini denutriti e intanto sapevi che, tornando, c'era un nido caldo pronto ad accoglierti, tua moglie che ti avrebbe riempito di attenzioni e i tuoi figli, che ami più da lontano che da vicino. Perché i figli ti sottraevano una parte di me che tu volevi in esclusiva. E questo, Oscar mio, non è amore. Si chiama egoismo.»

«Mi hai servito un piatto così indigesto che non riuscirò a smaltire in qualche ora e nemmeno in qualche giorno», disse lui.

«Hai tutto il tempo per digerirlo, perché io mi trasferirò in via Turroni con i miei figli non appena avrò ristrutturato la casa.» Finalmente aveva trovato la forza di prendere la sua decisione.

Lui la guardò incredulo e tutto quello che seppe dire fu: «Mi piacerebbe sapere con chi sei stata ieri sera».

«Finalmente me l'hai chiesto. Ed è la riprova che non hai capito niente di tutto quello che ti ho detto.»

# 6

OSCAR doveva andare in un Paese arabo a fotografare il palazzo di un emiro.

Prima di partire aveva dichiarato a Roberta: «Non voglio perderti. Dammi ancora un po' di tempo e la possibilità di recuperare il nostro rapporto».

«Quando mi hai chiesto di sposarti, mi hai detto: 'Dammi tempo'. Sono passati tanti anni e continui a chiedermi sempre le stesse cose. Tu non cambierai mai», aveva replicato lei, sottraendosi al suo abbraccio.

Oscar se ne andò e, poco dopo, la zia Aurora passò a prelevare Roberta e i suoi figli per andare a Tavernolo a trascorrere il fine settimana.

Lungo la strada pensò ad Aldo che continuava a corteggiarla con discrezione inviandole delle mail spiritose. Nell'ultima le aveva scritto: «Il sindaco di Tavernolo mi ha invitato a casa sua per il weekend. Spero che ci sia anche tu».

Malvina pensò che sua madre lo avesse invitato per

lavorare con lui al progetto della biblioteca, ma non poteva escludere che, sapendola in crisi con Oscar, volesse facilitare una conoscenza più approfondita tra la figlia e il bibliotecario. Escluse subito questa seconda ipotesi, perché Malvina non avrebbe mai interpretato il ruolo di paraninfa.

L'auto entrò dal cancello della villa. Gli amici brianzoli dei suoi figli erano già lì ad aspettarli. C'erano i due figli del direttore del Golf Club e la figlia del vivaista che curava le piante del giardino. Francesca e Matteo scesero dalla macchina e si unirono subito a loro, prendendo la strada del bosco, mentre la zia Aurora raccomandava la puntualità per l'ora di cena.

In quel momento comparve, in lacrime, la vecchia Venere.

«La signora è nella limonaia», disse singhiozzando.

«Che cosa succede?» si allarmò Roberta.

«Il Carlin è con lei e con il dottore», singhiozzò la domestica, invece di rispondere.

«Possiamo sapere che cosa c'è?» sbottò Aurora.

«Il povero Damasco ha mangiato qualcosa di velenoso e sta morendo», si decise a rivelare la domestica.

Aurora circondò le spalle di Venere che diceva: «Non posso più assistere alla morte di qualcuno, nemmeno a quella di un povero cane come Damasco».

«Andiamo in casa», la sollecitò la zia, mentre Roberta si avviava verso la limonaia.

Damasco era sdraiato sulla sua brandina e il dottor Orombelli stava infilando l'ago di una siringa nella zampa che Carlin teneva ferma. Malvina era china sul cane e l'accarezzava.

Roberta abbracciò sua madre e salutò i due uomini.

«Sta soffrendo molto?» chiese al dottor Orombelli.

«Tra poco non soffrirà più», sospirò il medico e accarezzò la mano di Malvina che scoppiò in lacrime.

«È finita», annunciò Sergio con voce sommessa.

«Mi dispiace tanto», disse sottovoce Roberta.

Malvina abbracciò sua figlia.

«Volete seppellirlo in giardino?» chiese il medico. «Altrimenti...»

«Altrimenti?» domandò Carlin.

«Lo porto all'inceneritore», rispose.

«Mai!» s'indignò il vecchio domestico.

«E i bambini? Dobbiamo avvisarli che Damasco è morto», intervenne Malvina.

«A loro diremo che è mancato nel sonno», suggerì Sergio.

«Lo seppellirò io, in fondo al giardino», decise Carlin. Lui e Malvina si avviarono verso casa mentre Roberta posava una mano sulla spalla di Sergio Orombelli. Non si era mai permessa un gesto così intimo con lui.

«Grazie», gli sussurrò.

«Di che cosa?» domandò lui.

«Di essere così vicino alla mamma da tanti anni, di non farla sentire sola, di aver capito il suo bisogno di indipendenza. Grazie di tutto, insomma.»

«Vieni qui, stupida ragazzina», rispose il medico, abbracciandola, e proseguì: «Ce ne hai messo di tempo per accettarmi».

«Vent'anni», convenne lei. E proseguì: «Sono un po' legnosa, come la mia nonna paterna. Per tanto tempo sono stata gelosa del vostro rapporto. A volte l'adolescenza si prolunga nel tempo ed è difficile superarla», scherzò Roberta e aggiunse: «Stai tranquillo, ormai sono cresciuta».

Roberta pensò che in qualche modo Sergio assomigliava a Walter Mandelli, suo padre.

Dopo il primo errore da liceale, quando aveva sposato Gianni Franzini, Malvina si era scelta due compagni sicuri e affidabili e Roberta non riusciva ancora a capire perché non si fosse risposata con nessuno dei due. Non bastava la definizione di spirito libero a spiegare il suo atteggiamento. E se Malvina non avesse voluto umiliarla sposando Sergio dopo aver rifiutato le nozze con suo padre?

«Noi donne non siamo così facilmente interpretabili», argomentò ora seguendo il filo dei suoi pensieri.

Sergio annuì sorridendo, e disse: «Vai da tua madre che, lo so, farà la lagna per giorni. Già un'altra volta ho dovuto abbattere un suo cane. Era una ragazzetta di quindici anni quando il suo labrador si era spaccato la spina dorsale inseguendo una faina. Il tuo bisnonno non aveva il coraggio di intervenire e chiamò il veterinario. Malvina si ribellò. Disse che se il suo Modì doveva morire, doveva essere per mano mia. Io ero soltanto una matricola di medicina e mi feci spiegare tutto dal tuo bisnonno che si defilò dopo avermi consegnato i farmaci. Insomma, per amore di tua madre, ho eliminato due cani».

«E per pietà verso di loro», precisò Roberta, mentre si avviava con Sergio verso la villa. E soggiunse: «Modì? La mamma non mi ha mai detto di aver avuto un labrador».

«Lo aveva chiamato Modigliani, per via del collo lungo e sottile. Glielo avevo regalato io che già l'amavo e non glielo potevo dire», raccontò. Entrarono in casa e Sergio disse: «Vado di sopra a farmi una doccia».

Roberta andò in cucina dove Venere e sua madre piangevano, Aurora tritava il filetto di vitello per le tartare che avrebbe marinato con il succo di limone, il sale e il prezzemolo fresco. Roberta decise che ci voleva un caffè per tutti. Il cane Toledo si aggirava per la cucina con aria smarrita, perché sentiva l'assenza di Damasco.

Sergio uscì sul patio mentre le donne bevevano il caffè. Roberta gliene offrì una tazza.

Lui s'era rivestito con giacca e cravatta.

Malvina l'osservò e disse: «C'è da scavare la fossa sotto la quercia, in fondo al giardino».

«Adesso me lo dici?» replicò lui.

«Non è un lavoro che possa fare il Carlin da solo», replicò Malvina.

«Ho appena fatto la doccia», protestò il medico.

«Non lo sapevi che avevamo deciso di seppellirlo?» domandò lei.

Sergio sbuffò, entrò in casa brontolando contro lo

sfruttamento intensivo cui certe donne sottopongono gli uomini, e Aurora disse alla cognata: «Quell'uomo è un santo, non fosse che per la pazienza con cui ti sopporta».

«Tra noi vige la legge dello scambio: lui sopporta me e io sopporto le sue paturnie quando s'inceppa mentre scrive un romanzo ed è intrattabile fino a quando non si sblocca», spiegò Malvina.

Sergio si ripresentò con una camicia da lavoro.

«Ti faccio compagnia», si offrì Roberta.

Mentre Sergio scavava il terreno sotto la quercia, sul limitare del bosco, Roberta alzò lo sguardo tra il folto dei rami, dove i passeri nidificavano e ricordò, dopo tanto tempo, una capanna di legno, vicino a un cedro del Libano, e disse: «Ho avuto il mio primo rapporto amoroso con un ragazzo che si chiamava Filippo ed era innamorato di me. Io, invece, amavo già Oscar. Chissà come sarebbe stata la mia vita se avessi sposato quel bravo ragazzo di buona famiglia».

Non era mai accaduto che Roberta si confidasse con Sergio.

«Certamente non avresti avuto quei meravigliosi figli che hai», rispose lui.

In quel momento, dal bosco videro arrivare i ragazzi che tornavano a casa.

Roberta guardò i suoi figli che erano davvero molto belli, anche perché avevano un padre bellissimo, pensò, con un lungo sospiro.

# 7

ALDO Rivetti si presentò in villa dopo che Damasco era stato sepolto con tutti gli onori e Venere aveva deciso, contro il parere di Malvina, che il banchetto funebre dovesse essere a base di bistecche alla tartare, salame, vino rosso per gli adulti e Coca-Cola per i ragazzi.

Questi ultimi si avventarono sui panini al salame, perché erano una prelibatezza che, in casa, non era consentita.

Fu una cena vivace e gli ospiti si divertirono con i giochi di prestigio che, pranzando, il bibliotecario dispiegava per loro: versava l'acqua in un tovagliolo che rimaneva asciutto e faceva ritrovare nelle loro tasche i panini che sparivano dalla tavola. Dopo cena, si mise al pianoforte e sfoggiò le sue qualità di musicista dilettante, suonando canzonette che i ragazzi conoscevano e cantavano in coro. Poi lasciò il posto a Sergio che, in memoria del povero Damasco, suonò «The New Orleans Function».

A Malvina si inumidirono gli occhi, Venere, che stava servendo i caffè, si asciugò le lacrime nel grembiule, i bambini ritennero loro dovere ostentare un'espressione contrita.

Roberta osservò quel quadretto famigliare d'altri tempi e pensò che era troppo oleografico per essere vero. Mancava soltanto Oscar per completare un insieme così armonioso. Ma lui non c'era mai, constatò con rancore.

Squillò il suo cellulare e lei uscì dalla sala da pranzo per rispondere. Era Oscar che la chiamava dall'altra parte del mondo, e le ripeté: «Non voglio perderti».

Quella sera, Matteo e Francesca pretesero di spartirsi il suo lettone. In mezzo ai suoi due figli, Roberta si addormentò presto e sognò un pozzo, al centro di un campiello deserto. Lei era seduta sul bordo di marmo e si stava bagnando la gonna, perché l'acqua fuoriusciva ed era così limpida e fresca che le venne voglia di berla. Si svegliò assetata.

Scivolò fuori dal letto, uscì dalla camera in punta di piedi per non svegliare i ragazzi e scese al piano terreno.

La porta della cucina era aperta e la luce accesa. Aldo stava prelevando una bottiglia d'acqua minerale dal frigorifero. Era in pigiama e, vedendola, ebbe un sussulto. Per un istante si guardarono imbarazzati, poi la comicità della situazione ebbe il sopravvento e risero. Roberta si passò le dita a pettine tra i capelli scarmigliati e avanzò con passo deciso, infischiandosene di indossare un vecchio pigiama di flanella, un po' sformato dall'uso.

«Mi è venuta sete», disse Aldo. E soggiunse: «Ho girato un dedalo di corridoi, prima di trovare la cucina».

«Ma l'hai trovata. È venuta sete anche a me. Tutta colpa del salame che Venere ci ha propinato», dichiarò lei.

Prese due bicchieri dalla credenza e li mise sul piano di marmo del tavolo. Aldo li riempì d'acqua, poi si sedettero l'uno di fronte all'altra.

«Mi sono svegliata sognando un pozzo d'acqua. È un sogno che si ripresenta da molto tempo. Chissà che cosa significa», disse, parlando più a se stessa che al suo interlocutore.

«Chi meglio di tua madre, per spiegartelo?» propose lui. E, considerando chiuso l'argomento, proseguì: «Questa casa è bellissima e tu sei fortunata ad averla».

«Non è mia, è di mia madre.»

«Non cambia molto, dal momento che ne puoi godere», sottolineò Aldo.

«Ne stai godendo anche tu.»

«Sono grato al sindaco che mi consente di passare questo fine settimana in compagnia di sua figlia, in una villa magnifica.»

«La mamma non è ricca e fatica a mantenere tutto questo. L'ala nord della casa è chiusa da anni e sta andando in rovina. Non puoi immaginare quanto denaro servirebbe per ristrutturarla.»

«Perché sei nervosa?» chiese Aldo a bruciapelo.

«Io, nervosa?»

«Sì, tu.»

«Sono calmissima. Tu, invece, sei nervoso e non ascolti quello che ti sto raccontando», protestò.

«No, io non sono nervoso... cioè sì, lo sono...» affermò a voce alta.

«Stai alzando la voce», lo rimproverò.

«L'hai alzata prima tu», sottolineò Aldo.

«Vuoi litigare?» chiese Roberta.

«No! O sì? Non lo so. Abbiamo qualche ragione per litigare alle due del mattino?» domandò.

«Dimmelo tu. Io direi di no. Non abbiamo nessuna ragione.»

«Allora, perché stiamo arruffando le penne come due galletti?»

«Trovatela da solo la risposta», disse Roberta che conosceva bene il motivo della propria aggressività.

Agguantò la bottiglia dell'acqua minerale e, stringendola in pugno come se fosse uno scettro, uscì dalla cucina a passo di marcia, con l'aria impettita di una principessa.

Aldo la raggiunse, l'agguantò per le spalle e la fece ruotare verso di sé.

I loro visi si accostarono ed erano sul punto di baciarsi quando una voce disse: «*Ops*... non volevo disturbare».

Era Sergio. In pigiama come loro. Era sceso anche lui in cerca d'acqua.

«Non disturbi affatto. Io stavo tornando a letto», disse Roberta, un po' turbata per essere stata sorpresa in un atteggiamento così intimo con un uomo che non era suo marito.

Il medico andò verso il frigorifero brontolando: «Di chi è stata l'idea del pane e salame per cena?»

Lei si allontanò, lasciando i due uomini da soli. Entrò in camera e si infilò nel letto accanto ai suoi figli, mentre si domandava: Ma che accidenti sto combinando? Come se non avessi già abbastanza problemi.

Cercò inutilmente di prendere sonno. Pensava al bibliotecario, al suo viso da clown un po' malinconico a cui sovrappose il volto solare di Oscar.

Allora ricordò i suoi sedici anni quando, per la prima volta, l'aveva visto nell'ingresso della casa di via Turroni.

Oscar era stato il sogno meraviglioso che l'aveva accompagnata dai suoi sedici anni fino a quando si era resa conto che il bel fotografo era soltanto un egoista.

Al volto del marito si sovrappose di nuovo quello di Aldo Rivetti, che non era bello né affascinante, ma non le dispiaceva, tanto che era stata sul punto di baciarlo, se non fosse arrivato Sergio.

Doveva benedire o maledire l'improvvisa apparizione del compagno di sua madre?

Si disse che, forse, grazie a lui, l'aveva scampata bella! E si addormentò.

# 8

Il mattino di domenica, quando si svegliò, i suoi figli erano spariti dalla camera e la villa sembrava immersa nel silenzio.

Guardò l'orologio e inorridì. Erano quasi le dieci.

Si alzò e aprì la finestra. Era una splendida giornata di primavera. Si infilò la vestaglia e scese in cucina.

«Ti sei fatta una bella dormita», l'accolse Venere.

«Dove sono gli altri?» domandò Roberta.

«Tua mamma è andata al funerale di un compaesano, i tuoi figli sono sul lago con il dottore, e il pelato... come si chiama... è nella limonaia con tua zia», la informò la domestica.

«Il pelato si chiama Aldo Rivetti ed è un bibliotecario», disse Roberta, trafficando intorno alla moka, per farsi il primo caffè della giornata.

«Chiunque sia, non mi piace», borbottò la donna.

«Perché?» s'incuriosì Roberta.

«Lo sai anche tu che ti fa gli occhi da scemo e mi pare che ci siano già abbastanza problemi senza andare a cercarne di nuovi», dichiarò con il suo fare burbero.

«Perché non ti fai gli affari tuoi?» si ribellò Roberta.

«Oh, scusi tanto signora, se mi sono permessa.»

«E non prendermi in giro.»

«Ma certo. Questa povera vecchia deve vedere e tacere. Ma non taccio. Quel pelato non mi piace neanche un po'. Prima ha circuito tua madre, poi ha fatto l'amicone con i tuoi figli, adesso sta facendo il grazioso con tua zia. E tutto per arrivare a te che sei una donna sposata e, data l'età, dovresti avere la testa sulle spalle.»

«A te non piaceva nemmeno Oscar. Te ne sei dimenticata?»

«Be', questo mi piace ancora meno. Se non altro, Oscar è bello e sa farmi ridere… ma questo qui…» Mise il pollo spennato sul tagliere e menò un gran fendente per staccargli la testa.

Roberta sussultò e capì che, potendo, Venere avrebbe decapitato il bibliotecario. Era fatta così. Dopo tanti anni si sentiva parte della famiglia e riteneva suo dovere dire quello che pensava, anche quando non veniva interrogata.

Bevve il caffè, tornò di sopra a vestirsi e poi decise di scendere in paese per la via del bosco. Voleva raggiungere sua madre. La trovò all'uscita della chiesa, mentre abbracciava a uno a uno i parenti del defunto.

Il carro funebre partì alla volta del cimitero e Malvina andò a sedersi sulla panca di pietra per la solita udienza domenicale.

Roberta ebbe il tempo di andare a comperare un giornale, di scambiare quattro chiacchiere con alcuni conoscenti del luogo e di sedersi in piazza, sulla panchina dedicata al bisnonno, per sfogliare il quotidiano e scorrerne i titoli.

Sua madre la raggiunse dopo aver congedato la direttrice didattica della scuola elementare che chiedeva il suo parere sull'ampliamento della palestra.

«Grazie per essermi venuta incontro», le disse.

«C'è il sole, ma fa ancora freddo. Mi berrei volentieri un cappuccino», propose Roberta.

Mentre aspettavano di essere servite davanti al bancone del bar, Malvina scrutò la figlia con aria pensosa.

«Vedi qualcosa che non va?» domandò Roberta, mettendosi sulla difensiva.

«Già», annuì sua madre.

«Sto pensando di lasciare mio marito», confermò.

Malvina non disse niente e prese a sorseggiare il cappuccino appena servito.

«Sono stata la sua schiava per tutti questi anni», spiegò.

«Mi era sembrato di capire che questo ruolo ti piacesse», osservò sua madre.

«Non mi è mai piaciuto, ma ritenevo che fosse lo scotto da pagare per avere una famiglia normale. Ora questo ruolo non lo sopporto più», affermò. E soggiunse: «Per favore, non dirmi che ero stata avvertita».

«Non ci penso proprio.»

«Però è vero. Ero stata avvertita. Comunque, come si dice, meglio tardi che mai.»

Uscirono dal bar e si diressero verso la stradina dietro la piazza dove Malvina aveva parcheggiato la sua auto.

«Tuo marito lo sa?» domandò Malvina, mentre si metteva alla guida.

«Non vuole crederci.»

«E i ragazzi?»

«Verranno con me nella casa di mio padre. Voglio risistemarla per bene e vivere lì con loro. So già, anche se non gliene ho parlato, che zia Aurora si unirebbe volentieri a noi. Da quando è rimasta senza la sua compagna si sente molto sola.»

«Questo è quello che ti piace credere. Aurora è un vulcano e ha mille progetti. Non illuderti che si lasci incastrare. Ancora una volta, tu vuoi piegare tutti ai tuoi desideri. Pensaci bene prima di sfasciare una famiglia, tanto più che Oscar non è il peggiore dei mariti.»

«Non posso credere che sia proprio tu a dirmi questo.»

«Ti illudi forse che Aldo Rivetti sarebbe migliore?»

«Che cosa c'entra lui, adesso?»

«C'entra e lo sai bene.»

«Perché non avvii il motore?»

«Perché qui dentro si parla in santa pace.»

«Ma io non ho altro da raccontare.»

«Io, forse, sì. Ascoltami bene e dopo, come sempre, farai quello che vuoi. Aldo è una persona notevole, non fosse che per il fatto che ama i libri. Ma è notevole solamente come organizzatore di biblioteche. Quanto al resto, esattamente come Oscar, è meglio perderlo che trovarlo. I libri non sono la sua unica ossessione. Si porta addosso, come un'onta, le sue umili origini. Era riuscito a sposare una giovane concertista di ottima famiglia, ma dalla personalità labile, corteggiando i genitori che erano stati felici di appioppargli la figlia strana. Quando lei è morta, credo che abbia sofferto più per la perdita di status sociale che della moglie. So per certo che ha tentato di sedurre la vedova di un medico famoso, che frequentava e tuttora frequenta le famiglie bene di Milano. Era quasi riuscito nel suo intento quando i genitori della giovane e ricca vedova sono intervenuti pesantemente, mettendogli i bastoni tra le ruote. La signora in questione ha poi sposato l'onorevole Ghisalberti e ha tutta l'aria di essere una moglie felice. Ora ha trovato te, che non sei vedova, non sei ricca, non frequenti i salotti che contano, ma hai una madre che lui considera potente e benestante e, soprattutto, sei ai ferri corti con tuo marito. Lui ha antenne speciali per captare le situazioni favorevoli. L'infanzia disperata lo spinge verso soluzioni che gli consentono di conquistare una ribalta sociale. Ti sta sottoponendo a una corte serrata, ma dubito fortemente che sia innamorato di te», disse Malvina.

«Accidenti, che ritratto delizioso! Perché hai scelto un tipo simile per offrirgli una consulenza?»

«Perché conosce il suo mestiere. Professionalmente è molto preparato.»

«Non credo nemmeno una parola delle brutte cose che mi hai detto.»

«Lo so che non ci credi, ma era mio dovere informarti.»

«Tra me e lui non c'è niente.»

«Non ancora.»

«Io lo trovo piuttosto simpatico.»

«Non c'era bisogno di dirlo, perché l'avevo già capito.»

«Comunque non cerco un nuovo marito, non voglio rimpiazzare Oscar con un altro uomo, ma ho voglia di tornare a innamorarmi. Che male ci sarebbe se il nuovo amore fosse Aldo Rivetti?»

«Vorrebbe dire che scambi per amore il bisogno di rivalsa sugli anni frustranti passati con Oscar. E adesso che ho fatto il mio dovere dicendoti la verità sul bibliotecario, andiamo a casa», concluse.

«Non potrei essere considerata desiderabile indipendentemente dal fatto che sono tua figlia?» reagì Roberta.

«Di certo lo sei per tuo marito e per molti altri uomini, ma non per il professor Rivetti», dichiarò con sicurezza Malvina.

«Non puoi evitare di essere così acida con lui?»

«Cerco solo di difenderti, perché sei la mia unica figlia e ti voglio bene.»

«Allora amami un po' di meno e lasciami respirare un po' di più», tagliò corto Roberta.

Quando varcarono i cancelli della villa, i ragazzi erano sullo spiazzo ghiaioso a disputare una partita di pallamano con Sergio e Aldo.

Il bibliotecario giocava con la stessa foga dei ragazzi e Roberta ammirò, ancora una volta, il suo corpo atletico.

# 9

SULL'AEREO che lo riportava in Italia, Oscar sedeva accanto a Manfredo Gentilini, il giornalista autore di una serie di interviste che sarebbero poi state illustrate con le immagini scattate dal fotografo. Era un viaggio massacrante e, per fortuna, il giornale gli pagava la trasferta in business class.

Manfredo dormiva, Oscar pensava a sua moglie, alla sua improvvisa e ingiustificata ribellione che si era tradotta in astiose accuse nei suoi confronti e si domandava se fosse davvero il marito disastroso che lei aveva tratteggiato.

Sapeva benissimo che Roberta era il motore della famiglia, com'era giusto che fosse, dal momento che lui aveva un lavoro che lo portava lontano da casa per giorni, a volte per settimane.

Quanto ai figli, ultimamente anche loro si comportavano in un modo strano. Eppure, quando stavano con lui, sembravano felici e soddisfatti.

Amava i suoi ragazzi e gli erano simpatici. Matteo gli piaceva, perché quand'erano insieme cercava di scimmiottare i suoi atteggiamenti e nutriva per lui un'ammirazione sconfinata. Francesca, petulante come una suocera, ipercritica e tagliente, sempre schierata dalla parte della madre, lo affascinava per l'intelligenza vivace, per la prontezza delle battute, per il carattere schietto.

Sua moglie, invece, all'improvviso era cambiata profondamente. Tutto era cominciato la domenica in cui aveva avuto l'idea di mettere in tavola il minestrone di verdure, che gli ricordava l'infanzia stentata nella masseria della zia in Puglia. Tra l'altro, in quel momento, gli era arrivato un messaggino da un collega che gli proponeva un Audemars Piguet d'occasione, un affare da non perdere. Era una vita che sognava un Audemars Piguet, il re degli orologi da polso. Naturalmente non poteva parlarne con Roberta, perché gli avrebbe cavato gli occhi.

Aveva colto a pretesto il minestrone per filarsela, mentre già si vedeva al polso il fantastico orologio. Aveva raggiunto il collega nella trattoria accanto al giornale e, con il cuore stretto, aveva finito per rinunciare all'affare, perché costava troppo e lui aveva già promesso a Cinzia di pagarle le spese condominiali.

Cinzia! Eccola lì una delle ragioni dei malumori di sua moglie. Con il senno di poi, doveva ammettere che Roberta aveva ragione. A pensarci bene, Cinzia si era comportata proprio male. Sperava di non incontrarla più per il resto dei suoi giorni.

«È finita; fi-ni-ta», scandì a voce alta.

Manfredo aprì gli occhi e domandò: «Ce l'hai con me?»

«Mi dispiace se ti ho svegliato. È che sono un po' nervoso», si scusò.

«Un po'? Sei stato intrattabile per tutti questi giorni», dichiarò.

Oscar lo sapeva, ma non poteva farci niente. Era anche consapevole di non aver dato il meglio di sé sul lavoro. Se c'era qualche scatto decente era soltanto merito del caso e del mestiere, non certo dell'impegno.

«Ho qualche grana con mia moglie», si lasciò sfuggire.

«E chi non ha grane con le donne? Con la mia ci litigo due giorni sì e uno no», confessò l'inviato stiracchiandosi, ancora mezzo assonnato.

«Io, con la mia, non ho mai litigato prima d'ora. Siamo sempre andati d'amore e d'accordo, ma all'improvviso tutto è cambiato e lei mi si rivolta contro appena apro bocca, sparisce per delle ore e non mi dice dove va... non ci capisco più niente.»

«Sai come sono le donne...»

«Non lo so. Come sono?»

«Indecifrabili.»

«Roberta è sempre stata un libro aperto.»

«Si vede che adesso l'ha chiuso.»

Già, se Roberta aveva chiuso il libro, significava che c'erano pagine che non voleva che lui leggesse. Quindi, aveva un altro uomo.

«Non ci posso credere», sussurrò, agitandosi sul sedile, in preda a una smania incontenibile.

Roberta era tutto il suo universo, era la sua donna, la sua famiglia, la sua sicurezza. Poteva lavorare, andare per il mondo, stare con gli amici, fare tutto quello che voleva, perché c'era lei che rappresentava un punto fermo nella sua vita. Che cosa ne sarebbe stato di lui se gli fosse venuta a mancare?

All'inizio della loro vita di coppia, più d'una volta l'aveva portata con sé, in giro per il mondo. Erano state trasferte bellissime, giorni pieni di gioia e d'avventura. Ricordava i loro viaggi in Brasile, in Africa, in Norvegia. Lei gli comunicava entusiasmo e voglia di vivere. Poi erano arrivati i figli e Roberta all'improvviso non aveva più avuto tempo per lui.

Qualche volta era riuscito a strapparle un fine settimana per loro due soli, affidando i bambini a Malvina o alla zia Aurora. Allora ritrovava la Roberta di sempre, generosa, disponibile, desiderabile. Ma dopo un giorno, lei cominciava ad agitarsi. I bambini, sempre i bambini, dei quali sembrava non poter fare a meno. Riusciva a chiudere in anticipo una vacanza già breve.

I figli erano entrati nella loro vita con prepotenza, con un'invadenza senza limiti. Lui si era intenerito la prima volta che lo avevano chiamato papà; se fosse stato necessario avrebbe dato la vita per loro, ma gli avevano sottratto una grossa parte delle attenzioni di Roberta.

Da qualche anno aveva preso a desiderare che il tempo scorresse più veloce, perché Francesca e Matteo crescessero rapidamente, si rendessero autonomi, così da riavere Roberta tutta per sé.

Invece... all'improvviso lei aveva smesso di amarlo... aveva un altro? Chi era quest'altro che aveva trasformato la sua dolcissima moglie in una virago petulante e rabbiosa?

Quando l'aereo atterrò a Malpensa, lui era stremato dai dubbi, dalla stanchezza, da troppe ore di sonno arretrato.

Non aveva nemmeno telefonato a sua moglie per paura di sentire qualcosa di sgradevole.

Passò dal giornale a consegnare i negativi del reportage fotografico, prese un taxi e andò a casa.

Gli aprì la signora Tilde, che stette lì immobile, per qualche istante, sgranando su di lui uno sguardo compassionevole.

«Mio Dio! Che cosa le è successo?»

Anche lui si era spaventato guardandosi nello specchio dell'ascensore.

«Sono soltanto morto di stanchezza», tagliò corto Oscar. Scostò con un braccio la domestica per poter entrare e per poco non fece un ruzzolone inciampando nel cordone dell'aspirapolvere.

«C'è qualcuno in casa?» domandò, deponendo sul tappeto la sua sacca da viaggio.

«Ci sono i ragazzi in cucina. Stanno facendo i compiti.»

«E la signora?»

«Non tornerà prima delle nove. Mi ha chiesto di preparare la cena e di fermarmi ad aspettarla.»

I suoi presentimenti più cupi si stavano avverando. Si avviò stancamente verso la cucina, aprì la porta e vide i suoi figli, seduti ognuno a un capo del tavolo, intenti a scrivere.

«Ciao, papà», lo accolsero, festosi.

Lui li abbracciò e li tenne stretti a sé. Erano così belli e teneri e lui li amava tantissimo.

«I miei bambini», sussurrò commosso.

# 10

Una grande casa editrice milanese aveva organizzato una «tre giorni di studio» per i librai indipendenti. I corsi intensivi, che si svolgevano in un albergo di Milano, avevano lo scopo di aggiornare gli iscritti sulle nuove tecniche di vendita in un periodo di economia stagnante, reso più difficile dalla concorrenza delle grandi catene distributive che rischiavano di mettere in ginocchio le piccole librerie.

Per la verità, la libreria di Roberta aveva una clientela che si era consolidata negli anni, riuscendo a catturare soprattutto i giovani. Ma poiché non si smette mai d'imparare, Roberta aveva deciso di frequentare i corsi che iniziavano al mattino e si protraevano per tutta la giornata. Si sarebbero conclusi quella sera con una cena di gala cui avrebbero partecipato anche alcuni scrittori. Lei aveva declinato l'invito per la cena, perché i suoi figli erano a casa da soli. Non sapeva, infatti, che Oscar sarebbe rientrato dal suo viaggio in Oriente.

Alle sette, concluso il corso, i librai sciamarono verso il salone dove sarebbe stato servito un aperitivo. E fu lì, in quel salone, che si trovò davanti il bibliotecario.

«Avevo voglia di rivederti», le sussurrò.

Anch'io, pensò lei, ma non glielo disse.

«Ho un po' di cose di cui discutere con i miei colleghi e non ho molto tempo per te», rispose invece.

In quel momento riattivò il cellulare e scoprì che c'era una chiamata da casa. Telefonò subito e le rispose sua figlia.

«Era per dirti che il vichingo è tornato stanchissimo. Adesso sta facendo la doccia. Tu, quando arrivi?» domandò Francesca.

«Stanchissimo? Perché?»

«Che ne so. Quando ha visto me e Matteo si è quasi messo a piangere.»

«Comunque penserà lui a rincalzarvi le coperte. Di' alla signora Tilde che può andare. A questo punto potrei modificare il programma e fermarmi qui anche per la cena», disse Roberta, ragionando a voce alta.

Allora la voce di Francesca divenne un sussurro mentre le diceva: «Credo che papà abbia bisogno di te».

«Non è una novità», rispose lei e chiuse la comunicazione. Pensò che se il marito avesse davvero avuto bisogno di lei sarebbe dovuto venire lì, in albergo, a prenderla per riportarla a casa.

Roberta si era isolata per parlare al telefono con sua figlia e, quando tornò nel salone, trovò Aldo che la stava aspettando. La prese per mano e, sorridendole, le disse: «Questa sera potrebbe essere tutta per noi due».

La sospinse dentro un ascensore e salirono all'ultimo piano.

Le porte dell'ascensore si aprirono sul giardino pensile dell'albergo.

Raggiunsero la balaustra della terrazza che si affacciava sui tetti della città.

«Milano è ai tuoi piedi, e lo sono anch'io», aggiunse l'uomo circondandole teneramente le spalle con un braccio.

Che cosa aveva detto Malvina, a proposito di Aldo? Non ricordava le parole esatte, ma il loro significato: il professor Rivetti non desiderava lei, ma quello che lei rappresentava ai suoi occhi.

Mentre lui le accarezzava il collo, Roberta ripensò alla sua vita sentimentale e a quella delle sue amiche del cuore.

Liliana lavorava all'università come ricercatrice. Non si era ancora sposata, di tanto in tanto intrecciava relazioni che chiudeva non appena il compagno del momento diventava troppo possessivo. Aveva fatto tesoro della sua prima, dolorosa esperienza e aveva deciso che nessun uomo l'avrebbe fatta più soffrire.

Ines si era diligentemente laureata, aveva appeso al muro, incorniciato, l'attestato di dottore in lettere, aveva sposato il dirigente di una multinazionale e ora viveva negli Stati Uniti, dopo aver passato cinque anni in Inghilterra e altrettanti in Australia.

Faceva la moglie e la madre a tempo pieno, non aveva mai conosciuto incertezze né turbamenti. La sua vita ordinata conosceva solamente i traumi dei traslochi.

Roberta stava tra le due come un pesce fuor d'acqua. Qualche volta invidiava la pacatezza di Ines, più spesso l'indipendenza di Liliana.

E lei? Lei si era sempre sentita insicura con gli uomini. Prima era scappata dal giovane Filippo per rifugiarsi tra le braccia di suo marito, ora stava scappando da lui per cadere nella rete di Aldo. Aveva un senso tutto questo?

«Ho preso una camera tutta per noi», le stava dicendo il bibliotecario.

Roberta si riscosse dalle riflessioni.

«Una camera?» chiese.

«Una piccola suite, bellissima, qui in albergo», le sussurrò a fior di labbra.

Roberta si staccò da lui e si immaginò nuda, tra le lenzuola, con un uomo che non conosceva, con il quale non aveva niente da spartire.

Guardò Aldo con occhi di ghiaccio e disse: «Una stanza d'albergo per noi due mi sembra assolutamente fuori luogo».

Lui non riuscì a trattenere una smorfia di disappunto.

«Sono uno stupido… Ho seguito solamente il mio desiderio senza chiedermi se tu…»

«Sono d'accordo con te: credo proprio che tu sia uno stupido», dichiarò lei. Prese l'ascensore al volo e lasciò

Aldo nel giardino pensile a meditare sul suo bisogno di riscatto sociale.

L'aperitivo dei librai si stava concludendo. Roberta salutò i colleghi, spiegando che doveva rincasare di corsa perché i figli la stavano aspettando.

Uscì, salì in taxi, e diede all'autista l'indirizzo di casa.

# 11

ROBERTA entrò in casa e vide che, dal salotto, venivano la luce azzurrina e il parlottio sommesso di un televisore acceso. Si affacciò sulla soglia. Acciambellati sul tappeto, i suoi figli stavano guardando la nuova saga del *Signore degli anelli* e, vedendo lei, si portarono l'indice alle labbra per raccomandarle il silenzio perché suo marito, disteso sul divano, dormiva profondamente.

A gesti, ingiunse ai ragazzi di spegnere l'apparecchio e di seguirla in cucina.

«Sono quasi le nove. Mi sembra che dovreste essere a letto», disse, deponendo la borsa sul piano della credenza.

«Papà ci aveva permesso di restare svegli», protestò Matteo.

«Ci aveva anche promesso di guardare il film con noi e invece è caduto in catalessi», spiegò Francesca.

«Avete cenato? Avete fatto i compiti? Vi siete lavati i denti?» si informò lei.

«Uffa, che solfa!» protestò Francesca.

«Abbiamo fatto tutto, mammina, ma papà non ha mangiato», cinguettò Matteo allungando le braccia verso la mamma, che lo strinse a sé con tenerezza.

«Mamma, mi metti a letto?» domandò Matteo.

«Guarda che la mamma è stanca quanto papà», osservò Francesca.

«Ma ho ancora abbastanza risorse per dare il bacio della buona notte a tutti e due i miei figli», replicò, avviandosi verso la camera di Matteo.

Il ragazzino scivolò dentro il letto, lei gli rimboccò le coperte, lui tornò ad abbracciarla.

«Ti voglio tanto bene, mammina», le sussurrò.

«Come è andata la scuola?»

«La maestra mi ha lodato perché ho fatto bene il compito e ho anche aiutato Andrea, il mio compagno di banco, a risolvere il problema. È una cavolata che non sapevo fare prima che papà me la spiegasse. Credo che Andrea non abbia un papà bravo come il mio.»

«Va bene, adesso dormi», tagliò corto lei. Spense la luce sul comodino e uscì dalla stanza.

Poi infilò la testa nella camera di Francesca che stava leggendo.

«Non sarebbe ora di spegnere la luce?» domandò Roberta.

«Non riesco a lasciare questo romanzo. È troppo forte», si giustificò. Era *La buona terra*, una storia che aveva fatto molta compagnia anche a lei, quand'era ragazzina.

«Vedi di non fare le ore piccole», sorrise lei, mandandole un bacio con la mano.

Roberta si spogliò, fece una doccia ed entrò in camera da letto. Sul cuscino vide un foglio, lo accostò alla lampada e lo lesse. Era una lettera di suo marito: «Roberta mia, mi manchi tanto. Ho lavorato male, dormito poco, pensato molto. Non sono sicuro di aver colto fino in fondo i motivi del tuo scontento, ma qualcosa ho capito. Mi sono reso conto di averti offesa in tante situazioni che ho sottovalutato e, invece, erano importanti per te, per il nostro rapporto. Non ti faccio l'elenco delle mie colpe, perché diventerebbe lungo quanto una lista della spesa, ma sappi che le tue sfuriate recenti mi hanno svegliato da un torpore ottuso. Ora sono pronto a cambiare. Temo che tu abbia un altro uomo e sono sicuro che si tratti di qualcuno migliore di me. Non ti disturberò più con la mia presenza nel nostro letto. Se ti ho perduta, spero almeno che continueremo a essere amici. Ti amo, ti ho sempre amata, continuerò ad amarti».

Roberta sedette sul letto, si prese il volto tra le mani e si abbandonò a un pianto ristoratore.

Poi tornò in cucina, aprì il frigorifero e trovò il minestrone che aveva cucinato il giorno prima.

Lo scaldò, apparecchiò la tavola per due, andò in salotto e svegliò suo marito.

«Che ore sono?» domandò lui, che non sapeva per quanto tempo avesse dormito.

«Le dieci di sera, e la cena è pronta», annunciò lei, tornando in cucina.

Lui si presentò con la faccia assonnata e i capelli arruffati.

«Il minestrone? Che bella idea e che buon profumo! Prima ero così stanco che non sono riuscito a mangiare con i ragazzi.»

Sedette al tavolo di fronte a lei che gli porse una bottiglia di vino rosso.

Oscar riempì i bicchieri e poi, con il suo, toccò quello di Roberta.

«Alla tua», disse.

«Alla nostra», rispose lei. E gli sorrise.

Bevvero alcuni sorsi in silenzio.

Lei servì il minestrone, dicendo: «Dove eravamo rimasti?»

«Al minestrone», rispose lui, prontamente.

Presero a mangiare. Dalla portafinestra spalancata entravano i brusii dei televisori accesi e il fresco della sera.

Roberta pensò alla casa di via Turroni, dove la sala da pranzo era al piano terreno e dalle finestre si vedevano le siepi di lauro e il gelsomino che inondava di profumo le stanze della casa. La casa della nonna, delle zie, di suo padre, dopo un lungo letargo sarebbe tornata a vivere.

«Come stai?» le domandò Oscar.

«Come una che spera in tempi migliori», rispose.

«È buono davvero il tuo minestrone.»

«Lo so», annuì Roberta.

«Mi dici qualcosa dell'uomo di cui ti sei innamorata?» domandò, esitante.

«È molto imperfetto ma, poiché lo amo, lo accetto com'è», rispose con voce lieve.

«Sicuramente non mi assomiglia.»

«Invece sì. Siete due gocce d'acqua.»

«Povera Roberta… Un clone di Oscar…» balbettò lui.

«Non è possibile clonare Oscar Trinchese, che è stato un padre e un marito molto discutibile ma ho l'impressione che, con il tempo, potrebbe migliorare, se non in tutto, almeno in parte. E in fondo sai qual è la verità? Così com'è, continuerò ad amarlo, come l'ho sempre amato.»

Oscar sbottò in una risata per nascondere la commozione che gli stringeva la gola.

«Non sai la paura che mi hai fatto prendere! Credevo di averti perduta», esclamò, allungando una mano sul tavolo per stringere quella di sua moglie.

«Ero spaventata anch'io», confessò lei.

«Dammi ancora un po' di minestrone. È buonissimo!» esclamò lui, e gli occhi gli brillavano di gioia.

Finito di stampare nel marzo 2009
presso la Mondadori Printing S.p.A.
Stabilimento N.S.M. di Cles (TN)
Printed in Italy